신화^{神話}의 단애^{斷崖}

한말숙 문학선집

1

단편선집

신화^{神話}의 단애^{斷崖}

은행나무

차례

작가의 말

　「별빛 속의 계절」은 1956년 내가 25세 때 처음으로 쓴 단편 소설이다. 그해 여름에 써서 《현대문학》지에 보냈더니, 11월 호에 김동리 선생님이 제1회 추천작으로 발표하셨다. 다음 해인 1957년 「신화의 단애」가 추천 완료되면서 문단에 데뷔했다. 이 단편은 문장이 간결하고 박력 있고 참신하다는 호평과 동시에 실존주의 문학이다 아니다 하며 김동리 선생님과 대학을 갓 졸업한 이어령 평론가가 지상에서 2주간 논쟁을 벌여서 더욱 유명세를 탔다. 내가 보기에는 두 분이 다 핵심을 놓치고 있었다. 90년대에 강원대학교의 유인순 교수는 30년대에 이상은 「날개」를 썼고 50년대에 한말숙은 「신화의 단애」를 썼다고 했다.(한양어문학회, 『1950년대 한국문학 연구』, 한양어문학총서 제1권, 보고사, 1997.)

　「신화의 단애」는 2년 후 1959년에 '7일간의 애정'이라는 제목으로 영화화되었다. 순수문학이 영화로 된 것은 처음이라며 선배 문인들이 축하해주었다. 휴전이 되고 3년이 지났어도 서울의 꽃이라는 명동에 인민군이 퇴각하며 불 지르고 간 건물들이 숯덩이가 된 채로 곳곳에 있었다. 문인들은 '갈채' 다방에 모여들었다. 거기서 원고 청탁서도 받고 고료도 받았다. 그 다방은 문인들의 연락처이기도 했다. 집에 전화도 없고 거처도 불분명한 문인들이 많았기 때문이다. 문인들은 가난했어도 늘 즐거운 얼굴이었다. 갈채다방은 언제나 화기애애하고 훈훈한 분위기였다.

나더러 전후파문학 혹은 여성 문학의 장을 열었다, 라는 말들을 했다. 올해가 2025년이니까 등단한 지 딱 69년이 되었다. 자그마치 69년. 그 긴 세월이 어느새 가버렸는지 모르겠다.

이 책을 내느라고 그 단편소설들을 69년 만에 읽어보니까, 어휘며 표현 방법도 지금과는 다른 것이 꽤 있다. 앞으로 몇십 년 지나면 더 달라질 것 같다. 화폐단위도 당시에는 '원'이 아니고 '환'이었다.

단편 총 60편 중에서 16편만 골라서 50년대, 60년대, 70년대…… 이렇게 몇 편씩을 10년 단위로 묶어보았다. 이런 식으로 해서 버리고 싶은 것을 다 버려 단편 선집 한 권으로 압축했고, 수필집도 한 권, 장편도 한 편만 남기기로 했다.

등단하면서 단편들이 몇 편 영역되었다. 당시에는 드문 일이었다. 1959년에 《사상계(思想界)》에 실린 「장마(Flood)」(서울사대 김동성 교수 역)는 1964년에 뉴욕 밴텀북스(Bantam Books)사의 앤솔러지에 실렸다. 한국 현대문학으로는 처음이라고 했다. 바로 몇 개국어로 번역, 현지 출간되었다. 1986년에는 철의 장막 저편 동구권인 폴란드의 바르샤바대학교 조선어문학과 과장 할리나 오거레크 최(Halina Ogarek—Czoj) 교수라는 분이 『아름다운 영가』를 번역하도록 허락해달라는 편지를 보내왔다. 적성국에서 온 편지라 중앙정보부에서 잠깐 오라 할까 봐 겁이 났으나, 큰 봉투의 반이 봉해져 있지 않아서 검열이 양국에서 있었을 거라고 안심하고 답장을 썼다. 나도 큰 누런 봉투의 반은 풀칠을 하지 않았다. 그 우편의 왕래에는 한 달씩 걸렸다. 어디를 돌아서 철의 장막 저편으로 가는지. 그 장편은 영국, 독일, 프랑스(프랑스어 역은 1995년에 유네스코 대표 선집에 수록되었다), 이탈리아, 폴란드, 체코, 중국, 일본, 스웨덴 등 현재 9개 국어로 현지 번역 출간되었다. 1990년대는 남편의 해외 초청 공연에 동반하느라고 해마다 두 번은 출국했고, 해외 관광도 실컷 즐겼다. 아이들을 만나러 미국에 가서 즐거운 시간을 보냈었는데, 그때 보고 들었던 것이 2000년대에 두 편의 소설을 쓰게 했다. 문학 외의 일에 몰두한 것 같으나 문학은 늘 내 곁에 있었던 것 같다.

발표 연대순으로 읽어보니까, 쓸 때에는 전혀 의식하지 못했었는데 시대의 변천상이 나타나 있어서 흥미로웠다. 문학은 시대의 증언이라는 말을 수긍하지 않을 수 없다. 단편집의 제목을 93세 때 발표한 「잘 가요!」로 할까 하다가 역시 등단작이 내 문학의 시초니까 그것으로 했다. 기분이 그 새파랗던 젊은 시절로 돌아간 것 같다.

작품을 구상하고 쓸 때의 즐거움과 동서고금의 명작을 읽고, 감동하고, 그 많은 사연들이며 인물들을 알게 되고, 그래서 사람을 더욱 아끼고 존중하게 되고, 이해하게 되고, 겸손하게 되고, 사람과 인생과 신에 대해서까지 사색하게 하는 문학, 고맙다.

나를 낳고 길러주신 부모님부터 고맙고, 스승이며 선후배 동료들, 독자들에게도 감사하고 싶다.

눈 나빠진다며 컴퓨터 본다고 화내는 남편과, 글 쓰는 것보다도 건강을 생각하시라며 걱정하는 아이들도 고맙다.

평생 고마움 속에 나를 있게 해준 하늘에 깊이 고개 숙여 감사 드린다.

2025년 5월
한말숙

1950년대

별빛 속의 계절

수위실 귀하

305호 관사 하우스 뽀이, 장영식, 16세.
위에 적은 사람은 오늘 한 해고하였으므로 임시 정문 통과를 허가
하시기 바랍니다.

×月 ×日 캡틴 포드

영식은 누운 채 허리를 외로 조금 비틀며 바지 뒤 포켓에서 해
고장을 꺼냈다. 그것을 얼굴에 한가득 대고 코를 풀었다. 엷은 타
이핑 용지가 삘삘삘 하고 소리를 냈다. 그것을 또 꽁꽁 뭉쳐서 발
치께로 힘껏 내던진 다음,
"아아―"
하고 입을 되도록 크게 벌려서 하품을 하며 기지개를 켰다. 산뜻

한 기운이 노곤했던 전신에 쫙 끼치는 것 같다. 기분이 좋았다.

'몇 시간이나 잤을까?'

잔디가 촉촉이 젖어 있다. 밤이 깊은 듯했다. 새까만 하늘에는 흠뻑 뿌려진 수억의 별들이 수선스럽게 반짝이고 있다.

오른 손바닥에서 흐르던 피가 자는 사이에 검붉게 말라붙어버렸다. 대수롭지 않은 상처였던 모양이다.

약 6미터 간격으로 가지런히 늘어서 있는 미 장교 관사에서는 창마다 불빛이 흘러나왔다. 파란 형광등이 어두운 잔디에 아롱지는 것이 꿈같이 아득하다. 먼 라디오에서 맘보가 은은히 들려온다. 숨 막히도록 길게 빼는 색소폰과 함께 무르익은 알토가 흘러나온다.

라라라 라랄라 랄라 맘보 맘보……

여느 때 같으면 틀림없이 어깻죽지가 으쓱여지는데 오늘은 전혀 흥이 나질 않았다. 그것은 목 잘려서 맥이 풀려버린 까닭이 아니라, 배가 고픈 것이 더 절실한 원인인 성싶었다.

점심 저녁 두 끼니를 굶었다! 하고 생각하니 그는 부쩍 시장기가 치미는 것 같았다. 영식은 혹시나 하고 노랑 체크의 알로하 셔츠 호주머니에 손을 넣어보았다. 아무것도 없다. 바지의 옆 주머니에서 꼬깃꼬깃 구겨진 때 묻은 손수건이 하나 나왔을 뿐이다.

"씨양, 비스켓 부스러기도 없어. 쯧."

영식은 약이 오를 때나 못마땅한 일이 있으면 으레 씨양…… 쯧 하고 혀를 차는 것이 버릇이다. 그는 언뜻 생각나는 것이 있어 바지와 허리 사이에 손을 넣어보았다. 딱딱한 것이 만져졌다. 초콜릿이었다. 경자가 꾹 찔러넣어준 것이다. 가운데서 두 동강이 난 것은 혁대 사이에 끼여서이리라. 경자가 한없이 고마웠다.

'경자도 목 잘리고 시장했을 때가 있었는지도 몰라.'

영식은 가슴이 꽉 막히며 새삼스레 경자가 그리워졌다. 그는 초 콜릿을 아끼며 조금씩 한 모퉁이부터 핥기 시작했다.

쨍……

어디에선가 석수(石手)의 돌 찍는 소리가 났다. 그 단조롭고 깨 끗한 소리가 축축한 밤의 공기를 통해서 영식의 가슴에 싸늘하게 스며들었다. 또,

쨍……

그 소리가 오늘따라 유달리 구슬피 울리는 것은, 영식의 잠을 깬 흐릿한 머리에 목 잘리고 갈 곳이 없다는 사실이 다시금 또렷 이 의식되었기 때문이다.

코 푼 종이가 뽀얗게 전등 빛에 떠 보이는 곳은 공교롭게도 305호 관사의 뒤꼍쯤 되는 것 같다. 그 푸른 창가에, 머리를 길게 흩트린 경자의 그림자가 보일 듯도 했다. 어디선가 가까운 창에서 깔깔 하고 여자의 자지러지는 웃음소리가 터져 나왔다. 304호의 하우스 걸임에 틀림없다.

"주책바가지, 쯧쯧."

영식은 핥고 있던 초콜릿을 입에서 잠시 빼 물며 여느 때처럼 뇌까렸다. 그는 이 영희를 미워했었다. 그녀가 걸을 때마다 수선 스레 흔들리는 허리통에서부터 흡사 고깃간에 걸린 고깃덩이 같 은 엉덩이가 흐느적거리는 것이 질색이었다. 한때는 멋진 걸음걸

이라고 무척 신기하게 여긴 적이 없던 것은 아니지만, 그보다도 말할 때마다 무언가 생각을 품은 듯이 깜박거리는 젖은 듯한 커다란 눈을 아름답게 여긴 적도 있기는 있다. 그러나 경자의 머리채를 휘어잡고 난리를 피운 후로 영식은 도무지 그 눈이 구정물에 젖은 유리알같이만 보였고, 더구나 뒤흔드는 엉덩이를 보면 구역질이 나올 것 같았다.

빨갛게 칠한 얄팍한 입술 사이로 쏟아지는 욕설 또한 정떨어지는 것이었다.

"기집애가 입이 험해, 쯧. 기집애는 말이 고와야 이쁜 것이야, 쯧."

하고 영식은 긴 속눈썹을 스르르 내리감으며 제법 어른인 양 속으로 영희를 꾸짖었다.

영식의 욕설은 한국 것 미국 것을 합해서 그 종류가 열댓 가지는 되나, 영희의 그것은 영식의 지식 외의 것도 하나둘이 아니었다.

"이 벼락을 맞을 년이, 한 놈만 잡고 있을 것이지, 모조리 집어삼킬 작정이야, 이 죽일 년이."

하고 영희는 경자의 파란 원피스 치맛자락을 움켜잡은 채 떠들어 대었다.

이 구내(構內)에서는 흔히 볼 수 있는 양공주들의 싸움인 성싶었다. 장교와 동거하고 있는 어엿한 양공주나, 옆집의 영희처럼 하우스 걸인지 양공주인지 알쏭달쏭한 여자들이 다투어서 장교들에게 추파를 던졌다. 그래서 추파를 던지는 대상이 우연히 같을 때에는 틀림없이 싸움이 벌어지는 것이다. 그들에게 미군 장교들은 오로지 '딸라'의 가치밖에는 아무것도 아니었다. 그 딸라를 뺏느냐 뺏기느냐 하는 것이 싸움을 자아내는 것이었다.

건너편 204호의 하우스 걸과 그 뒷집 하우스 뽀이와 영식은 파랭이 이겨라 노랭이 이겨라 하고 응원할 만한 아무런 흥미도 솟지 않은 채, 느른한 오후의 햇볕을 등에 흠뻑 쪼이며, 나지막한 울타리에 걸터앉아서 멍하니 구경만 하고 있었다. 영식처럼 낯익은 이웃집 하우스 뽀이들이 말 한마디도 편들지 않고 앉아 있는 꼴에 약이 바짝 올랐는지 영희는 한층 목청을 돋우어 악을 썼다.

영희의 말인즉, 이 여자는 106호의 메이저(少領)와 살고 있으면서 때로 군것질 삼아 다른 장교들과도 관계를 맺고 있다는 것이다. 그 집의 하우스 걸들이 모조리 이 여자를 진저리 치는 까닭은,

"이년만 왔다 가면, 그처럼 후하던 장교들이 세숫비누 반쪽이나 눈깔사탕 한 알갱이도 줄 생각을 안 하니, 이년이 필경 저 혼자만 먹어치우자는 심뽀야. 우리 집 장교가 요즘 낮에 집에 곧잘 들르기에 어쩐 일일까 했더니, 아 요년이 슬슬 오는 게 아니야?"

영식들에게 적지 아니 실망된 것은 상대방의 여자가 일언반구도 없이 옷자락을 붙잡힌 채 천연스레 서 있다는 것이다. 이런 경우에 서로 쥐어뜯으며 싸울 때에는 영식도 무척 신이 났다. 영식은 말리는 체하고 양편을 다 한 주먹씩 먹여 붙임으로써 평소에 꼴사납던 양공주들에 대한 체증을 단번에 날릴 수 있기 때문이다. 월급 일금 200환에서 한 푼의 에누리도 없는 영식에게는 어떻게든지 해서 부수입이 많은 여자들이 여간 눈꼴사나운 것이 아니었다. 영식에게도 주인이 가끔 1, 2딸라씩 팁을 주기도 했지만…….

싸움은 기어코 영희가 경자의 머리카락을 한 주먹이나 쥐어뜯는 것으로 끝이 났으나, 영희의 희번덕이는 눈은 입으로 쏟아지는 욕설보다도 더욱 밉고 죽이고 싶다는 듯이 독을 품고 있었다. 경자는 머리를 흩트린 채 영식의 집으로 뛰어들어갔다. 라디오에서 흐르는 맘보에 맞추어서 다리가 전후좌우로 흔들리는 대로 내맡기며 멍청히 앉아 구경만 하던 영식은 깜짝 놀라 울타리에서 펄쩍 뛰어내려서 재빠르게 이 처음 보는 여자를 뒤따라 붙었다.

양공주가 틀림없으리라 생각했지만 싸늘한 눈초리와 어디인지 깨끗한 기품이 어린 여자와 맞선 영식은 주춤하며,

"누구요?"

하고 물었다. 여자는 알아도 소용없다는 듯이 소파에 걸터앉으면서

"포드 있어?"

하고 딴전을 치며 이마에 얽힌 서너 가닥의 머리카락을 걷어 올렸다. 피읖 발음이 좀 세찬 것으로 미루어 숨 가쁘리라 짐작되었으나, 그토록 봉변을 당한 사람으로서는 놀라울 만치 부드럽고 침착한 음성이었다.

"포드요?"

"캡틴 말이야."

"캡틴의 이름이 포드예요?"

"……."

경자는 말하기 귀찮다는 듯이 일어서서 거울 앞으로 갔다.

"아직 안 들어오셨어요."

"음!"

경자는 경대 서랍에서 빗을 꺼내어 태연하게 머리를 빗기 시작했다. 날씬한 몸매였다. 어깨로부터 드러낸 팔이 매끈하게 희다.

영식은 거의 이태를 305호의 하우스 뽀이로 있었다. 하우스 뽀이는 집 안팎을 치우고, 커피를 끓이고, 빨래를 세탁소에 나르는 정도의 잔심부름을 했다.

그사이 주인이 셋이 바뀌었다. 한 사람이 귀국하면 다른 장교가 잇달아서 들어왔다.

맨 처음의 장교는 코넬(中領)이었다. 영식은 그 사람의 이름을 몰랐다. 알 필요도 없었다. 그저 코넬 하고 그의 계급만 부르면 그만이었다. 다음에 온 주인은 메이저였다. 이 사람도 메이저라고 부르면 "으응" 또는 "예스"로 응해주었다. 이번 주인도 매한가지였다. 한 지붕 아래 다만 한 쌍의 주종(主從)이 사는 데에는 이름이 필요치 않았다.

더구나 미국 말을 눈치로 알아차릴 정도의 영식은 그와 마주 앉을 기회도 없거니와, 주인과 마주 앉으면 공연히 없던 흠이라도 드러날 것만 같아서, 되도록 캡틴이 그를 부르지 않는 것을 최상의 다행으로 여겼던 것이다. 캡틴은 영식을 "헤이" 하고 부르고 영식은 그를 이름도 성도 없이 그저 "캡틴"이라고 불렀다.

'그런데, 이 여자는 어떻게서 캡틴을 알까? 한 번도 본 적이 없는데? 스탠드빠에서 알았을까? 수영장에서 만났나? 아니아니, 내가 곤드레만드레 잠든 사이에 밤중에 잠깐씩 우리 집에 왔다 가는 것이 아닐까?'

영식은 아까 들은 영희의 말을 참고삼아 조그만 머리 속에서 되는대로 상상을 짜내어보았다. 그러나 새맑은 경자의 눈이 영식에게 쉽사리 값싼 상상을 허락하지 않았다.

굵직하게 파도치는 머리를 어깨까지 빗어 내리고 경자는 오른발을 왼편 무릎 위에 턱 걸치며 소파에 반듯이 드러누웠다. 그러고 콧노래를 불렀다. 요즘 한창인 미국 유행가였다. 그 부드러운 음성이 영식의 온몸을 쩌릿쩌릿하게 마비시키는 듯했다. 영식은 어쩐지 엉덩춤도 안 나왔다.

'쯧, 남의 집에 와서 제집같이 굴어 씨양, 쯧쯧.'
하고 영식은 속으로 뇌이며 커피를 끓이러 갔다.

거실과 잇닿은 부엌으로 흘러나오는 경자의 노랫소리가 아까 본 그녀의 싸늘한 눈초리와 얽혀서, 영식의 가슴을 조금씩 조여매는 듯이 괴롭혔다. 투명 유리 속에서 보글거리는 커피가 오늘따라 더디 끓는 것 같고 그것을 시간을 재며 섰노라니 더욱 지리한 초조감이 이는 것은 이상한 노릇이었다. 경자가 가까이 와서 영식의 굵직한 팔등을 지그시 눌렀을 때에는 영식은 정말 숨이 꽉 막히는 것 같았다.

영식은 제 딴엔 제법 어른이 다 된 것으로 생각하고 있었다.

우선 304호의 영희도 영식을 "미스터 장" 하고 간드러지게 부르는 것이 그에게 아양을 떠는 것임에 틀림없고…… 이는 영식을 하나의 남성으로 본 것이 분명하지 않은가……!

204호의 하우스 걸한테 전 주인인 메이저와 똑같은 투로 농을 걸어본 일도 있었다.

메이저는,

"헬로, 다아링."

하고 오른편 눈을 살며시 감았다가 뜨는 것이었다.

그러나 그 하우스 걸은 메이저한테는 "헬로" 하고 머리를 갸우뚱하며 웃어 보였던 대신에 영식에게는 어이없다는 듯이 노랑 체크의 알로하 셔츠와 영식이 제 손으로 줄인다는 것이 지나치게 잘 라버려서 정강이 가운데까지 다 드러나 보이는 희끗희끗한 퍼런 작업 바지를 아래위로 훑어보고는 눈을 싹 흘겨 뜨고 지나갔다. 그래도 영식은 메이저처럼 휘휙 하고 휘파람을 불어젖히는 것까지 결코 빼놓지는 않았다. 그리고 멋들어지게 나온 자기의 휘파람에 적이 만족했었다.

'어떠냐, 미스터 장의 솜씨가?'

영식의 팔을 가만히 누르고 있는 경자의 숨결이 그의 뺨에 닿는 듯했다. 볼통한 젖가슴이 얇은 원피스 속에서 할딱할딱 뛰는 것도 짐작되었다. 영식은 팔을 뒤로 당김으로서 경자의 손을 자신의 팔뚝에서 걷어내기는 했다. 그러나 가슴이 두근댈 뿐 씨양 소리도 윙크도 휘파람도 나오지 않았다.

경자는 잠자코 그 새맑은 눈동자를 영식의 눈에 잠시 멈추었다가, 천장으로 냉장고로 선반에 있는 위스키병으로, 그리고 부엌 한구석에 세워둔 접이식 침대로 굴렸다. 그러고는,

"싱겁다. 쭛."

하고 혀를 차며, 진정 할 일 없다는 듯이 상반신을 설레설레 흔들다가 어리둥절한 채 서 있는 영식에게 빙긋 웃음을 던지고 거실로

가버렸다. 웃음이라기보다도 그것은 하나의 가벼운 안면 운동이
었다. 아무런 동요도 엿볼 수 없는 싸늘한 눈망울을 밑으로 쑥 내
렸다가 도로 올리며 입술의 양끝이 웃는 듯이 조금 움직였을 따름
이다.

남을 조롱하는 것인지 스스로를 비웃는 것인지, 또는 진정 싱겁
고 지루한 시간이 속절없다는 뜻인지 알아차릴 수 없는 표정이었
다. 그러나 얄팍한 눈등을 살살 내리감으며 간드러지게 웃는 영희
의 웃음보다는 여간 영식의 마음에 드는 것이 아니었다.

캡틴이 퇴근했을 때에도 경자는 예의 그 안면 운동을 던졌을 뿐
소파에서 일어나 그를 맞으려는 기척도 없었다.

경자가 오는 밤이 거듭할수록 영식은 어쩐지 슬퍼지기만 했다.
그녀가 현관에서 빙긋 한번 예의 그 웃음을 던지고 거실로 들어서
고 나면, 영식은 갑자기 무엇인가 잃은 듯이 마음의 공허를 느꼈
다. 그때까지 경자가 어디에서 어떻게 한나절을 지내왔건 지금부
터 내일 아침까지는 캡틴의 경자임을 자신의 눈앞에서 보기 때문
인지도 모른다.

캡틴이 미웠다가 또 그와 정다운 듯 나란히 앉는 경자가 그보다
도 열 배나 서른 배나 더 밉살머리스럽기도 했다. 그래도 그녀가
늦게 오는 밤이면, 자꾸만 유리창 밖이 슬금슬금 내다보이며 기다
려졌다. 캡틴이 기다리는 양은 또한 야단스러운 것이었다. 시계를
몇 번이나 쳐다보고 그 육중한 몸집을 방에서 거실로, 거실에서
또 방으로 부산하게 드나들다가, 그래도 경자가 오지 않으면 공연
히 영식에게 짜증을 내기 시작했다.

"이게 무어야, 이게, 비뚤어졌어."

하며 반듯이 다려진 바지의 골을 가리키며 트집을 잡으려 들면,

"세탁소에서 다린 것이에요."

하고 영식은 시치미를 뗐다.

"오늘 커피는 잘 못 끓였어. 5분만 끓이랬더니!"

"5분간 끓였어요."

"10분이나 끓였다. 틀림없다!"

하고 캡틴은 기름이 흐르듯이 유들유들한 얼굴에 황소같이 큰 잿빛 눈을 부릅뜨며 테이블을 쳤다.

"아이 암 쏘리."

영식은 그까짓 말 한마디쯤이야 하며 얼른 항복을 하면서도, 캡틴이 화나는 까닭을 아는지라, 정말 안 온다면……? 하고 한편으로 마음이 내키지는 않으나, 경자야, 오지 마라, 이 황소 속 좀 타게, 경자야 오지 마라 하고 씨름판에서 응원이나 하듯이 신난 투로 속 노래를 부르며 야단맞은 분풀이를 하곤 했었다.

쨍……

이따금 들리는 돌 찍는 소리가 산울림하여 먼 산에 구슬피 꼬리를 끈다. 밤은 상당히 깊은 것 같았다. 창가의 불빛도 하나둘씩 꺼져갔다.

그토록 아끼며 핥아 먹던 초콜릿도 어느 틈엔가 다 먹어버렸다.

쨍……

깨끗한 밤바람이 영식의 털구멍 사이사이로 스며들었다. 어느

때엔가, 그를 가만히 안아주던 경자의 살결처럼 산뜻한 감각이 난다. 그대로 경자를 꿈속에 청해서 잠들고 싶었다.

사실 잠드는 것은 희한한 일이었다. 영식은 언제나 생각이 겹쳐 들어 마음이 서성될 때에는 어김없이 잠으로써 모든 것을 잊어버렸다. 늦게 오는 경자를 기다릴 때에도 안타까움에 지치면 소파에서 자는 것이 일쑤였었다. 캡틴이 청소를 잘못했느니, 커피를 덜 끓였느니 하고 생트집을 잡으며 잔소리를 끓여 부을 때에는,

"아이 암 쏘리, 써어."

하고는 화도 치밀고 캡틴에게 대꾸하는 것이 성가시고 귀찮고 해서, 이불을 머리끝까지 뒤집어쓰며 잠을 청했다. 자고, 잊어버리고, 눈을 뜨면 다시 곰곰이 생각을 한다. 괴로움은 나중에!

토요일 밤마다 장교 식당에서 열리는 찬란한 댄스파티를 자기 키의 갑절이나 높은 창턱에 기어 올라가서 엿보는 것이 영식에게는 유일한 오락거리라고도 할 수 있었다.

가까스로 창턱에 기어올라서, 자욱이 낀 담배 연기 속에 파란 불빛이 뽀얗게 흐르는 실내를 하우스 뽀이들이 목을 길게 빼서 들여다볼 때쯤 되면 어김없이 경비원이 나타나서 소리를 쳤다.

"저놈들……!"

후다닥 뛰어내려 걸음아 날 살려라 하고 모조리 제집을 향해서 뛰는 것이다. 요행히 경비원에게 잡히지 않는 날은(잡힌다 하더라도 한껏해야 주인한테 일러서 목 자른다고 으르렁댈 뿐이지만) 그 아슬아슬한 스릴이 재미나서 영식은 건너편 205호의 하우스 뽀이와 서로 등을 치며 웃어대었다.

"오늘 밤의 쑈에 나온 여자 말이지, 젖통이가 굉장히 크더라."

"응, 바가지만 하더라."

하고 그들은 눈을 휘둥그렇게 뜨며 잠시 웃음을 멈추었다가 또 하하 하고 웃음을 터뜨리곤 했다.

밥은 세탁소 옆에 있는 한국인 종업원 구내식당에서 무료로 먹고, 속셔츠나 윗옷 같은 것은 주인들이 주거나 버린 것을 줄여서 입으니까 헐벗지는 않았다. 질보다는 양을 위주로 하는 영식의 위장은 장교 식당에서 산더미처럼 남아 나오는 미제 빵이랑 고기며 과일이며 과자 들을 쓰고 단 것을 가릴 나위도 없이 무턱대고 다른 관사의 하우스 뽀이들과 함께 먹어대었다.

전쟁 통에 어찌어찌 부산까지 홀로 밀려 내려와서 부둣가에서 노숙을 하던 신세였는데, 미국 군인을 우연히 만나서 이 부대에서 거의 이태 동안 추위와 굶주림을 모르는, 더 바랄 것 없이 만족스럽던 영식이었다. 게다가 요즈음 나타난 경자의 존재는 그에게 또한 기쁨을 갖다주었다. 그녀의 잠잠한 눈동자와 차디찬 웃음이 영식은 얼마나 좋은지 몰랐다.

영식에게는 이 부대 밖의 세상이 도대체 어떻게 돌아가고 있는지 알 수가 없었다. 부대 안의 미군들을 미루어 보면 전쟁은 끝난 것 같지 않았다.

203호에 새로 들어온 하우스 뽀이의 말에 의하면, 하루에 한 끼니를 채우는 것도 힘든 생활난이라고 했다. 나이는 영식보다 두 살 아래인 열네 살이라고 했다.

"도적보담도 깡통을 찬 거지가 더 많은 것은 그편이 훨씬 쉬운 노릇이닌께."

그는 침을 꿀꺽 삼키며,

"아, 배고프니, 남의 것이나 먹고 보자는디, 깡통을 차면, 아무리 성가시게시리 졸라대어도 끼껏해야 욕지거리나 얻어먹지 별탈은 없지마는, 잠깐 틈타서 몸을 날리면 덜커덕 걸리지……. 허지만 누구치고 하고파 하는 건 아니니께, 챙피할 건 없고. 없는 게 원수여, 전쟁이 원수여!"

하며 콧등을 찡긋거리는 것이 마치 자신의 체험담 같기도 하고, 서울에서 3년이나 살았다는 그가 전라도 사투리를 그대로 내뿜으며 자못 심각한 표정으로 말하는 것을 보면 그럴싸한 세상(世相)의 설명 같기도 했었다.

새까만 하늘에는 별이 수선스럽다.

밤이 깊어갈수록 영식은 막다른 골목에서 쫓기는 토끼마냥 불안함을 느꼈다. 부대 밖으로 어서 나가야만 했다. 경비원에게 들키면 도둑 취급을 당할 것이다.

'무엇 허러 이런 으슥한 곳에서 멈칫거리는 거야? 이 자식, 아무래도 수상하다. 이름 대봐, 몇 호 관사에 있었다고? ……정말이야?'

숨 쉴 겨를도 없이 몰아세울 것이다. 그것도 목 잘려서 버젓이 내보일 증명서가 없는 탓이다.

어서, 어서. 그러나 어디로 향해 가야 옳단 말인가? 이렇게 자문하자 취조당하는 장면을 상상하던 긴장이 금시에 확 풀려버렸다. 영식은 옷 꾸러미를 다시 머리 밑에 고였다. 멀리서 취침나팔이 은은히 흘러왔다. 자정이다. 캡틴이 자는 시간이다. 커튼을 친 305호의 창가에서 푸른빛이 새어 나왔다. 새하얀이 비치는 속치마를 입은 호리한 경자의 허리가 떠오른다.

영식이가 목 잘린 것은 지금부터 꼭 댓 시간 전의 일이다.

경자가 여느 때보다도 좀 일찌감치 왔었다. 캡틴은 무척 기쁜 모양이었다.

"헤이, 커피 좀 갖다 다우."

하고 캡틴은 어성뿐만이 아니라 말투까지도 사뭇 부드러웠다.

영식은 경자를 본 기쁨과 또한 서운함이 뒤범벅이 되는 야릇한 기분으로 부리나케 커피를 끓여서 쟁반에 포트와 찻잔과 크림과 설탕 그릇을 놓은 채 캡틴의 방문을 열었다.

그러고는 주춤 멈추었다.

캡틴은 황소처럼 넓적한 등판을 영식에게 비스듬히 보이며 굵직한 손으로 경자의 허리께를 잡고 그녀의 입술을 빨고 있었다. 경자는 새맑은 눈을 말똥말똥 뜬 채 있다가 영식에게로 눈망울을 굴리더니 빙긋 웃었다. 예의 그 안면 운동이었다. 그러나 이번에는 밑으로 쑥 내렸다가 다시 뜨는 눈이 여느 때보다도 더 강렬히 냉소를 품은 것 같았다.

현장을 들킨 도둑보다도 그것을 본 주인이 더욱 무서움에 질리듯이 쟁반을 손에 든 채 어리둥절해서 멍하니 서 있는 영식은 어쩐지 부끄러워졌다. 양쪽 뺨이 화끈 달아올랐다. 그러나 경자의 새하얀 얼굴에는 붉은 기 하나도 보이지 않았다. 태연했다. 영희에게 머리카락을 한 주먹이나 뜯겨서 이 집에 뛰어왔을 때와 매한

가지인 얼굴이었다. 급작한 포옹에 놀랐으나 이내 멀어지는 경자를 무엇인지 모자라는 마음으로 바라보던 그에게 빙긋 한번 웃고 돌아서던 때와 똑같은 싸늘한 눈초리였다.

경자는 부끄럽지도 않은가? 그녀의 생활이 부끄러움을 모르게 만들었는지? 또는 그녀의 감정 속에는 애당초에 수치라는 것은 생겨본 일도 없었던 것일까? 그렇더라도 어째서 그런 일이 부끄럽지도 아무렇지도 않단 말인가? 어째서 경자는 부끄럽지 않다는 것이냐 말이다. 영식은 또 반드시 부끄러워해야 할 까닭은 무엇인가 하고 스스로 반문해볼 틈도 없이 무턱대고 화가 머리끝까지 치밀었다.

경자의 얼음장처럼 싸늘한 눈초리는 잠잠히 천장만 바라보고 있다. 영식은 그토록 이끌리던 경자의 차가움의 매력이 등에 냉수라도 끼얹힌 듯 선뜻하게 두려워짐을 느꼈다.

그보다도 캡틴에 대한 증오감이 더 세찼다. 설사 그것이 살이 드레드레 찐 황소같이 비대한 캡틴이 아니더라도 매한가지였다. 본능에 도취하고 있는 동물의 꼴이란 차마 보기에 견딜 수 없을 만치 흉한 것이었다.

'개새끼!'

하고 속으로 뇌이며 영식은 손에 들었던 쟁반을 방바닥에 털썩 내팽개쳤다.

연녹색 비니루 장판에 커피는 검붉은 피처럼 흘러 퍼졌다. 영식은 그래도 여전히 꼼짝 않는 캡틴을 향해서 발끝으로 커피포트를 힘껏 걷어찼다. 불과 2, 3미터 저편에 있는 그의 바지에 깨진 찻잔 한 조각이 탁 때리고 떨어졌다.

  캡틴은 귀찮다는 듯이 뒷발질을 하고 경자의 허리를 힘껏 끌어당겼다. 비치는 속치마를 입은 경자의 허리가 얇은 종이쪽마냥 그의 팔 속으로 꾸겨져 들어갔다.

  영식은 더 이상 그곳에 머무를 수가 없었다. 영식은 그 방을 후다닥 뛰쳐나와서 거실을 지나 부엌으로 쏜살같이 뛰어갔다. 그러고 손에 닿는 것은 무엇이든 모조리 내던졌다.

  '저따위 개새끼 밑에서는 일은 안 할 테다! 할 게 무어야, 할 게 무어야! 굶어 죽더라도!'

  선반에 있던 캇트글라스와 위스키병이 탁, 쨍, 탁 소리를 내며 속 시원히 깨어져 나갔다.

  공중으로 마구 휘둘러대는 그의 팔을 지그시 잡아 누르는 손이 있었다. 보기보다는 훨씬 힘이 센 경자의 손이었다. 영식은 어쩐지 그것을 뿌리칠 수가 없었다. 영식이 저항할 힘이 김빠지듯 없어졌는지도 모른다. 집이라도 두드려 부술 만치 온몸에 화가 뻗치던 영식은 다만 거친 숨결만 씩씩대고 있었다.

  육중한 캡틴의 몸이 나타났다. 그는 부엌 바닥에 너저분히 흩어진 유리 조각을 쓱 훑어보고는 조용히,

  "겟 아웃!(나가라!)"

하고 돌아서서 거실로 갔다. 이윽고 타이프 치는 소리가 들렸다. 영식은 그가 치는 것이 무엇인가를 눈치챌 수 있었다. 경자는 나지막이,

  "못난이!"

하고 돌아섰다.

목 잘린 못난이라는 뜻이다. 까닭은 어디에 있든 간에, 쫓겨난다는 것은 분명히 못난이 부류에 속하는 일인지도 모른다. 못난이건 목이 잘렸건 영식은 화도 한숨도 나오지 않았다.

'너희는 키스를 했고 나는 병을 깨뜨리고, 캡틴은 내 목을 자르고, 나는 실직을 했다. 그뿐이다. 누가 더 못나고 잘났는지 알 게 무어야, 쯧.'

그러나 평화로운 것이 더욱 잔인성을 지니고 있음을 영식은 어렴풋이 깨달았다.

경자의 얼굴은 여전히 차갑고 잠잠했다. 캡틴 역시 얼굴에 노기 한 점도 띠우지 않았었다. 커피를 5분쯤 덜 끓였다고 찻잔을 내던지며 목에 핏대를 세우던 캡틴보다도, 깨끗한 타이프라이터 용지의 해고장을 다정스레 손에 쥐여주는 그가 백배나 무서운 사람처럼 보였다.

어둠의 장막이 잔디에 살며시 스며드는 땅거미 질 무렵이었다. 창마다 재즈가 흘러나왔다. 간드러지는 여자의 웃음소리도 끊임없이 들려왔었다.

이태를 살아오던 305호의 부엌문으로 나온 영식은 자칫하면 흘러내릴 것 같은 코를 훌쩍 들이마시며 창고 뒤까지 걸어갔다. 마흔다섯 채나 되는 관사에서 겨울에 쓰는 오일 스토브를 보관해둔 큰 창고. 잔디가 부드러웠다. 거기서 정문까지는 5분 남짓을 걸어야 할 것 같았다. 정문을 나서서 어디로? 그는 잔디에 몸을 내던지며 조그만 옷 꾸러미를 머리 밑에 고였다. 그제야 오른편 손바닥에 피딱지가 있는 것을 알았다. 위스키병이 깨어지면서 남긴 상처였다.

무섭게 둘러싼 철망 밖은 끝없이 어두운 밭이다. 새까만 하늘에 별이 하나둘씩 반짝이기 시작했다.

하우스 걸들은 퇴근해서 돌아갔고 하우스 뽀이들은 부엌 한구석에서 부스럭부스럭 접이식 침대를 펴며 잠자리를 마련하고 있을 때다. 술도 커피도 마시고 나면, 주인에게 하우스 뽀이는 한낱 집 지키는 존재에 지나지 않았다.

깔깔깔 하고 여자의 웃음이 멀리서 굴러온다. 라디오에서는 재즈가 은은히 흘렀다.

이 구내 밖은 영식에게 있어 분명히 딴 세상이었다. 부모도 형제도 없는 영식은 거의 이태 동안을 이렇다 할 외출을 한 일이 없었다. 고아원에서 임시로 맺어진 형제들이야 수십 명이나 된다. 그러나 그와 한방에 있던 심술쟁이니, 대머리니, 들창코니, 황여우니 하는 별명을 가진 이름만의 아우 형들을 찾아보고 싶은 마음은 전연 없었다. 더욱이 황여우에 대해서는……. 날이면 날마다 희멀건 죽만 먹던 영식이 고아원 원장실에서 책상에 놓인 크림빵을 하나 훔쳐내어서 제 옷상자 속 깊이 그야말로 쥐도 새도 모르게 감추어둔 것을 그 별명처럼 여우같이 약삭빠른 황경태가 어찌 냄새를 맡았는지, 그것을 찾아내어서 겨우 여덟 살 난 어린 영식의 바로 코앞에서 어기적거리고 먹던, 그때의 발을 구르고 싶을 만치 분하고 원통했던 심경을 영식은 지금도 잘 기억하고 있다.

그들도 역시 영식처럼 6·25전쟁이 나서 고아원이 경영난에 봉착하자, 깡통을 하나씩 허리에 찬 채 참새 떼처럼 뿔뿔이 흩어지고 만 것이다.

영식은 내가 고아원에서 자라기 전에 너덧 살까지 어떻게 생명을 이을 수 있었을까 새삼 의아스러워졌다. 뼈도 살가죽도 굳지 않은 채 이 세상에 홀로 내던져졌을 때에도 그는 살아온 것이었다. 하물며 뼈도 살가죽도 돌덩이처럼 단단해진 지금이야 살아가는 것이 그다지 어려울 것 같지는 않았다.

'어떻든 나는 꼬박 16년을 살아났지 않은가?'

추위와 굶주림만이 고스란히 기억에 새겨진 10여 년이라는 오랜 세월을 살아온 제 줄기찬 생존력을 상기함에 영식은 힘이 부쩍 솟는 것 같았다.

"제기랄! 못 살 게 뭐람!"

그러나 301호에 새로 들어온 하우스 뽀이가 하던 말이 다시금 생각났다.

4층, 5층이나 되는 큰 빌딩이 밤이면 쥐새끼 하나도 없이 텅비는데도 숱한 사람들이 잘 곳이 없어서 거리에서 헤맨다는 얘기였다.

"그눔의 관청이니 은행이니 하는 집들은 무엇 허러 텅텅 비어두는 것이어?"

형용할 수 없는 불안이 그의 가슴을 뒤덮어갔다. 오늘 밤은 어디에서? 내일은 또 어디에서 지낼까? 정문을 나서면 오른편 길로 갈까 왼쪽으로 갈까. 그 길가에 올망졸망 늘어서 있는 판잣집들.

그 집마다 노란 팽키(페인트)로 '오프 리밋(출입 금지)'이라고 쓰인 간판들. 빈대떡 20환, 찹쌀막걸리 10환, 국수 10환, 이라고 지저분하게 다닥다닥 써 붙인 찌그러진 유리창들—영식은 머리가 점점 복잡해지는 것이 귀찮았다. 우선 한잠 자고 보자!

영식의 뺨을 스치는 바람이 싸늘했다. 초여름이라고는 하나 삼경(三更)에 접어든 밤바람은 자못 차갑다.

하늘에는 흠뻑 뿌려진 수억의 별들이 서로서로의 거리를 지닌 채 부산히 반짝이고 있다. 그 서로의 거리가 어쩐지 절대적인 존엄성을 지니고 있는 것만 같았다. 어느 별이 하나 타서 죽어버린다 하더라도 그들은 모른 체하고 여전히 더 가까워지지도 멀어지지도 못할 그 마련된 거리에서 저마다 혼자서 반짝일 것이다.

'나는 목이 잘려졌고, 캡틴은 경자를 안고 있고, 경자는 속으로 딸라를 계산하고, 301호에 새로 온 하우스 뽀이는 부엌에서 꿈을 꾸고, 라디오는 째즈를 내뿜고, 잔디는…….'

이렇게 생각하니 영식은 사람도 별과 한가지로 이미 마련된 서로의 거리를 지닌 채 꿈쩍 못 할 절대적인 위치에서 홀로 살다가 죽는 것만 같았다. 웃음도 울음도 저 별들처럼 소리 없는 안타까운 눈짓에 지나지 않는 것 같았다.

이제는 거의 시꺼먼 덩어리로 변한 관사와 관사 사이를 영식은 이리저리 뚫고 나갔다.

흑인 문지기가 우스워 죽겠다는 듯이 무엇인가 껄껄대며 지껄이다가 영식을 보고 패스를 보이라고 했다. 영식은 턱 바로 밑에 오른손을 갖다 대고 넷째 손가락과 셋째 손가락을 엄지손가락에

다 세게 비벼 붙였다. 딱! 하고 소리가 났다. 목 잘렸다는 시늉이
었다. 흑인 이등병은,

"오케이."

하고 싱긋 웃으며 초콜릿을 한입 으슥 베어 물었다.

정문 수위실 라디오에서는 길게 빼는 색소폰과 함께 암짐승의
울부짖음과 같은 알토가 영식의 뒤통수를 마구 두들겼다.

……라라라 라랄라 랄라 맘보 맘보……

1956년,《현대문학》

신화의 단애 神話의 斷崖

새까만 거리에는 헤드라이트의 행렬이 한결 뜸해졌다. 밴드는 다시금 왈츠로 바뀌었다. 시간은 마구 흘러간다. 진영(眞英)은 별로 초초해지지도 않는다. 애당초에 댄서로 취직할 것을 잘못했다는 생각도 해본다. 그러나 한 달 동안 일을 한 후에야 겨우 월급을 탄다는 것은 안 될 말이다. 오늘 저녁을 먹고 이 한밤을 여관에서 잠자기 위한 돈이—그것도 단돈 2000환이면 되지만—필요한데 한 달 후가 다 무엇이냐.

이대로 서 있자. 지난봄에도 늦어서 오는 손님이 있지 않았던가. 그때처럼 한 열흘을 벌어서 또다시 반년을 살고 보자.

춥다. 추워서 움츠려진 조그만 젖꼭지가 스웨터 위에 뾰조록이 솟아버렸다. 그뿐만은 아니다. 배도 고프다. 생각해보니 오늘은 거의 절식 상태다. 추위와 굶주림. 진영은 그 속에서 여전히 생존하고 있는 스스로를 뚜렷이 깨닫는다. '지금 나는 살아 있다' 하고 그녀는 생각한다. '살아 있다' 하고 되씹어본다.

5층 빌딩의 높은 창턱에서 내려다보는 서울의 밤은 아늑하고 다정스럽다.

"들어가실까요?"

누군가 어깨를 툭 친다. 돌아다보니 해말쑥한 청년이 웃고 서 있다.

홀에는 자욱한 담배 연기에 샹들리에가 희미하다. 그 속에서 밴드는 흐르고 춤꾼들은 마시고 웃고 떠들고 있다. 초만원이라 채 몇 발자국 떼기 전에 다른 쌍과 맞부딪쳐버린다.

리드는 서툴고 맘보는 재미없었다. 그래도 진영은 밴드에 맞춰서 열심히 춤을 추었다. 그렇게 해서 추위나 덜어볼까 하는 속셈이었다. 홀드는 차츰 가까워졌다. 술 냄새가 진영의 얼굴에 확 끼친다. 뺨에 남자의 수염이 까칠까칠 닿는다. 귀찮다. 팁은 얼마나 주려나.

"징병 기피자를 적발해야 할 텐데요."

청년은 술 때문에 조금 혀꼬부랑 소리다.

"왜요?"

"직업상……."

"직업?"

"난, 형사야."

"그러세요?"

진영의 말끝은 힘없이 흐려진다. 그처럼 어린 형사에게 돈이 있을 것 같지 않기 때문이다.

'기껏, 하나 잡았나 했더니.'

구슬픈 블루스보다도 진영의 스텝은 맥이 없다.

……카네이션 꽃잎 지던 밤……

스테이지에서는 가수가 앞가슴을 허옇게 드러낸 채 노래를 부르고 있다.

"나도 기피자인데 남을 잡으려니 양심이 찔리지만, 그렇다고 이대로 있으면 내 목이 달아나고."

……추억에 울던……

"내일까지는 꼭 하나 적발해야 할 텐데……. 자, 그러고 보니 모조리 기피자 같기도 하고 또 아닌 것 같기도 하고. 후유."

남자가 풍기는 술 냄새는 견딜 수가 없다. 진영은 스텝을 밟으며 무턱대고,

"저기 있지 않아요? 기피자."

하고 소리쳤다. 형사는 진영의 뺨에 비벼대고 있던 얼굴을 번쩍 들며,

"어디?"

한다. 진영은 턱으로 아무 데나 가리켜 보였다.

"저─기."

마침 저편에서 키 큰 청년이 깨끗한 뒤통수를 이쪽으로 보인 채 멋있게 턴을 하고 있었다.

"정말?"

"으응."

진영은 긍정도 부정도 아닌 대답을 했다. 진영은 그 청년이 누구인지도 물론 모른다. 따라서 그가 기피자인지 아닌지는 전혀 알리가 없다. 다만 술 냄새와 까칠까칠한 수염을 면했으니 다행이라고 생각했다.

블루스는 멎었다. 진영은 위스키를 마셨다. 목에는 차나 이내 몸은 후끈해진다. 마지막 곡이 시작되었다. 형사는 화장실에서 아직 돌아오지 않았다. 진영은 담배 연기 속에서 멍하니 앉아 있었다.

"아르바이트?"

하며, 눈이 어글어글한 어떤 청년이 진영의 앞에 우뚝 섰다. 진영은 고개를 끄덕였다.

"너무 늦었는걸."

테이블 사이를 누비며 센터로 나가는 청년의 뒤통수를 보자 진영은 가슴이 쿵 내려앉는 것 같았다. 아까 턱으로 아무렇게나 기피자라고 가리킨 바로 그 깨끗한 뒤통수였기 때문이다.

리드는 멋있었다. 진영의 등에 얹었던 팔이 차차로 허리에 와서 감긴다. 그의 눈은 정열적이면서 어딘가 냉랭하다.

"아까부터, 허리가 좋다고 생각했지."

"……?"

"추면서 남이 안고 있는 여자를 감정하는 것은 재미있는 일이야."

"……."

"학생? 미쓰?"

진영은 연달은 질문에 대답 대신 웃고 있었다. 청년은 진영이 둘 다 긍정한 줄로 안 모양이다.

"일주일만 살까?"

하고 웃는다.

"10만 환이면 되지? 내일부터."

사뭇 뻐기는 어조다.

"흥!"

진영은 어이없다는 듯이 코웃음을 쳤다.

10만 환이 다 무엇이냐. 내게는 지금 당장에 단돈 2000환만 있으면 충분한데. 그러나 웃음의 뜻을 잘못 알아차린 청년은

"비싼데, 그럼, 20만 환!"

"흥?"

진영은 더욱 답답하고 기막혔다.

"그러면, 30만 환."

밴드는 멎고 홀드는 풀렸다. 진영은 아무 말도 하지 않았다. 내일부터 일주일간의 일을 살 것인가 말 것인가 하고 지금 생각할 여유가 없다. 오늘 밤을 어찌하나 그것조차 해결하지 못하고 있는 진영이 아닌가.

어느 사이엔가 진영의 손에는 지폐가 쥐여져 있다. 610환이다.

"남은 게 그것밖에 없어."

두 사람은 다른 춤꾼들 사이에 끼어 묵묵히 층계를 내려갔다.

거리는 추웠다. 이내 온몸이 오싹해지면서 떨린다.

"내일, '호심'으로 오시오. 9시 반."

청년은 말을 뚝 자르고 돌아섰다.

9시 반이라면 자고 일어나서 나오기에 알맞은 시간이라고 진영은 생각했다. 그렇지 않고 오후나 저녁 몇 시라고 한다면 진영은 그것을 지킬는지가 의문이다. 그동안의 시간에 혹시 하루를 살 수 있는 돈이 생긴다면 구태여 그를 기다려야 할 까닭은 없는 것이다.

진영도 돌아섰다. 몹시 배가 고프다. 통금 예비 사이렌이 불고 난 거리에 음식점이 있을 리 없다. 그뿐 아니라 명동에는 거의 불빛이 없다. 검은 하늘에 조각달이 걸려 있다. 진영은 지금이 밤이라는 것을 인식했다.

성당 쪽으로 가는 언덕 길가에 군고구마 장수가 부스럭대며 갈 준비를 하고 있었다. 석유 등잔이 가물가물 켜져 있다. 진영은 남은 고구마를 다 털었다. 대여섯 개밖에는 안 된다. 진영은 군고구마를 먹으며 걸었다. 여간 맛있지 않다. 주린 배에는 이토록 맛난 것이 또 있으랴 싶다.

어디로 갈까? 500환으로 재워줄 여관은 없다. 설혹 재워준다더라도 불을 지펴줄 리는 없다. 이토록 추운 밤에 내 몸을 꽁꽁 얼려 재우다니. 죽으면 썩는 몸이다. 살아 있는 이 순간, 다시는 없을 이 지극히 소중한 순간을 나는 내 몸을 하필이면 얼려 재워야만 한다는 말인가? 그것은 안 될 말이다. 진영은 경일한테 가서 자리라고 생각했다. 그 방도 냉돌임에는 틀림없겠지만 그래도 같이 자면 한결 따뜻할 것이 아닌가.

손바닥만 한 방에 책과 화구가 한가득 흩어져 있다. 진영은 어디에 발을 디뎌야 할지 잠시 망설였다. 경일은 언제나 그렇지만 오늘도 모른 체하고 캔버스만 보고 있다. 진영은 먹다 남은 군고 구마를 책상 위에 놓으며 요 밑으로 발을 넣었다. 뜻밖에도 바닥이 더웠다. 그림이 팔렸나?

"웬일이세요? 방이 더워."

경일은 갑자기 몸을 돌려서 다짜고짜로 진영의 등을 한 번 때린다.

"왜 이래, 왜 이래?"

"준섭(俊燮)이가 장작을 사온 거야."

"좋겠군요. 친구 잘 두어서."

"엊저녁 얘기 다 들었다. 준섭이가 여기서 잔 거야."

"내가 그래 어쨌다는 거예요. 어쨌다는……?"

진영은 경일의 눈을 뚫어져라 흘겨본다. 경일은 눈 한 번 깜짝이지 않고 시무룩한 얼굴로 진영의 등을 주먹으로 또 한 번 때렸다.

어저께 저녁 일이다. 한 달 밀린 밥값 대신 화구 일체와 책 전부를 빼앗긴 채 하숙을 쫓겨 나온 진영은 통금 사이렌을 듣자 어쩔 수 없이 준섭의 하숙을 찾아갔던 것이다. 그곳은 경일의 하숙보다 가깝고 파출소보다는 갈 만한 곳이었기 때문이다.

진영은 시민증을 잃은 지 벌써 반년이 넘는다. 그것이나마 있었다면 또 모르겠는데 ×미술대학 학생증만으로는 파출소 가기가 꺼림칙했다. 꺼림칙 이상으로 싫었다고 하는 편이 옳을 것이다.

"오늘 밤 재워주세요."

진영은 파자마 채로 당황하는 준섭을 빤히 들여다보며 말했었다.

"저……."

준섭은 눈 둘 곳을 모르고 있었다.

"……?"

"저, 김 군이, 저……."

"미스터 김이 어쨌단 말씀이세요?"

"저……."

머뭇거리며 망설이고는 있으나 준섭의 눈에는 무엇인지 기쁜 빛이 가득 차 있었다. 진영은 그것이 메스껍고 화가 났다.

"누가, 누가, 당신하고, 무슨, 연애 유희라도 하고 싶어 온 줄 아세요? 천만에! 잘 데가 없어서 하룻밤만 자겠다는 거예요."

진영은 꼿꼿이 선 채 말했다.

"그런 게 아니라, 저…… 김 군이 알면 또 오해나……."

"오해를 하면 어떻단 말이에요. 지금 갈 데가 없다는데 오해 따위가 다 무엇이란 말이에요!"

준섭은 한참 동안 잠자코 서 있다가 못에 걸렸던 외투를 어깨에 걸치고 밖으로 나가버렸다.

'잡을까? 내버려두자.'

외투가 없어진 못에는 머플러가 걸려 있다. 여자의 것이다. 때로 자러 오는 여자가 있다더니 그녀의 것일지도 모른다. 그녀는 그 분홍 빛깔이 무척 자극적이라고 느껴졌다.

준섭은 바로 그저께도 진영에게 또 알쏭달쏭한 편지를 보내왔었다.

경일 군과의 관계는 다 이해하겠습니다. 조금도 나무라지는 않겠습니다. (중략) 덧없는 일인 줄 아오나 어쩔 수 없이 적은 글입니다.

내용은 대개 이렇게 적혀 있었다. 무슨 소리인지 도무지 답답한 얘기다. 아마도 같이 살자는 말인 성싶다. 그렇다면 왜 좀 더 알아듣기 쉽게 쓰지 못한단 말인가. 또 어째서 지금 이대로 잠자코 나가버리고 마는 것인가. 오늘 밤만은 나를 마음대로 할 수도 있는 것이 아닌가. 밖으로 나간 준섭은 돌아오지 않았다. 진영은 따뜻한 이부자리에서 한밤을 고이 잤었다. 그러나 준섭이 경일에게 가서 잤으리라고는 미처 생각을 못 했었다.

"그만 때려, 그만."

그러면서도 진영은 경일의 주먹을 피하려고는 하지 않았다. 도무지가 맞아도 아프지도 않거니와 무엇보다도 추위에 옴츠려져서 어깨가 아팠는데 맞고 보니 시원한 것을 어떻게 하랴. 주먹이 멈추었다. 방바닥은 뜨겁고 몸은 후끈거렸다.

"매 맞고 나니 더워졌어요."

진영은 솔직히 말했다. 아프라고 때렸는데 더워서 좋다니. 경일은 성난 얼굴이다. 그는 마치 보기 싫은 물건을 다루듯이 발바닥으로 진영을 아랫목 쪽으로 밀어붙였다. 진영은 종이쪽마냥 주르르 밀려간다.

경일은 다시 붓을 들었다. 진영은 스웨터와 스커트를 벗어서 차근히 개어놓았다. 구겨진 옷으로는 댄서가 될 수 없기 때문이다. 내일은 일찍부터 나가서 꼭 돈을 벌어야 하지 않느냐고 그녀는 속으로 다짐한다.

몸이 풀리고 나니 맞은 데가 뻐근한 것 같다. 지난봄에도 댄서로 나갔다고 해서 이렇게 맞았었다. 이번에는 준섭의 하숙에 자러 갔다고 해서 맞았지만. 편지마다 사랑하노라고 적어 보내는 준섭보다는 말없이 때리기만 하는 경일이 오히려 더욱 벅차게 가슴에 오는 것은 무슨 까닭일까.

군고구마로 굶주림은 면했고, 따뜻한 방에 누워 있으니까 진영은 무한히 행복한 것 같다.

'지금 나는 행복하다.'

이제 잠만 자면 그만이다. 이렇게 머릿속이 텅 비게 될 때면 진영은 언제나 사랑이라는 것이 그리워지는 것이다. 나는 누구를 사랑하고 있지 않을까? 경일을 사랑하는 것이 아닐까? 진영은 '경일이' 하고 입속으로 속삭여본다. 나의 애인, 그리운, 그리운 사람! 하고 생각해본다. 그러니까 정말 그리워지는 것 같다. 그리워 못 견딜 것 같다. 그립다, 그립다. 그 그리움이 그립다. 아아.

"키스할까?"

진영은 요 밑에 엎드린 채 중얼거린다.

"시끄러!"

경일은 소리를 꽥 지른다. 진영은 벽을 향해서 돌아누우며, 좀 전에 헤어진 청년을 생각해보기로 했다. 30만 환! 3만 환의 열 배다. 내일을 생각지 않는 진영에게는 오히려 벅찰 만치 많은 돈이다. 하숙비를 내고, 아니 자취를 하자. 등록비도 걱정 없고……. 그러나 진영은 그 이상 더 생각을 이을 수가 없었다. 경일이 그녀를 와락 껴안았기 때문이다. 경일의 포옹은 언제나 기분이 좋다. 그러나 그 깨끗한 뒤통수의 청년의 홀드 또한 부드럽고 기분 좋은 것이었다고 진영은 생각한다.

멀리서 9시를 치는 소리가 났다. 경일은 벌써 나가고 없었다. Y극장 뒤의 창고가 그의 출근처다. 영화의 간판을 그리는 것이다. 그나마 어저께 가까스로 얻은 아르바이트 자리다. 책상 위에는 군고구마가 뎅그렇게 하나 놓여 있다. 진영은 그것을 먹으며 경일의 하숙을 나섰다.

걸음이 성당 앞에 이르렀을 때, 진영은 교인은 아니나 무엇이라도 한번 기도를 해도 괜찮을 것 같은 기분이 들었다.

"성모마리아, 나에게 애인을 하나 마련해주세요. 영원한 애인을요."

진영은 경건한 마음으로 속삭였다. 그러나 이내 그 마리아상의 졸렬한 조각이 눈에 띄어 기분이 나빠졌다. 그래서 진영은,

"마리아, 좀 더 기다리세요. 내가 당신을 조각해드리겠어요."
했다.

찬 하늘 아래 홀로 하얗게 서 있는 마리아가, 도저히 씻을 수 없는 고뇌로 해서 스스로를 매질하고 있는 것만 같다. 애틋하기 한이 없다. 처녀가 아기를 낳다니! 사랑의 기쁨도 모르면서 진통만 겪다니! 가엾어라, 가엾어라.

시간이 이른데도 다방에는 손님이 많았다. 오일 스토브가 벌써 벌겋게 달아 있다. 누가,

"안녕하세요."

한다. 어제 저녁의 그 청년이었다. 하얀 턱에 셰이빙을 한 자국이
파랗다.

"자!"

하며 그는 테이블 위에 자그마한 보따리를 올려놓는다.

"현금이야, 30만 환. 수표면 부도난 것이 아닌가 할까 봐 바꿔
왔어. 큰돈으로 바꾸느라고 애썼지. 어때 그 정성이? 하하하."

그는 거리낌 없이 큰 소리로 웃는다. 진영은 아무 말도 하지 않
았다. 물만 마시고 싶다. 군고구마를 먹어서 목이 바싹 말라버렸
다. 그래서 우선 커피나 마시고 보자고 했다. 진영은 커피를 두 잔
이나 마셨다.

"가자."

하며 그는 일어섰다. 그는 댄스홀에서보다도 훨씬 더 미남같이 보
였으며 더욱 점잖다고 진영은 느껴졌다. 진영도 뒤따라 일어섰다.
앞뒤 테이블의 손님들이 진영과 그를 번갈아 보고 있다.

택시 안에서 그는 왼팔로 진영의 허리를 감았다. 호텔의 현관은
어마어마한 것이었다. 주홍빛 양탄자가 눈부셨다. 기둥이랑 천장
에 현대적인 감각이 확 끼친다. 프런트 데스크에서 청년은 일주일
방값을 선불했다.

"309호실."

하고 사무원이 말하니까 보타이를 맨 뽀이가 성큼 나선다. 진영은
손에 든 지폐의 무게와, 그녀와 나란히 층계를 올라가는 청년의 로
션 냄새와, 주홍빛의 양탄자를 인식했다. 층계의 커브를 돌 때다.

"여보슈."

하고 아래에서 누가 소리쳤다. 형사라는 것이었다. 형사는 청년의 신분증을 조사하더니 가자고 한다. 징병 기피자라는 것이었다. 지금 꼭 가야 한다는 것이다. 청년은 형사를 비웃는 듯 싱긋 웃으며,

"갑시다!"

하고 늠름한 걸음으로 층계를 도로 내려간다. 깨끗한 뒤통수가 몹시 사랑스럽다. 진영은 당황하며 뛰어갔다.

"여보세요."

"?"

"이것."

진영은 돈 보따리를 내밀었다. 청년은 싱긋 웃는다.

"가지시우. 약속을 어기는 것은 이쪽이니까."

"너무 많아요."

"애당초 30만 환은 너의 허리 때문이 아니야. 이걸 봐, 이렇게 죽음이 쫓아다니지 않아? 나는 1년을 살 돈이 있으면, 그것으로 우선 하루라도 살고 보아야 해. 살 시간이 없어. 바빠."

하고 빙긋이 웃으며 돌아선다. 진영은 청년에게 바싹 다가섰다. 진영의 표정은 자못 심각해졌다.

"가지 마세요!"

청년은 웃으며 말했다.

"나는 너를 사랑해."

진영의 입에서 앵무새처럼 말이 흘러나왔다.

"저도 사랑해요."

말을 하고 보니 진영은 정말 그를 사랑하는 것 같다.

"가지 마세요. 가지 말아요!"

"돈으로 안 되는 일 없지. 곧 온다."

그는 진영의 뺨을 슬쩍 쓰다듬고 호텔을 나가버렸다. 형사가 뒤따라 나갔다. 그때 프런트 데스크에서 해말쑥한 청년이 담배를 피우며 진영에게로 다가왔다. 진영은 낯익은 얼굴이라 생각했다. 누구일까? 아차! 엊저녁의 그 형사로군! 그렇게 생각하니 그녀는 모든 일이 우연히 된 것이 아님을 깨달았다. 진영은 스스로도 모르는 사이에 매섭게 쏘아붙이고 있었다.

"당신이군요! 비겁한!"

"왜 그러슈, 남편?"

진영은 입을 한일자로 다문 채 머리를 세게 흔들었다.

"그럼, 애인?"

"아니!"

"그러면?"

"남자!"

하고 진영은 돌아섰다. 형사는 뒤따라오며,

"내가 논산으로 갈 때엔 나도 프러포즈 할 생각이야."

"어림없어!"

하고 쏘아붙이며 진영은 앞을 똑바로 본 채 층계를 올라갔다.

진영은 호텔의 레스토랑에서 프라이드치킨을 먹었다. 맛있는 것을 먹는 즐거움이 없다면 인생은 한결 쓸쓸하리라고 생각하며.

외투와 구두를 샀다. 립스틱도 샀다. 이것을 바르고 아르바이트를 하러 댄스홀로 갈 날이 머지않아 또 있으리라 생각했다. 핸드백도 샀다. 그래도 돈이 남았다.

진영은 하숙으로 갔다. 주인아주머니는 삯뜨개질을 하고 있었
다. 아이가 셋이나 딸린 전쟁미망인이다. 방바닥은 얼음 같고, 떡
벌어진 문틈이 사뭇 한데. 밀린 밥값을 치렀는데도 진영의 마
음 한구석 어딘지 개운치 못한 데가 있다. 만 환을 더 내놓았다. 주
인은 고맙다고 하며 이내 흑흑 흐느껴 운다. 30만 환을 얻었는데
도 고마운지를 몰랐던 진영은 하숙 주인이 오히려 우스꽝스럽다.
그녀를 도와주려는 것이 아니었다. 진영은 그 여자의 가난이 끼친
울적한 기분을 털어버리고 싶을 따름이었던 것이다.

진영은 화구를 샀다. 모두 4만 환이다. 갑자기 붓이 들고 싶어진
다. 어서 그려야지. 국전에서 모 장관상을 탄 경일의 그림이 생각난
다. 그녀는 그 구성이 참으로 잘되었다고 다시금 생각한다. 학교의
성적은 진영이 수석이나, 국전에서는 낙선했었다. 시기와 비슷한
불길이 몸 어느 모퉁이에서부터인지 소리 없이 이는 것 같다.

'그려야 한다.'

진영은 거리의 책점에 들렀다. 고흐의 소묘집이 있다. 진영은
책장을 들춰 보았다. 까마귀가 날고 있다. 사육(死肉)을 파먹고 산
다는 날짐승. 금세라도 썩은 물이 악취를 풍기며 뚝뚝 떨어질 것
같다. 진영은 자기 자신이 까마귀 같다는 느낌이 온다. 팁으로 살
아 있는 그녀의 살이 까마귀의 살만 같다. 진영은 진저리를 치며
몸을 흔들었다. 볼통한 젖가슴이 육중하게 흔들린다. 진영은 다만
자신의 실존을 재확인할 따름이다.

진영은 위스키를 한 병 사들고 호텔로 갔다. 더블베드는 지나치

게 호화로웠다. 그녀는 일주일 여기서 홀로 사는 것이다. 고요 속에서 붓을 들 수 있는 것이다. 그러나 그 청년이 온다면? 돈으로 안 되는 일이 있겠는가고 했었는데. 오면 오는 것이고, 그때 일을 지금 생각지 말자.

진영은 위스키를 더블로 해서 마셨다. 이내 몸이 상쾌해진다. 푹신한 베드에 엎드려본다. 기분이 여간 좋지 않다. 그녀는 귀신이라도 농락해보고 싶을 만치 삶에 대한 자신감이 강력히 솟구친다. 무서울 것도 꺼릴 것도 없다. 오로지 그려야 한다는 의욕만이 파아랗게 불탈 뿐이다.

진영은 준섭에게 편지를 썼다. 베드가 부드러우니 그 여자와 하룻밤 자러 오라는 얘기를 썼다. 그게게 한밤 따뜻이 재워준 은혜를 갚기 위해서다. 다음은 경일에게 글을 썼다. '사랑해요'라고 쓰기 시작했으나 도무지 펜이 움직여지지 않는다.

사랑, 사랑…… 진영은 그 말의 감각을 느껴보려 했으나 그 추상명사가 마치 숫자처럼 무미건조하게 그녀의 머릿속에서 나열될 따름이다. 그래서 진영은 '경일 씨 어서 오세요, 보고 싶어요'라고 썼다.

진영은 베드에서 일어나서 높은 창가에 스케치북을 들고 앉았다. 창밖은 밤이었다. 무수한 불빛이 어둠 속에서 별빛처럼 명멸하고 있었다.

1957년, 《현대문학》

노파와 고양이

바람에 몰려서 빗발이 쏴쏴 하고 소리를 치며 창유리에 흩어진다. 방 안에는 벌써 어둠이 깃들었다.

"겨울에 눈은 안 오고, 비는 무슨 비야! 밤새 오고 또 진종일 퍼부으니, 어어."

그녀는 보료 밑으로 파고들어가며 진저리 치듯이 머리를 내흔든다. 온몸이 축축하고 찌뿌드드하다. 까닭도 없이 기분이 좋지 않다. 할 일도 없다. 손등으로 쪼글쪼글한 가죽이 축 늘어진 눈등을 쓱 훑는다. 촉감이 꺼칠하다. 그녀는 몸을 일으켰다. 끙! 하고 목에서 저절로 힘주는 소리가 난다. 그런 간단한 동작을 하는 데에도 여간 힘이 들지 않는 것이다.

그녀는 머리맡 머릿장 문을 연다. 그것은 그녀가 시집올 때 가지고 온 것이다. 자개가 떨어져서 군데군데 검은 나무 바탕이 드러나 보이기는 하나 아직도 화려한 머릿장이다. 그녀 어머니의 유물이다. 그 속에 쌓은 옷 갈피 사이에 그녀의 어머니는 푼푼이 엽전을 모아두었다. 그녀 아버지 몰래 찬거리를 절약하며 모은 것이었다. 그 돈으로 그녀의 어머니는 그녀에게 박래품 가루분이나 값진 비단 댕기 같은 것을 곧잘 사주곤 했다. 지금 그 속에는 옷도 돈도 없고, 엿이나 인절미 같은 물렁한 간식감만이 들어 있다.

그녀는 자그마한 항아리를 꺼냈다. 둘째 손가락을 푹 찔러넣어서 물렁하게 고아진 엿을 코 위까지 추켜올린 다음 길게 내민 혓바닥 위로 운반한다. 찌익 하고 늘어진 엿이 툭 잘려서 도로 스르르 항아리 속에 미끄러져 내려간다. 그녀의 엉덩이에 등을 딱 붙인 채 자고 있던 누런 늙은 고양이가,

"이야―옹."

하고 기지개를 켜며 길게 울더니 다시금 그녀의 엉덩이에 등을 붙이고 눈을 감는다.

"오오냐."

하고 그녀는 우물거리던 입속의 엿을 꿀꺽 삼키고 나서 말한다. 그 까칠하고 윤기 없는 소리가 고양이의 소리와 거의 흡사하다. 그러나 그녀는 고양이에게 엿은 주지 않는다.

고양이는 그녀의 단 하나의 벗이다. 늙은 육체의 소유자인 그들은 한방에서 기거했다. 아들도, 며느리도, 손녀도, 손자도, 부엌사람도 그녀와 이렇다 할 말을 나누지 않았다. 혹 몇 마디 오가면 거의가 귀찮은 듯이 눈살을 찌푸렸다. 그래서인지 그녀는 마치 사람에게 하는 것처럼 고양이에게 말을 했다.

고양이도 새끼를 많이 낳았으나, 며느리의 학교 때 친구니 계친구니 하는 젊은이들이 서로 다투어 뺏어 가고, 때로 남겨둔 것

이 있어도 제 힘으로 먹을 것을 찾을 만하면 어디론지 달아나버려서 남은 것은 한 마리도 없다.

엿 항아리를 머릿장 속에 도로 넣고 그녀는 방을 나섰다.

옆방이 식모의 방이다. 까닭도 없이 들여다보고 싶다. 문이 얼른 열리지 않는다. 안에서 잠갔나? 그렇다면 왜? 대낮에 잠글 까닭이 있을까? 남자라도 찾아온 것인가? 그녀는 궁금증이 왈칵 치민다. 그녀는 문손잡이를 필사적으로 좌우로 비튼다. 그러는 통에 어쩌다가 문이 왈칵 열려서, 하마터면 앞으로 고꾸라질 뻔했다. 눈에서 불이 번쩍 나는 것 같다. 그러나 문이 열리는 소리나 문지방에 발이 걸렸을 때 천장까지 들썩하고 울리던 소리에 비하면 그녀는 조금도 놀라지 않은 셈이다. 하루에도 그런 일이 한두 번이 아니기 때문인지도 모른다.

그녀는 허리가 한 아름이 넘도록 비대하다. 게다가 발의 감각이 둔해져서인지 디뎌도 안 디딘 것 같아서 다시 한번 꽝! 하고 내디디다가 넘어지는 일이 예사다. 그리하여 머리카락이 빠져서 반들반들해진 앞가르마 중간쯤에서 정수리 부분에는 문이나 장 모서리 같은 데 부딪쳐서 생긴 딱지가 두어 개쯤은 항상 붙어 있었다.

방 안에는 식모가 김이 나는 미제 다리미로 양복을 다리고 있을 뿐이다. 그녀의 그토록 서두르던 호기심은 싹 식어버렸다. 열없어서 딴소리를 해본다.

"저녁은 안 하니?"

까칠한 어성이 높다. 말할 때에 쭈글쭈글한 살가죽이 늘어진 목이 위로 조금 추켜지며 가운데에 심줄이 선다.

"저녁은 벌써 해서 무엇 해요!"

식모는 눈을 내리깐 채 소리를 지른다. 식모는 보통 말소리로 대답해서는 그녀가 못 알아듣는 줄 잘 알고 있다.

그뿐 아니다. 식모는 그녀가 진종일 집 안을 쏘다니는 것이 정말이지 밉살스럽고 귀찮다. 쿵쾅거리고 시끄러울뿐더러, 쭈글쭈글한 얼굴에 윤기 없는 눈동자를 뽀얗게 뜨고 흡사 고양이같이 까칠한 음성으로 엉뚱한 말을 불쑥 하는 것이 딱 질색이었다. 게다가 하루에 한 번은 반드시 꽃병이나 유리창 같은 것을 깨뜨리거나, 그러지 않으면 그녀 자신의 정수리에 딱지를 붙이는 것이 이를 데 없이 보기 싫었다.

그녀는 화장실의 문을 열어본다. 이렇다 할 목적은 없다. 오로지 심심하고 지루해서다. 아무도 없다. 목욕실 문도 득 하고 열어본다. 공기가 차다. 흰 타일. 어어 춥다. 그녀는 며느리 방에 들어간다. 며느리는 없다. 비 오는데 어딜 갔담! 텔레비전을 켜놓은 채 두었는지 불빛이 번쩍거린다. 그녀는 또 벌거벗은 양녀(洋女)가 춤을 추는 것인가 하고 가까이 가서 자세히 보니까, 양팔에 울퉁불퉁 알이 배긴 젊은 남자 둘이 머리통만 한 장갑을 손에 끼고 웃통을 벗어부친 채 턱을 치고, 가슴을 치고, 가슴을 치고…… 가슴을 치고 어어…… 자빠진다, 자빠져…… 어어…… 꽝! 키가 큰 쪽이 바닥에 나자빠졌다. 스피커에서 와하고 떠들썩한 소리가 나나 그녀는 왜 그러는지 알지 못한다.

"지랄이야!"

그녀는 도무지 마땅치 않다. 치고받는 것도 눈에 거슬리나, 아무리 남자라 해도 팬츠 바람으로 사람들 앞에서 그게 웬 미친 짓이야! 대관절 텔레비전 자체가 마땅치 않다. 저까짓 것을 무엇 하러 사왔담. 에미의 조바위나 사지 않구! 나다니지 못한다구 아주 송장 다 된 줄 아나? 그녀는 아들이 불만이다. 텔레비전을 확 꺼버렸으면 좋으련만 그녀는 끌 줄 모른다.

그녀는 거의 한 칸 남짓한 거울이 달린 장롱을 열어본다. 거울이 열리며 거기에 비쳤던 경대랑 어항이랑 액자가 빙 돌아가는 통에 아찔하고 현기증이 나서 눈을 감고 선 채 손으로 이마를 짚는다. 장안에는 양단 치마저고리가 오색찬란하게 죽 걸려 있다. 그녀는 자신의 회색 비단 치마를 거울에 비추어본다. 그것은 그녀의 혼숫감의 하나다. 그녀의 외숙이 청국(淸國)에 사신으로 갔을 때 가지고 온 것이다. 여태껏 아껴서 큰 나들이 때에나 입었으나, 죽을 날도 머지 않았는데 싶어서 요즈음은 집에서도 곧잘 꺼내어 입었다.

그보다도 옛날 물건이라면 무엇이든 그까짓 것 하는 며느리가, 그녀가 죽은 뒤에 이토록 귀중히 여기는 치마를 또 얼마나 천대할까 생각하니 차라리 나나 실컷 입어두자고 마음먹어서인지도 모른다.

그녀는 물론 그 치마도 머릿장과 함께 대물릴 작정이다. 요새 것과는 비할 수 없을 만치 좋은 비단이라고 그녀는 생각한다. 요새 사람들이 이런 것을 걸쳐볼 수나 있을라구? 어림도 없지! 이것은 청국에서 가져온 것인데! 하고 그녀는 자랑스럽게 여기나 왠지 기분이 좋지 않다. 그 방 안에 있는 모든 것이 마음에 들지 않는다. 장롱도 텔레비전도, 사람인지 도깨비인지 알아볼 수 없는 그림뿐 아니라 불긋불긋한 리놀륨 장판도 아예 질색이다.

그녀는 방 한가운데 서서, 이라고는 부서진 조각도 없는 빤들한 잇몸으로 아랫입술을 꽉 깨물며 가만히 생각한다. 2층에 올라갈 때가 되었을까 하고 생각해보는 것이다.

며칠 전에 손녀 방에서 어떤 청년을 발견한 뒤로 그녀의 온갖 신경은 모두 그 방으로만 집중되어버렸다 해도 과언이 아닐 것이다.

그 청년은 손녀의 약혼자라는 것이었다. 그는 오후면 반드시 왔다. 따라서 그녀도 점심 후로는 부쩍 2층으로 오르내렸다. 숨이 차고 허리가 아픈 것도 그다지 개의치 않았다. 오로지 붙들어야 한다, 붙들어야 한다 하고 속으로 서둘러대는 것이다. 결혼 전의 남녀가 한방에 있다니! 하며 그녀는 머리를 절절 내흔들었다. 안 되지, 안 돼! 그녀는 어떤 불순한 장면을 상상하고 속으로 펄쩍 뛰었다.

처음에는 손녀에게 무슨 실수나 있으면 어쩌나 해서 불안했다. 그러나 날이 감에 따라 호기심이 동하였다. 그러다가 차차로 반드시 그 장면을 내 손으로 잡아야 한다는 생각에 사뭇 조바심이 났다. 젊은이들한테서 꼬리를 잡을 수 없으면 없을수록 그녀는 더욱 더 초조해졌다.

언제 보나, 손녀는 피아노를 치고 있고 청년은 책을 들고 있다. 그렇지 않으면 테이블을 사이에 두고 서로 마주 보고 앉아 있는 것이다. 손녀가 수상쩍은 옷차림을 했다거나 청년이 당황한 눈치를 보인 적은 한 번도 없었다. 나무랄 데도 트집 잡을 것도 없었다. 완전했다. 그러나 그녀에게는 그 완전성이 도리어 답답하고 꺼림칙한 것이었다. 그 완전한 것 뒤에, 헤아릴 수 없을 만치 숱한 고약

한 일이 밀폐되어 있는 듯만 싶었다. 그녀는 초조했다. '안 돼, 안 돼' 하고 속으로 뇌까렸다. 그러나 왜 안 될까 하고 생각하지는 않는다. 그녀는 왜라든가 하는 따위의 사고방식은 일찍이 가져본 기억이 없다.

그저께 저녁에 밥을 먹으면서 그녀는 아들에게,

"그 놈팡이는 왜 내버려두니?"

하고 말했다.

"염려 마세요!"

하고 아들은 얼굴을 찡그리며 소리를 꽥 질렀다. 그 소리가 어찌나 크던지 그녀는 머리가 띵 하고 울리는 것 같았을 뿐 무슨 말인지 알아들을 수는 없었다. 그래도 그녀는 아들이 그녀를 핀잔 준 것을 짐작했다. 만일 손녀를 야단친다면 아들의 얼굴이 손녀에게로 향해 있어야 할 것인데, 분명히 그녀 쪽을 보고 있었기 때문이다. '두고 봐라' 하고 그녀는 속으로 분개했다.

너무 자주 오르내리면 도리어 기회를 주지 않는 것이 아닐까 해서 그녀는 지금 알맞은 때를 생각하고 있는 것이다.

아까 가보았을 때에도 언제나처럼 테이블을 사이에 두고 손녀와 청년은 마주 보고 앉아 있었다. 아무런 얘기도 없었다. 그런데도 어딘지 아늑하고 포근한 공기가 느껴졌으며, 그녀가 모르는 비밀이 무언중에 젊은이들 사이에 오가는 것만 같았다. 그것이 그녀를 초조하게 하는 것이다.

그녀는 제 딴에는 소리 없이 계단을 올라가는 것이었으나 층계는 쿵쾅거리며 요란스레 소리를 내었다. 아랫방에 있는 식모도 그녀가 올라가는 것을 알았으니, 하물며 2층에 있는 젊은이들이야.

그녀는 계단을 올라가자마자 황급히 방문을 잡아당겼다.

새빨간 치마를 입은 손녀가 피아노를 치던 손을 멈추고

"또 왜 그러세요?"

하고 툭 쏘아붙인다. 그 말이 너무 크고 재어서 그녀의 귀에는 음절이 분절되어 잘 들리지 않기 때문에 무슨 뜻인지 알아들을 수가 없다.

"갔니?"

하고 그녀는 방 안을 휘둘러보며 말한다.

"그러문요! 아까."

손녀는 야무지게 쏜다.

방에 청년은 없다. 그녀는 맥이 확 풀리는 것 같다. 그녀는 반침문을 획 열어본다. 없다. 이불 하나, 베개 하나뿐이다. 그녀는 이불과 요를 왈칵 잡아 내렸다. 베개가 댕그르르 굴러떨어졌다.

"아유— 할머니는 아무것도 모르면서 그런 데에만 눈이 벌게……."

하고 손녀는 건반을 부서져라 두드리며 몸부림을 친다.

그러나 그녀는 이불을 도로 개어 올리는 데 여념이 없어서 손녀를 도무지 보지 못한다. 피아노 소리가 요란하나 그녀에게는 곡을 치는 소리나 홧김에 두드리는 소리나 시끄럽기는 매한가지였다.

그녀는 자신의 방에 돌아가서 방바닥에 누웠다. 방바닥이 배겨서 등이 아프나 일어나는 것이 성가시다. 그녀는 어쩐지 허전하고 울적하다. 틀림없으리라 여긴 일이 어긋난 때문이 아니었다.

'그것이 벌써······' 하고 생각하니 그녀는 손녀가 어느새 혼기에 이른 것이 도리어 대견하게 여겨지기도 했다. 어연 그 아들이 커서 자식을 두고, 또 그 자식이······. 남편이 있었다면 얼마나 좋아할까. 손자를 봐야지 하던 그는 죽었다. 겨울에 비가 내리고 있었다.

그녀는 이를 악물고 창가에 엎드려서 소리 없이 울었다. 장독대에 쏟아지던 빗줄기······ 몇 배나 자식을 낳았는지 쭈글쭈글한 뱃가죽이 축 늘어진 늙은 고양이가 어슬렁어슬렁 그 빗속을 걸어갔다. 다음날 그 고양이가 옆집 마당에 뻗어 있었다. 젖은 털이 엉긴 채 얼어붙어 있었다. 비. 비. 겨울에 무슨 비까!

그때도 비가 내렸다. 그녀의 젊었던 때다. 남편의 시체가 바로 옆방에서 차디찼다. 그녀는 울었다.

그리고······ 그리고. 그러나 지난날은 그녀의 기억 속에 흔적만을 남길 뿐 그때의 정감은 다시는 되살아오지 않는다.

비는 끝없이 주룩주룩 내리고 있다. 오금이랑 겨드랑이 밑까지 축축하게 젖어드는 것 같다. 그녀는 몸이 찌뿌드드하고 을씨년스럽다.

축 늘어진 윤기 없는 뱃가죽을 아랫목에 납작 붙인 채 자고 있던 늙은 고양이가

"이야—옹."

하고 길게 울음을 뺀다. 그 까칠한 소리가 빗속으로 질척하게 사라진다.

1958년, 《현대문학》

장마

나흘째 비가 쏟아지더니, 내가 넘어서 논밭이 모두 흙탕물에 뒤덮여버렸다. 앞으로 사흘만 이대로 비가 계속된다면 태식의 집도 홍수에 휩쓸릴 것 같다. 태식은 툇마루에 서서 윗마을이 홍수에 떠내려가는 것을 보고 있다. 흙탕물 위를 초가지붕이 둥둥 떠간다. 벌레 먹은 나무 기둥도 떠간다. 모두 같은 방향으로 세차게 굽이치며 흘러간다. 농짝, 문짝, 나무 솥뚜껑……

태식은 아무 말 없이 그것들을 보고만 있다. 부뚜막에 앉아서 태식의 뒷모습을 바라보고만 있는 새댁도 말이 없다.

그들은 엊저녁에 첫날밤을 지낸 사이였다. 아침도 함께 먹었으나 새댁은 아직까지 한 번도 남편을 정면으로 본 일이 없다. 그녀는 부끄러워서 남편을 볼 수가 없었다. 태식도 부끄러워서인지 통 말이 없다. 밥 먹을 때 그는 제 밥을 듬뿍 숟갈로 퍼서 두 번 새댁의 밥그릇에 보태어주었을 뿐이다. 두 술을 주어야만 정든다는 말을 생각하고 새댁은 뺨이 화끈 달았다.

쥐가 댓 마리 우 몰려서 부엌에서 툇마루로 달려갔다가 기둥에 기어오르더니 다시 툇마루 밑으로 찍찍거리며 부산하게 달음질을 친다. 홍수에는 쥐가 가장 예민하다고 한다. 물이 쥐구멍을 막는 탓이리라.

새댁은 집이 홍수에 휩쓸릴지도 모른다는 불안도 없었다. 그녀는 부뚜막에 앉은 채 남편을 관찰하기에 골몰하고 있었다.

결혼하기 전에 그들은 꼭 한 번 만나본 일이 있으나, 새댁은 태식의 발만 보고 있었다. 엊저녁에도 새댁은 남편을 보지 못했다. 때문에 새댁은 함께 한밤을 보냈으나 남편이 어떻게 생겼는지 모른다. 키는 중이고 건장한 몸집임은 짐작할 수 있으나 눈이 어떻고 코가 어떻게 생겼는지 알 수 없었다. 중매 노인의 말에 의하면, 어떻든 그만큼 '사나이답게' 생긴 남자도 보기 드물 것이라 했다.

태식은 어릴 때부터 윗마을 이 지주 댁의 머슴으로 있었다. 부지런하고 곧아서 주인이 각별히 아껴주었다. 새댁은 살결이 검고, 예쁜 편은 아니었으나, 마을 남자들이 그녀의 젖은 듯한 검은 눈만 보면 왠지 몸이 찌릿하고 숨이 턱 막힐 것 같다는 말을 듣던 처녀였다.

그들의 혼인은 말이 있은 지 열흘 만에 간단히 성사되어버렸다. 태식은 새댁을 본 일은 없었으나 고를 것 없이 첫 번째의 통혼이니 한다는 것이었고, 새댁은 집이 어려워서 하나라도 식구를 빨리 덜어야 하는 급한 사정에서였다.

태식의 주인은,

"아따 그놈, 끔찍이도 장가가고 싶었던 모양이구나."

하고 웃었다. 주인집 산지기가 살던 초가 한 칸 방에 주인은 부랴
부랴 신문지로 도배를 해주었다.

비가 쏟아져서 혼인식인데도 별다른 음식도 못 하고, 태식과 새
댁은 주인집 대청에서 상 위에 떡 한 접시, 쌀밥 두 그릇, 국 두 그
릇을 올려놓고 맞절을 두 번씩 했을 뿐이다. 손님도 없었다. 그래
도 태식은 좋아서 어쩔 줄을 모르는 것 같았다.

새댁은 혼수라고는 넝마 한 조각도 없었다. 식이 끝나자 태식은
솥에 숟갈 둘, 젓갈 네 자루, 밥그릇 둘, 고추장 한 깡통, 간장 한 깡
통을 넣고, 그것을 등에 지고 산을 넘어서 산지기가 살던 초가로
갔다.

새댁은 주인집에서 준 유일한 침구인 모포 두 장과 베개 하나를
똘똘 뭉쳐서 머리에 이고 주인집의 우산 하나를 중매 노인과 함께
쓰고 새집으로 온 것이다.

빗줄기가 조금 가늘어진 듯하더니 다시금 후다닥 쏴 하고 퍼붓
기 시작했다. 그 빗소리에 새댁은 흠칫 놀랐다가 홀로 미소를 짓
는다. 그녀는 놀란 것을 남편에게 들키지 않아서 다행이라고 여
겼다.

천장에서 노래기가 한 마리 부엌 바닥에 뚝 떨어지더니 흰 뱃
가죽을 홀렁 뒤집는다. 그놈이 수십 개나 되는 발로 다시 찌꺽찌
꺽 기어가려고 할 때 새댁은 신발로 꽉 눌러서 죽여버렸다. 그러
나 또 한 마리가 새댁의 어깨에 뚝 떨어진다. 그녀는 그것을 손으
로 털어 내려 역시 꽉 밟아버린다. 날이 습하니까 지붕의 짚 사이

에 노래기가 우글우글하다.

한여름 내내 매미 소리 한번 먼 귀띔으로라도 들을 수 없는 벌거숭이산이고 보니 물의 피해는 맡아놓은 고장이기는 하나, 숲이 없는 탓으로 뱀이 없는 것만은 천만다행이다. 물에 못 견디면 뱀은 사람에게 감기기가 일쑤다. 때문에 홍수도 무서우나 한층 더 두려운 것은 홍수 때의 뱀이다.

'뱀 없는 것만도 다행이다' 하고 새댁은 생각한다.

쥐가 댓 마리 우 몰려서 찍찍거리며 부엌에서 툇마루 아래로 달음질을 쳤다.

새댁은 툇마루 끝에 버티고 선 남편의 굵직한 검은 정강이를 보니 왠지 든든하다. 그녀는 엊저녁을 생각하고 얼굴을 붉히고 오늘 밤을 생각하고 수줍음에 가슴이 뛴다.

세차게 흐르는 홍수에는 아까보다도 떠내려오는 물건이 훨씬 많아졌다. 장독이 떠가다가 흙탕물 속으로 푹 가라앉는다. 옷 보따리, 베개, 갈고리, 냄비, 양은솥이 뒤집힌 채 떠내려간다.

태식이 가지고 싶은 것만이 유독 그의 눈에 띄는지도 모른다. 태식은 눈을 점점 더 크게 뜨고 상류로부터 하류로 시선을 옮기고, 그의 시선이 좇는 대상물이 안 보이게 되면 다시금 상류로 눈을 돌린다.

허여멀건 것이 떠내려왔다. 그 뒤에 울긋불긋한 것도 보인다. 이불하고 요다. 새끼로 동여맨 것이 풀어졌는지 언저리에 새끼가 너절하게 흩어져서 떠 내린다. 이불과 요! 이불과 요. 태식은 마음속으로 몇 번이나 이 말을 되풀이해본다. 이불과 요. 그것은 참으로 그에게 필요한 것이었다. 이불과 요는 차츰 태식의 집 앞으로 흘러온다. 태식의 커다란 눈에 빛이 번쩍였다. 그는 고개를 획 돌려서 새댁을 보았다. 그 찰나, 새댁의 젖은 듯한 검은 눈이 그의 시선과 마주쳤다. 태식의 몸이 찌릿하고 저렸다. 새댁은 두 손으로 얼굴을 가렸다. 새댁의 얼굴이 불덩이처럼 탔다. 새댁은 지금 처음으로 남편의 시선과 마주친 것이다.

이불과 요. 태식은 이불과 요가 서로 가까워졌다 멀어졌다 하며 하류로 멀리 사라지자 다시 상류로 눈을 돌렸다.

새댁은 부끄러움에 깜빡 숨이 막힐 것 같았으나 이번에는 한층 대담하게 남편의 뒷모습을 바라볼 수 있었다. 그리고 입속으로 말해본다.

내 서방님 ······.

그때 갑자기,

"히—"

하고 태식이 괴상한 외마디 소리를 지르더니 쿵 소리를 내며 툇마루에서 뛰어내려 빗속을 달음질친다. 새댁은 깜짝 놀라 벌떡 일어섰다. 태식은 불과 열 걸음도 뛰기 전에 흙탕물 속으로 풍덩 뛰어들어갔다. 새댁은 툇마루 끝에서,

"여보!"

하고 불렀으나 그것은 말로 되어 나오지 않았다. 그녀는 어떡할까 어떡할까 하고 가슴만 조인다.

쏴 하고 빗줄기가 다시 퍼붓기 시작했다.

태식은 순식간에 물 한가운데까지 헤엄쳐 가서, 서너 칸(間) 남

짓한 돼지우리를 붙들고 있다. 새댁은 비로소 남편의 행동을 이해했다. 차차 돼지 새끼 한 마리를 줄 테니 먹여보라고 하던 태식의 주인의 말이 생각났다.

새끼 돼지는 여섯 달이면 새끼를 낳는다. 한 번에 대여섯 마리를 낳기도 한다. 그것들이 반년이면 또 새끼를 낳는다. 암놈은 두고 수놈은 판다. 암놈은 두고 수놈은 …… 적어도 만 환에서 만 오천 환으로 나간다. 뿐 아니다. 돼지의 거름은 비료 중에서도 가장 좋은 것이다. 내 논에는 돼지거름만 주어야지, 돼지거름만! 그러나 태식은 돼지우리를 장만할 수 없었다. 웬만큼 튼튼한 것이 아니면 돼지가 밖으로 뛰어나간다. 밖으로 나가다니? 안 되지, 안 되어! 잃어버리면, 애초 없는 것만도 못해! 태식은 돼지우리의 한 모퉁이를 움켜쥐고 기슭으로 끌기 시작했다. 물살이 세서 우리는 끌어도 도로 내려간다. 두 자 남짓한 단단한 나무토막으로 되어 있다. 그 나무토막을 철사가 잇고 있다. 게다가 넓이가 서너 칸 남짓하니 돼지 열 마리는 넉넉히 기를 것 같았다. 우리로서는 다시없이 좋은 것이었다.

"이눔, 이눔."

하며 태식은 있는 힘을 다 짜내어 기슭으로 끌었다. 태식의 머리에서 빗물이 줄줄 흘러내렸다. 눈과 코에 마구 흐르는 빗물을 태식은 굵직한 손등으로 쓱쓱 닦아내었다.

물이 허리까지 찬다. 빗발이 세서 흙탕물의 수면은 들끓고 있다.

어쩌다가 파도가 밀리는 통에 우리가 저절로 기슭에 올라간다. 태식은

"허이—이."

하고 홀로 환성을 올리며 기슭으로 뛰어올라 우리를 끌었다. 그러나 다시 물결이 밀렸다가 나가는 통에 우리는 흙탕물 속으로 스르르 미끄러져 들어간다.

"어, 어, 이놈이, 이놈이."

하고 태식은 당황하며 우리를 잡았다. 우리는 덥석 한번 물결을 타더니 세차게 흐르기 시작한다. 태식도 우리와 함께 떠내려갔다. 태식은 우리를 놓을 수도 잡을 수도 없게 되었다. 놓으면 물이 깊어서 익사할지도 모르는 일이었다. 그러나 잡고 있으려니까 어디까지 떠내려갈지 막연하고 기막혔다.

태식은 살려달라고 고함을 치려고 했으나 그것은 헛수고임을 알았다. 기슭에는 인가도 없고 빗속에 나다니는 사람도 없다. 태식의 집도 안 보인다.

태식은 혹시 뗏목이 없을까 하고 물 위를 두리번거려보았다. 뗏목은 홍수 때에 한몫 보는 일이 많았다. 물건을 건져두었다가 팔아서 곧잘 사는 사람도 있었다.

빗발이 가늘어져서 강 위는 훤히 보이나 뗏목은 보이지 않았다.

우리는 세차게 굽이치며 떠내려갔다. 우리가 물살에 굽이칠 때마다 태식은 흙탕물을 머리로부터 뒤집어썼다. 그럴 때면 태식은 흙탕물이 들어갈까 봐 눈을 질끈 감고 입을 꽉 다물었다. 우리가 잠잠해지면 비가 얼굴의 흙탕물을 씻어 내렸다. 그렇게 하여 얼마를 표류했는지 모른다. 기슭에 있는 얕은 산들도 도무지 눈에 익지 않았다. 태식은 자신이 어디쯤에 있는지조차 몰랐다. 그는 차차 불안해졌다.

태식은 이제 돼지우리를 생각할 여유는 조금도 없다. 어서 기슭으로 올라가서 집으로 가야겠다는 생각뿐이었다. 물은 가슴까지 찼다. 태식의 피부에 소름이 쭉 끼쳤다. 태식은 무엇보다 추워지는 것이 곤란한 일이었다. 떨리면 헤엄칠 수가 없기 때문이다. 그는 이제 초조해졌다. 다시금 물 위를 두루 살폈다. 그는 고개를 한 번 돌리고는,

"어이, 사람 살려……."

하고 소리쳤다. 그의 눈에서 광채가 번득였다. 불과 50미터도 안 되는 곳에 뗏목이 보였기 때문이다. 남자가 둘이 타고 있다.

뗏목은 태식의 소리를 듣고도 모른 체하는지 못 들었는지 태식을 구하려는 눈치가 없다. 뗏목은 사람에게 냉정하다는 말을 들은 적이 있는 태식은 분개했다. 아무리 돈이 좋기로서니 사람을 구하지 않는다니! 태식은,

"어이 (이 염병해서 고꾸라질 놈들아) 사람 살려!"

하고 소리치며 돼지우리를 놓고 뗏목 쪽으로 헤엄쳐 갔다. 물결을 거슬러 오르기 때문에 헤엄치는 데 여간 힘이 들지 않는다. 흙탕물이 눈으로, 귀로, 코로 사정없이 들어온다. 태식은 코를 풀고, 고개를 들고 헤엄쳐 갔다.

한참 헤엄치다 보니까 뗏목은 도리어 하류 쪽으로 내려가고 있다. 태식은 화가 바짝 치밀었다. 그는 뗏목만 붙들면 거기에 탄 두 놈을 당장에 물속에 거꾸로 처넣을 테니 두고 보라고 단단히 마음먹었다. 태식이 뗏목을 향해 도로 물결을 타고 내려가는데 물에

파묻혀서 위만 조금 남은 둑이 보였다. 태식은 그 위에 올라섰다. 물에서 나오니까 그는 살 것 같았다. 그는 두 손을 벌리고 몇 번이나 심호흡을 했다. 팔도 흔들어보고 고개도 돌리고 허리도 굽히며 운동을 했다. 둑이 홍수의 한가운데쯤 있으니 홍수의 강폭이 내의 두 배는 되는 성싶다.

빗줄기는 한결 가늘어졌다. 태식은 뗏목을 향해 다시 소리쳤다.

"사람 살려 (이 물귀신에 잡혀갈 놈들아!) 사람 살려……."

그러나 뗏목에서는 아무런 반응도 없다. 뗏목에 탄 사람이 갈퀴 같은 것으로 물 위의 무엇을 건지고 있다.

"사람 살려……."

태식은 분해서 숨이 막힐 것 같았다.

빗발이 굵어지더니 쏴 하고 퍼붓기 시작한다. 그러자 태식의 발 밑의 둑이 우르르 무너지며 물속으로 꺼져버렸다. 태식은 깜짝 놀라 헤엄치기 시작했다. 눈겨냥으로 재어보니 기슭보다는 뗏목이 훨씬 가깝다.

태식은 맹렬히 헤엄을 쳤다. 그는 기어이 뗏목을 붙들고 말았다. 뗏목 위의 사람이 놀라며 그를 잡아 올려준다.

"어, 이 웬일이여? 이 영감 댁의 새신랑 아니여?"

하며 또 한 남자가 태식에게 다가온다. 태식은 그들이 누구인지 모른다. 아마도 윗마을 사람인 것 같다.

태식은 아무 말도 없이 심호흡을 몇 번 하고는 뗏목 위에 누워버렸다. 기진맥진해버린 것이었다. 뗏목만 붙들면 거기에 있는 사람을 물속에 거꾸로 처넣겠다던 생각은 까맣게 없어졌다.

태식은 한참 동안 눈을 감고 누웠다가 일어났다. 일어나서 몸을 살펴보았다. 윗옷은 오른편 소매만 어깨에 붙어 있고 나머지 부분은 어디로 갔는지 없다. 물살에 찢겨 흘러간 모양이다. 바지 역시 한가지다. 몸에는 가죽 혁대와 혁대 근처에 떨어져나간 바지의 남은 헝겊이 나불나불 달려 있을 뿐이다. 그는 전연 벌거숭이였다.

뗏목 위에는 솥, 냄비, 괭이, 삽 같은 것이 건져져 있다. 그러나 태식의 몸을 가릴 만한 것은 없다. 태식은,

"여기가 어디메쯤 되오?"

하고 물었다. 한 사람이

"당 고을 조금 지났어."

한다. 그렇다면 태식의 집과 얼마 안 떨어진 셈이다. 그러고 보니 기슭의 산이 바로 그의 집이 있는 산임을 그는 짐작할 수 있었다. 태식은 지금 그 산의 남쪽에 있고 그의 집은 산 고개 너머에 있는 것이다. 태식은 조금 마음이 놓였다.

날이 어둑하다. 저녁때도 넘은 것 같다. 태식은 거의 반나절을 물에서 보낸 셈이다.

"그런데 어저께가 날 잡은 날이라는데, 장개는 갔어?"

하고 뗏목 사람이 태식에게 묻는다.

"야."

하고 태식은 대답했다.

"비가 오는디?"

"야."

뗏목은 기슭으로 가까워갔다. 태식을 내려주고 그들은 좀 더 일

을 한다고 한다.

뗏목이 거의 기슭에 가까워갔을 때 태식은 흙탕물 속으로 풍덩 뛰어들었다. 아까 그 돼지우리가 기슭에 걸려 있는 것을 보았기 때문이다. 그의 얼굴에 기쁜 빛이 가득 퍼졌다.

"고마워유."

태식은 놀라서 눈만 휘둥그렇게 뜨고 있는 뗏목 사람들에게 한마디를 던지고 기슭으로 뛰어 올라갔다.

그는 돼지우리를 끌었다. 우리는 물에 젖어서 여간 무겁지 않다. 그대로는 도저히 집까지 끌고 갈 수 없을 것 같았다.

그는 나무토막을 잇고 있는 철사의 마디를 찾았다. 철사를 푸니까 돼지우리는 이내 부서졌다. 그는 나무토막을 가지런히 쌓고 철사로 동였다. 무겁기는 하나 운반하기 쉽게 되었다. 태식은 벌거벗은 채 그것을 끌며 집으로 향했다. 그러나 그는 추워서 견딜 수가 없었다. 빗줄기는 가늘지만 반나절을 물속에서 언 몸에는 얼음같이 차다. 비가 다시금 쏴 하고 쏟아지더니 태식의 몸의 흙탕물을 깨끗이 씻어 내린다.

태식을 보자 툇마루 끝에서 홍수만 보고 섰던 새댁이 눈물을 확 쏟는다. 얼마나 울었는지 눈등이 부어 있다. 태식은 새댁을 보고 웃으려고 했으나 그만 방바닥에 쓰러져버렸다.

태식의 전신이 와들와들 떨렸다. 새댁은 모포를 깔고 또 하나의 모포로 태식을 덮어주었다. 그러나 태식은 여전히 떨었다. 더이상 덮어줄 것이 없었다. 새댁은 울고 싶었다. 방에 불을 때려고 해도 땔 것이 모두 젖어서 타지 않는다. 새댁은 도로 방으로 들어갔다.

모포가 들썩거렸다. 태식이 몹시 떨고 있는 것이다. 태식은 아무것도 모르는 것 같았다. 어떻게 하면 춥지 않게 해줄까 하고 새댁은 가슴을 졸였다. 새댁은 남편의 손을 잡아보았다. 부끄러운 것 같았으나 하는 수 없었다. 손이 싸늘했다. 그녀는 깜짝 놀라 태식의 손을 비벼주며 몸을 남편 몸에 바싹 대었다. 그녀의 가슴이 조금 두근거렸다. 그녀는 체온으로 추위를 덜어줄까 하고 생각한 것이다. 그러나 태식은 점점 더 떨었다.

새댁은 당황하여 손으로 태식의 몸을 여기저기 마구 쓸기만 하다가 저고리를 벗고 남편의 가슴에 몸을 대어주었다. 남편은 그래도 떨었다. 새댁은 초조해졌다. 그녀는 치마도 벗고 속옷도 벗었다. 새댁은 이제 부끄러움을 느낄 겨를이 없었다. 어떻게 해서든지 남편을 따뜻하게 해주어야겠다는 생각뿐이었다. 새댁은 벗은 몸을 남편의 언 살에 밀착시켰다.

새댁은 온몸으로 태식의 몸을 포근히 쌌다. 꽁꽁 언 어깨와 팔꿈치와 무릎은 겨드랑이와 오금으로 싸주었다. 새댁은 태식의 새파란 입술에 입술을 갖다 대었다.

태식의 입술은 얼음같이 차다. 태식은 눈을 감은 채 인사불성이었다. 태식의 입에 입을 대고 있노라니까 그의 인중이 빳빳이 굳어가는 것을 새댁은 느꼈다. 새댁은 깜짝 놀랐다. 사람이 죽을 때에는 인중이 굳어진다는 말을 들은 적이 있기 때문이다. 새댁은 남편의 인중이 굳지 않도록 인중과 콧날을 빨기 시작했다. 그리고 손으로 남편의 몸을 쓸었다. 그녀는 그녀의 몸 외에는 남편을 위한 다른 아무런 수단이 없다. 약도 없고 불도 없고 이불도 없었다. 도움을 청할 이웃도 없었다.

한밤중이었다. 비는 부슬부슬 내리고 있다.

'죽지 말아유, 죽지 말아유.'

새댁은 속으로 말했다. 눈물이 그녀의 젖은 듯한 검은 눈에 한가득 고였다.

새댁은 팔이 떨어져나갈 듯이 아팠다. 입술도 아팠다. 그러나 그녀는 빨기를 멈추지 않았다.

이윽고 태식의 몸이 더워지기 시작했다. 그러고 점점 뜨거워갔다. 나중에는 불덩이처럼 끓었다. 태식은 무엇인지 자꾸만 헛소리를 했다. 그의 입술이 바지직바지직 탔다. 새댁은 이제 그의 입술을 빨았다. 태식의 입술은 고열에 자칫하면 말라버리려고 한다.

비는 밤새도록 그치지 않았다.

날이 샐 무렵에 비로소 태식의 열이 내렸다. 새댁은 미음을 끓였다. 태식은 얼굴을 씻었다. 하룻밤 사이에 그의 얼굴이 축이 났으나 여전히 씩씩했다.

새댁은 그 얼굴을 사랑스러운 듯이 보았다. 태식은 씩 웃고 밥상에 앉았다. 쏴 하고 비가 퍼붓기 시작했다. 천장에서 노래기 한 마리가 밥상 위의 간장 그릇에 뚝 떨어졌다. 남편이 먹기도 전에……! 새댁은 울상이 되었다.

태식은 굵직한 손가락으로 간장 종지에서 노래기를 집어서 방 밖으로 휙 내던졌다. 그러고 그 간장을 미음에 쭉 붓고 미음 한 그릇을 단숨에 마셔버렸다.

태식은 밥상을 들어서 툇마루에 내놓고, 일어서려는 새댁의 치마를 불끈 잡고 끈다. 새댁의 그 젖은 듯한 검은 눈이 활활 타며 태식의 눈에 감기고 입술에 감긴다. 태식은 숨이 턱 막히는 것 같다.

쥐가 댓 마리 들창문 밖으로 주르르 달음질쳤다.

비가 다시금 쫙 하고 쏟아진다.

1959년, 《사상계》

1960년대

광대 김 선생

행복

상처

한 잔의 커피

신과의 약속

광대 김 선생

준(俊)은 부엌으로 가는 초인종을 두 번 누르고 의자에서 일어섰다. 책상 위에 반쯤 걸쳐져 있던 오선지 한 장이 양탄자 위로 떨어졌다. 그것을 주우려고 하지도 않고 그는 피아노에 가서 앉았다.

아침 하늘은 잿빛으로 흐려 있다. 눈이나 비가 올 것 같다. 늦가을에서 겨울로 들어설 무렵은 날씨가 고르지 못했다. 실내 난방이 알맞다. 그러나 준은 노타이의 한쪽 소매를 천천히 걷어 올렸다. 건반에 팔꿈치를 세우고 턱 밑에서 두 손을 모았다. 건반에서 무거운 불협화음이 길게 여음을 끈다. 흐린 하늘에 북악과 인왕산 봉우리들이 조용히 선을 긋고 있다. 준은 한참 동안 창밖을 보고 있다가 오른손 새끼손가락으로 건반의 제일 높은 키를 쳤다. 투명한 소리가 톡 하고 부서진다.

'1악장하고 2악장은 역시 좋다. 버릴 수 없는데⋯⋯.'

그는 벌떡 일어나서 책상으로 갔다. 1, 2악장은 가야금과 오케

스트라가 가까스로나마 조화가 되어 있으나, 3악장의 카덴차는 아무래도 어딘지 어색했다. 여기만 잘되면 이 협주곡은 성공할 것 같다.

국악기와 양악기가 합주할 때에는 언제나 분위기 때문에 실패하기 쉽다. 악기의 성질이 전혀 다르기 때문이다. 합리적이고 벽돌처럼 각 음이 독립되어 있는 양악의 음과, 지극히 비합리적이고 천연의 바위처럼 각 음의 모양이 저마다 다른 한국 악기의 음을 함께 써서 건축을 하는 것은 확실히 위험한 실험이다. 준은 무엇보다도 한국 음악이 갖는 분위기를 잘 나타낼 수 없어서 애를 쓰고 있는 것이다.

그는 목 뒤로 깍짓손을 끼고 있다가 책상 옆에 있는 초인종을 눌렀다. 두 번을 채 누르기 전에 부엌 아이가 커피를 가지고 들어왔다. 아침 먹고서 벌써 세 번째 커피다. 준은 작곡이 제대로 되지 않으면 커피를 마시는 버릇이 있었다. 목이 마르거나 식욕을 느껴서가 아니라 그 향기를 맡으면서 한 모금씩 맛을 음미하는 동안 기분이 전환되고 새로운 영감 같은 것이 떠오르는 것 같기 때문이다. 그리하여 일이 잘 진행되는 수도 있고, 어떤 때에는 공연히 애꿎게 커피만 대여섯 잔 마시고 마는 때도 있다. 그렇게 되면 커피의 향도 맛도 전혀 모르면서 마치 마시는 것이 치러야 할 의무인 것처럼 한 모금씩 액체를 목 너머로 넘기고 있었다. 초인종을 두 번 누르면 말하지 않아도 부엌에서는 커피를 가지고 오게 되어 있었다.

준은 티 테이블로 가서 선 채 포트를 기울였다. 그가 한 모금 마

시려는데 도어에 노크 소리가 나며

"오빠, 나 들어가도 되지?"

원(媛)이었다. 그녀는 대답도 듣지 않고 핸들을 돌려서 들어왔다.

"아이구, 몇 잔째야!"

원은 허리를 뒤로 넘기며 어이없다는 듯이 곁눈을 흘긴다. 그녀의 산뜻한 빨간 원피스가 갑자기 방 안에 전등을 확 켠 것 같다.

"부엌에서 고개를 내젓고 있어요."

여자들끼리 또 쑥덕거렸으려니 여기며,

"너 참 잘 왔다. 한번 들어봐."

"나 좀 바빠."

원은 항공 엽서를 흔들어 보이며,

"이것 찍고, 외무부에 가야 하거든."

그녀는 타이프 앞에 앉아서 키를 두드리기 시작했다. 언제 배워서 그렇게 능숙한지 속도가 여간 빠르지 않다. 원은 비자만 나오면 곧 미국으로 떠날 수 있게 모든 준비가 되어 있었다. 유학 수속은 둘이 같이 시작했는데 원은 풀 스칼라십에 풀브라이트 시험까지 패스해두었다. 학비는 아버지가 충분히 댈 텐데도 미국은 부자 나라니까 되도록 우리 돈은 아껴야 한다는 그녀의 지론이 여기서도 발휘되어 여비까지 마련해둔 셈이다. 준은 아직도 멀었다. 원이 무슨 일에건 판단을 빨리 내리고, 또 내려지면 서슴지 않고 행동으로 부딪쳐가는 데 비해서, 준은 하는 일의 의미를 찾느라고 무언가의 주위를 항상 배회하고 있는 정신 상태 때문인지도 모른다.

"넌 지금 그렇게 낌새도 모르고 뛰어다니지만, 한국 사람이 영문학 하러 왔다고 거기서들 웃을걸?"

준은 몇 번이나 하던 말을 또 했다. 그가 비록 양악을 아무리 공부하고 작곡한다 해도 서구인과 도저히 나란히 설 수 없을 거라고 믿고 있는 것과 같은 이유에서다.

"두고 보아!"

원은 계속 타이프라이터의 키를 치면서 준을 한번 흘겨보고 야무지게 말끝을 맺는다. 준이 놀리는 줄 아는지 원은 언제나 이런 투의 말에는 '두고 보아!' 하며 입을 옹초 물었다.

"농담이 아니라니까!"

"한국인이 서양 것을 하면 얼마나 할 거냐는 거지? 내가 좋으니까 해요, 내 취미에 맞으니까 말야. 서양 것이니까 하고 한국 것이니까 안 하는 게 아니라니까요."

공교롭게 말이 끝나는 것과 타이프가 끝나는 것이 일치했다. 원은 타이프의 뚜껑을 덮고 일어서더니 팔목시계를 본다.

"시간은 약간 있으나 듣고 있을 여유가 없어요, 마음이 바빠서. 나쁘게 평하고 싶지만 사실 괜찮아, 이번 것."

그녀는 콧노래로 멜로디 몇 군데를 부르더니,

"이거지? 내 방에서도 다 들리는걸? 전 것에 비하면 나아졌어."

얄미울 만치 거만하나 준은 그것이 또 부럽기도 하다. 사실 원이 한 말은 너무 속도가 빠르고 이론에 비약이 있으나 나중에 곰곰이 생각해보면 제법 들을 만한 것이 있었다. 이번 것이 괜찮다

는 말에 조금 용기를 얻은 준은,

"괜찮을 게 어디 있어, 죽도 밥도 아니야. 서구적이냐면 그것도 아니구, 한국적이냐면 그렇지도 않아."

원의 맑은 음성이 더욱 자신 있게 굴러 나왔다.

"그러면 어때요? 문제는 동서(東西)가 아니에요. 그것이 하나의 작품이 되어 있는가가 문제지."

원은 날씬한 다리를 쭉쭉 뻗으며 문까지 갔다.

"누가 그걸 모르나, 그것이 안 되니까 괴로운 거지."

"자기의 것을 만들면 되잖아? 한국말을 하며 한국 땅에서 커피를 마시구, 양탄자 위에서 피아노를 치고, 그것이 오빠 걸 어떡해? 오빠 외의 것을 나타내려니까 얼굴이 저 모양이지. 훗훗. 커피를 그렇게 마시다가는 위에 구멍이 뚫린답니다."

그녀는 마지막 말은 문밖에서 얼굴만 내밀고 하더니, 말이 끝나자 얼굴을 쏙 빼내고 탕 하고 문을 닫아버렸다.

준은 멍하니 문만 쳐다보다가 일어서서 녹음기를 꺼내어 녹음 준비를 했다. 피아노를 치며 듣는 것보다 녹음을 해서 들어볼까 하는 것이다. 더 객관적으로 들을 수 있을 것 같아서다.

1, 2악장은 피아노뿐인데도 괜찮았다. 그래서 카덴차 부분이 좋지 않다고 아주 내버리기는 아까운 것이다. 카덴차는 악보로 보아도 모자라는 데가 있으니까 실지 연주로는 더 나쁠 것만 같다. 준은 잠시 녹음테이프를 바라보고 있다가 양복장을 열고 스프링코트를 꺼내서 입었다.

'그렇지, 여기는 난방이 되어 있으니까 덥지만……'

그는 생각하며 노타이 위에 윗도리를 하나 더 껴입었다.

준이 아무것도 눈에 보이지 않는 듯이 바삐 내려가다가,

"참, 학교에 전화해서 감기로 열이 나서 화성법은 휴강한다구 해줘."

하고 소리를 쳤다.

밖은 꽤 추웠다. 준은 코트의 깃을 바싹 여미고 골목을 걸어 나 갔다. 가야금을 가르치는 광대 김 선생을 찾아가려는 것이다.

큰길에 다다르자 그는 잠깐 발을 멈추었다. 김 선생이 반년 전 에 살던 집에서 여전히 사는지 그 후 이사를 했는지 모르기 때문 이다. 국악원 같은 데에 가서 주소를 먼저 파악하는 것이 낫지 않 을까?

이사를 하는 것은 그리 쉬운 일이 아니다. 그러나 김 선생은 어 떤 때에는 한 달에 두 번이나 주소가 바뀌는 수가 있었다. 여난상 (女難相)이 있는지 그는 곧잘 여자에게 붙들려서 함께 살게 되는데, 단 한 번 외에는 그 많은 여자 중에 좋아서 인연이 맺어진 적은 없다고 했다. 살다가 정 견딜 수 없으면 아무도 모르게 여관이나 하숙으로 입은 것과 가야금 하나만 들고 달아났다. 대개 전셋집 에 들기 때문에 달아날 때마다 그는 거의 맨손이 되고 말았다. 그 래서 밥을 굶은 적도 있으나 싫은 것을 참느니 굶는 쪽이 낫다고 했다.

열한 살 때 전라남도 어느 시골에서 결혼을 했는데, 지금도 그 부인은 정릉에서 홀로 살고 있다. 그는 부인과는 사실상 몇 십 년 을 남처럼 지냈고, 또 그 어느 여자보다도 싫어했으나, 그러나 생

활비는 한 달도 거르지 않고 보내는 그런 관계를 갖고 있다. 김 선생은 가끔 방송이나 연주를 해서 수입이 있는데, 제자가 많아서 다른 국악인보다는 훨씬 생활에 여유가 있었다.

시커멓고 고목 껍질처럼 거친 다섯 손가락이 어떻게 그처럼 섬세하고 또 웅장한 음악을 만들어내는지 이상한 느낌조차 준다. 얼굴도 손 못지않게 못생겼으나 그 선량한 눈 때문인지 그 음악 때문인지, 그는 사랑하지도 않는 여자들에게 붙들려서 공연한 고생을 하고 있는 것 같았다. 여자들이라 해도 모두가 기생 출신들이다.

준이 알고 있는 것만 해도 김 선생은 열서너 번은 이사를 했다. 그는 또다시 그 여자에게 붙들리지 않기 위해서 다른 여자를 방패로 삼았다.

그러니까 또 얼마 못 가는 것은 오히려 당연한 일이 아닐까? 아마도 여자들이 유혹하지 않으면 그는 정말 음악만 하고 살았을 것이다. 준은 그것을 증명할 수 있는데, 그것은 그가 단 한 번 사랑해서 살았다는 비취라는 기생과 헤어진 후 1년을 혼자 있었기 때문이다. 혼자 있는데도 부인한테 가지 않는 것을 보면 부인을 그만큼 싫어하는 까닭도 있겠으나, 그가 여자를 좋아하지 않는다는 것도 짐작할 수 있는 일이다. 그러던 것이 어떤 악명 높은 기생의 손에 말려 들어가서 다시 또 주소가 바뀌기 시작한 것이다.

비취와 헤어질 때에는 상당히 타격이 심한 듯했다. 준은 그때 그를 안 지 이틀째 되는 고등과 학생이었다. 준은 지금도 뚜렷이 상기할 수 있는데, 김 선생의 얼굴이 검고 거칠어선지 뚝뚝 굴러

떨어지는 눈물도 어쩐지 검은빛만 같았다. 여간해서 애틋한 로맨스는 있을 것 같지 않은 사람이 흐느껴 울어선지 고등과 학생이었던 어린 준은 그때 기이한 눈으로 그를 바라보았었다.

"아무래도 헤어지겠다는 거여."

준이 묻지도 않는데 그는 말하고 있었다. 그의 기분이 견딜 수 없게 되었을 때에 공교롭게 준이 그 방에 있었던 모양이다. 작곡을 하기 위해서는 국악도 알아야 한다는 그의 지도 선생님의 말에 별로 좋아하지도 않던 국악을 알려고 배우러 다녔었다. 입학 시험 때문에 두어 달 이상 못 하고 말았으나, 준은 대학생이 된 후 가끔 김 선생에게 가서 감상도 하고 배우기도 했다. 그러는 동안 국악이 좋아졌고, 또 오래 사귈수록 김 선생에게 매력을 느끼게 되었다. 선량한 인간성 때문인지 그 음악의 천재성 때문인지는 모르겠다.

"2년 동안 정말 사랑했어. 내 가락을 다 가르쳐주었지. 그런데 이젠 싫다는 거여. 사랑하지만 싫다는 거여. 우린 어제 밤새도록 같이 가야금을 탔어. 백 년 함께 살 사람들처럼 말이어. 아침밥 먹더니 비취는 손가방 하나 들고 나가버렸어."

그래서 그가 여자와 헤어질 때 입은 것만 가지고 맨손으로 달아나지 않게 된 경우도 그때뿐인 셈이다.

준은 한길로 나와서 조금 망설이다가 인사동 쪽으로 내려갔다. 김 선생도 이제는 나이도 들었고, 들리는 말에는 이번에는 진짜 지독한 여자한테 걸려서 꼼짝 못 할 것이라 하니 반년 사이에 헤어졌을 것 같지는 않았다.

낙원시장 뒤를 돌아서 줍다란 골목을 한참 가다가 준은 조그만 대문 앞에 섰다. 문패가 그대로 있다. 대문을 밀고 마당으로 들어서니까 아랫방에서 댄스곡 같은 음악이 들려왔다.

'누가 춤을 추나?'

준은 마루 겸 레슨실로 되어 있는 대청으로 올라갔다. 네댓 평쯤 되는 대청에 두 개들이 구공탄 난로가 하나 있는데, 그것도 화력이 약한지 실내는 춥다. 여학생 둘이 난로 옆에서 가야금을 타다가 준을 흘깃 보고 다시 계속하고 있다. 방석이 댓 개 있는데 모두 커버가 더러워져 있다. 실내가 어딘지 누추하고 살벌하다. 제자들도 대개 가정부인들이지만 상당한 음악가나 사장급도 있어 언제나 대청이 좁았었는데 오늘은 왜 텅 비어 있는지 모르겠다. 추운 탓은 아닐 것이다. 이것은 계절에 좌우되는 직업이 아니니까. 반년 동안 무엇인가 꽤 변한 것 같다.

준은 앉을 염이 나지 않아,

"선생님 안 계신가요?"

하고 물었다.

"곧 오실 거예요. 저희가 시간보다 일찍 왔어요."

"멀리 나가셨나요?"

"아니요, 아랫방에 계신대요."

여학생들은 서로 보며 킥킥 웃고는 가야금을 합주하다가 다시 킥하고 웃기 시작하더니 못 참겠는지 손가락으로 서로의 다리를 꾹꾹 찌르며 허리를 비틀고 웃는다. 준은 무엇이 그렇게 우스운지 얼른 짐작이 가지 않아서 머쓱하니 서 있다가 난로 옆에 앉았다. 얼굴에 무엇이 묻었나 생각하다가 겨우 그는 웃는 까닭을 깨달았다.

아랫방에 계신다니, 춤추는 이가 바로 김 선생인가 보다. 좀처럼 그 모습을 상상하기 힘들기는 하나, 그렇다면 확실히 우습기는 우습다. 약간 굽은 허리에 게다가 약간 갈지자걸음인데 어떻게 사교춤을 추고 있을까?

'아니 그렇게 변했나?'

커피도 홍차도 못 마시고, 양악은 더구나 재즈는 시끄러워서 골치가 아프다는 사람이 사교춤을 배우다니.

"이거 웬일이여?"

김 선생이 댓돌에 신을 벗으며 준을 보고 얼굴이 벌게졌다. 춤춘 것이 창피했는지 모른다. 준은 인사를 하고 산조를 들으러 왔노라고 했다.

"그러지, 그러지."

김 선생은 고개를 뒤로 돌려 무엇인가 찾는 듯이 두리번거리더니, 호주머니에서 손수건을 꺼내서 땀도 없는데 얼굴을 한번 닦았다. 어딘지 침착성을 잃고 있다. 춤춘 것이 어색하고 부끄러워 어쩔 줄을 모르는 것 같다. 그는 무슨 말인지 입속말로 하면서 안방으로 가서 가야금을 가지고 나왔다.

19세기 말에 만들어진 것이라며 그가 자랑하고 아끼는 가야금이다. 좌단(坐團)과 양이두(羊耳頭)가 화류고, 좌단 한가운데 옥으로 화려하게 용무늬가 박혀 있다. 나뭇결이나 몸의 빛이나, 안족(雁足)의 곡선 등 악기라기보다 하나의 미술품 같다. 그 소리도 요즈음 만드는 가야금에서는 도저히 기대하기 어려운 것이었다.

김 선생은 소중히 안듯이 그것을 무릎에 얹어놓고 줄을 골랐다. 여학생들이 가까이로 바싹 다가앉는다. 그가 타는 산조의 전곡(全曲)을 들어보기는 힘든 일이기 때문이다. 다른 사람이 청하면 무엇인가 딴말을 하며 결국 피하고 마나, 왠지 준이 청해서 그가 거절한 적은 없었다. 준이 그를 좋아하는 것만큼 그도 준을 좋아하는 탓인가 보다. 산조는 전곡을 다하려면 30분 내지 40분이 걸리기 때문에 준은 여학생들에게 폐가 될까 해서,

"학생들 먼저 보아주시지요, 저는 기다리겠습니다."

하고 말했다.

"괜찮아요."

하며 여학생들은 김 선생 곁으로 더 다가앉는다.

"학교 안 가고 어찌 왔어?"

김 선생은 겨우 얼굴빛이 제대로 돌아왔다.

"중간시험이에요."

"우등생들이니께……."

김 선생은 선량하게 웃고 줄을 고르다가,

"참, 산조라 했지."

하며 그 가야금을 도로 안방에 넣어두고 산조 가야금을 들고 나왔다.

예부터 내려오는 정악(正樂)은 19세기의 폭이 좀 넓은 가야금으로 탈 수 있으나 산조는 그것으로는 타기 어려워서 20세기에 만들어진 폭이 좁은 가야금이라야 산조는 가능했다. 김 선생은 무언

가 당황해서 악기를 혼동한 것이다. 그는 산조 가야금을 들고 나와서 산조를 타기 시작했다. 그의 음악은 더욱 그 경지에 달했다는 느낌이다. 산조 한바탕을 끝내자,

"감사합니다."

하고 준은 엎드려 절을 했다.

박수를 치는 것은 이 유유하고 웅장한 음악에는 맞지 않을 것 같았다. 김 선생은 음악 이론은 전혀 몰랐다. 학교 교육도 겨우 초등학교 3학년 정도였다. 아버지가 광대였기 때문에, 가난한 그는 그 가업을 이어받는 수밖에 딴 재주는 없었다. 그는 속에서 우러나는 것을 손가락으로 타면 그것이 그대로 음악으로 되어 나오는 듯했다. 김 선생만큼 선천적 재질을 타고난 사람은 지금의 한국 악단에는 양악 국악을 통틀어도 없다고 준은 생각하고 있었다.

"요새 새로 작곡한 게 있는디."

그는 가야금을 다시 타기 시작했다. 준은 새것이라는 말에 흥미를 느꼈으나, 음악이 진행함에 따라 깜짝 놀라며 김 선생을 보았다. 그리고 그는 김 선생의 빨간 넥타이에 또 놀랐다. 언제나 눈에 띄지 않는 빛깔의 넥타이 둘을 가지고 여름 겨울로 나누어 쓰고 있던 김 선생이다. 빨간빛은 그에게 어울리지도 않고, 공중에 덩그렇게 매달린 것처럼 어색했다. 그의 새 곡도 어색하기 이를 데 없는 것이었다.

'변했는데……?'

준은 미간을 모으며 참고 끝까지 들었다.

"어띠어? 현대 기분이 나지 않는개비?"

"네?"

준은 당황하며 흩어졌던 표정을 모았다.

"현대라니요?"

준은 '현대도 고전도 아니고 더욱이 선생님 것답지도 않습니다. 엉망이며 저속합니다'라는 말은 빼놓았다.

"요즘은 모두 악보다, 악보다 하여 악보로 가르치는 선생들만 찾아다니는 모양이여……."

그는 준의 눈빛을 살피듯이 보았다. 준은 방이 비어 있는 까닭을 비로소 알았다. 악보로 가르친다…… 그러니까 교수법이 과학적이고 이론적이고 현대적이라는 선전에 모두 현혹당하고 있는 것이다. 피상적인 것만 눈에 들어오는 사람들에게는 오히려 당연한 현상이다.

"악보만 가지고 되나요?"

준은 아까부터 차차 우울해지는 자신을 느끼고 있었다. 그는 기분을 털어내듯이 일어서서 어깨를 두어 번 출썩거렸다.

"선생님, 감사합니다. 다음에 또 뵙겠습니다."

김 선생은 준의 뒤를 따라 나왔다.

"나도 악보를 만들고 있는디……."

"네?"

"콩나물 대가리 말이여. 학생들이 자꾸만 줄어드니까 어떻게든 해보아야겠어서 말이여."

산조와 같이 미분음(微分音)이 많은 것을 재래의 음부(音符)로 완전히 나타내기는 불가능할 텐데…….

"몰라서 공연히 몰려가는 거겠지요."

그는 무엇인가 더 말이 나올 것 같았으나 잠자코 대문 밖으로 나와버렸다.

밖은 빗방울이 잘게 뿌려지고 있었다. 그는 택시도 세우지 않고 빗속을 천천히 걸어갔다.

'제자들이 줄어드는게……' 하던 김 선생의 말을 준은 생각하고 있었다. 그가 사교춤을 시작한 것도, 어색한 그 새 곡을 만들어본 것도, 행여 그것이 현대의 의미인가 하는 것이 아닐까? 그리고 그것은 학생 하나라도 더 가져야 하는 절실한 생활 문제와 결부되어 있기 때문이 아닐까? 준의 고개가 스스로 땅으로 숙여졌다. 그는 한숨을 뜨겁게 토해내고 있었다.

사나흘 비가 계속하더니 눈이 오기 시작했다. 준의 작곡은 진전이 없었다. 그는 텅 빈 머리로 학교에 가서 강의만 했다.

일요일에 준은 전날 가야금을 타준 인사로 저녁 대접이나 할까 하고 눈 속을 우산을 쓰고 김 선생을 찾아갔다. 그러나 문패는 벌써 딴 이름으로 바뀌어져 있었다. 김 선생이 또 여자가 싫어진 모양이다. 준이 얼른 발길을 돌리지 못하고 있는데 대문이 삐걱 열리더니 댓 살 된 듯한 사내아이가 나무판 하나를 들고 나와서 다짜고짜 문 앞에서부터 쌓인 눈을 걸어 올리기 시작했다. 힘이 드는지 끙끙 소리를 내고 있다. 눈사람을 만들려는 모양이다. 준은 그냥 돌아섰다.

저녁을 먹다가 준은 전화를 받았다. 김 선생이다.

"꼭 만나서 할 말이 있는디……"

"네."

"향이라는 다방으로 할까?"

"네? 선생님도 다방엘 다 가십니까?"

"헛헛, 한번 가보지. 헛헛."

김 선생은 공연히 너털웃음을 쳤다.

준은 구석 자리에 혼자 앉아 있는 김 선생을 이내 발견해냈다.

"무엇 드실까요?"

"아무것이나 시켜놓지."

준은 인삼차하고 커피를 시켰다. 김 선생은 잠자코 창밖의 눈만 보고 있다. 그 옆얼굴을 보자 준은 놀랐다. 그는 너무나 여위어 있었다. 툭 불거진 광대뼈 밑으로 파인 볼보다도 속으로 무엇인가 커다란 것이 꽉 허물어진 것 같다.

"선생님, 아까 제가 댁에 갔었는데요."

"헛헛, 여자가 달아나버렸어. 전셋돈 몽땅 빼가지고 말이어. 헛헛."

그는 웃었다. 그러나 입술은 우는 듯이 일그러지며 떨렸다. 돈 없고 늙은 김 선생이 이제 더 필요가 없었던가? 그 여자도 어쩌면 악보를 가지고 가르친다는 젊은 사람에게로 달아났는지도 모른다.

"그러면 지금 어디에 계십니까?"

"여관에 있지."

준은 조금 망설이다가,

"어떨까요, 선생님. 여관비 같은 것 제가 보아드리고 싶은데요?"

돈 얘기는 대뜸 해버리는 것이 피차 어색하지 않으리라고 준은 생각했다.

"아니, 아니, 그래서 보자고 한 건 아니여. 실은, 저……."

김 선생은 테이블 위에 있던 큰 봉투에서 오선지로 된 노트 한 권을 꺼내서 준에게로 밀었다. 준은 그것을 들어 펼쳐보고 난처한 듯이 고개를 한번 꼬았다. 가야금곡을 악보로 한 모양인데, 고음부 기호가 서툰 솜씨로 이상하게 삐뚤어져 있다. 음부들은 무엇을 채보한 것인지 작곡한 것인지 짐작할 수가 없다. 준은 노트를 덮고 창밖을 보았다. 창밖은 함박눈이다.

"어띠어?"

김 선생이 물었다. 준은 망설이다가,

"좀 생각해보겠습니다"

했다. 무거운 침묵이 흘렀다. 둘은 제각기 쏟아지는 창밖의 눈을 보고 있었다. 조금 후에 준은 이렇게 말해보았다.

"기다려보십시다, 선생님."

준은 원이 말하는 것처럼, 나 외의 것은 안 된다는 것을 새삼스럽게 느끼고 있었다. 새롭게 다가오는 현실 속에서 당황하지 말고 자기 자신을 찾아낼 때까지 기다리셨으면 하는 마음이 간절했다. 그러나 김 선생은 기다리라는 것을 어떻게 알아들었는지,

"안 올 거여."

했다. 달아난 여자를 기다리라는 줄 안 모양이다. 그의 목소리가 힘없이 쓸쓸하다. 그토록 싫다던 여자이나 이제는 그나마 아쉬운 형편인지? 준은 구태여 딴 뜻이었다고 변명하지 않았다.

둘은 누가 먼저랄 것도 없이 자리에서 일어섰다. 한길은 한산했다. 밤도 꽤 늦은 모양이다. 함박눈이 더욱 세게 내리고 있었다. 준은 말했다.

"어디로 가십니까? 모셔다드리지요."

"아니, 고만두어, 고만두라닝께."

김 선생은 끝내 거절하고 돌아섰다.

그의 약간 굽어진 허리에 우산이 무거운 듯했다.

눈 속으로 김 선생은 멀리 사라져갔다. 준은 그제야 손을 들어 택시를 세웠다.

1962년, 《신작 15인선》(육민사)

행복

할아버지는 세 시간이나 신음하다가 밤 10시 넘어서야 운명을 하셨는데, 운명하시자 딸이 짤막하게 울음을 터뜨렸다. 아들, 며 느리, 손자 모두 고개가 숙여지고 눈시울이 뜨거워졌으나 울음소 리는 별반 나지 않았다. 운명한 다음 순간, 거기 종신했던 많은 이 들의 머리를 한결같이 스쳐 간 것은, 대체 이 일을 건너편 301호 에 입원하고 있는 그의 부인, 즉 할머니께 알려야 하느냐 마느냐 하는 것이었다.

처음에 시골에서 입원하겠노라는 전보를 받았을 때에는 신병 이 대단하신가 해서 염려도 했으나, 막상 서울로 모시고 보니까 이렇다 할 병은 아니고 다만 노쇠하였을 뿐이므로—할아버지는 여든셋이고 할머니는 그보다도 세 살 위였다—젊은이들은 모두 꽤나 살고는 싶으신가 보다 하고 속으로 웃기도 했었다.

노쇠라 입원할 것도 없다는 의사의 말이었으나, 본인이 굳이 우 기므로 거역할 수도 없고, 치료도 각별한 것이 있을 수 없어서 링거나 맞고 음식이나 맛난 것으로 가려서 잡숫게 하는 정도다. 링거도 혈관이 가늘어져서 바늘이 들어가는 데 간호사가 무진 애를 쓰고, 링거를 한 병을 다 맞으려면 보통 세 시간쯤 걸리는 것이 네 시간 반이 족히 걸리고도 남았다.

할머니는 할아버지가 돌아가실세라 공연히 헛마음을 써서 그만 몸살이 나서 건너편 방에 마저 입원하게 되었다. 할머니 말씀에 병상에 누울 것까지는 없으나 만일에 '자기가 먼저 죽으면 우리 할아버지가 가엾어서 안 되기 때문에' 입원한다는 것이었다. 할아버지도 처음에 입원할 때에 하는 말이,

"내가 먼저 죽으면 할머니가 가엾어서……."

라고. 두 노인이 마치 세상에는 단둘만 있고 다른 사람들은 모두가 자기들을 해치기라도 하는 양 서로 애처로이 여기는 품이 또한 젊은이들, 특히 손자인 홍기와 홍숙 들의 웃음을 사나, 본인들은 자못 심각한 바가 있는지 그러한 눈치도 아랑곳없이 우리 할아버지, 우리 할머니 하고 서로 마음 쓰는 것을 감추려 하지 않았다.

할아버지가 위독하게 되고부터는 의사, 간호사, 식구들이 함께 짜서 할머니께 하루 한 번 들여다보는 할아버지 방을 못 가게 해 두었다. 실상 할머니의 노쇠도 극도에 달한 듯한 느낌도 있으나, 특히 의사의 부탁이라고 하여 며칠 안정하셔야 된다고 일러둔 것이다.

"아무렴, 안정하지. 내가 먼저 죽으면 어떻게 하게……."

그러나,

"할아버지가 죽으면 나도 꼭 죽는다."

하는 말을 반드시 덧붙였다. 그 말투가 매우 비장한 결심 같은 것을 느끼게 하므로 할아버지가 운명하자 모두들 슬픔보다는 할머니를 더 염려한 것이다.

여든이 넘어서 죽으니 본인은 어떨지 모르나, 온 식구가 '아, 호상이다' 하고 애석함보다도 마치 할 일을 완수한 후의 후련한 느낌 같은 것이 느껴져서 고인에 대해서 약간의 죄송함마저 가지기도 했다.

할머니께 알리느냐, 안 알리느냐로 아버지와 고모 사이에 의견이 맞지 않아서 한참 동안 실랑이를 했다. 아버지는 마지막 길이니 알려야 한다고 하고, 고모는 어머니만은 더 사셔야 한다고, 그래서 만일 말했기 때문에 그로 해서 돌아가신다면 마치 우리가 천수를 빼앗는 것과 같으니까 절대로 안 된다고 고개를 내저으며 반대했다. 결국 누구의 의견을 따르게 될지 미해결인 채로 할아버지의 신체는 그날 밤으로 집으로 모셔 와졌다.

오일장으로 정하고 수의를 만드느니 음식을 마련하느니 안에서는 법석을 하고, 밖에서는 부고를 내고 밤샘을 하느라고 한참 바삐 돌아가는 판이라, 자연 할머니 병문안 갈 것을 모두 까맣게 잊어버리고 말았다. 다음날 아침밥을 먹고 나서야 겨우 이것에 정신이 돌아간 어머니가 누가 할머니께 가는가 걱정을 하기 시작했다. 지금 이 바쁜 판국에 없어도 좋을 사람은 홍기와 홍숙인데, 홍기가 답답해서 할머니와 긴 시간 마주 앉아 있을 리도 없고, 그보다도 녀석이 갑갑한 김에 진상을 실토할 위험성이 다분히 있어서 홍기는 그만 자격을 잃게 되었다. 홍숙이 가면 좋으련만 할머니가 이상하게 알고 눈치챌까 보아 그것도 걱정이다. 아들, 딸, 며느리, 외손, 친손 해서 하루에 열댓 명씩 드나들더니 누구 하나 감감소식에다가 손녀나 비쭉 가 앉아 있으면 필경 할머니는 신경을 쓸 것이 아닌가?

그렇다고 상제인 아버지와 어머니가 갈 수도 없고, 음식이나 옷 마련이나 이 경우에 총지휘자 격인 고모가 잠시나마 자리를 뜰 수도 없고, 어떡하나 어쩌나 하다가 그만 점심마저 넘겨버렸다. 이렇게 되니 다급해진 아버지가 상제고 무어고 격식 차릴 것 없다고 엉덩이를 털고 일어서서 어머니와 함께 부랴부랴 택시로 병원으로 달려갔다.

택시가 떠나자 회사에서 중역들이 몰려와서 문상을 드렸는데, 상주가 없어서 쩔쩔매다가 홍기가 아버지를 대신해서 영정 앞에 앉아서 절을 받았다. 의젓이 또 비장한 듯이 앉아서 일일이 절을 받으려니 홍기는 전신이 밧줄로 잡아 묶인 듯이 거북해서 견딜 수가 없다. 견디다 못해 일어나 안방에 가서,

"아이구, 나는 상주 노릇 못 하겠어요!"
하고 쿵 엉덩방아를 찧으며 앉는다.

"원 망측해라, 못 할 것이 무어람. 아버지 안 계시면 으레 제 할 일인데……."

고모가 높다랗게 쏘아붙이더니 또 금방 잇대어,

"깃고대가 너무 느리지 않우?"
하고 언제 홍기한테 말을 했었더냐는 듯이 재봉틀을 돌리며 옆 사람에게 참견을 한다.

"약식 나와 보아주셔요!"

부엌에서는 고모더러 나오라고 재촉이다. 홍기는 거기에도 앉아 있을 곳이 못 되는 것 같아 홍숙의 방으로 가본다. 홍숙은 시험이 얼마 안 남았는데…… 투덜대면서도 호두를 까느라고 집게로 탁탁 소리를 내고 있다.

"우습지?"

"무엇이?"

홍숙은 그를 보지도 않고 되묻는다.

"모든 이런 형식들이 말이다."

"무슨 형식?"

"음식 차리고, 옷 하고, 절하고, 눈물도 없는 곡 하고 하는 것 말야."

"그게 왜 우스워?"

"너는 이런 때에도 여전하고나."

"이런 때라니?"

그녀는 호두만 본 채 말하고 있다. 홍기는 차차 답답해진다.

"할아버지가 돌아가셨잖나!"

"오빠야말로 우습다."

"무엇이 우스워?"

"우습다고 한 게 말이야."

"그게 왜 우스워?"

"그것도 몰라?"

딱딱. 호두 껍데기가 또 깨어졌다. 특별한 때니까 별다른 형식이 있는데 우습달 게 무어냐는 뜻이리라. 진작 그렇게 말할 일이지 빙빙 돌리기는. 홍숙의 말이 옳기는 하나, 홍기는 그녀한테 진 것 같아 어떻게 역습을 할까 조급히 궁리를 하고 있는데 전화가 왔다. 다행이라 여기며 수화기를 드니까 바로 그의 친구다.

"'단성사' 게 좋은데 안 갈 테냐?"

"글쎄……."

홍기는 수화기에 손을 막고

"영화 가자는데 안 되겠지?"

"돌았어!"

딱.

"안 되겠는데."

"어젯밤에 할아버지가 돌아가셔서……."

"응? 그거 안됐다. 울었니?"

"눈물이 나와야지……."

"얘는 무얼 하고 있어!"

어머니가 문을 획 열며 쏘아붙인다. 홍기는 얼떨결에 수화기를 놓고 헤헤 웃었다.

"무엇들 하고 있니? 시골서 고모할머니가 오셨는데 문상도 안 받고……."

홍기와 홍숙은 떠밀리다시피 하며 방을 나갔다. 대청에서 그야말로 제격으로 된 곡소리가 들려왔다. 일흔이 넘은 고모할머니가 소복에 단정히 엎드려 곡을 하고 있었다. 아버지가 빨개진 눈등을 안경 속에서 껌뻑이고 있다. 10분은 족히 되는 곡이 끝나자 고모할머니는 병풍 앞에서 물러앉아 또 운다. 이번에는 곡이 아니고 어깨를 들먹이며 소리 없이 흐느낀다. 홍기도 콧등이 시큼해졌다. 일흔이 넘었는데도 그녀는 아직도 윤이 도는 분홍빛 살결이다. 흐느끼는 것이 끝나자,

"참 좋은 날, 좋은 시에 돌아가셨다. 후손에 영화가 있을 게다."

첫마디다.

"태어나는 것뿐 아니라, 사람은 죽는 복도 잘 타기가 쉽지 않으니라."

"네."

아버지는 입속에서 긍정 같은 것을 적당히 우물거렸다.

"호상이다. 여든이 넘었으니 장수하셨고, 아들에 손자에 없는 것이 없고, 손윗사람 누구하나 남겨두지 않고, 아랫사람 누구 하나 또 먼저 보낸 일이 없으시니 참으로 이런 복이 어디 있겠니?"

그녀는 그래도 미비한지,

"대소변 혼자서 다 보시고, 오래 앓기를 하셨나, 고통이 있으셨나, 사람이 그렇게만 죽는다면 이 세상에 무엇이 한이 되랴."

점점 부러운 듯한 말투로 변해간다. 그녀는 이윽고 말머리를 돌렸다.

"맏손자가 없어서 섭섭하고나."

"전보는 쳤습니다. 제가 있으니까요, 안 와도 괜찮을 것 같고, 또 미국에서 그렇게 단시일에 올 수도 없고 해서요……."

아버지는 띄엄띄엄 한마디씩 변명처럼 말했다. 할아버지가 돌아가시고 나니까 고모할머니가 집안에서는 첫째 어려운 어른이

된 것 같다.

"어머니는 차도가 어떠시더냐?"

고모할머니는 매사에 절차가 뚜렷한 듯한 인상이다. 첫째는 돌아간 이의 복을 찬양하고, 맏손자가 손자 노릇 못 하여 유감의 뜻을 표했고, 다음에는 할머니의 병문안이다.

"어머님도 어려우실 것 같아요."

"저를 어쩌나! 일을 겹쳐 당해서는 안 될 텐데. 가보아야겠다."

어머니가 식혜를 가지러 간 사이 그녀는,

"무얼, 갔다 와서 먹지."

매사 절도 있구나, 홍기가 속으로 재삼 여기고 있는데 식혜가 들어왔다. 굳이 싫다는 것을 억지로 도로 앉혀서 마시게 한다.

대문에 또 문상객들이 몰려 들어왔다. 마침 자가용이 들어와서 홍기는 잘됐다 여기며 고모할머니를 모시고 병원으로 갔다. 부엌에서 누가 호들갑스럽게 소리를 친다.

"고모님, 나와보세요, 고모님!"

"왜 그래, 난 바빠."

안방에서 수의를 만들고 있던 고모도 맞소리를 쳤다. 입관이 오늘 밤이라 수의가 급한 것이다. 아홉 사람이 덤벼들어 하는데도 아직 다 되지 못하고 있다. 뒷마루에서 어머니가 부엌으로 나가본다. 낯선 노파가 비좁은 틈에 끼어 서 있다.

"다름이 아니구요, 칠성판을 저희께 주십사고요."

지금 할아버지의 신체 아래에 깔린 판자 쪽을 달라는 것이다. 입관하고 나면 칠성판은 필요 없게 된다.

"호상이시라 얻어 갈려구요. 꼭 저희에게 주세요. 다른 사람이 가져갈까 보아 염치 불고하고 왔습니다."

"그렇게 하시지요."

하면서도 이상도 해라, 남의 신체 밑에 있던 걸…… 기분 나쁘지 않을까? 그러나 그녀는 왠지 기분이 좋아지며 뒷마루로 음식을 하러 갔다. 눈이 돌게 바빠서 잠시나마 우두커니 서 있을 겨를이 없다. 대청에는 조문객들이 떠날 사이가 없고, 방이고 부엌, 마루, 마당에까지 일하는 사람들로 들썩거리고 있다.

'손님이 많기도 해라. 호상은 호상이야……'

어머니는 속으로 흐뭇함을 느끼기도 한다.

'춥지도 않고 덥지도 않고, 계절도 좋지.'

그녀는 다시 만족했다.

호두를 들고 부엌으로 가는 홍숙을 보자 고모가 소리를 쳤다.

"홍숙아, 이리 좀 오너라."

"부고가 나면 손님들이 더 많을 터이니 너는 이제 손님 접대해야 한다. 집 안 깨끗이 하고 문밖 어질러지나 살피고 댓돌의 신발도 가지런히 하고…… 대학 졸업반쯤 됐으니 말 안 해도 알겠지."

"그리고 관이 곧……."

그녀는 말을 잠깐 끊었다가,

"관이 곧 들어올지도 모르니 지금 바로 착수해야 한다. 관 위는 생화로 덮을 테니, 참, 꽃을 많이 사오너라."

손님 접대하랴 집안 치우랴 꽃 사오랴 홍숙은 머리가 돌 지경이다.

"관에 못 박는 소리 날 때 제일 기맥히지."

누가 옆에서 바늘을 놀리며 한숨을 쉰다. 그래서 관 얘기를 하다가 고모는 잠시 말이 막혔던가?

"관에 흙 떨어질 때에는……."

"허."

하고 누가 또 긴 한숨을 쉰다. 홍숙이 무슨 할 일이 더 있으려나 하고 서 있으니까,

"거기는 꺾지 말아요, 이렇게 해야지."

고모는 이미 그녀는 안중에도 없다. 홍숙은 손님 오실 때마다 차 시중하려니까 숫제 호두 까던 때가 나은 것만 같다.

"어머님 수의도 아주 해두어야겠지 않우?"

팔촌뻘 되는 아주머니의 말이 뒤에서 들려온다.

"별말씀을!"

고모의 음성이 떨렸다. 할머니가, 즉 고모의 어머니가 돌아가는 것은 무척 싫은 모양이다.

"전화 돌려라."

아버지가 대청에서 소리를 친다. 뒷마루에서 일하던 어머니가 잔걸음으로 뛰어가서,

"상주가 큰 소리 내는 법 아니에요."

아버지의 귀에 대고 속삭이고 홍숙의 방으로 가서 스위치를 돌렸다.

"조계사지요? 아까 사람 하나 갔을 텐데요. 네, 네. 오늘 밤 여덟 십니다. 네, 부탁합니다."

스님들이 올 모양이었다.

"홍숙아, 향 깎아라. 홍기 아직도 안 왔니?"

"큰 소리 내지 마시래두."

"괜찮아, 손님 안 계실 때에는……."

홍숙은 이것 하랴 저것 하랴 정신이 없다. 그녀가 하는 일은 생색 안 나는 것뿐이다. 깃옷을 할 줄 알든가 수정과라도 만들 줄 안다면 몰라도. 그녀는 찬마루 한구석에 앉아서 향을 깎기 시작했다.

갑자기 앞마당이 떠들썩하더니 말뚝 박는 소리가 난다. 천막을 치는 것이다. 오늘 밤은 밤샘하는 이가 부쩍 늘겠지요. 저런! 그러면 고기 더 사와야지, 술도요. 술은 무엇으로 하나, 맥주야 비싸지. 어디, 아이 뜨거, 손 델 뻔했네. 고만 밀어요, 좀. 이것 보아, 거기 고기 다진 거 던져주어. 정종으로 하지. 정종은 싸서? 한두 병이어야 말이지. 달걀 줘요, 달걀. 아이구 시끄러. 막걸리로 하지. 잔말 말고 정종 산다고 그래요. 누구한테? 이런, 답답하긴! 주인마나님이나 고모님이지. 애, 애! 잠깐, 오징어도 몇 축 사와야 한다. 땅콩도! 북어도. 안줏감 마련 많이 해두어야지. 한 사람이 말해요, 여러 소리가 나니까 하나도 안 들려요. 적어 가거라, 적어. 적기는 무얼 적어, 젊은 게 그것도 못 외워? 송자야, 송자 같이 가거라. 차 왔으면 차 타고 가거라. 콜라도 사와. 안손님은 손님 아닌가? 사이다, 사이다. 어허, 이 댁 뽕빠지겠네. 잔소리 말고 다식판이나 이리 주어요. 여태까지 그것밖에 못 했니? 송홧가루 어디 두었어? 선반 위에. 깨다식 한 건? 그것도 선반 위지. 부엌은 벌통 쑤신 것 같다.

"홍숙아, 방에 가서 자리 펴라. 고모할머님 오셨다."

어머니가 소매를 걷어붙이고 고기를 재던 채로 와서 말하고 또 간다. 홍숙은 향을 깎다 말고 방으로 가보았다. 고모할머니가 지친 얼굴로 앉아 있다. 먼 데서 와서 조금도 쉬지 않았기 때문에 고되다는 것이다. 침대에는 눕지 못해서 자리를 펴고 눕게 했다.

홍기가 재미나는 듯이 홍숙이 자리 까는 것을 보고 있다가,

"애쓴다."

한다.

"오빠야말로!"

그녀는 차게 딴전을 친다.

"아닌 게 아니라 혼났다. 할머니도 얼마 못 가실 것 같아. 간호인 말이 식사도 부쩍 줄었대. 할아버지 어떠냐고 하기에 괜찮으시다고 했지. 진땀나더라. '나도 괜찮다고 가서 그래라.' 사실은 꼼짝도 못 하겠다고 하시잖아. 내가 먼저 죽으면 안 될 텐데 하고 시작이야. 할아버지가 먼저 죽어도 안 된단다. 그러다가도 내가 그 앞에서 죽어야 상팔잔데 하잖아. 아주 진짜 진심 같더라. 그러면 할머니는 상팔자는 틀렸어요, 했지."

"무어?"

"아니, 속으로 말야, 물론 속으로지. 이랬다저랬다 죽는 것 가지고 지지고 볶는 셈이야. 결국 죽음은 제멋대로 오는 것인데."

"시 같구나."

"까불지 말아, 다음은 우리 차례야. 괜찮아, 난. 언제 와도 좋아."

"끔찍한 소리 말아라."

고모할머니는 주무시는 줄 알았더니 다 듣고 있었다. 홍기와 홍숙이 찔끔하여 방을 나갔다. 홍기의 친구들이 댓 명 문상을 왔다. 홍숙의 일감이 늘었다. 그녀는 홍차를 들고 갔다.

오늘 밤샘을 한다고 한다. 오늘뿐 아니라 장례식 날까지 밤샘한다고 한다. 모두 공부벌레들인지 생김새로 보아 하루도 샐 것 같지 않겠다. 홍숙이 속으로 비웃는데 차를 마시자 웃옷을 벗고 와이셔츠 바람으로 일어서서 마당에 가더니 천막 속에 돗자리 까는 것을 거들기 시작했다. 손님이라도 한가한 이는 누구나 일을 하기 마련인 것 같다. 회사에서도 직원 여남은 명이 밤샘하러 온다고 한다.

고모의 높은 음성이 들려왔다.

"너는 다 고만두고 어서 꽃 사오너라. 퇴근 시간 되면 밀릴 것 아니야? 비싸더라도 백합을 많이 사오너라, 향기가 좋게. 아지랑이 꽃은 싼데다가 보기도 좋으니라. 장미나 달리아가 있는지 모르겠다. 많이 사와야 하니까 차 타고 가거라. 관 위를 다 덮을 테니 그리 알구. 참 마아거리트도 많을 게다."

홍숙은 후반을 뒤통수로 들으며 운전수를 부르러 갔다. 차가 대문을 나가는데 장의사에서 염하는 사람들이 대여섯 명 들어왔다. 뒤이어 길고 검은 관이 발가숭이 채로 들어온다. 염하는 이들의 인상이 한결같이 험하다. 한눈에 눈살이 찌푸려진다. 고모가 나와 보고 질겁을 했다.

"염은 내가 잡숫겠우!"

그녀는 뱉어내다시피 한다.

"할 줄 알어?"

아버지가 고모의 기세에 눌려서 눈치를 살피며 물었다.

"알고 무어고 있우? 우리 아버지니까 우리가 하는 것이지. 오빠하고 나하고 해요!"

"어떻게 해?"

"손이나 깨끗이 씻고 오시우. 하는 법이 따로 있을라구? 정성이 있으면 다 되는 거지. 그리고 미안하지만 장의사 양반들은 그만들 가시우!"

고모는 소매를 걷어 올리더니 목욕실로 갔다.

"원, 하필이면 저렇게 흉측스럽게 생긴 것들만 몰려 왔어. 천만에!"

고모는 홀로 분개하며 혼잣말로 몇 번이나 되뇌었다. 아버지도 손을 씻으러 일어섰다. 이대로 가다가는 무엇이든 고모 의견대로 될 것 같다 하고 홍기는 생각했다. 할머니께 알리기는 다 틀렸는걸. 어떻든 두고 볼 일이지. 홍기는 혼자서 흥미도 인다. 회사에서 전화가 와서 밤샘하는 이들은 9시쯤 오겠노라고 한다. 부엌에서 와하고 짤막하게 환성이 일어났다. 저녁 안 차리는 게 어디예요? 아무렴! 여남은 명 먹이려면 혼나지. 손님들이 어디 그뿐인가요? 그렇구말구! 어떻든 잘되었어. 저녁상 안 차리게 되었으니! 무어니 해도 우리가 살았지. 저런!

"입관할 때까지는 모시고 와야겠어."

"안 된대도 그래요, 마저 돌아가시면 어떡헐려구."

대청에서 아버지와 고모가 또 의견 대립이다.

"마지막 길인데, 어떻게 못 보시게 한단 말야."

"글쎄, 어머니마저 돌아가시면 그 한을 어떻게 풀려고 그래요."

"우리 한 때문에 어머니께 한 되는 일을 해야 옳아?"

"그러면 어머니도 아주 돌아가셔야 속이 시원하겠우?"

"얘가 왜 이래?"

"왜 그러기는? 사실 때까지 사시도록 하는 것이 자손의 도리지."

딸은 어떻게든 어머니의 생명은 연장시키고 싶은 모양이다.

"그것은 네 생각이야. 어머니가 얼마나 한이 되시겠는가 생각해 보아."

"그래요, 아버지께는 훗날 꼭 알려드릴 테니 염려 마세요."

홍기가 한마디 했다.

"얘야, 이게 무슨 장난인 줄 아니?"

고모가 화살을 홍기에게 돌리려고 한다.

"장난이라니요?"

"장난이 아니면 왜 웃으려고 그래?"

"언제 웃으려고 했나요?"

언성이 점점 높아갔다. 홍숙의 방에서 고모할머니가 나왔다.

"그저 다 효심이 지극해서 이런 말도 나오게 되는구나. 글쎄, 누구의 말을 따라야 할지 심히 난처하구나."

"어떻게 했으면 좋을까요? 입관 세 시간밖에 안 남았는데요."

아버지는 고모할머니의 의견에 맡겨버릴 듯한 말투다. 고모할머니는 얼른 자리를 뜨며,

"내가 아니, 자식들이 알아 할 일이지. 나는 아예 상관할 자격이 없다."

그녀는 도로 홍숙의 방으로 간다. 아버지와 고모가 다시 서로 쳐다보고 앉았다. 한참 후에,

"에이, 나는 내 멋대로 할 테다."

아버지가 드디어 벌떡 일어섰다. 고모가 덥석 그 손을 잡고 도로 앉힌다.

"안 된대두. 글쎄, 어머니가 아시면 그 순간에 돌아가신단 말예요."

홍기가,

"돌아가셔도 할 수 없지요. 연애하다가 한쪽이 죽어서 한쪽이 따라 죽는데 얼마나 좋아요."

고모의 커다란 눈이 꼬리부터 올라가기 시작했다.

"얘! 너는 이 슬픈 때에 농담할 겨를이 다 있니?"

고모가 와하고 울음을 터뜨렸다. 아버지도 소리를 내어 울기 시작했다. 갑자기 온 집안 구석구석에서 울음소리가 일어났다.

"농담이라니요? 참!"

홍기가 당황했다.

"아이고, 이 기맥힌 때에……."

1963년, 《현대문학》

상처

"내일 비행장에 가세요?"

정서는 물으면서 기석을 빤히 쳐다보았다.

기석은,

"물론이지."

했다. 정서는 한참 동안 눈을 내리떴다가,

"진오 씨는 조건이 좋더군요. '카뮈론' 쓴 것도 거기서 출판 예약이 돼 있대요."

"……"

"김 사장께 여러 가지로 감사한다고 합디다."

그녀는 오렌지 소다를 한번 마시고 다시 기석을 쳐다본다.

'이상하다……?'

기석은 어두운 조명 속에서 정서의 강렬한 눈길과 부딪치자 얼른 마티니를 입으로 가지고 갔다.

'알았나? 진오한테서 들었을까? 그렇다면 진오는 알고 있었

나?'

기석은 잠자코 정서를 보았다.

정서는 이제 무표정으로 창밖을 보고 있다. 창밖은 까만 하늘에 멀리 전등불들이 뿌려져 있다.

'정서는 늙지 않는구나.'

하고 그는 생각했다. 어깨서부터 호리하게 내려진 하얀 팔이 분홍빛 손톱 끝에서 산뜻하게 맺혀서, 마치 맑은 물속에서 물고기가 비늘을 반짝이며 힘차게 뛰놀고 있는 것 같다. 신선하다. 까만 스커트에 흰 블라우스를 입고 무거운 듯이 가방을 들고 학교에 다니던 그때에는 대학 신입생이었다. 고등학생처럼 단발을 하고 있었다. 지금은 머리를 길게 컬을 하고 립스틱을 발랐구나. 그러나 조금도 세월의 자국이 없다. 기석은 입을 한일자로 다물고 이럴 때마다 나오는 깊은 한숨을 입속에서 깨물어버렸다.

"저도 김 사장 덕이 많습니다."

정서의 시선이 다시 돌아왔다.

"왜 이래. 기석 씨라고 불러."

"사장은 사장인걸요?"

"그러면 진오도 엄 교수라고 해야지."

무의식중에 말이 나온 것을 기석은 아차! 하고 스스로 놀랐다. 비교하는데 진오를 끄집어내는 것은 속을 드러내는 것이다. 실수를 깨닫자, 정서가 어떻게 나오나 긴장하며 또 당황하는 것을 그녀가 알아차릴까 해서 그는 담배에 불을 켜대고 한 모금 천천히 빨았다.

"피워보겠어?"

기석은 정서에게도 담뱃갑을 내밀었다.

"피워도 괜찮지 않아? 유명 시인이겠다, 누가 흉볼 리도 없을 테고……."

기석은 건달패처럼 흐늘쩍흐늘쩍 말하고 손톱 끝으로 탁자를 두어 번 쳤다. 그러고 그런 제스처가 얼마나 그에게 어울리지 않는가를 느끼자 재빨리 담배를 입으로 가지고 갔다.

"담배는 싫어요."

정서는 뽀이를 불러서 위스키를 가지고 오라고 한다.

"안 돼!"

기석이 허리를 반 일으키며 소리쳤다.

"돈은 내가 냅니다."

정서는 차분하게 자른다. 정서는 분명 이상하다. 오늘 만났을 때부터 기석은 그것을 느꼈다. 왜 그럴까 알고 싶기도 하고 한편 두렵기도 하다. 그러나 기왕 정서가 열전(熱戰)의 불길을 터뜨렸으니까 거기에 말려드는 것도 좋을지 몰랐다. 열전이 일어나서 무아무중으로 속을 털어내어야지, 그러지 않으면 현대인은 모두가 가면 속에서 살고 있는 것이니까.

정서가 위스키를 대뜸 한번 마셨다. 기석은 그 글라스를 뺏어서 내던져버릴까 하다가―그것도 열전일 것이다―다만 음성만 굳히면서,

"이제 그런 수단에는 안 넘어가, 그러지 말어, 나는 결심했어."
하다가, 오늘은 자꾸만 실수를 하는구나 하고 생각하며,

"나는 피동적으로는 되고 싶지 않아!"

했다. 정서는 조금 웃었다.

"먼저 가시지요."

'이상한데?'

기석은 같은 말만 되풀이했다.

"그런 유혹에는…… 다시는……."

"유혹이라구요? 그렇게 메스꺼운 말은 쓰지 마세요. 오늘은 기석 씨답지도 않아요."

'오늘이라고? 아까부터 내 속을 들여다보고 있었구나!'

기석의 미간이 조금 흐려졌다.

"하고 싶은 말이 있으면 솔직하게 해. 사람을 그렇게……."

짜릿하게 감미로운 애수 같은 것이 순간 그의 몸을 스쳐 지나갔다. 대학 2년 때부터 사랑해온 여자가 무방비 상태로 그의 몸을 원하는데 거절하기란 정말 힘든 일이었다. 그때 기석은 문자 그대로 이를 악물고 돌아섰었다. 그녀를 이해 못 하는 것은 아니다. 그러나 두 번 다시 그런 괴로움을 당하기는 단연코 싫다. 대관절 나는 불구가 아니다. 한창 나이인 건장한 청년이다.

정서는 핸드백을 열고, 종이 한 장을 꺼내서 테이블 위에 놓고, 손가락 끝으로 그것을 기석에게로 밀었다.

"라이트가 어두우니까 잘 보세요. 사르트르의 『자유의 길』 번역 계약금 30만 원, 장도를 축하한다는 10만 원, 그것도 함께 영수증에 써달라고 했어요. 이만하면 사장 출장 중에 심부름 잘했지요?"

정서는 영수증을 도로 그녀 앞으로 가지고 가서 눈높이만치 올리더니 서슴지 않고 이등분해서 찢고 또 찢고 다시 찢어서 휴지통에 쓸어넣었다.

"영수증 있으나 마나지요? 사장은 출장 가니까 서무한테서 돈을 받아서 엄 교수한테 전해달라고, 하필 저를 왜 시켰지요? 하기야 P출판사의 고문이니까 연관이 없는 것도 아니지만, 출장도 안 가면서 가는 척하고까지…….'

"대구 공장 갔었어, 공장에도 가 봐야지. 사환 아이가 표 사온 것 보구서두?"

"표 까짓것 버리면 그만이에요! 출장을 가장하고 내일 엄 교수 배웅하는 것 피하려고 하신 것 아닌가요?"

다행히도 전축 소리가 커서 정서의 목소리가 옆 테이블까지는 들리지 않았다. 그녀는 속의 것을 한번 터뜨리더니 잠잠해진다.

"시는 그만 쓰고, 장편소설 하나 쓸까 해요. 출판해주시겠죠?"

'소설이라구? 얘기가 있는 모양이구나. 있을 테지, 있을 거야. 진오한테서 들었다면…….'

기석은 평범하게,

"하지."

했다.

"어떤 얘긴지 궁금하지 않으세요? 얘기를 알아야 팔리나 안 팔리나 타산해보실 게 아니겠어요?"

"언제는 팔릴 듯해서 출판했던가?"

"……."

"……."

"이번 얘기는 재미있을 것 같아요. 잘 나갈 겁니다. '두 사나이에게 우롱당한 여자' 어때요? 대중성이 있을 것 같지 않아요? 잘 팔릴 듯하지 않으세요?"

기석은 꼼짝도 하지 않았다.

"듣고 싶으면 들으세요. 알고 싶으면서 안 들었으면 하지 말라구요. 가장 알고 싶은 것이 진오 씨 얘기지요? 그러면서도 제발 끝내 모르고 지냈으면 하시는 거지요?"

정서는 위스키 대신 냉수를 마셨다. 올 것은 다가오는 모양이로구나. 기석은 마티니 속에 시선을 떨어뜨렸다가 한 모금 마셨다.

"저는 오늘로 기석 씨하고는 그만두겠습니다."

그녀는 기석을 빤히 바라보며 말했다.

"하기야 그만둘 만한 것도 없기는 하지요. 동거한 것도 아니고. 금전 관계가 있는 것도 아니고, 가끔 그렇지요, 포옹도 하고, 키스는 했으니까 그만둔다는 것은 그런 것을 뜻하는 것이라 해둡시다. 그리고 사무 이외에는 만나지 않는다는 것도 덧붙입니다."

"……."

"제가 말하니까 좋으시지요? 설전에서는 방어전이 승산이 많은 법이니까요. 남이 공격해오는 동안 달아날 길을 마련해둘 것이고, 남이 말하지 않는 데는 쓱싹 덮어둘 수도 있을 테니까요. 게다가 기석 씨는 내가 사랑하고 있다는 것도 확신하고 계시니까."

정서는 냉수가 든 글라스와 위스키가 든 글라스를 떼었다 붙였다 하기 시작했다. 기석은 창밖으로 시선을 돌렸다가 말하는 대신 담배를 피워 물었다.

"이제 기석 씨 차례라고 생각하지 않으세요? 그렇게 시치미 떼고 계셔도 저는 다 알고 있어요. 다만 기석 씨의 입에서 듣고 싶을 따름이에요. 마지막이니까요."

정서는 계속 글라스를 떼었다 붙였다 하고 있다. 그를 독촉하는 것이다.

기석은 계속 담배만 피웠다.

"끝내 그러시는군요!"

정서는 발딱 일어섰다. 기석이 깜짝 놀라 정서의 팔을 문득 잡았다.

"왜 이러세요. 놓으세요."

"오해 말아."

"오해라는 것은 무슨 뜻이지요?"

'지난 일주일 사이에 진오하고 분명 무엇이 있었구나.'

기석의 가슴에 무엇인가 납덩이처럼 무겁고 써늘한 것이 덜컥 들어박힌다.

"완전히 오해야. 도대체 말할 것이 있어야 하지 않겠어?"

"말할 것이 없는 분이 왜 그렇게 입술이 바짝바짝 타실까? 이거 놓으세요, 김 사장님!"

정서는 기석에게 잡힌 어깨를 힘껏 뿌리치며 몸을 빼냈다. 기석은 그녀의 반대편 팔을 잡았다.

"가는 사람 붙잡지 않겠어. 그러나 이렇게 헤어지고 싶지는 않아."

"그러면 어떻게 헤어지고 싶으셨어요? 장미꽃을 가는 길에 뿌려놓고 싶으셨어요? 기석 씨는 저와 헤어질 것은 애초 한 번도 상상한 일조차 없으신 거예요. 그렇다고 저를 자기 것으로 만들고 싶지도 않으셨어요. 그리고 또 그 둘을 다 간절히 원하고 있었어요. 더 자세히 가르쳐드리지요."

그녀는 도로 의자에 앉았다. 그리고 사무적인 말투로 정확하게 천천히 시작했다.

"저는 옛날에, 다시 말하면 전쟁 전, 거의 6년쯤 되는군요. 진오 씨를 좋아했어요. 기석 씨도 좋은 분이라고 호감은 가지고 있었지만 워낙 저를 가까이하시지 않으니까 그 이상의 아무것도 생길 수가 없었을 거예요. 전쟁이 끝나고 인민군 의용군으로 나갔던 두 분이 며칠 차이로 돌아오셨어요. 두 분이 다 포로로 있다가 대한민국의 애국 청년으로 석방되어 오신 거예요. 여기까지 틀림없지요? 돌아오신 후 진오 씨는 저를 회피하는 것 같았어요. 그런데 도리어 기석 씨는 적극적으로 나오셨어요. 저는 기석 씨의 매력에 정신없이 끌려갔지요. 약혼식 날을 고르고 있던 어느 날 기석 씨가 갑자기 진오 씨가 다리를 저는 이유를 저에게 얘기해주셨어요. 저는 약혼을 단념하고 진오 씨를 찾아가서 그를 위해 일생을 바칠 각오를 했지요. 저 때문에 불구가 된 사람이 그 불구 때문에 저를 멀리한다고 생각했기 때문이지요. 직접 책임은 아니나 가해 의식에서 오는 가책과 그이가 저를 멀리하려는 심리에 대한 연민은 어떠한 사랑보다도 강력한 것이었어요. 어리석게도 기석 씨의 트릭에 넘어갔지요. 참, 이런 코멘트는 그만둡시다. 저는 사실만을 말해도 충분하니까요. 그이가 원치도 않는데 제 쪽에서 적극적으로 가까이했어요. 그러나 끝내 그이는 옛날처럼 대해주지 않았어요. 연구실에만 묻혀 있었어요. 받아들이지도 않고 거절도 않는 그런 태도는 여자에게는 참을 수 없는 모욕이에요. 나를 생각하지도 않는 사람을 생각해준다는 것은 헛된 희생이에요. 저는 서슴지 않고 그이를 버렸지요. 저는 기석 씨에게로 돌아갔어요. 지금 솔직하게 말하지요. 그때 기억나시는지? 오랜만에 기석 씨 방에 찾아갔을 때 저는 벼름박에 머리라도 부딪쳐 죽고 싶었어요. 억눌렸던 그리움에 미칠 것 같았으니까요. 나를 안아주기를 뜨겁게 바랐거든요. 그리고 꽤 긴 세월이 갔지요."

정서의 음성은 차다. 기석은 눈도 깜짝하지 않았다. 진오의 얘기를 할 줄 알았더니 그와 그녀의 지난날을 서술하고 있는 것이다. 그러니까 할 얘기는 따로 있는 거다. 그는 긴장을 풀어볼까 해서 다시금 담배에 불을 켜댔다.

음악이 소란하게 들려왔다.

그녀의 눈 속에서 착잡한 것이 엇갈렸다. 정서는 한참 동안 시선을 창밖에서 떼지 않았다. 그러다가 불쑥,

"어저께 그 발을 보았어요."

했다. 기석은 움찔 놀라며 입으로 가지고 가려던 담배를 재떨이에 문질러 끄고 일어섰다. 그러리라 했어. 쏟아져야 할 물은 쏟아져버리는 것이 자연일지도 모른다. 아까보다 오히려 속이 후련해진 것을 그는 느꼈다. 그녀는 불덩이를 내던지자 그것이 어느 모양으로 타는가 보려는 듯이 눈을 아래로 깔고 글라스 둘을 서로 붙였다 떼었다 하고 있다. 그녀는 기석이 일어선 것을 묵살했다.

"나갑시다. 이 여사."

기석이 위에서 정서를 내려다보았다. 정서는 거절하지 않고 선 뜻 일어섰다.

스카이라운지 전용 승강기를 타고 내려와서 그들은 택시를 잡았다.

벌써 10시 반이다. 기석은 어디로 갈까 망설였다. 이대로 정서를 아파트로 데려다주고 그는 집으로 가면 그만이기는 하다. 그러나 이렇게 꺼림칙한 채로 그녀와 헤어지고 말 수는 없었다. 기석은 목이 타는 것을 느꼈다. 어떻건 진오의 다리 얘기는 해야 했다. 그러려면 성당 같은 데가 좋을 것 같다. 아무도 없는 성당 안에서 정서의 발밑에 엎드려 다 털어놓는 것이다. 아니, 갑자기 무슨 성당이야. 아무 데서고 말하면 그만이지. 그렇게 장소를 가린다는 것도 아직 내가 솔직치 못한 증거다. 빨간 신호에서 차를 세우고 운전수가,

"어디로 가실까요?"

한다.

"아무 데나 멀리 좀 돕시다."

이럴 때마다,

"센티멘털이셔."

하고 반대하던 정서는 한마디도 안했다. 아무래도 해야 할 말은 해야만 할 모양이었다. 그러나 이렇게 빨리 그때가 올 줄은 몰랐다. 아니, 너무 늦었어. 석방되고 와서 바로 말해야 했을 것이다. 늦었지. 그러나 말을 했다고 해서 무슨 수가 있었을 리도 없지 않

아? 말은 했어도 안 했어도 내게는 매일반이었으니까. 다만 묵묵히 진오에게 정성을 다한 것에 무슨 틀림이 있었을까? 도대체 진오의 다리에 대해서 내가 아는 것은 무엇이냐? 알지도 못하는 것을 정서한테 어떠쿵 하고 말하는 것도 우스운 일이 아닌가? 뭐라구? 네가 어디로 달아날 거야? 기석의 속에서 날카로운 소리가 찌르듯이 들렸다. 그가 발을 저는 원인이 뼈가 어떻게 되어선지 신경성인지. 바지를 걷어 올려서 본 적이 없으니까 물론 분명치 않아. 그러나 아무튼 그날 밤 린치가 있었고, 밤중에 스리쿼터가 공포를 쏘며 포로수용소로 들어와서…… 들것에 진오가 실신한 채 실려 나간 것만은 지금도 뚜렷하게 기억하지? 멀쩡하던 진오가 그 후로 다리를 전다. 그러니까 원인은 그 린치다.

덤비지 말아. 너는 설마 잊지 않았겠지. 서로 생사를 모른 채 헤어졌다가 1년 후에 처음 진오를 교정에서 만났을 때 그는 말했었다.

"그때 실신하구선 쭉 병원에 있었다. 너는 캠프에서 고생 많이 했겠구나."

진오는 눈을 몇 번 깜빡였었다. 생각하는 듯이 아니 무언가 감추고 있는 것을 나는 직감했었다. 당황해서,

"병원에? 왜?"

다급하게 묻자 진오는 조금 망설이다가, 이 말까지는 말해두는 것이 좋으리라 여겼는지,

"린치 때문에 말이야."

했다.

그 후로는 둘 다 한 번도 그의 다리에 관한 말을 한 일이 없고, 포로수용소의 얘기도 하지 않았고, 전쟁 얘기도 일절 하지 않았다. 서로 의식적으로 그러는 것을 십분 의식하면서도 어쩔 수 없이 그 얘기를 피해왔다.

"네가 불어서 다리병신이 되었다."

라고 노골적으로 저주하지 않는 것은 진오가 양식 있는 지성인이기 때문인가? 아니면 그리스도 같은 마음으로 나를 용서하고 있는 건가? 피해자가 순결할수록 가해자의 가책은 큰 법이니까 모르는 체함으로써 내게 더한 가책을 주려는 저의인가? 스스로 죄가 있다느니 없다느니 하고 번뇌하는 것을 녀석은 무지를 가장하고 은근히 즐기고 있는 것이 아닌가? 그 이유가 무엇이건 진오가 모르는 체하고 가면을 쓰고 있는 것은 확실한 것 같았다.

도대체 "린치 때문"이라는 말까지는 내게 해둔 것은 무엇을 뜻하는가? 만일 그가 "전쟁 갔다 온 몸인데 성할 리가 있겠어?" 등속의 말로 얼버무렸다면 내 죄를 알고 하는 말인가 하고 내가 생각할까 해서 단순하게 그냥 원인만을 보고해둔 것이다. 녀석은 내 죄를 모르는 척하고 싶으니까. 진오! 네가 거기까지 생각하고 있는 것도 나는 안다. 그러나 또 내가 불어서 린치당한 줄을 정말 모르고 있는지도 모른다. 나 혼자서 전전긍긍하는 것은 도둑이 제 발이 저린 격인지도 모르지. 창밖은 밤의 풍경이 질주하고 있다…….

진오는 알고 있어. 내가 불어서 그렇게 된 것을 알고 있는 거다. 너만 공연히 혼자서 고민할 건 없잖아? 가서 말해. 용서를 빌어.

아니 왜? 나는 죄가 없다. 나는 그의 이름을 대지는 않았다. 옳지, 옳아, 죽인다고 위협한 놈은 빨갱이들이고, 너는 절대로 그의 이름을 대지는 않았어. 그것은 누구도 부정 못 할 사실이다. 그러나 너는 같은 값이면 남태준보다는, 양효석보다는, 또 이기민보다는 엄진오, 그 엄진오를 대고 싶었다. 그랬다고 말해, 아주 털어버리라구, 그것이 편할 거야. 설사 그렇지 않았다 하더라도 그렇다고 하는 편이 나을 거다. 네 마음속에 진오에 대한 질투라도 좋다. 증오라도 좋다. 또 그것을 사랑 때문이라고도 해두자. 그 모든 것을 잠재의식이라 해도 좋다. 그런 의식은 없었다고 네가 펄쩍 뛰어도 좋다. 또 네가 지금까지 진오에게 번역이니 감수니 하는 명목으로 필요 이상으로 경제적으로 도와온 것을 네가 그에 대한 속죄 행위였다고 하지 말자. 그러나 작년 겨울 네가 대학 2학년 때부터 아프도록 사랑하던 여자를 왜 네 것으로 만들지 못했던가? 그 한 번으로 너의 성이 영영 다시는 타지 못할 만큼 불붙던 것을 왜 무참하게 깔아뭉갰을까? 정서의 몸을 안은 순간 진오가 다리를 절며 걷는 뒷모습이 너의 뇌리에 떠올랐기 때문이다! 그러니까 역시 '나는 진오의 다리를 모른다!' 하는 편이 속 편할 것이다.

"운전수님, 어디 아무도 없는 벌판 같은 데 없을까요?"

기석이 열띤 목소리로 운전대로 허리를 기울였다. 운전수가,

"워커힐 가까이 왔습니다."

한다.

"다 왔으면 그리로 갑시다."

기석은 내뱉듯이 말하고 쿠션에 등을 기댔다.

'정서, 너는 돌아가라, 나는 생각 좀 해야겠어. 아니! 잠깐.'

그들은 차에서 내렸다.

워커힐의 빌라에 들어온 그들은 리빙 룸에서 원탁을 가운데 두고 마주 앉았다. 정서가 처음으로 입을 떼었다.

"집에다 전화하세요. 기사 아저씨하고 아주머니가 언제 오시나 하고 잠도 못 잘 테니까요."

기석은 참 그렇지 싶어 집에 전화를 했다. 정서는 오늘 밤을 새워서라도 알 것은 알아낼 속셈인 것 같았다. 전화를 하고 의자에 돌아와 앉자 정서가,

"계속합시다."

한다. 기석은,

"무얼 말이야?"

했다.

"진오 씨의 발 얘기."

'그렇지 참, 아까 스카이라운지에서 발을 보았다는 말로 대화가 끊겼었지.'

기석은 그녀의 말을 들어볼 양으로 마음을 느슨히 가지고 담배에 불을 켜댔다. 정서가,

"기석 씨 차렙니다."

했다. 기석은,

"그래, 내 차례지. 발을 보았다고 했지. 그러니까 본 사람이 더 잘 알지 않겠어?"

했다. 그는 정서를 비꼬는 것이 아니었다. 진정으로 진오의 발이

어떻게 되어 있나 알고 싶었다. 진오가 린치당한 것이 나 때문이라 하자, 가정이 아니고 나 때문이다. 그것으로 그쳤으면 문제는 훨씬 가벼웠을 것이다. 그러나 그 린치 때문에 그는 다리를 전다. 이것은 그의 죄가 명백한 증거를 남긴 것이다.

그는 진오가 막연히 다리를 전다는 것으로는 성이 가시지 않았다. 범인은 반드시 현장을 돌아보고 싶어 한다는 학설이 이미 낡은 것인지도 모르나 그는 진오의 다리를 알고 싶었다. 잔인한 빨갱이들이 흉기로 찔러서 흉터라도 있는 것인지, 또는 좌골신경을 건드려서 저는지 그 진상을 뇌리에 뚜렷하게 박아두고 싶었다. 그것은 뚜렷할수록 좋다. 모호하거나 그럴듯한 상상으로서는 안 되겠다. 그래서 죽어서 그것을 잊을 때까지 마음속 깊이 박아두어야 했다. 그러나……

기석은 허리를 펴고 담배 연기를 천장으로 내뿜었다.

'그러나 내가 무슨 죄가 있지?'

포로수용소 안에서 빨갱이들이 폭동을 일으키고 미군을 죽이려는 음모를 안 것은 나와 진오와 남태준과 양효석과 이기민 모두 다섯이었다. 다섯 중에 누구든지 놈들의 틈을 타서 미군에게 밀고를 하기로 했다. 포로수용소 안에서는 누가 빨간지, 누가 하얀지 겉으로 보아서는 분간할 수 없었다. 수용소 내에 빨간 세력이 큰 것 같으면 흰 자들도 빨간 척해야 했고, 반공 세력이 강한 수용소에서는 빨갱이들은 또 흰 척하고 보호색을 썼었다. 모두 살아남기 위해서다. 그 안에서도 경찰이니 중대장이니 이를테면 질서 유지에 힘쓰고 가장 반공처럼 구는 사람들도 뜻밖에 빨갱이 세포일 수가 있어서 누구도 안심할 수 없었다. 통역조차도 믿을 수 없었다. 그래서 직접 미군에게 밀고하기로 했다. 누가 밀고를 하지 않았더라도 우연히 폭동 조직의 장본인인 중대장이 다른 수용소로 옮겨갈 수도 있었고, 또 전격적인 수사에서 가마니 요* 밑에서 드럼통을 잘라서 만든, 1미터 남짓이나 되는 칼이 나올 수도 있는 일이었다. 사실 갑자기 수용소 안이 수사당하는 적도 많았고, 중대장뿐 아니라 어떤 포로든지 아무런 기준도 이유도 없이 다른 수용소로 옮겨지기도 했었다. 기준이라면 빨가니까 빨갱이들끼리 한 수용소에 넣어둔다거나 반공이니까 반공끼리 넣어둔다든가 하는 기준이다. 하기는 그렇게 나눠 두었다 하더라도 공산 세포가 침투해서 어떻게 뒤집어놓을지도 모르는 일이었다. 어떻든 그 폭동의 발각은 성공했고, 반공이나 회색이라고 여겨지는 포로는 모조리 죽을 뻔한 것을 면했다. 그것이 우연인지 진오의 공인지 혹은 기석을 제외한 그들 중의 누구의 공인지는 아직도 모른다.

진오였다면, 아니 태준, 기민, 효석이었다면 내가 취한 방법 이외의 어떤 방법으로 살아날 수 있었을까? 진오가 린치당한 것은 우연일 수도 있으나 일의 당연한 귀추랄 수도 있다. 발각당한 빨갱이들이 평소 눈여겨둔 진오나 나, 둘 중에 하나를 가루로 만들려고 이를 갈았을 것이다. 나보다는 진오를 더 주목했을지도 모른다. 그는 한때 통역이었으니까 나보다 밀고의 가능성이 많은 것도 그들은 알고 있었다. 그렇다면 내가 불어서 그들이 진오를 린치한

---

* 흙바닥에 가마니를 깔았었다.

것이 아니라, 어쩌면 두 패로 나뉘어서, 각각 다른 천막에서 동시에 두 사람의 턱 밑에 칼끝을 들이대었을지도 모른다.

"무얼 밀고했단 말이야. 나는 아무것도 몰라."

"잔말 말아!"

"헛헛, 그 칼 말인가? 나는 알지도 못했어."

나는 웃는 줄 알았다. 그러나 내 목에서 나온 것은 두려워 허덕이는 동물의 거친 숨결이었다.

"닥쳐! 누구누구야, 불어!"

"……."

흉기는 가늘고 짧았다. 그러나 그 끝은 예리하고, 그리고 이미 그 끝은 그의 턱 밑 살갗에 살짝 닿고 있었다. 푹 내리꽂으면 그만이다. 소리도 없이 간단했다.

기석은 빨갱이들이 그런 것을 얼마나 간단히 해치우는가를 수없이 보아왔었다. 숨이 가빴다. 태연한 척해도 눈앞이 흐려왔다.

"양키한테 했다면…… 나보다 더 가까운 놈이 있지 않아?"

그 말. 그래서 그는 살았다. 그리고 그 때문에 그는 지난 6년 남짓 이렇게 외치면서 살아왔다.

'나는 죄가 없다. 너희 같으면 어떻게 했을 거야? 그것도 죄냐?'

'나는 죄인이다. 나는 친구를 불었다. 나는 죄 없는 자를 유죄라고 불었다.'

'나는 무죄다!'

"본 사람이 더 잘 알 거라고요? 그렇다고 합시다."

정서가 팔짱을 낀 팔을 탁자 위에 놓으며 미동도 않는 얼굴로,

"진오 씨의 발등에는 총알 맞은 흔적은 없었어요. 혹시 발가락에 맞은 것을 발등으로 아신 것 아니에요?"

"발가락에?"

양말을 벗기고 보았구나. 기석은 벌써 거짓말이 완전히 탄로 난 줄 알자 오히려 침착해졌다.

"발가락에 총알이라도 박힌 줄 아세요?"

정서는 계속 표정이 없다.

"왼쪽 발톱 다섯이 모조리 뒤틀리고 퍼렇고 검고 울퉁불퉁합디다. 발톱이 빠졌다 다시 나면 그런가 보죠. 발가락 끝은 불꼬챙이로 지져서 타서, 흉측하고 사람의 살가죽 같지도 않게 이상한 검은 무늬로 되어 있더군요."

기석은 순간 감전된 듯이 몸이 떨렸다.

"그만해, 그만!"

그는 일어섰다.

"가시겠어요?"

정서가 팔짱을 낀 아까의 자세로 탁자 위를 응시하면서 묻는다. 그녀는 차고 미동도 않는다. 기석은 한참 만에 도로 앉았다.

"저는 무릎을 꿇고, 경건한 마음으로 진오 씨의 발가락에 키스했어요. 수난자에 대한 신성한 찬양의 뜻이라고 할까요? 어떻든 진오 씨의 발에 총상이 없는 것을 보자 저는 갇혔던 골방에서 햇볕 쪼이는 들판으로 날아 나온 것 같은 기분이었어요."

그녀는 잠시 말을 끊고 안락의자에 등을 기대고 편한 포즈를 취했다.

"그러고 말했어요. 진오 씨가 포로수용소에 있을 때, 밤중에 철조망 밖에 제가 서 있어서 저를 만나려고 달려가는데 탈주인 줄 알고 파수병이 총을 쏘아서 쓰러지고, 의식을 회복했을 때에는 저를 본 것은 꿈이었다고. 그 총알이 신경을 건드려서 다리를 저신다고 들었다고 했지요. 지금까지 꼬박 그런 줄만 알았다고 했죠."

"……"

"진오 씨는 '글쎄, 하기는 늘 꿈에 정서를 보았으니까, 그런 얘기가 있을 수도 있겠지' 하더군요. 그러나 그이는 끝내 누가 그러더냐고 묻지 않았어요. 그 엉터리 얘기를 만들어낸 장본인이 누구며, 무엇을 위해 한 거짓인가를 말이지요. 그것이 가장 궁금할 텐데. 제가 말하지 않아도 기석 씨인 줄 그이는 알고 있는 거예요."

"……"

"아무것도 모르고 있는 것은 저 혼자며 그래서 두 사람에게 줄곧 우롱당해온 것을 알자 저의 얼굴은 불덩이처럼 빨개졌어요. 아무 말도 않고 이국 가서 성공하시라고 형식적인 인사만 하고 방을 나오려는데 진오 씨는 잠자코 고개를 돌리고 의자에 앉아 있었어요. 그이의 어깨가 들먹이는 것 같아서 발길이 얼른 돌아서지지 않았어요. 이해하시겠죠? 이미 원한도 애정도 없으나 인간다운 감정은 흐를 수 있으니까요. 솔직히 말씀드리지요. 기석 씨를 몰랐다면 저는 진오 씨만으로 인생을 보냈을 거예요. 어딘가 조금 충만되지 못하는 것을 느꼈을지도 모르지만요. 그냥 문을 닫고 나올 수는 없었어요. 저는 도로 그이에게로 갔어요. 진오 씨는 짐작대로 울고 있었어요. '이런 꼴은 정서에게 안 보이려고 했다.

그러나 눈물은 참아도 안 되는데.' 그이는 눈을 깜빡거리며 눈물을 말리려고 애를 썼어요. '정서, 이제 마지막일지도 모르니까 말을 해두는 것이 나을 것 같다.' 그이는 한숨을 내쉬었어요. 한참 후에 '나는 정서를 사랑했지. 이 말이 정서에게 어떤 영향을 줄지 모르나 지금도 사랑해. 사랑 안 한다고 하면 거짓말일 테니까. 정서는 나의 젊은 때의 꿈이었어, 그러니까 내 생애의 꿈이었다. 사람은 태어나서 커서 살다가 보면 또 죽기 마련이다. 삭막한 얘기지. 현대인은 꿈을 잃었다고도 하고 꿈이 없다고도 하나, 없는 사람일수록 더욱 꿈이 큰 거야. 다만 자기의 꿈이 너무 커서 무엇인 줄을 모를 따름이다. 그렇지 않으면, 시시한 꿈이라는 걸 알고 더욱 자기 자신에 실망하고, 그러니까 거칠어지고 자기 자신을 회피하고 싶고, 자기 자신을 버리며 사는 거야. 그런데 나는 꿈을 갖고 있었어. 그게 정서야. 전쟁 전 연구실에서 나는 정서의 뺨에 입술을 살짝 대고 한참 동안 눈만 감고 있었지. 나는 꿈을 잡았다는 행복감에 전신이 마비되는 것 같았어. 어쩌면 정서의 그 향긋한 냄새가 사실상 내 육체를 마비시킨지도 몰라. 정서는 내 꿈일 뿐 아니라 내 꿈은 정서를 원점으로 해서 더욱 원대히, 한없이 뻗어 나갈 거라는 것을 알았지. 꿈이라는 말은 확실히 잠꼬대 같은 말이지. 그러나 달리 좋은 표현이 없구먼. 어떻건 그것 없이는 누구도 한시도 살지 못할 거라고 생각해'."

정서는 탁자 위의 냉수를 한번 마셨다.

"진오 씨가 한 말을 정확히 다 옮기지 못했는지 모르지만, 적어도 제가 덧붙인 것은 없어요. 지루하세요? 그러나 다 들으셔야 해요. 이제 또 다른 시간은 없을 테니까요."

기석은 고개를 끄덕였다. 벽시계가 친다. 벌써 1시다. 한밤중
이다.

"진오 씨는 조용히 계속했어요. '전쟁에서 돌아와서 정서를 만
났을 때 나는 왜 죽지 않고 살아 왔나 싶었어. 사실 죽어버릴까 했
지. 왜냐고? 하필 정서가 불구자의 아내가 되는 것은 견딜 수 없는
일이니까. 비록 정서가 아닌 다른 여성이었더라도 내 꿈에 상처를
입히고는 살 수가 없을 것 같았다. 그러나 또 죽을 수도 없었어. 생
에 미련이 있어서가 아니고, 내가 자살하기 때문에 이 세상의 누
군가가 더 고통을 당할 것 같아서다.'"

'알고 있었구나! 녀석은 알고 있다!'

기석은 속으로 신음 소리를 냈다.

"저는, 누가 왜 고통당하느냐고 다급하게 물었어요. 그것이 기
석 씨인 것 같았어요. '내가 달리 죽는 것이 아니라 불구 때문에
자살하니까 말이지' 하지 않아요? 저는 그렇게 동문서답하지 말
라고 했죠. 진오 씨의 불구에 관계없는 사람이 자살한다고 고민
할 이유가 어디 있겠느냐고 했지요. '하기는 그것은 내 오산인지
모르나, 내가 불구인 까닭에 자살한다면 그는 더 괴로워할 거라
고, 내가 살아야, 내가 행복해야 그의 고민은 덜어지는 거라고 아
직도 생각하고 있을 뿐이야.' 그이는 같은 말만 되풀이했어요. 저
는 그 사람이 누구냐고 물었어요. 그이에게 매달리며 애원했지요.
정 말을 안 하길래 '그 사람은 기석 씨지요?' 하며 그의 어깨를 흔
들었어요. 그이는 끝내 대답하지 않았어요. 그리고 일어서서 문

을 열고 저더러 나가라는 눈치였어요. '알고 싶으면 말하지. 그 사람은 정서야!' 그이는 차게 말하고 저를 밖으로 내밀고 문을 잠가 버렸어요. '거짓말!' 저는 어두운 계단을 내려가며 소리를 질렀어요. '못난이!' 저는 또 소리쳤어요. 물론 혼잣말이죠. '내가 불구가 된 것은 기석이 때문이다!' 하고 왜 말을 못 해! 저의 외침에는 어느덧 경멸이 섞여 있었어요. 어떻건 솔직히 말해서, 저를 보고 싶은 나머지, 그 이미지를 쫓다가 총에 맞아서 다리를 절게 된 것이 아닌 줄 안 것만은 고마운 일이었어요. 그이를 사랑할 때 사랑보다도 미안한 감이 더 강렬하고, 그 미안함이 애정을 눌러서 저는 하마터면 일생을 미안하다는 죄의식으로 그치고 말 뻔했으니까요. 나는 가해자가 아니었다는 마음에 제 발길은 나는 듯이 가벼웠어요. 그 골목을 빠져나오며 저는 뜻 없이 그의 방을 쳐다보았더니 갑자기 커튼을 치며 그이의 그림자가 돌아서고 있었어요. 그이는 제가 걸어가는 뒷모습을 지켜보고 있었던 거예요. 그렇게 알자, 진오 씨는 나를 원하고 있다, 나를 거절하는 것은 기석 씨에 대해 복수하기 위해서다 하고 저는 속으로 뇌었어요. '내가 행복하게 사는 것을 그 사람이 원하고 있으니까.' 그래서 자살을 안 했다고 한 말이 생각난 겁니다. 그이는 정말은 기석 씨를 괴롭히고 싶은 거예요. 기석 씨가, 우리들이 옛날처럼 되는 것을 원하기 때문에 그이는 저를 거절한 겁니다. 없는 얘기를 꾸며서까지 제가 진오 씨와의 지난날의 추억과 나 때문이라는 가해 의식으로 진오 씨에게 달려가게 한 까닭도 이제 알았어요. 만일 진오 씨가 저를 갖는다면 기석 씨의 비밀은 용서받은 것이 될 것이고, 그렇지 않으면 최소한 진오 씨가 그 비밀을 모른다는 심증을 얻을 수 있으니까요. 어떻건 저는 기석 씨의 좋은 시금석이었지요. 출장을 가장하고 저에게 큰 액수의 돈을 진오 씨한테 전하게 한 까닭도 알았어요. 떠나는 진오 씨를 만나기가 무서웠지요?"

정서는 의자에서 일어섰다.

"두 분에게 비밀이 있어요. 그 비밀을 없애기 위해서, 가장하기 위해서 두 분이 다 저를 이용해온 거예요. 두 분이 다 사랑해주신 줄은 알아요. 그러나 사랑만은 아니었어요."

정서의 음성은 점점 커갔다. 그녀는 괴로운 듯이 머리를 내저었다. 그러고 갑자기 애원하듯이 기석의 어깨를 잡고 흔들었다.

"저를 그냥 내버려두세요. 남자들 세계에 저를 휘몰아 넣지 마세요. 그 비밀이 전쟁 때문이라고 합시다. 그러니까 당신들의 직접 책임이 아니랄 수도 있겠지요."

정서는 숨을 가쁘게 쉬며 열변가처럼 두 팔을 폈다가 이마로 가지고 간다. 그녀는 긴 소파에 다리를 얹고 앉았다.

"저는 정말 전쟁과 상관없어요. 당신네 남자들이 총을 쏘고, 당신네들이 포로가 되고 당신네끼리 서로 어긋나서 친구 간에 균열이 생긴 거예요. 제가 간섭할 이유가 있어요? 제가 무슨 책임이 있어요? 제가 당신네들을 배반했던가요? 저는 사랑했을 뿐이에요. 지금도 사랑하니까 이렇게 괴로워하는 거예요. 저는 사랑하는 남자의 아이를 낳고 조용히 살고 싶은 거예요. 아주 간단하고 어렵지 않은 일이죠. 그런데 당신네 남자들은 그 소박한 소원은 아랑곳없이 너는 나의 꿈이라느니 내 생명의 의미라느니. 청순하여라,

영원하여라 하고 미사여구만 늘어놓습니다. 저는 꿈도 아니고 식물성도 아니에요. 저를 똑바로 보세요. 저는 김정서예요. 남자들의 괴로움을 덜기 위해서 이용당할 의지도 감정도 없는 물질이 아니란 말예요. 저는 결심했어요. 더 이상 기석 씨를 사랑하지 않겠어요. 더 이상 망설이지 않겠다는 말이에요."

"……."

"그사이 좋은 결혼 상대자가 더러 있었어요. 저를 정신적으로나 물질적으로나 부드럽게 감싸줄 수 있는 남성이었어요. 공연히 나는 남의 꿈이 되기 위해서 구름 위를 이리저리 옮겨 다니다가 이제 땅에 떨어져버렸어요."

"그만해!"

기석이 소리를 치며 일어서더니 갑갑한 듯이 이리저리 걷기 시작했다.

"내가 얼마나 괴로운지를 모르니까 하는 말이야. 내가 얼마나 사랑하는지 알고 있으니까 그렇게 대담한 거야. 정서, 아, 나는 말을 말자."

기석은 의자에 털썩 주저앉았다. 그는 손으로 이마를 괴고 눈을 감았다. 온갖 상념이 머리에서 엇갈려 어떻게 생각해야 하며, 어떤 행동을 취해야 할지 몰랐다. 정서는 긴 소파에서 자세를 고쳐 앉았다. 억눌린 침묵이 흘렀다. 한참 후 그녀의 입에서 조용히 말이 흘러나왔다.

"벌써부터 두 분 사이에 심상치 않은 흐름이 있음을 느꼈지요. 점점 그것이 웬만해서는 가셔질 수 없는 것이라는 것도 알았어요.

기석 씨에게 물어볼까고도 몇 번 마음먹었으나, 묻는다고 대답하실 것 같지도 않았어요. 저는 기석 씨가 괴로워하는 것을 방관할 수 없었고 그 괴로움을 덜어볼까 하고 저 나름대로 애를 써보았어요. 묘안도 안 떠오르고 무엇보다도 그 괴로움을 제가 아는 것을 눈치채실까 보아 무척 애썼어요. 제가 의심하는 것을 아신다면 더 큰 사태랄까, 지금보다도 훨씬 다루기 힘든 사태가 벌어질지도 모르니까요. 생각한 끝에 기석 씨에게 지금과는 전연 다른 세계를 전개시켜드리리라는 생각이 떠올랐어요. 즉 제가 기석 씨의 아기를 갖는 거지요. 두 분이 저를 사랑하면서도 결정적인 단계에 가서는 무슨 터부처럼 뒤로 물러서시니까 숫제 무지한 사람들처럼 일을 한번 저질러버릴까 한 거예요. 아이가 생기면 진오 씨도 기석 씨도 둘 다 저를 체념하실 거라구. 작년 겨울 어느 날이었던가요? 저희는 술을 마셨지요. 기석 씨가 말리는 것을 저는 위스키를 연달아 한 글라스 반이나 마셨지요. 다리가 조금 말을 안 듣더군요. 머리가 멍해졌으나, 그렇다고 의식이 없어질 정도는 아니었어요. '걸을 수 있겠어?' 기석 씨가 걱정스럽게 저를 들여다보셨어요. 그때 저는 이야말로 좋은 기회라고 생각했지요. 저는 그 말조차도 못 알아들을 만치 취한 척해버렸어요. 기석 씨는 저의 겨드랑 밑으로 팔을 넣어 안고 승강기를 타고 내려가서, 자가용의 뒤 소파에 저를 길게 뉘었어요. 저는 외투를 입었는데도 추울까 하셨는지 윗도리를 벗어서 저의 다리께를 덮으셨어요. 운전을 하시면서도 제가 밑으로 떨어질까 해서 연방 뒤돌아보시곤 하셨지요. 그러더니 아무래도 안심할 수 없었는지 차를 세워 뒷자리에 있는 저

를 안아서 운전대 옆에 앉히고 오른팔로 저의 어깨를 안고 한 손
으로 운전을 하셨어요. 아파트에 오자 저를 세웠어요. 쓰러지는
저의 몸을 붙들고 '열쇠 좀 내야겠어' 하시며 저의 가방을 열고 열
쇠를 꺼내셨어요. 저를 침대에 눕히자 힘드셨는지 후 하고 한숨을
쉬고, 침대 발치께에 앉아 한참 무언가 생각하고 있더니 저의 외
투를 벗기고 슈트의 위아래 그리고 슈미즈까지 다 벗기셨어요. 저
는 눈을 가늘게 뜨고 기석 씨가 하는 것을 하나도 놓치지 않고 다
관찰했지요. 기석 씨는 장롱을 열고 저의 네글리제를 꺼내서 입히
기 시작했어요. '정서 좀 깨나!' 하고 크게 한번 소리치셨지요. 저
는 안 들리는 척하고 있었어요. 네글리제를 입히고 나더니 기석
씨는 벌떡 일어서서 저를 위에서 한참 내려다보셨어요. 숨결이 거
친 것이 귀에 들려왔어요. 저는 무섭고 불안해서 가슴에서 쿵쿵
소리가 났어요. 그래도 잠든 것처럼 가만히 있었어요. 제 몸은 차
갑게 긴장하고 있었지만 마음은 간절히 기석 씨를 원하고 있었지
요. 갑자기 저의 손목을 으스러지도록 잡으며 바닥에 주저앉으셨
어요. 그리고 쫓기는 사람처럼 저의 방을 뛰쳐나가셨어요."

정서는 몸을 고쳐 앉았다.

"문이 탕 하고 닫히자 저는 벌떡 일어나며 '짐승만도 못한 사
람!' 하고 소리 높이 웃었지요. 그리고 머리맡에 있는 기석 씨의
사진을 찢어서 가루로 만들어 휴지통에 집어던졌어요. 저는 계속
크게 웃었어요."

정서는 소파 밑으로 미끄러지더니 쿠션에 얼굴을 파묻고 전신
을 떨며 울기 시작했다. 눈물이 번져 흐르는 정서의 뺨에 긴 머리

카락이 헝클어졌다. 기석은 그녀의 얼굴에 미친 듯이 키스했다. 키스라기보다 거의 질경질경 씹고 있었다. 그는 무언가 속으로 헛소리를 하며 정서를 으스러지도록 안고 침실로 갔다. 그의 성은 억지로 막혔던 둑을 한꺼번에 왈칵 무너뜨리며 쏟아지는 홍수처럼 무섭게 뻗어 나갔다.

"싫어요!"

정서는 몸을 잽싸게 돌리며 기석의 포옹을 벗어났다.

"지금은 싫어요!"

그녀는 리빙 룸으로 뛰어나갔다. 기석은 아무것도 들리지 않았다. 이제 그의 몸보다도 그의 마음이 더욱 간절히 정서를 그의 것으로 만들고 싶었다.

"싫어요!"

정서는 기석의 뺨을 쳤다. 기석은 정서의 허리에 둘렀던 팔을 풀고 일어섰다.

"여자를 아무 때나 마음대로 거절할 수도 있고 마음대로 요구할 수도 있는, 감정도 의지도 없는 물건인 줄 아세요?"

정서는 소파에서 꼼짝도 하지 않았다.

"너는 남자를 몰라."

기석은 의자에 앉아서 창 쪽으로 몸을 돌렸다. 기석은 지금까지 두 번 밤의 여자를 알았다. 처음의 기억은 불쾌했다. 여자의 몸은 좋았으나 후회만 남겨주었다. 그때의 심리 상태가 좋지 않았을까 하고 두 번째는 자신을 테스트할 겸 모험을 한 것이다. 두 번째 여자는 나무랄 데 없는 미인이었다. 그러나 역시 후회만 남았을 뿐이다. 그리고 다시는 어떤 여자도 가까이하지 않았다. 결국 그는 정서 외의 어떤 여자도 원하지 않는다는 것을 확인한 것이다.

"기석 씨가 싫은 건 아니에요. 사랑하고 있다구요. 죽고 싶을 만치."

"위로해주지 않아도 좋아."

"위로하는 게 아니에요. 내가 처음 기석 씨의 아기를 가지려고 몸부림쳤을 때 그렇게 해주셨으면 이 이상한 게임은 벌써 끝났을 거고, 엄 교수나 우리는 평범하게 늘 행복하게 살 수 있었을 텐데. 이제 저는 정신적으로나 물질적으로나 저를 평범하고 행복하게 안정시켜줄 남성을 찾아가야 할 것 같아요."

"정신적으로?"

기석은 멍하니 정서의 말을 되풀이했다.

"그렇게 하는 편이 좋을 거야. 그런 사람이 있겠지."

"찾아볼까 해요. 어느 정도에서 타협해보는 거지요."

"누구하구 타협해?"

"저 자신하고요."

"성공하기를 바라."

기석은 담배를 다시 피웠다. 연기를 천장으로 향해 뿜어내고 몸을 돌려 재떨이에 그것을 천천히 문질러 껐다.

"진오 얘기 듣고 싶지 않아?"

정서는 움찔하며 기석을 응시했다.

"듣기 싫으면 안 들어도 좋아. 나는 누구한테라도 한 번은 해야 했어. 이런 얘기는 성당 같은 데서 하는 것이 좋았을 거야. 신이 있

는지 없는지는 몰라도 신이라면 다 알고 있을 테니까 고백하기가
수월하지. 또 바위나 벽 같은 것이 대상이 될 수 있겠지. 어떻건 전
연 관계가 없는 대상이 가장 좋은 고백의 대상이 될 수도 있을 테
지. 이렇게 말은 하지만 나는 사실 무엇을 고백해야 하는지 모르
고 있어. 즉 내 죄가 무엇인가를 모르겠단 말이야. 과연 내가 죄인
인가? 가책을 느끼니까 죄는 지었을 테지만, 그 가책도 내가 남달
리 양심이 있고, 남달리 복잡한 두뇌의 소유자라는 특권 의식에
서 오는 것일지도 모르니까. 나는 오만하고 싶지는 않아. 정서한
테 내가 내 얘기를 해야 하는지, 다시 말하면 정서가 알아서 좋을
지 나쁠지조차도 판단 못 하고 있어. 그러나 기왕 말은 시작한 거
고, 정서는 알다가 만 것이니까, 끝까지 그 진상을 모르면 상상 때
문에 오히려 해로운 게 아닐까. 얘기한다."

기석은 의자의 쿠션에 등을 기대고 얼굴을 천장으로 올렸다.

"내가 중학교 3학년 때에 우리나라는 해방되었다. 해방되면서
우리나라는 좌우 진영이라는 것이 생겨서 극한 대립했다. 매일같
이 데모가 있었다. 혼란 속에 인물들의 암살 사건도 있었다. 서울
사대의 교수 한 명은 데모하지 말고 학생들은 공부해야 한다고 했
다고 좌파 학생들의 집단 구타로 사망한 사건도 있었다. 자연, 공
산주의는 어떤 것인가 알고 싶었다. 마르크스의 저서를 도서관에
서 혼자 읽어보았다. 그러나 그것은 의문점만 남겼고, 그것만으로
는 공산주의가 무엇인가 알 수 없었다. 정부가 서고 이승만 초대
대통령이 취임했다. 그렁저렁하는 사이에 나는 대학생이 되었다.
2학년이 되던 봄 정서를 교정에서 보았다. 순간 나는 이상한 전율

같은 것이 전신을 스침을 느꼈다. 그날부터 식당이건 교정이건 강의실이건 어디서든지 정서를 한 번이라도 보는 것이 즐거움이 되었고 눈에 안 띄는 날은 일부러 이 교사 저 교사로 찾아다녔다. 그러다가 서로 얘기를 하게 되고 노트도 빌려주고 빌려 보게 되었다. 정서도 나를 좋아하는 것 같았다. 나의 나날은 찬란했다."

그는 자세를 고쳐서 팔걸이에 몸을 기댔다.

"갑자기 빨갱이들이 서울로 쳐들어왔다. 전쟁이 터진 것이다. 열흘이 못 가서 빨갱이가 무언가를 완전히 알았다. 무모한 약탈과 살인, 마치 미친 살인귀처럼 죄 없는 시민들을 쏘아 죽였다. 그것을 뒷받침이나 하는 듯이 라디오에서는 '잔인하게 무찔러라, 죽여라'를 연방 고무적인 음성으로 짖어대었다. 적어도 인간이 사는 사회는 아니었다. 김일성의 초대형 초상화하고 스탈린의 그것이 우리 모교 본부 건물 3층부터 1층까지를 가리고 세워져 있었다. 학교 담이나 교실이며 길거리에는 '공산주의는 자유주의를 배격한다'라는 벽보가 나붙었다. 이런 등속은 사람의 비위를 거스르기 마련이다. 어느 한구석 희망을 걸어볼 데라고는 없었다. 어떤 사람들은 우리를 가리켜 역사를 창조한 세대라고도 하지만, 우리 세대는 너무나 박복한 세대지. 나는 남쪽으로 달아날 것을 궁리했다. 그러나 다락에 숨어 있던 나는 의용군으로 끌려가고 말았다. 의용군이 되어 진오와 나는 같은 분대원이 되었다. 그와 나는 그때까지는 별달리 친한 사이는 아니었으나 나쁜 사이도 아니었다. 서로가 그 재능을 인정하고 존경하는 사이랄까, 그렇게 말하는 것이 정확할 것이다. 그것은 확실히는 모르나 어느 치열한 전투 끝에 참호

속에서 우리는 우연히 정서의 얘기를 했는데, 그 후부터라고 생각한다. 내가 정서를 칭찬하면 그는 좋아했고, 그가 정서를 매력적이라고 하면 나는 그가 고맙고 좋아서 어쩔 줄을 몰라 했다.

'노트를 꼼꼼하게 했던데?'

'눈이 이지적이야.'

'이마가 수재형이야.'

'코가 귀엽지?'

'피부가 그만이야.'

이런 말을 나누며 전투도 하고 작업도 했다. 비행기의 폭격을 당할 때에도 둘은 서로 떨어지지 않았다.

'어저께 정서를 꿈에 보았어.'

'나도 ……'

그러던 어느 날 나는 단도직입으로 물어보았다.

'너는 정서를 사랑하니?'

진오는 나를 한참 보더니,

'너는?'

했다.

'짝사랑이지. 그러나 그쪽에서도 좋아하는 것 같아. 너는 사랑하지 않아?'

나는 또 물었다. 진오는 무언가 생각하더니 한참 만에야,

'사랑하구말구.'

했다. 그때 나는 내가 정서를 사랑하는 것하고 그가 사랑하는 것과는 무엇인가 그 질에 있어서 다른 것을 직감했다. 그것이 무엇

일까 하고 생각해보았으나 나로서는 알 수 없었다. 폭격은 나날이 심해갔다. 우리는 폭격이 있을 때마다 내 죽음보다 유엔군의 승리를 뜻하는 것이니까 오히려 그것을 목마르게 바라고 있었다. 낙동강까지 내려간 괴뢰군은 쫓기고 쫓겨 후퇴하고 있었다. 그런 어느 전투에서 폭격이 멎고 잠시 휴식이 있었다. 우리는 정서의 얘기를 하고 있었다.

'폭격 맞지는 않았겠지?'

'설마 민가를 폭격할라고?'

'빨갱이한테 잡혀가지나 않았을까?'

둘은 이 말이 나오자 갑자기 안절부절못하는 심정이었다.

'그렇다면, 그래서 정서가 이 세상에서 없어진다면 절망인데?'

진오가 신음 소리를 냈다. 나도 동감이었다. 나는 한숨을 쉬었다. 조금 있다가,

'나도 죽는다.'

진오가 그랬다.

'삶이 죽음만 못할 때에는 죽는 거다. 빨갱이들한테 끌려가서 욕이라도 당하고 무참히 죽어버렸다면, 이미지를 안고 살아간다고 무슨 수가 있겠어?'

그 말을 들었을 때 빨갱이에 대한 분노가 내 몸속에서 광란하는 것 같았다. 진오는 한숨을 내쉬었다. 그러더니,

'나는 정서의 뺨에 키스한 일이 있어.'

겸손하게 미안한 듯이 말했다. 그 말에는 승자의 우월감도 섞여 있는 것 같았다. 순간, 나는 눈앞이 아찔했다. 내 총의 개머리판으

로 그 녀석의 얼굴을 콱 찍어 죽이고 싶었다. 나는 앉았던 자리에
서 벌떡 일어섰다.

'왜 그래, 벌써 소집이야?'

진오의 말에 정신이 돌아온 나는,

'아니.'

하고 힘없이 궁둥방아를 찧으며 앉았다. 그러고 입에서 나오는 대
로 말했다.

'허리가 아파서 좀 펴보느라고.'

진오가 너를 사랑한다고 했을 때, 그의 사랑과 나의 사랑 사이
에 이질(異質)을 직감했던 것이 생각났다. 그 이질은 바로 그것이
었다. 진오는 내가 못한 것을 했던 것이다. 우리는 서로 그 후로는
정서의 얘기를 하지 않았다. 서로가 그것을 회피하고 있는 것을
알고 있었으나 다시는 하지 않았다. 나는 폭격이 있을 때나 전투
가 있을 때나 그의 곁에서 그가 쓰러지면 부축도 해주고, 다쳤을
때에는 약도 발라주고, 먹을 것이 있으면 내가 주려도 나눠 먹곤
했지만 가끔 이 녀석이 폭격에라도 죽었으면, 총에라도 맞아 죽었
으면 하고 바랐다. 어떤 때에는 정말 절실히 바랐다. 그러던 중 둘
은 다 포로가 되었다. 포로가 되자 살았다는 감격에 한동안 정서
도 아무것도 머릿속에 없었다. 그러나 차차 살리라는 희망이 굳
어지며, 나는 다시 정서를 생각하게 되었다. 빨갱이 세포는 반공
을 가장하고 수용소에 침투해왔다. 자칫 잘못하면 언제 목에 칼이
꽂힌 채 똥구덩이 속에 처박힐지 모르는 살벌한 때가 있었다. 진
오는 처음에는 통역으로 있다가 나중에 그만두었다. 나는 애초부

터 아무 직도 갖지 않았다. 주목당하고 싶지 않아서다. 몸깨나 튼튼하고 글이라도 아는 사람은 더러는 경찰이 되기도 하고 소대장, 중대장이 되기도 했다. 나는 가만히 있는 편이 위험이 덜할 거라고 판단했다.

어느 날 작업하러 나갔다가 철학과에 다니던 남태준한테서 빨갱이들의 음모를 들었다. 수일 내에 감독하는 미군을 찔러 죽이고 흰자들을 한꺼번에 모조리 죽인다는 것이다. 그 주모자가 바로 가장 반공인 척하고 있는 중대장이라는 것도 알려주었다. 우리는 즉각 이 사실을 미군에게 알리려고 결심했다. 그래서 양효석과 진오에게 알리고 이기민에게도 알렸다. 누가 빨간지 흰지 겉만으로는 알 수 없는 속에서 아무도 모르게 밀고하기란 거의 목숨을 거는 일이다. 누가 성공적으로 밀고를 했는지 또 우연히 그렇게 되었는지는 모르나, 다음날 중대장은 다른 수용소로 옮겨 갔고, 저녁 무렵에 전격적인 수사에서 칼은 발견되었다. 그날 밤 자고 있는데, 갑자기 내 귀에 대고 누가 소곤거리는 것 같아 눈을 떠보니 살기등등한 두 놈이 누워 있는 나를 위에서 누르고 이미 칼끝은 내 턱 밑 살에 닿아 있었다.

'밀고한 놈이 너지?'

'무슨 말이지?'

'알고 있다. 늬가 밀고했지?'

'나는 몰라, 양키한테 가까운 놈이 했겠지.'

그 말, 그래서 나는 지금 이렇게 멀쩡하게 살아 있는 것이다."

기석은 기대고 있었던 허리를 일으키고 냉수를 마셨다.

"나는 살았다. 얼마 후에 몇 시간이나 지났을까? 시계는 없으니까 알 수 없었다. 스리쿼터가 공포를 쏘며 들어왔다. 수용소 안에는 감시원도 들어오지 못했다. 포로들이 덤벼서 그를 죽일지도 모르니까. 또 아무도 무기를 들고 들어가지 못했다. 역시 무기를 빼앗길 염려가 있으니까. 그래서 폭동이나 큰 사고가 나면 스리쿼터나 탱크가 들어왔다. 들것에 사람이 실려서 나가는 것을 보자 나는 왠지 그것이 진오임을 직감했다. 나는 이미 '나 때문인가?' 하는 가책이 있었는지도 모른다. 그러나 죽을 고비를 갓 모면한 나는 곰곰이 생각할 정신적 여유가 없었다. 또 수용소에서의 험악한 생활이 나에게는 그런 여유를 주지 않았다. 기왕 말이 났으니 숨겨서 무엇 하겠어? 나는 그것이 나 때문이라고 생각하고 싶지 않았던 것이다. 그래서 그럴싸한 이유, 우연이라든가 흔한 일이라든가 따위 이유를 나 자신에게 일러주고 있었던 것이다. 그 후 진오는 우리 수용소에 돌아오지 않았다. 나는 가끔 그가 살았으면, 제발 살아달라고 기원했다. 그사이 나는 무척 그와 정이 들어 있었으니까 정말 살아주기를 바랐다. 시일이 감에 따라 나는 그를 잊어갔다. 포로 교환에서 석방되어 서울로 돌아온 나는 부랴부랴 학교에 갔다. 물론 정서를 보려고……. 정서는 살아 있었다. 나는 무어라고 그랬던가? 첫마디,

 '노트 좀 빌려주세요.'

했다. 전장에도 안 갔던 놈처럼, 포로도 안 되었던 놈처럼, 갑자기 이 세상에 불쑥 태어나 온 놈처럼! 진오가 오면 페어플레이를 할 양으로, 녀석이 올 때까지 나는 정서와 데이트도 삼가기로 했다. 그리

고 딴 놈이 혹시 접근할까 해서 은근히 정서의 주위를 살폈다."

"……."

"여자라는 것은 나에게 있어 아무 가치도 없는 것이라고 때로 절실히 느낀다. 인생은 짧고, 할 일은 너무 많으니까 말이다. 그러나 그러니까 오히려 그 어느 것보다도 여자한테 끝없는 가치를 기대해보는지도 모르지. 깊은 바닷속에 무엇이 있는지 보이지 않으니까 있을지도 모른다고 생각하는 것처럼. 이른바 환각이다. 포로수용소 이후 1년 만에 처음 진오를 보았을 때 다리를 심하게 저는 것을 알았다. 나는 맹렬히 너를 내게로 잡아당겼다. 불안해서다. 페어플레이 하려던 것이 유치한 계산이란 것을 알았던 것이다. 너는 내게로 쉽게 끌려왔다. 나는 승자였다. 내가 승리를 확신했을 때 무엇이 그 계기가 되었는지 모르겠으나, 마치 경주에서 나 혼자서 달려온 것 같은 느낌이 들었다. 즉 진오는 애초부터 이 경주를 포기하고 있었다. 무슨 까닭일까? 나는 그 어떠한 이유보다도 그가 불구라서 피하는 걸로 단정을 내렸다. 그리고 그것이 나 때문인 줄 알자, 나는 죽고 싶도록 내가 미웠다. 더럽고 부끄럽고 치사해서 나는 나 자신에게 분노했다. 괴로웠다.

나는 생각한 끝에 너를 진오에게로 보냈다. 웬만해서는 돌아갈 것 같지 않아서, 그의 다리를 저는 까닭을 그럴싸하게 얘기했다. 너는 갔다. 그때의 쓸쓸함이란! 정서, 너는 나의 시금석이었다고 화내지만, 그럴 테지 물론. 그러나 이 세상에 제 애인을 남에게 주고 싶은 미친놈이 어디 있겠어? 진오는 죽었으면 했다지만, 나도 죽음을 몇 번 심각하게 생각했었다. 죽지 않는 이유는 물론 진오와는 다르다. 나는 내가 죽음으로 해서 내 죄가 진오에게 발각되는 것이 싫다. 그가 네가 살면 얼마나 살려고 하고 비웃을 것을 상상하니, 피가 거꾸로 서는 것 같았다. 나는 승자며 패자였다! 나는 그의 이름을 대지는 않았다. 그러나 왜 하필 '양키에게 더 가까운 놈'이라고 말을 했을까? 폭동의 음모를 안 사람은 진오 외에 셋이 있었다. 그 셋 중의 누구가 아니고 왜 하필 진오를 은근히 시사했을까. 그가 이 세상에 없었으면 하고 원했기 때문이 아닐까?"

그는 조금 쉬었다가,

"그러니까 역시 나는 죄인이다!"

말을 마치자 기석은 벌떡 일어섰다.

그리고 멍하니 창 쪽으로 향해 한 발자국 내디디다가 도로 의자에 털썩 주저앉고 눈을 감았다. 긴 얘기에 사뭇 지친 것 같았다. 시계가 4시를 쳤다.

"아무것도 아닌 일이구면요."

정서가 밝게 말하고 소리를 내어 오렌지 주스를 글라스에 따랐다.

"이것 드세요. 저 같으면 진오 씨한테 이렇게 말하겠어요. '너는 아무래도 나 때문에 다리를 저는 것 같은데 너는 어떻게 생각하니? 너도 그때 밀고자는 김기석이라고 말했으면 이 꼴이 안 되었을지도 모르잖아? 괜히 나를 괴롭히려고 너는 그리스도도 아니면서 그리스도 노릇을 했지? 나는 너를 원망한다. 너 때문에 도리어 내가 일생 고칠 수 없는 병신이 됐다. 미안하지 않나?'"

기석은 정서를 왈칵 껴안고 그녀의 가슴에 얼굴을 비볐다. 정서, 너는 참 좋겠다. 너는 꿈도 아니고 식물성도 아닌 여자라고 했지만, 너는 역시 꿈이다, 사랑이다!

"그래 그렇게 말하지."

그녀의 가슴에서 얼굴을 들고 그는 즐겁게 웃었다. 정서도 같이 소리를 내어 웃었다.

정서가 한 말이 뻔한 허세인 줄 알았고, 기석의 대답이 또 거짓 말인지 너무 잘 알고 있기 때문이다. 그러나 터무니없는 거짓은 아니었다. 정서는 기석이 어떤 형식이건 표현이건 솔직히 그 심경을 진오에게 말하는 것이 그가 구제되는 길이라 생각했고, 기석은 진오가 떠나기 전에 한마디라도 사죄를 할까 하고 생각하고 있었다.

그들은 웃고 나자, 간밤을 새웠으니 조금이라도 잠을 자야 할 것 같아 서로 다른 침실로 들어갔다. 정서는 침대에 누웠으나 잠이 오지 않았다. 일어서서 커튼을 걷으니까 날이 환히 밝다. 기왕 잠도 안 오니까, 집에 가서 번역하던 것이나 손댈까 하고 리빙 룸으로 나갔다. 나가자 그녀는,

"어마나!"

하고 자그맣게 소리쳤다. 긴 의자에 기석이 앉아 있었다.

"잠이 안 와서."

"저두요."

그녀는 목욕실로 가서 세수를 하고 나왔다. 경대 앞에 앉아서 핸드백에서 휴대용 로션을 꺼내 얼굴에 발랐다.

"결혼해요. 싫으세요? 싫으면 그만둡시다. 강요는 좋지 못하니까요. 하지만 저를 사랑한다면 아기 낳게 해주세요. 그리고 저를

버리세요. 저는 아기하고 아름답게 살 거예요. 아주 썩 낭만적이
지요? 얼마나 멋있을까."

정서는 종다리마냥 재잘대며 머리를 빗었다.

'같이 살자. 둘이 다 함께 살고 싶어서 죽겠을 바에야 사는 것이
원칙이다. 살자, 같이 살자.'

기석은 창밖으로 새벽노을을 보고 있었다. 그는 눈을 감고 뱉어
내듯이 말했다.

"아들은 낳고 싶지 않아."

정서는 거울을 보던 얼굴을 기석에게로 휙 돌렸다. 그녀의 눈은
한참 동안 반짝였다. 기석을 놀리듯이,

"그러면 누가 전쟁을 해요?"

기석은 쓰게 웃었다. 내 아들은 절대로 나처럼 되어도 안 되겠
고, 진오처럼 되어도 안 된다.

"전쟁은 싫어."

"저도 싫어요. 무엇 때문에 전쟁을 일으킬까."

"정신병자의 짓이겠지. 남을 죽이고 저만 더 잘 살아보려고 그
러는 것이겠지."

"더 잘 살려다가 지 자신도 죽는군요. 우습고 어리석은 일이에
요."

"그렇게 다 우습고 어리석은 게 세상이고 인생이다."

"달관하신 것 같아."

"그랬으면 얼마나 좋겠어."

"마치 인생을 포기한 것 같은 말투셔."

"나는 모르겠다. 아무것도 모르겠어."

기석은 길게 한숨을 토해냈다. 정서는 머리를 빗다 말고 불안한 눈으로 그에게 다가갔다. 기석은 그녀를 보며,

"아무것도 아니야, 키스하고 싶다는 말이야. 그게 현실이라는 것만 알 뿐이다. 아, 생각은 그만하자."

둘은 가볍게 키스하고 힘껏 껴안았다.

정서는 잠자코 다시 빗으로 머리를 빗어 내렸다.

아파트에 돌아오자 번역하던 것을 펴보았으나 일은 되지 않았다. 정서는 잠깐 동안 눈을 감고 잠을 청했다. 머릿속이 텅 비었다 뒤범벅이 되었다 한다. 그녀는 혼자서 속으로 되뇌었다.

'나는 아무 능력도 없다!'

사랑하는 사람이 피를 흘리는데 그 피를 멈출 힘도 재주도 없다. 다만 흐르는 피를 보며 '사랑해요, 죽도록 사랑해요!' 하고 외칠 뿐이다.

기석의 차를 타고 정서는 비행장으로 향했다. 진오는 정각 2시 반에 제자들과 동료 교수들에게 둘러싸여서 비행장으로 들어왔다.

"바쁜데 여기까지……. 참, 여러 가지로 고마웠어. 가서 편지 자주 하지."

진오가 기석에게 말하고 정서에게도 잘 있으라고 인사를 했다. 기석은 둘만의 기회를 가지려고 애썼으나 좀해서 틈을 잡을 수가 없었다. 기석은 진오의 다리가 부실해서 가방을 들어다 준다는 명목을 세워 개찰구를 통과했다. 여러 전송객들과 하직하고 진오는 기석과 둘이서 탑승구가 있는 계단을 내려갔다. 마지막 문을 열고

진오가 나가려는데,

"진오!"

하고 기석이 불렀다. 그는 진오의 손만 움켜잡고 있었다. 그러다가 겨우 입을 열었다.

"알고 있었지?"

기석의 눈은 진지했다. 진오는 단념한 듯이,

"음, 알고 있었다."

무엇을 알고 있는가 서로 말할 필요도 없었다.

"내가 알고 있는 것을 네가 아는 것도 알고 있었다. 기석, 제발 잊어버리자. 나도 한때 너를 저주한 적도 있었다. 그러나 병원을 나올 때 이미 완전히 잊어버렸다. 나는 네가 어쩔까 보아 끝까지 모른 체하려고 했다. 그러나 그것이 도리어 네게 해롭지 않았나 지금 원망스러워진다."

진오는 고개를 조금 흔들었다.

"미안하다. 확실히 내 생각이 잘못되었던 것도 같아. 어쨌든 그런 경우 너의 태도를 누가 나무랄 수 있겠어? 나도 너와 다를 바 없는 놈이다. 다만 내가 안 당하면 누군가가 또 그 아픔을 당할 거라고 이를 악물었을 뿐이지. 내가 실신하면서 누구의 이름을 댔을지도 모르지 않나? 아무튼 나는 살았지 않아? 죽은 놈이 수도 없는데 말이야. 고마운 일이 아닌가."

진오는 기석의 어깨를 치며 씩씩하게 말했다. 너무 씩씩해서 마지막 말은 진심 같지 않았다. 기석은 진오의 손을 잡고 놓지 않았다. 그는 무슨 말이건 해야 할 것 같았으나 아무 말도 나오지 않았다. 그는 초조해지며 더욱 진오의 손만 움켜쥐고 있었다.

"아직도 안 풀리나? 사실 우리나라의 청장년치고 그 몸에 상처 없는 사람이 어디 있겠어? 몸이 아니면 가슴에라도 있다. 내 다리는 결코 네 탓이 아니다. 그놈의 전쟁 탓이다! 내가 때도 장소도 잘못 태어난 탓이지. 그러니까 또 살맛도 나는 게 아니겠어? 넓게 생각하자. 참, 마지막 소원이다. 정서하고 결혼해줘. 정서는 너를 사랑한다."

진오는 돌아섰다.

"아니!"

기석은 깜짝 놀라며 진오를 잡았다.

"그럴 수는 없어. 네가 올 때까지 정서는 기다릴 거다. 정서는 너를 사랑했었다. 그리고 지금도 사랑해."

진오는 발길을 되돌렸다. 그러고 나직하게,

"나는 불구야. 결혼할 수 없어."

"정서가 그래도 좋다면?"

진오의 시선은 잠시 밑으로 떨어졌다.

"다리뿐 아니다."

말하고 진오는 얼른 몸을 돌려서 탑승구 문을 열고 나갔다. 기석은 눈앞이 캄캄해지며 미친 듯이 그의 뒤를 따라 뛰어나갔다.

"진오, 진오!"

그는 진오를 뒤에서 덥석 안았다. 그는 울고 싶었다. 목에서 격격하고 야릇한 울음이 나오는데 눈물은 한 방울도 나오지 않았다. 경비원들이 그를 진오에게서 잡아뗐다. 진오는 비행기에 올랐다. 기석은 담벼락에 얼굴을 대고 서서 목에서 꺽꺽 하고 소리가 나는 대로 내맡기고 있었다. 눈물이 흐르면 가슴의 아픔이 조금은 풀릴 것 같았다. 그러나 눈물은 끝내 한 방울도 나오지 않았다.

'내가 살려고 한 짓이 반드시 남의 죽음을 의미해야만 하는가? 이것은 도대체 누구의 규율이냐?'

기석은 처음으로 보이지 않는 것에 대한 불길 같은 분노를 느꼈다. 그리고 그가 그것에 대해 얼마나 약한 존재인가를 가슴이 아프도록 깨달았다. 비행기의 한쪽 날개에 태양이 반사해서 눈이 부셨다. 기석은 터지듯이 나오는 한숨을 어금니로 깨물었다.

'역시 내 탓이다. 누구의 탓도 아니다. 진오는 절망에서 정서를 단념한 거다. 나 때문에 병신이 되고 나 때문에 절망하게 된 거다. 나는 살인자보다도 더한 놈이다.'

비행기가 폭음을 내며 뜨기 시작했다. 기석은 고개를 수그린 채 밖으로 나왔다. 공항 출입문에 정서가 서 있었다. 그녀는 무언가를 감득했는지 그를 뚫어지게 보며 선 자리에서 못 박힌 듯이 움직이지 않았다. 기석은 그녀를 한번 보고 땅으로 깊숙이 고개를 떨어뜨렸다. 그의 가슴에서 또 한 번 한숨이 터져 나왔다. 그는 이윽고 뒤도 돌아보지 않고 고개를 수그린 채 자신의 차가 있는 곳으로 걸어갔다.

1964년,《현대문학》

한 잔의 커피

빗소리에 혜영은 잠이 깨었다. 커튼이 훤하다. 날이 새었나 보다. 침대 서랍에서 손목시계를 꺼냈다. 9시 반이다. 벌써 그렇게 되었나 하며 그녀는 귀에 시계를 갖다 댄다. 시계가 잠을 자나 해서다. 시계는 정확히 똑딱이며 가고 있다. 혜영은 침대에서 일어나서 커튼을 걷었다. 창밖은 소나기가 쏟아지고 있다. 요즘은 줄곧 비다.

혜영은 잠옷 채로 부엌에 가서 커피 메이커에 커피를 넣고, 세수를 하고 화장대에 앉았다. 간단한 화장이 끝날 때까지 10분 남짓 걸린다. 이 무렵부터 커피가 끓기 시작해서 그 향기가 침실 겸 서재 겸 거실의 이 방까지 은은히 흐르기 시작한다. 커피에는 입이 까다롭기도 하지만, 마시는 것 중에는 커피를 가장 좋아하기 때문에 혜영은 8000원이나 하는 커피 메이커를 쓰다가 아무래도 맛이 신통치 않아 드립 커피로 해보았다가, 프로판가스를 사용해서 주전자 같은 것도 써보곤 했는데 역시 5인용 전기 커피 메이커가 가장 나은 것 같아 그것을 쓰고 있다. 물을 여분 있게 붓고, 그라운드 커피를 테이블스푼으로 꼭 두 숟갈 넣어서 끓였다가, 마실 때에 인스턴트커피를 티스푼으로 하나 넣고 크림을 약간 쳐서 은은한 다갈색이 되었을 때 마시면 별미다. 오래 끓이면 많은 물이 졸아서 8온스들이 컵 한 잔에 알맞게 부어지는 셈이다. 어떻든 찻물은 끓여질수록 차 맛을 발휘한다. 혜영은 밖에서 맛있는 커피를 마셨을 때에는 그 끓이는 법을 물어보는데, 청기와 장수의 욕심들인지 선뜻 가르쳐주는 찻집이 드물고, 그보다도 지금 보아서 혜영이 끓이는 것보다 맛있는 커피를 파는 데가 없다.

차 맛은 그 담기는 그릇에도 판이하게 좌우된다. 그래서 혜영은 아침에는 보통 8온스들이 하얗고 투박한, 손잡이도 없는 원통형 잔이고, 낮이나 밤에는 데코레이션이 화려하고 섬세한 데미타스로 하든가 산뜻한 주홍빛 찻잔을 사용한다. 반드시 주홍빛만일 수 없고 올리브빛과 은행 빛깔 찻잔도 쓰지만, 데미타스 외에는 무늬 있는 잔은 일체 쓰지 않는다. 언제부터 아침저녁으로 찻잔을 구별하게 되었는지 그녀 스스로도 확실치 않으나, 아파트로 온 후부터 그런 습관이 들어버린 것 같다. 투박한 흰 잔은 양도 많이 들지만 직선적이고 건전한 기분을 풍겨 출근하는 아침 기분에 맞고, 화려하고 섬세한 데미타스는 부드러운 감각을 일게 하고, 무늬 없는 산뜻한 단색 잔은 기분을 맑게 가라앉혀주어서 취침 전에 마시기에 아주 좋다. 혜영은 백화점이나 시장의 그릇 파는 데를 곧잘 들르는데, 좀 나은 찻잔이 나왔나 보기 위해서다. 외래품 판금 후로는 눈에 드는 것이 없어서 경제적으로 생각할 때 다행이기도 하다. 쓰던 것에 싫증이 나지 않더라도 좋은 것이 있으면 꼭 사야만 성이 가시기 때문이다.

토스터에 식빵 두 쪽을 넣고 휴대용 냉장고에서 치즈를 꺼내서 접시에 담고 계란 하나를 반숙하는 사이, 커피의 향기는 한층 훈 훈히 혜영을 감싸준다.

도어 하나 사이의 부엌이지만 거기서 먹은 적은 한 번도 없었 다. 그녀는 노르스름하게 구워진 빵과 치즈와 커피포트와 하얀 찻 잔을 쟁반에 담아서 거실의 티 테이블에 올려놓고 시계를 보았다. 10시 10분 전이다. 약속한 10시 반까지 충분히 닿아 갈 것 같다.

윤 선생이 이별의 선물로 준 연한 물빛 레이스 원피스에 자수정 브로치를 다니까 갑자기 로맨틱해진 것 같다. 불란서제 실크 레이 스인데 꽃무늬로 된 데는 손으로 짜서 붙인 거라나 해서 특히 고 급이고, 감이 감이니만치 바느질도 일류 양장점에서 일일이 손으 로 홈질을 해서 만들어선지 몸에 감기는 맛이 부드럽고 감미롭기 까지 하다. 혜영은 거울 속에서 혼자서 웃었다. 로맨틱이라든가 감미로운 따위 분위기는 그녀와는 거리가 먼 듯해서다.

'포플린 노타이 칼라 블라우스에 타이트스커트가 내 옷은 내 옷 이야.'

혜영은 속으로 말하며 월급봉투에서 5000원을 세어 핸드백에 넣었다. 틈나는 대로 서점을 둘러볼 셈이었다. 거울 앞에서 우비 를 걸치는데 거울 속에 자신이 딴사람 같다. 옷 하나로 저렇게도 달라지는가 여기며 기분 전환도 할 겸 가끔 이런 옷도 입을 만하 다고 그녀는 생각했다. 언제나 고등학교 선생이라는 노동자 의식을 가질 필요는 없다. 우산을 들고 나가려는데 전화가 온다.

"혜영이지? 윤 선생이 어저께 미국으로 갔다며? 나는 올가을에는 그 사람과 결혼이 되는 줄 알았지!"

어머니는 왜 놓쳤느냐는 듯이 사뭇 원통한 말투다.

"누가 결혼한다고 했었나요? 어머니두 참. 그보다 어머니 건강은 어떠세요?"

어머니는 좋은 기회라 여겼는지

"혈압이 높은데다 허리까지 아프니 암만해도 얼마 못 가겠어."

혜영은 그 말을 묵살하고,

"아버지도 오빠도 언니도 조카들도 별일 없지요? 방학했으니 한번 가겠어요."

전화를 끊으려니까

"얘애, 김치는 떨어지지 않았니?"

하며 어머니는 다급하게 소리친다. 혜영이 결혼하도록 반 위협으로 아프다고 푸념은 했으나 그것이 안 통하는 줄 알자 김치 걱정이다. 김치는 떨어졌으나 혜영은,

"아직도 멀었어요. 혼자 먹는걸요."

했다. 혜영은 자립한다면서 늘 부모한테 폐만 끼치는 것이 꺼림칙했다. 아파트 세도 아버지가 반을 도와주었다. 혜영은 그것을 갚기 위해서 아무도 모르게 매월 조금씩 정기예금을 하고 있다. 월급과 영어 개인교수와, 가끔 선배나 대학의 스승이 나눠주는 영문번역 따위를 해서 들어오는 원고료로 생활은 충분히 할 수 있었으나 김치나 빨래 같은 것은 어머니가 해다 주고 계신 것이다. 얼마

전부터 빨래는 혜영이 스스로 하고 있지만 김치도 앞으로는 어머니의 신세를 지지 않을 생각이었다.

전화를 끊고 나가려는데 또 벨이 울린다. 정희다.

"혜영아, 이번은 꼭 해. 돈 많고 사람 착실하면 되잖니? 결혼해보아, 내 몸 아껴주고 돈 넉넉한 남편이 제일이다."

정희는 음성은 젊은데 말투는 어머니 같다. 결혼하면 저렇게 지레 늙어버리는 걸까?

"그래, 고마워. 알았어."

정희가 소개한 미스터 김은 오늘 6시에 만날 예정이었다. 맞선보고 이번이 두 번째 만나는 것인데 완곡히 거절해버릴 생각이다.

혜영은 밖으로 나오자 택시를 잡았다. 합승이나 버스로는 30분까지 닿아 갈 것 같지 않았다. 거의 5년 만에 만나는 미스터 박이다. 근간 모 여성과 약혼을 하니까 마지막이라고 여기고 한 번만 만나달라고 한다. 약혼하고는 다른 여성과는 만나지 않겠노라고 마음먹은 모양인가 본데 우직하다고 할까 순박하다고 할까. 어떻든 혜영은 그런 미스터 박이 싫지는 않다. 학생 때 혜영에게 H호텔의 식당에서 놀랄 만큼 호화로운 점심을 대접한 일이 있었다. 아무 이유도 아니고, 전날 밤 꿈에 혜영을 보았는데 그녀의 용모나 언행이 하도 마음에 들어 잠을 깨니 마치 이상향에 있는 것과 같은 느낌이었다는 것이다. 그렇다고 미스터 박은 그 후 혜영에게 추근추근히 군 일도 없고, 서로가 여느 때처럼 공부만 하다가 졸업했다. 그래서인지 마지막이라고 만나달라는 데에 조금도 어색한 느낌이 없었다.

쏟아지는 비는 멎었으나 하늘은 역시 검게 찌푸리고 있다. 동쪽 어딘가에서 소나기가 내리고 있는지 하늘이 새까맣다. 택시의 미터기가 짤깍 소리를 낸다. 5원이 올랐다.

미스터 박을 만나 요즈음 대인기라는 스파이 영화를 보고, 3시에는 경숙의 결혼식에 가고, 거기서 서용을 만나 서점과 데파트에서 쇼핑하고, 6시에는 미스터 김을 만나고…… 방학 첫날인 어저께부터 줄곧 쉬지 못하고 있다. 어저께는 윤 선생 배웅하러 김포까지 택시로 달렸다. 대나무가 쪼개지는 소리를 내며 비가 무섭게 쏟아졌는데도 비행기는 유연히 떴다. 현대 문명이 예까지 왔는가 하고 혜영은 새삼스레 감탄했었다. 몇 년을 꾸준히 만나온 윤 선생이었으나, 결국 헤어지는 순간까지 악수 한 번 안 하고 말았다. 윤 선생도 가족들과 따로, 혜영하고만 택시에 타서 비행장까지 갔으니까, 그쪽 가족이나 혜영의 어머니가 애인끼리려니 여기는 것도 무리는 아니다. 그러나 두 사람은 아직 애인이라고 할 수는 없는 것 같았다. 혜영은 윤 선생이 좋았고, 윤 선생도 혜영을 좋아하고 있는 줄 아나, 연애라면 적어도 『죽음의 승리』의 이폴리타나 조르조의 사랑과 같은, 아니면 『백치』의 나스타시야나 로고진의 사랑이라든가 『부활』의 카추샤의 사랑 정도가 아니면 연애라고 생각할 수 없는 혜영이었다. 그런 인물들의 연애 감정을 아직 그녀는 경험하지 못한 것이다. 윤 선생이 값진 선물도 가끔 하고 데이트도 늘 혜영과 하고, 혜영이 결혼하는 날엔 먹지 못하는 술에 흠뻑 취해 있을 거라는 따위 어찌 보면 사랑의 고백 같은 말도 하나, 결혼하자라는 말은 한 적이 없으니 혜영이 넘겨짚고 한 발을 더 내디딜 필요는 없었다. 그들은 어디까지나 '친한 사이'를 유지하고 있을 따름이다. 혜영의 친구들은 콧대가 서로 높으니 무엇이 되겠느냐는 둥, 혜영이 너무 세어서 퇴짜 맞을까 보아 남자들이 그녀의 주위를 빙빙 돌고만 만다느니,

"제아무리 잘나도 나이가 나인걸 뭐."

"팔자가 센 탓이야."

하며 흉도 보고 딱하게 여기기도 했다.

극장 가까이의 다방이어선지 시간이 이른데도 자리가 거의 차 있다. 미스터 박이 가운데 자리에서 벌떡 일어섰다. 학생 때 모습 그대로다. 달라졌다면 살이 좀 더 쪘다 할까.

"미스 리, 그냥 그대로세요. 조금도 안 변하셨습니다."

미스터 박이 반가움을 온몸에 감추지 못하고 손을 내밀었다. 혜영도 얼른 악수를 나눴다. 그리고 아차, 미스터 박은 악수를 청할 만큼 달라졌구나 생각하며 속으로 웃고, 또 그녀 스스로도 윤 선생과는 한 번도 악수를 안 하며 딴 사람들과는 예사로 그럴 수 있는 점에 생각이 미쳤다. 역시 윤 선생이 좋은가 보았다.

1회째인데도 영화관 밖은 관객들로 북적대고 있다. 벌써 두 달 계속하는 것으로 보아 인기가 대단하기는 한 모양이다. 미스터 박이 암표를 사두어서 그들은 곧장 관내로 들어갔다. 계속하는 우천으로 가뜩이나 습기가 많은데, 바람기 하나 없이 밀폐된 극장 안은 냉방장치가 피부에 불쾌했다.

화면은 스릴의 연속으로 죽느냐 죽이느냐의 긴장이 계속되고, 애석하게도 제2주인공이 악한의 총에 쓰러지는데 주인공은 아슬

아슬하게 빠져나가고 있다. 만화의 연속 같아 혜영은 지루해진다. 좌우를 돌아보니 스크린의 빛을 받은 얼굴들이 모두 눈을 똑바로 뜨고 열중하고 있다.

'나는 왜 열중 못 하는지? 그래서 연애도 못 하나 봐.'

혜영은 속으로 생각했다. 영화는 결국 해피엔드로 끝났다. 해피엔드는 기분에 부담을 주지 않아서 좋다.

극장에서 나오자 그들은 서로 보며 정답게 웃었다. 어느 쪽도 영화에 대해서는 말을 하지 않았다. 12시 50분이다.

"3시까지 시간이 있다고 하셨지요? 점심 같이해주시겠어요?"

혜영은 그러겠노라 하고 우산을 펴 들었다. 가랑비가 내리기 시작했다. 그들이 큰길가에 나오자 까만 세단이 그들 앞에 미끄러지듯이 선다. 운전수가 내리더니 정중히 문을 연다. 미스터 박의 자가용인가 보았다. 혜영에게는 뜻밖이었다.

차가 잔잔히 달리는데 창밖은 금방 폭우로 변한다. 경숙의 결혼식이니까 3시부터는 비가 멎었으면 하고 혜영은 생각하고 있었다. 웨딩드레스에 빗방울이 떨어지면 어떡하나…… 식장도 좋은 데가 아니고 조그만 교회라는데…….

경숙은 대학은 다르나 중학이 혜영과 같고, 지금은 같은 학교의 무용 선생이었다. 연애 끝에 하는 결혼이 아니고 그냥 해본다고 했다. 살다 싫으면 그만둘 작정이라고 하루에도 몇 번씩 되뇌고 있었다. 어떻든 올드미스 생활이 싫증이 나서 결혼해보노라고 한다. 신랑감도 역시 남자 고등과의 선생에 불과하고, 교외에 후생주택 하나는 가지고 있을 정도의 재력이며 생김새나 체격 모두 두루 합쳐서 65점밖에 안 된다고 했다. 그러니까 낙제점을 면하고 겨우 5점을 딴 셈이다. 호화롭게 결혼식을 올릴 처지도 아닐뿐더러 기분도 나지 않아 방학을 이용해서 간단히 식을 해치운다는 이유로, 하필 덥고 비 오기 쉬운 한여름 날에 식일을 정한 것이다. 그렇게 성실치 않은 마음으로 무엇 하러 결혼을 하느냐고 정색을 하면 그냥 해본다는 지론으로 그녀는 여전 태연하다.

차가 H빌딩 앞을 지났다. 미스터 박이,

"저기 기억하세요?"

한다. 대학생 때 혜영을 꿈에 보았다고 점심 대접을 한 것을 말하는 것이다. 혜영은 고개를 끄덕였다. 미스터 박의 얼굴에 어린아이 같은 웃음이 퍼졌다. 혜영이도 티 없이 기분이 맑아진다.

"지금은 은행이 되었답니다. 증축하고······."

"참 그렇다지요."

"변화가 빠르지요?"

그들은 다시 웃고 있었다. 혜영은 잠시 학생 때로 되돌아간 것 같다. 빗발이 조금 조용해졌다. 차가 P호텔 앞에서 멎었다.

"요즘은 여기의 음식이 제일 좋다고들 해서요."

미스터 박이 한마디 하며 내린다. 신장개업이라고 신문광고에 크게 났던 것을 혜영도 본 일이 있다.

아침에는 토스트, 점심은 학교 근처의 국수, 저녁에는 혜영이 스스로 하는 밥이니까 반찬도 힘들여 만들지 못한다. 그런 입에는 이처럼 맛있는 비프스테이크는 처음일 수밖에 없다. 어쩌다가 윤 선생의 대접으로 일류 양식점에서 먹은 적은 있으나 그 맛이 이만

하려면 어림도 없다. 아마도 기름 따위 재료가 월등 좋은 모양이다. 그래선지 테이블이 거의 메워져 있다.

"미스터 박은 무얼 하세요?"

혜영이 아까부터 궁금하던 것을 물었다. 미스터 박은 거북한 듯이 한참 만에,

"취직자리도 없고 해서 아버지 일이나 거들어드리고 있습니다."

"아버지는 무얼 하시는데요?"

혜영은 공연히 묻는구나 했다. 거기까진 알 필요가 없는 것이다.

"A물산입니다."

혜영은 속으로 놀랐으나

"네에."

하고 덤덤히 넘겨버렸다. A물산이라면 너무도 유명한 기업체다. 데이트가 끝나니까 2시 10분이다.

"미스 리, 한 가지 부탁이 있는데……."

"……?"

"약혼자가 대구서 교편을 잡고 있어서요. 약혼 선물을 좀 골라주셨으면 합니다."

혜영은 무엇인가 좀 이상한 느낌이 들었으나,

"그러지요."

했다. 다이아몬드 반지 등 귀금속을 산다는 것이다. 생각하면 이상할 것은 없다. 친구로서 좋다 그르다 하고 말로 도와주지 못할 것은 없지 않은가. 그들은 혜영의 어머니의 단골로 곧장 가기로

했다. 귀금속은 단골이 아니면 물건이나 가격이나 믿을 수 없기 때문이다. 여러 곳에 다녀보아서 여러 가지를 보는 것이 좋은데 경숙의 결혼식에 닿아 가려면 시간이 넉넉하지는 않았다.

비가 멎었으나 하늘은 또 쏟아질 것 같다.

둘째 번 카운터의 비췻빛이 혜영의 눈을 사로잡는다. 그녀는 단골은 아니나 거기서 발을 멈추고 두꺼운 유리 속을 들여다보았다. 다이아몬드, 사파이어, 루비, 오팔, 가넷, 아레끼산, 토파즈, 투르말린, 자수정, 비취, 호박, 진주…… 갖가지 세팅으로 눈부시다. 얼핏 보기에 찬란하나 자세히 보니까 비취는 깨끗지 않고, 다이아몬드는 세팅이 세련되지 못하고, 대지의 어머니의 마음의 핏방울이라는 사랑의 상징인 루비도 다만 흐릿한 분홍빛이다. 오팔은 브라질 것과 호주 것이 있는데 여러 가지 빛이 점을 뿌린 듯해서 혜영의 취미에는 맞지 않는다. 다음 진열장도 거의 비슷하나 옥가락지가 좋은 것이 있다. 신록빛이다. 아마도 속옥인가 보다. 그러나 가락지는 손가락에 맞지 않으면 아무 소용도 없는 것이다.

'비취에 그만한 빛이 있으면 얼마나 좋아?'

혜영은 속으로 말했다. 다음 진열장 쪽으로 옮겨 가는데 미스터 박이,

"시간 괜찮으신가요?"

한다. 혜영은 깜짝 놀라 미스터 박을 돌아다보고 눈을 깜박이다가 한번 미소했다. 그의 존재를 잊고 있었던 것이 우스웠다. 2시 40분이다. 20분 남짓 보석에 열중한 셈이다.

'역시 나는 여자는 여자인가 봐.'

뜀질이 빨라 아무도 이기지 못하는 여신이 있었는데 어느 날 경주에서 한 가지 아이디어를 짜낸 남신이 뛰는 길에 황금을 뿌렸더니 그것을 줍느라고 그 여신은 그만 지고 말았다는 희랍의 신화 이래로 황금에 매혹되지 않는 여자는 없는 모양이었다. 혜영은 다시 속으로 웃었다.

'아름다움에 열중한 것이지, 그 값어치에 열중할 리야 없지…… 그렇게 꼬치꼬치 따지고 있으니까 남들 말대로 남성들이 주위를 돌고만 마는 게지.'

웬만한 일에 열중할 수 없기 때문에 20분이나 마음이 끌린 자신에 대해서 혜영은 그냥 웃고만 넘길 수 없었던지 이러쿵저러쿵 혼잣말을 했다.

단골로 가며 찻잔이 있는 진열장에 곁눈질을 보냈다. 눈에 뜨이는 것이 없다. 단골에는 스퀘어로 된 다이아몬드가 마음에 들었다. 장식이 없고 산뜻하다. 1캐럿 2부다. 38만 원이나 한다. 미스터 박도 그것이 좋다고 한다. 다른 집에는 없는 에메랄드가 있다. 8밀리쯤의 정사각형 에메랄드에 언저리가 작은 다이아몬드로 장식되어 있다. 36만 원이다. 에메랄드는 맑은 날의 깊은 바닷빛 같다고 하지만 정말로 아름답다. 조금은 더 컸으면 좋겠으나 작은 대로 또 깜찍한 맛이 한층 사랑스럽다. 혜영은 그것도 추천하고 싶은데 예산이 어떨까 해서,

"저것도 좋지요."

했다. 미스터 박은,

"사지요."

한다. 모두 74만 원인데 아직도 넉넉한 표정이다. 혜영은 어디까지 가야 손을 드나 싶어 15만 원짜리 진주를 가리켰다.

"사지요, 100만 원까지 할렸는데 예산이 조금 넘어도 좋습니다."

'100만 원? 집 한 채다!'

그녀는 속으로 한숨을 내쉬었다.

'나한테는 이런 부자가 안 걸려. 역시 돈과는 인연이 없는 팔자야!'

그러나 그다지 마음 아픈 일은 아니다.

"미스 리 브로치가 참 좋았어요. 자수정으로 세트를 사지요."

미스터 박이 혜영의 가슴께를 보며 말한다. 아까 점심 먹을 때에 눈여겨보았던 모양이다. 자수정은 너무 짙은 것은 숫제 검은 빛이 나서 나쁘고 너무 엷은 것은 유리 같다. 고상한 감을 줄 만한 보랏빛은 팔각으로 커팅한 것이 브로치만도 2만 5000원이다. 한복에도 양복에도 어울릴 것 같다. 목걸이는 자수정이 큰 것 작은 것이 모두 아홉 개로 된 것이 9만 원이다. 이것은 세팅이 백금이라 비싸다고 한다. 모두 100만 5000원인데 5000원을 혜영이 겨우 깎았다.

주인이 반지 셋을 혜영의 손가락에 끼우려고 한다. 사이즈를 맞춰보려는 것이다. 혜영은 얼른 손을 비켰다. 남의 약혼반지를 끼어볼 생각은 없었다.

"모두 선물할 거예요. 본인이 와서 고쳐달라면 잘해주세요."

혜영의 말에 주인은,

"나는 미스 리가 약혼하신다고? 그런데 언제 국수 먹이려고 그 래요?"

결혼한 사람은 노처녀에게 이런 말을 할 때에 약간의 우월감을 갖는 모양이었다. 혜영은 웃기만 한다. 처음 몇 번 들었을 때에는 불쾌했는데 이제는 밝게 웃어넘긴다. 결혼해서 파경을 겪은 사람 이나 경제적으로 갖은 고생을 하는 사람도 역시 결혼했다는 사실 만으로 우월감이나 안도감 같은 것을 갖는 것을 보면, 혜영은 마 치 입학하기 힘든 대학에 시험을 쳐서 불합격한 사람이 응시했다 는 사실만으로 우월감이나 안도감을 갖는 것을 보는 것과 같은 기 분이 된다.

쇼핑이 끝나자 그들은 급히 차에 올랐다. 3시 5분 전이다. 차는 번잡한 을지로를 피해서 남산 뒷길로 들어서자 스피드를 낸다. 아 무래도 10분 안팎은 늦을 것 같다. 청첩장에 식장 약도가 있어서 M교회는 이내 찾을 수 있었다. 약도 때문에 다른 청첩장처럼 화 려하거나 산뜻한 것은 못 되나 이렇게 다급할 때에는 여간 편리하 지 않다. 경숙은 역시 빈틈이 없는 여자였다. 경숙은 크리스천은 아니나 신랑이 이 교회에 몇 번 나온 일이 있다는 이유로 잘되었 다고 대뜸 식장으로 정한 것이다.

차에서 내리자 열댓 층가량의 계단 위에 교회 대문이 있었다. 소나기라도 심하게 왔으면 긴 웨딩드레스는 아무래도 젖고 말았 을 것이다. 계단은 시멘트로 되어 있으나 흙물 방울이 튀지 않을 리가 없다. 경숙은 결혼에 너무 성의가 없어, 하고 생각하며 혜영 은 급한 걸음으로 계단을 올라갔다. 식장 입구에서 사람들이 손에

답례용 상자 비슷한 것을 들고 나오고 있다. 혜영은 얼른 시계를 보았다. 3시 16분이다. 설마 식이 끝난 것은 아니려니 하고 식장으로 달려가니까 식은 이미 끝나고 신랑 신부의 기념 촬영을 하고 있다. 혜영은 조금 멍해지는 머리를 가다듬으며 플래시가 터지는 것을 기다렸다가 경숙에게로 갔다.

"늦어서 미안하다. 정말 예쁘구나."

하는 말도 어쩐지 건성 공중에 뜬다.

"네가 결혼 선물로 준 꽃병, 현관에 들어서자마자 보이게 놔두었어."

경숙의 음성은 또랑또랑하다. 혜영이 늦은 것을 책하는 티도 없다.

"제 친구 이혜영 선생이에요."

신랑이 고개를 숙여 인사를 했다.

"부끄러워할 것 없어요!"

경숙은 놀리는 투로 신랑에게 눈을 흘긴다. 흘기는 눈매에 애교가 넘치고 있다. 신랑은 결코 경숙이가 말하던 대로 65점짜리가 아니었다. 늠름한 태도며 체격이나 생김새나, 아무리 깎아 보아도 80점은 넉넉히 받을 자다. 경숙이 너무나 행복하게 보여 혜영은 속으로 당황해지는 것을 어쩔 수가 없다.

"신부라는 게 저렇게도 부끄러움이 없으니 참……"

경숙의 어머니가 한쪽에서 한숨을 쉬고 있다. 경숙은 하객에게 둘러싸여 이따금씩 소리를 내며 웃고 있다.

합승 정거장까지 걸어 나오며 서용은 줄곧 투덜대었다. 신랑 못

났다고 그렇게 야단이더니 저보다는 백배나 낫지 뭐니. 누가 새
치기해 갈까 봐 그랬나? 목사가 주례를 하는데 〈하나님의 은총으
로……〉부터 〈아멘〉까지 2분, 신랑 신부 선물 교환이 번개처럼 끝
나고 고2의 남경자가 피아노 반주까지 모두 3분쯤 축가로 삑삑거
리고 그만이야. 손님도 노인네 이빨 빠진 것처럼(예배 의자가 텅텅
비어 있었던 모양이다) 청하구선…… 저 혼자 좋아서 어쩔 줄 모르고
있어. 답례품도 30원짜리 세수수건이야. 빛깔도 시퍼렇고…… (서
용은 어느 사이에 뜯어보았는지 그것까지 알고 있다) 결혼식 비용 안 들
이려고 미리부터 신랑이 어떻다는 둥 그냥 결혼해본다느니 하고
연막을 친 거야. 갠 순 깍쟁이야. 남의 기분은 망쳐놓고 저 혼자만
좋아 야단이야. 그렇게 엉터리로 식을 하려면 사람을 왜 오랜대?
서용은 계속 혼잣말하며 흥흥하고 멸시하듯 콧숨까지 내쉰다. 꽤
나 기분이 상한 모양이다. 매사 사치스러운 것을 좋아하는 서용으
로는 당연한 불만일 게다. 그러나 남의 결혼식이 화려치 않다고
불평하는 것도 우스운 일이다. 혜영은 웨딩드레스까지 세미 새크
의 외출용 원피스와 다름없이 무릎까지 오게 만들어 입은 경숙을
생각하니 그 철저한 실제주의에 새삼 놀랐다.

웨딩드레스는 한 번 입고 쓸모가 없어서 일생 농 속에 넣어두거
나 그것을 칵테일 드레스나 외출용으로 개조하느라고 따로 비용
을 들여야 하는데, 경숙은 그런 것을 계산에 넣어 애초부터 외출
용으로 만들어버린 모양이다.

합승이 세종로에 올 때까지 가랑비는 멎었다 뿌렸다 한다. 백화
점에 가서 수영복을 사겠다는 서용을 수영복 고르려면 시간이 걸

리고 책은 금방 살 테니까 서점 먼저 들르자고 혜영이 우겨서 그들은 서점으로 먼저 가기로 했다.

천장까지 닿은 책장을 세밀히 살펴보아도 싱(John Millington Synge)의 희곡집은 보이지 않았다. 점원더러 물으니까,

"싱요? 싱? 싱?"

하면서 고개를 갸우뚱거린다. 싱이 누군지 모르는 모양이다. 그는 계속 고개를 갸우뚱거리며 카운터로 가더니 장부 같은 것을 들춰보고,

"하하, 나갔습니다. 주문하시지요."

한다. 며칠이나 걸릴지 하니까,

"글쎄요, 3주일 잡으실까요?"

한다. 방학 동안에 읽을까 했는데 3주일은 너무 길다. 혜영은 다음 서점으로 갔다. 서용은 혜영을 재촉하듯이 우두커니 서만 있더니 미술부 책장 앞에 서서 화집이랑 미술 서적을 들춰 보고 있다. 이 집에도 싱 희곡집은 없다. 혜영이 세종로 일대의 서점은 빠짐없이 들를 양으로 다음 집으로 가려니까 서용이 콧소리 섞인 음성으로,

"얘."

한다. 스키라(Skira)판의 모던 페인팅을 보이며,

"전부터 사고 싶었는데 없었거든? 지금 놓치면 또 언제 만날지 몰라."

한다. 혜영이,

"사지 그래?"

하니까,

166

"이걸 사면 수영복은 못 사."

하며 서용은 울상이 된다. 혜영은 이때를 놓칠세라 하고,

"수영복 까짓것 사면 무엇 하니? 그것도 5000원은 주어야 하지? 비싼 것 사도 쓸모가 없어. 내년이면 유행이 바뀌지, 게다가 지금처럼 비가 와서는 올해는 바다 구경도 틀렸지 뭐."

그녀는 어떻든 화집을 사게 하느라고 말이 길어진다. 수영복보다 화집을 더 평가해서가 아니라 서용은 쇼핑에 까다로워서 옷 한가지를 사려면 그 선택에 망설여서 몇 시간을 소비하고, 겨우 하나 고르더라도 백화점 문밖에 채 나오기도 전에 공연히 이걸 샀어, 그것으로 할 것을……! 하고 후회하는 것은 물론, 당장이 아니면 다음날에라도 기어이 바꾸고 말기 일쑤이기 때문이다. 바꾸어도 상관없는데 따라갔던 혜영을 증인 겸 빽(?)으로 삼으려는지 꼭 동반해달라고 조르기 때문에 서용이 쇼핑한다면 혜영은 말리느라고 은근히 애를 썼다.

"돈 모자라면 빌려줄게."

혜영은 이쯤까지 나간다.

"응, 집에 가면 있어. 그렇지만 오늘 꼭 수영복 사려고 했거든."

"오늘만 날이니, 내일 사지 그래. 오늘은 이걸 사."

서용은 겨우 고개를 끄덕였다. 화집은 300 대 1로 8400원이나 한다. 혜영이 4년 전에 샀을 때에는 3500원이었다. 그녀는 아파트의 책장에 가득 꽂힌 화집이며 외서를 머릿속에 그리며,

'나는 부자구나.'

하고 흐뭇해진다. 서용은 혜영에게서 3000원을 빌려서 모던 페인

팅을 샀다. 사고도 임프레셔니스트니 차이니즈 페인팅 등의 화집을 들추어 보느라고 여념이 없다. 미술 전공이니 당연한 일이다. 미스터 김을 만나기까지 한 시간이나 있고, 명동까지 가는 시간을 15분쯤 치더라도 앞으로 40분은 여유가 있었다. 혜영도 서용이 페이지를 넘기는 대로 그림을 보고 있다가 문득 싱의 희곡집 살 것이 생각나서 서용을 재촉해서 다음 서점으로 옮겨 갔다. 거기에도 싱 것은 없다. 두 집이나 더 들러서 겨우 찾았으나 1600원이나 한다. 두고 본다기보다 읽기 위한 것이니까 페이퍼백의 포켓북이면 되는데 제본 때문에 공연히 비싸다. 그러나 페이퍼백으로 된 것은 없으니 하는 수 없이 그것을 샀다.

갖고 싶었던 것을 구하고 나니 마음에 여유가 생긴다. 혜영은 신간이나 혹시 읽고 싶은 것이 없나 하고 책장을 두루 살펴보았다. 서용이,

"얘, 가자 그만!"

한다. 5시 반이다. 다방에 먼저 갈 생각은 없어서 혜영은,

"기왕 왔으니 조금 더 보고……."

했다. 서용은 기어코 나가자고 팔을 끈다. 서점 밖으로 나오자 그녀는,

"아무래도 수영복은 보아두기라도 해야겠어."

한다. 따라가자는 말이다.

"사지도 않을 걸 보기만 해서 무엇 해."

"보고 또 보고 해야 막상 샀을 때 후회가 없어."

혜영은,

"사실은 누굴 만나기로 해서……."

했다. 합승이건 버스건 타는 거라는 것은 엄두도 못 내게 붐빈다. 하필 러시아워다. 한 정거장이니 그들은 걷기로 했다.

"좋은 사람?"

"아니, 전번에 내 친구가 저희네 시댁 사람이라고 소개했는데……."

"맞선 본 거니?"

"아니, 그냥 점심 먹자고 해서 나가니까 그 사람이 있지 않아? 줄곧 나를 관찰하는 걸 보니까 그쪽에서는 맞선 보러 나온 것이겠지."

"기분 나쁘다 애, 이쪽 의사도 안 묻고……."

"기분 좋지는 않지만 그런 데까지 기분 쓸 것은 없을 것 같아."

"응, 애초부터 딱지 놓았구나……."

"그런 셈인데 오늘 또 우물쩍하다가 시간 약속을 해버렸어. 그만두고 너나 따라가야겠다."

"싫어, 싫어, 가보아. 두 번 보면 좋아지는 수도 있고 또 남자들을 많이 알아두면 쓸모가 있는 거다."

혜영은 서용의 말에 웃었다.

"웃을 게 아니야. 나도 2년 전에 맞선 본 사람이 있었는데, 글쎄 내 동생 유학 갈 때 잘 써먹었어. 요는, 거절할 때 매끈하게 해야 해. 그러지 않으면 웬수 산다. 그러니까 약속했으면 가야 해."

"이 사람은 유학할 때 쓸모 있게 보이지는 않아."

"얘는, 꼭 유학할 때뿐이니? 직업이 무언데?"

"제지공장 사장이래. 나이도 젊은데 말야."

"잘됐어, 취직 부탁하기 알맞지 않니?"

"누구 취직?"

"얘가 왜 이렇게 맥혔어. 그래, 아무나 네가 보아줄 만한 사람 없니? 친척이나 친구의 남편이나……."

혜영은 또 한 번 웃었다. 서용이 자그마한 데까지 주의가 가는 것이 참말 여자다워 귀엽고, 당장 누구의 취직 부탁이라도 하듯이 심각해지는 말투가 우습다.

소공동 가까이 오니 혜영은 조금 피로해진다. 오버슈즈를 신어 발이 무겁고, 우산도 든데다가 아침부터 계속 서 있는 셈이니까 그럴 법도 하다. 마음도 안 내키는데 몸까지 피로하니 미스터 김을 만날 생각이 점점 희박해져감을 어쩔 수가 없다.

"네 말 참 옳은데 어떻게 하면 매끈하게 거절하는 거냐?"

"유학 간다고 해. 나는 그림 그리니까 파리로 가게 되었다고 말하지."

서용은 까르르 웃는다. 그 말을 했을 때의 상대편의 표정이 생각나는 모양이다.

"대개는 두말도 않고 물러서지만 기다리겠다는 사람도 있어."

"……."

"그런 사람치고 반년이 못 가서 결혼하더라, 애!"

서용은 아랫입술을 오므라뜨리며 멸시하듯이 홍! 하고 콧숨을 내쉰다. 서용은 쓸모가 있을 듯하면 일단 맞선을 보았다고 한다. 그러나 맞벌이해야 할 자리는 싫고, 고추장, 된장 속에 손 집어넣는 것이 싫어서 직장을 갖는다면 모르되 결혼해서까지 직업을 갖는 것은 남 보기에 창피하고, 내가 번 돈을 제공할 만큼 좋은 남자도 없고 또 그런 자리는 싫고, 살기 넉넉해도 형제가 많아서 이리저리 신경을 쓰는 자리는 절대로 싫고, 그렇다고 어디의 말 뼈다귄지 모르게 교육 없는 집 아들은 싫고…… 서용은 싫은 조건만 내세운다.

"혼자 사는 게 제일 속 편해. 가사 선생 보아. 아이 가져서 배가 동산만 해가지고…… 얼굴에는 기미가 꽉 끼고 남편은 쥐꼬리만치 버는 주제에 고기반찬 아니면 밥 안 먹는다지?"

혜영도 그 말에는 고개를 끄덕였다. 정말 그런 처지라면 왜 결혼해야 하는지 모르겠다. 가사 선생은 결혼하고 2년 동안 새로 만든 옷이라고는 양단 저고리 하나밖에 없다. 많지도 않은 월급은 살림살이에 몽땅 들어갔다. 남편은 술 잘 마시고 외박도 잦다고 한다. 그녀는 학교에서 일하고 집에 가서는 빨래하고 부엌일 돌보느라 종일 쉴 사이가 없었다. 그만한 희생도 아깝지 않을 만큼 남편을 사랑하느냐면 그렇지도 않은 것 같다. 그런데도 가끔 혜영이를 보고 어서 결혼해야지 나이 먹는다고 제법 동정하는 말투다. 서용은 그럴 때마다,

"귀 코가 다 맥혀!"

하고 그녀 뒤에서 야단스럽게 제 가슴을 두들겼다. 혜영도 가사 선생보다는,

"결혼해서 좋은 것은, 비 오고 바람 불 때 혼자 자면 무서운데 옆에 누가 자니까 아무렇지도 않거든. 문소리가 나도 전에는 도둑

이나 아닌가 하고 떨었는데 인제는 쿨쿨 자지 뭐. 좋은 것은 그것
뿐이야."

하고 말하는 음악 선생이 훨씬 좋았다.

혜영은 결혼 무용론자도 아니고 서용처럼 조건이 나빠 안 하는
것도 아니었다. 어쩐지 결혼할 염이 나지 않는 것이다. 어떤 친구
는 윤 선생이 마음을 사로잡고 있어서 그렇다고 하지만 혜영은 그
것을 수긍할 수 없었다. 결혼하고 싶을 만큼 좋은 남성을 아직 못
만났을 뿐이다. 윤 선생은 보고 있으면 그 진실성이나 젠틀맨십이
나 지성이나 취미나 외양이나 나무랄 데가 없어 좋았다. 그러나
헤어지고 나면 그녀의 마음에 꽉 채워지지 못한 것 같은 아쉬움이
있었다. 젠틀맨십을 지키느라고 윤 선생이 적극성이 없는 탓인지
도 모른다.

미도파까지 오자 혜영은,

"너하고 수영복 보기로 했다."

하고 결심한 듯이 말했다. 서용이 고개를 쌀쌀 흔들며,

"글쎄 내 말 들어. 매끈하게 안 하면 웬수 산다. 가서 미국 가게
되었다고 은근히 말해. 글쎄 내 말대로 하라니까."

한다.

"정말 만나고 싶지 않아."

서용은,

"내 말대로 안 하면 수영복 나도 안 볼 테다."

하고 화를 낸다. 혜영은 고소하며 서용과 헤어져서 찻길을 건너
갔다.

명동 입구로 발을 옮기다가 그녀는 갑자기 오른편으로 휙 돌아섰다. 아파트로 가는 합승을 타려는 것이다. 아무래도 미스터 김을 만날 기분이 나지 않았다. 합승은 오는 것마다 만원이고 어쩌다가 자리 하나쯤 있으면 기다리던 이들이 왈칵 몰려가기 때문에 도저히 탈 엄두도 낼 수 없다. 그녀는 천천히 기다릴 양으로 아예 멍하니 서 있었다.

가랑비가 내리기 시작했다. 비닐우산 파는 아이들이 소리를 치며 다니고, 사람들이 우산을 받으니까 정거장은 한층 붐비는 것 같다. 합승은 잇따라 와서 멎었다 가고, 어떤 것은 멎지도 않고 그냥 질주한다. 혜영은,

"미스 리!"

하고 부르는 소리에 깜짝 놀라 뒤돌아보았다. 일주일 전에 다방에서 우연히 만난 최학구 씨다. 반짝이는 그의 눈에 반가움이 불길처럼 내솟고 있다. 그는 가까운 과자점으로 그녀를 덮어놓고 밀어넣는다. 자리에 앉아 아이스크림을 시키고,

"미스 리, 얼마나 만나려고 애썼는지요!"

하고 한숨을 내쉰다.

"동창회 명부를 보고 학교에 나가시는 줄 알았지요. 학교에 전화를 하니 할 때마다 수업 중이고, 나가시고…… 할 수 없어서 엽서를 내었는데 안 받으셨습니까?"

받기는 했으나 혜영은 그가 지정한 날짜를 깜빡 잊고 있었다. 학구는 혜영의 대답을 기다리지도 않고,

"'아랑'에서 두 시간을 기다려도 안 오셔서 그저께는 학교로 갔

더니 방학이라고 하지 않아요? 주소록을 보아서 겨우 전화번호를 알았는데 어저께 오전에 아파트로 갔더니 외출 중이시고, 밤에는 거기 전화가 고장이고, 오늘은 아침부터 전화를 했는데 내리 통화 중이에요. 그 아파트 교환대는 어떻게 된 모양이지요?"

학구는 단숨에 그간에 지낸 일을 쏟아놓더니 전화 얘기를 하며 사뭇 화를 낸다. 일주일 전에 서용이와 저녁을 먹고 다방에서 차를 마시는데 학구가 불쑥 인사를 건네왔었다. 과는 다르나 대학의 2년 선배였다. 그의 훌륭한 체격이나 남성다운 생김새가 남달리 눈에 뜨이는 타입이었다. 캠퍼스가 긴 탓도 있겠으나 허리를 조금 굽혀 성큼성큼 걷는 양이 마치 호랑이라도 잡을 듯이 공격적인 인상을 주었다. 학교 때에는 한 번도 말을 나눠본 일이 없으니까 혜영과는 초면인 셈인데도 그는 졸업하자 미국에 유학 갔었다는 둥 박사 학위를 못 땄으나 여기서 이태쯤 지내다가 다시 가서 학위 논문을 낼 생각이라는 둥, 지금은 모교에서 시간강사로 있다는 말까지 했다. 그리고 혜영의 이름을 확인하고 친구들과 같이 왔으니 하는 수 없이 그냥 간다고 하며 아무도 붙들지도 않는데도 혼자 미안한 얼굴로 일어섰다. 문학 강의를 같이 들은 일이 더러 있어서 혜영의 얼굴만은 뚜렷이 기억하고 있었다고 한다.

폭포처럼 1초의 여유도 없이 쏟아져 나오던 말이 잠시 뚝 끊어졌다. 의자를 좀 더 테이블 가까이로 당기기 위해서였다.

"미스 리! 지금부터 저와 저녁 식사를 같이하시고, 조용한 데서 주스라도 마시고, 그리고 아파트로 가십시오. 괜찮지요?"

학구는 혜영이 대답할 사이도 주지 않고,

"자!"

하며 혜영을 앞세운다. 그녀는 거절할 겨를도 없이 그의 앞을 걸어 과자점을 나왔다.

빗줄기가 아까보다 세차졌다. 6시 45분이다.

"양식으로 하실까요?"

혜영은 점심에 양식을 먹었기 때문에,

"중국요리가 좋아요."

했다.

"잘됐습니다. '상해'라는 데에 가보셨습니까?"

"말만 들었어요."

"그러면 거기 한번 가보십시다!"

그는 빗속을 성큼성큼 걷기 시작했다. 상해는 합승으로 한 정거장 거리에 있었고 택시나 합승을 탈 것은 애초 염도 낼 수 없는 러시아워였다.

음식은 특별히 맛있지는 않았으나 그릇이 다른 중국요리점에서는 볼 수 없는 것들이다. 사면에 신선이 그려진 중국의 가마 모양의 조그만 전기스탠드가 테이블 가운데 놓여 있을 뿐 아무런 조명도 없어서 사방이 어둡다. 그 희미한 불빛 속에서도 학구의 눈은 여전히 반짝이고 있다.

"저는 이렇게 어두운 데서 밥 먹는 것 질색입니다."

학구가 화난 듯이 큰 소리로 성급히 말한다.

"차나 술을 마시는 것은 기분이니까 기분 내느라고 어두워도 좋으나 밥 먹는데 깜깜하니 소화가 안 돼요."

혜영은 동감이었으나 잠자코 있었다. 찬성하면 기분이 나서 더욱 투덜댈 것 같고, 반대하면 그의 설에 동의하도록 어디까지나 설득할 기세여서다. 소화가 안 된다고 하면서도 학구는 혜영보다 더 맛있게 먹고 있다.

식당에서 나오자 그들은 8층의 스카이라운지로 갔다. 창밖은 폭우가 뽀얗게 쏟아지고 있다. 어두운 불빛 속에서 테이블마다 오순도순 얘기 소리가 났다. 혜영은 '엔젤스키스'를 시키고, 학구는 '맨해튼'을 주문했다. 연분홍에 우윳빛을 섞은 듯한 아름다운 엔젤스키스가 이내 날라져 왔다. 그들은 서로의 칵테일을 한 모금씩 마셨다.

"미스 리!"

학구가 힘찬 저음으로 한 번 부르고 잠시 침묵한다. 그 침묵은 앞으로 도도히 흘러나올 구변을 준비하고 있는 것 같다.

"미스 리!"

학구는 한 번 더 혜영을 부르자 잇따라 굵직한 음성을 쏟아놓는다.

"저와 결혼해주세요. 저는 미혼이고, 연애 같은 것도 진짜로 해본 일이 없습니다. 미국 있을 때 애인을 구하느라 혈안이 되었지만 허탕 치고, 귀국해서도 애써 돌아다녔지만 없었어요. 중매결혼이라고 해서 색시의 사진도 열 장이 넘는데 마음에 안 들어요. 마음에도 없는 색시를 만나보아 무엇 하겠어요? 미스 리를 보았을 때 저는 펄쩍 뛰고 싶을 만치 좋았습니다. 미스 리, 저는 미스 리의 환경을 잘 모릅니다. 그러나 전에 결혼한 일이 있으시더라도 현재 결혼만 안 하시고 계신다면 저는 좋습니다. 저의 집은 돈은 없고, 아버지는 Y은행의 전무고 어머니가 계시고, 시집간 누이가 하나, 대학 다니는 남동생이 하나 있어요. 부자는 아니지만 우리가 결혼하면 살 집은 가회동에 벌써 사두었습니다. 지금 전세 놓고 있지요. 제가 너무 수선을 피워 어리둥절하시겠지만 서로의 부모님께서 찾아보시게 해도 좋고……."

학구의 커다란 두 손이 갑자기 테이블 위를 미끄러져 왔다. 마치 혜영의 손을 꼭 움켜쥘 것 같다. 그러나 그 손은 도중에서 급정거를 하고 맨해튼의 글라스를 왈칵 잡아 쥔다. 누군가 피아노로 '쿨 재즈'를 조용히 치고 있다. 이렇게 유치하리만치 솔직한 구혼은 미국의 〈서부의 사나이〉류인지? 설마! 혜영의 얼굴이 뜨거워지더니 그 열기가 차차로 전신에 퍼진다. 미약하나마 알코올이 들어간 탓도 있겠으나 학구의 정력적인 음성과 꾸밈없이 구혼하는 말이 혜영의 몸속에 질풍처럼 내닫고 있기 때문이리라.

'아, 이 사람이 좋아지겠어!'

하고 혜영은 속으로 외쳤다. 그러나 종내 한마디도 하지 않고 있다가

"최 선생님, 이제 가시지요. 저는 좀 피로합니다."

했다. 9시 10분이다.

"내일 또 만나주시지요?"

하며 학구는 일어설 기색도 안 보인다.

"피로하지 않으면 나오겠어요."

혜영은 일어섰다. 학구도 하는 수 없이 선다.

택시를 잡는 데 20분이나 걸렸다. 세찬 빗발이 창유리를 마구 후려치는 속을 차는 미친 듯이 달리기 시작했다.

"야, 참 재수가 좋았어요. 한길에서 우연히 만날 줄이야! 하하하."

학구는 큰 소리로 말하고 정말 즐거운 듯이 거리낌 없이 웃는다. 학구는 대체로 망설임이라는 것이 없는 사람 같았다. 떼를 쓰지 않으면 명령조다. 대학 교단에서 의젓이 강의를 하고 있는 모습은 아무래도 상상하기 힘들다.

차는 순식간에 아파트에 다다랐다. 학구는 먼저 껑충 뛰어내렸다.

"미스 리, 저를 거절하셔도 할 수 없습니다. 그러나 저는 좋아서 죽겠는걸요! 그것을 말했을 뿐입니다. 내일 또 만나지요. 밤에라도 전화하겠습니다. 자!"

그는 큼직한 손을 벌리며 악수를 청했다. 그러고 내놓는 혜영의 손을 으스러지도록 쥐었다 놓고, 기다리는 택시로 뛰어올랐다.

방에 들어가자 혜영은 커튼을 쳤다. 커피 메이커에 커피를 넣고, 목욕실에 가서 샤워를 했다.

화장대에 앉아 로션을 바르고 있을 무렵 커피의 향기는 점점 짙어지며 온 방을 감돈다. 혜영은 쟁반에 올리브빛 찻잔과 커피포트와 크림포트를 놓아 티 테이블에 가져왔다. 그녀는 싱의 희곡집을 가방에서 꺼내어 겉장을 열다가 책상에 갖다놓고, 티 테이블로 와서 커피를 찻잔에 따르고 크림을 쳤다. 커피는 향기로운 김이 섬세한 곡선을 그리며 천천히 퍼져 올라간다. 방 안은 한없이 고요하다. 커튼 밖의 빗소리가 한층 기분을 고요하게 가라앉힌다.

'책은 나중에 보자.'

하고 그녀는 커피의 향기 속에서 생각한다. 그녀에게는 이 시간이 아무도 무엇도 침범할 수 없는 절대 그녀만의 시간이다. 머릿속에 티만 한 잡념도 없다.

커피는 뜨거워서 아직 마실 수 없었다. 그녀는 커피의 향기를 맡으며 그 김이 좌우로 유유히 흩어지는 것을 지켜보았다. 10시 10분이다. 갑자기 전화의 벨이 울린다. 한 번, 두 번, 세 번…… 열한 번…… 열다섯 번. 잠시 멎었다. 최학구 씬가? 혜영은 얼핏 생각하며 일어서서 수화기를 얼른 들어 책상 위에 살그머니 놓았다. 이제 다시는 벨이 울리지 못할 것이었다. 그것이 누구에게서 걸려오는 전화건 그녀는 이 행복한 시간을 침범당하기는 싫었다.

티 테이블로 와서 혜영은 올리브빛 찻잔을 들어 커피를 천천히 한 모금 마셨다.

1965년,《현대문학》

신과의 약속

    간호사가 체온계를 들여다보며 고개를 꼰다. 영희의 가슴이 뜨끔해졌다. 그녀는 얼른,

    "몇 도지요?"

했다.

    "38.4도예요."

    간호사는 다시 고개를 갸우뚱하며 병실을 나갔다. 한 시간 전까지도 40도였는데 상당히 내렸구나 싶어 영희는 경옥의 조그만 이마를 짚어보았다. 여전히 뜨겁다. 얼굴빛이며 입술도 흙빛 그대로다. 석연치 않으나 체온계가 손보다는 정확할 테지 생각하며,

    "경옥아!"

하고 불렀다. 경옥은 긴 속눈썹을 가지런히 내리감은 채 대꾸가 없다. 새벽 4시쯤 갑자기 38.8도의 열이 나더니 오후 4시가 지난 지금까지 계속 고열이다. 11시에 입원한 뒤로는 줄곧 눈을 뜨지 않는다. 잠든 것인지 인사불성인지 알 수가 없다. 의사는 식중독

이라고 하며 입원실을 나가고, 그 후는 간호사가 약만 주고 시간에 맞추어 와서 열만 재 간다. 환자가 계속 밀리는 병원이니 의사가 줄곧 딸려 있을 수도 없을 것이다.

아침밥도 두어 번 뜨다 말고 점심때도 지나고 저녁 먹을 시간이 되는데 영희는 시장기를 모르겠다. 대여섯 시간 줄곧 서 있는데도 다리가 아픈지 몰랐다.

38.4도라는 말에 조금 숨이 가신 영희는 순복더러 간식으로 들어온 사과를 먹으라고 했다. 순복도 긴장해서인지 점심도 조금밖에 안 먹었는데 먹기 싫다고 한다.

"먹어라. 그리고 너 잠자거라. 오늘 밤 교대해서 새워야 하니까, 응?"

하고 타일렀다. 순복은 그제야 사과는 먹지 않고 소파에 다리를 펴고 눕는다. 영희는 링거액이 1분에 열다섯 방울 이상 떨어지지 않도록 시계를 보며 약 방울을 속으로 세었다. 어린아이라 링거가 빨리 들어가면 부작용으로 심장마비를 일으킬지 모르니까 방심할 수 없다. 링거의 약 방울을 너무 응시해선지 그녀는 눈동자가 아프다.

경옥이 갑자기 눈을 뜨고 머리맡 테이블에 있는 사과를 본다.

"경옥아, 선생님이 물도 먹지 말랬어. 먹고 싶어도 꾹 참자."

하며 영희는 테이블을 몸으로 가리고 섰다. 경옥은 아무 말도 없이 눈을 더 위로 치뜬다.

"위 보지 말어, 골치 아프다."

경옥의 눈동자는 점점 더 위로 넘어가며 고개가 뒤로 젖혀진다.

이상했다. 낯빛이 흙빛에서 검은 청동색으로 변해간다.

"경옥아, 왜 이러니, 순복아, 어서 선생님 불러."

순복이 후다닥 뛰어나갔다. 경옥의 검은 동자는 없어지고 젖혀진 얼굴은 시꺼메졌다.

"경옥아, 경옥아!"

영희는 경옥의 조그만 몸을 안고 몸부림을 쳤다. 여의사와 간호사 댓 명이 바쁜 걸음으로 병실에 왔다.

"조용히 하세요."

여의사의 첫마디다.

"왜 이러는 거예요?"

영희는 경옥을 안은 채 놓으려 하지 않았다. 놓으면 경옥이 죽을 것만 같았다.

여의사는 냉랭하게,

"나가 계세요. 어머니가 아이를 고치실 거예요?"

했다. 그 말이 영희의 가슴을 콱 찌른다.

'옳아요. 내가 무슨 재주로 고치겠어요.'

간호사가 세 명 더 오고, 산소호흡기와 석션(suction)이 들어와서 병실이 좁아졌다. 여의사가 거즈를 감은 막대기를 경옥의 입에 물렸다. 혀를 깨물까 해서 그러는가 보다.

"경옥아!"

영희는 간호사 뒤에서 소리를 쳤다. 침대를 간호사들이 빙 둘러서 있기 때문에 경옥이 잘 보이지 않는다. 영희는 복도로 나가 머리맡 창문에 섰다. 간호사들이 경옥에게 알코올 목욕을 시키고 있다. 여의사가 맥을 짚어보고 가슴에 청진기를 댄다. 링거의 주삿바늘이 빠져 있다. 한 간호사가 경옥의 어깨에 피하주사를 놓는다. 강심제인지? 경옥은 바늘이 꽂히는데도 아픔을 못 느끼는지 반응이 없다.

"하느님! 하느님!"

영희의 두 손은 어느 사이엔가 가슴께에서 합장되었다가 또 이마에서 맞붙잡아졌다.

"예수여! 아니, 성모마리아!"

종교가 없는 영희는 신 중에 어떤 신을 찾아야 할지 잠시 갈팡질팡한다. 그리고 평소 신은 필요 없다고 생각하던 터에 다급하니까 신을 찾고 있는 자신이 스스로 부끄럽다.

'그러나 이런 경우에, 아니 이 경우 외에 또 언제 신을 찾을 일이 있을까?'

그녀는 스스로 변명했다. 무조건 신을 믿을 수 없는 그녀는,

'신이여, 내 딸을 살려주신다면 믿겠습니다. 약속하지요. 경옥을 살려주세요. 한번 그 효험을 보여주어보세요. 그러면 당신이 하는 일이 아무리 불공평해도 당신만이 옳고 당신이 하는 짓은 모두 진리라고 복종하겠어요. 한번 당신의 존재를 보여주어보세요.'

말하고 나니 너무 건방진 것 같아,

'저를 용서하시고 제 딸을 살려주세요.'

하고 미간을 모으고 그 위에 두 손을 맞잡고 진지하게 속으로 말했다.

간호사들의 어깨 너머로 석션에서 고무관이 경옥의 조그만 입

속으로 들어가는 것이 보인다. 가래가 기관을 막는 것을 방지하는 모양, 가래가 목까지 차면 죽는 것이라 들었다.

'신이여, 당신이 그렇게도 무력합니까?'

영희는 땅을 구르며 소리치고 울고 싶은데 눈에는 물기 하나 없고 눈 속은 깡말라 아프다.

"순복아, 과장 선생님 어서 오시라 하고, 회사에 전화해서 전무님 빨리 오시도록 해라."

말하며 그녀는 현기증을 느꼈다. 운규를 부르는 것은 경옥의 최후를 생각하기 때문이다. 마지막에는 가장 사랑하던 아빠와 엄마 품에서…… 하고 생각하니 뒤틀리며 아프던 가슴이 감각을 잃고 다만 눈앞이 빙빙 돌며 어지럽다. 이것이 체념하는 과정인지? 여의사와 간호사만으로는 마음이 놓이지 않아 소아과 과장을 청했다. 한 간호사가 혈압을 재는 것이 보인다. 뒤로 젖혀졌던 경옥의 고개가 어느 사이엔가 제자리에 와 있다.

"이제 틀린 건가?"

죽음이 가까워지면 사지는 뻗는다고 들었다.

"경옥아, 경옥아!"

영희는 병실로 들어가며 소리쳤다. 그 목소리가 몇 갈래로 찢어진다.

"조용히 하세요!"

여의사가 다시 주의시킨다.

'그렇지, 내가 소리친다고 경옥이 살아날 리는 없지.'

과장은 오지 않고, 부르러 간 순복도 오지 않는다. 그녀는 스스

로 과장을 데려오고 싶으나 그동안이라도 경옥에게 마지막 순간
이 올까 해서 자리를 뜨지 못하고 있다. 여의사는 청진기로 연방
경옥의 심장을 짚어보고 간호사들은 알코올 솜으로 경옥의 몸을
적시고 있다. 경옥의 낯빛은 여전히 검은 청동빛이다. 갑자기 영
희는 병실을 뛰어나가 1층에 있는 소아과 진찰실까지 달려갔다.

"우리 애기 큰일 났어요!"

그녀는 숨이 차서 허덕이며 소리쳤다. 소아과 과장은 청진기로
댓 살 되어 보이는 사내아이를 진찰하고 있다가 한마디도 없이 일
어나서 뛴다. 그 뒤를 달음질치며,

"아까부터 선생님 여쭸었는데 왜 안 오셨어요. 도대체 식중독으
로……"

하다 영희는 말을 잇지 못했다. 사위스러운 말을 해서 무엇인가
더칠까 해서다. 절망은 하나 혹시나 하는 바람 때문에 죽음이라는
말을 입에 담기를 삼갔다.

과장은 병실에 들어서자 플래시로 경옥의 동공을 비췄다. 반응
이 없다.

'이미 틀렸나? 죽은 후도 10분 이내면 살릴 수 있다던데 이것은
남의 나라 얘기인가?'

'살려주세요!'

영희는 속으로 의사에게 부탁하다가 또 신을 찾다가 한다.

의사도 신도 경옥을 살리지 못한다면 그녀는 무엇에게 매달려
야 할지 몰랐다. 인간 이상의 것이 신이라면 신보다 더 큰 존재는
없는지…….

섭씨 32도, 3층이나 바람 한 점 없어서 병실마다 문을 열어놓고 있다. 옆 병실에서 환자와 보호자가 서넛이 모여 왔다. 부인과와 소아과 전문 병원이라 모두가 자식을 가진 사람들이어선지 근심스러운 얼굴들이다. 그들 사이에 끼어 서서 영희는 경옥을 지켜보았다. 실오라기 하나 걸치지 않은 경옥이 애처롭다. 간호사들이 계속 알코올 목욕을 시키고 있다. 남쪽 창에서 갑자기 바람이 불어온다.

'감기 안 들까…… 하긴 의사가 오죽 잘 알라구…….'

경옥의 입에 물린 막대기가 자꾸만 빠져나온다. 그것을 간호사가 고쳐 넣고 있다. 동그란 경옥의 얼굴은 검게 질렸던 것이 흙빛으로 변해 있다. 좋은 징조인지 더 나쁜 징조인지 영희는 조바심이 나서 병실로 들어갔다.

"선생님, 어떻게 되는 거예요?"

"염려 마십시오. 어머니는 나가 계세요."

나아졌다는 말은 없다. 영희의 안타까움이 경옥을 회복시키는 데 방해가 된다는 듯한 말투다. 확실히 사랑은 무력했다. 속수무책으로 울고 탄식할 뿐이다. 간호사가 경옥의 두 팔에 주사를 놓는다. 과장은 플래시로 경옥의 눈동자를 비춘다. 반응은 없다. 영희의 맥이 확 풀린다.

'신이여, 당신도 나만치 무력하십니다. 정말 의미의 신이라면 이런 때 힘을 보여주십시오.'

그녀는 침착하게 가슴속에서 말했다.

'경옥아, 가엾어라. 너를 낳지 말 것을. 4년 8개월을 살고 갈 세상에 무엇 하러 태어났니. 너를 낳고 엄마하고 아빠는 얼마나 좋아했는지. 그 환희를 주느라고 태어나서 지금 이 슬픔을 주며 너는 가는 것이냐? 경옥이, 너, 아가, 너는 갓 나와서 이틀 만에 엄마 젖을 먹는데 입을 크게 벌리지 못해서 빨지 못하고 한참 동안은 흐르는 젖만 먹었지. 엎드리고 기고 서서 짝짜꿍이며 재롱부리고, 네가 말한 마디만 하면 온 집안에 웃음이 퍼졌었다. 예쁜 세 살이 지나 팬티에 가끔 오줌을 누면 엄마가 종아리를 때려주었지. 미안해라. 대체 네 귀여운 몸 어디에 매를 댈 데가 있다구. 그 짧은 세상을 살게 하느라고 엄마가 너를 태어나게 했구나.'

흡사 구슬픈 영창처럼 영희의 가슴에서 소리 없이 말이 흘러나왔다. 체념해가는 과정인지 그녀는 침착해졌다.

빠져 있던 링거를 다시 꽂으려고 여의사가 경옥의 정맥을 여기저기 찾고 있다. 정맥이 보이지 않는 모양이다. 과장이 주삿바늘을 받아서 찾으나 역시 찾지 못한다. 팔에 두른 고무줄을 당겨보다가, 손바닥으로 경옥의 팔을 탁탁 쳐보았다 하며 애를 쓴다. 팔, 손등, 발등까지 수없이 바늘을 넣었다가는 도로 뺀다. 아픔을 느끼지 못하는지 경옥은 반응이 없다. 과장이 당황하는 것 같다. 정맥이 왜 없어졌는지? 영희는 다시 병실로 들어가 의사의 뒤에서,

"어떻게 되는 거지요? 왜 바늘을 찌르지 못하세요?"

했다. 그녀의 음성은 낮고 정확해졌다. 의사는 아무 대꾸도 없이 정맥만 찾고 있다.

'이제 끝인가? 이렇게 다급한데 그이는 왜 안 올까? 전화하러 간 순복은 또 무엇 하느라고 아직도 안 오나?'

영희의 심장에 다시금 뒤틀리듯 통증이 일어난다. 드디어 과장

이 경옥의 팔 정맥에 주삿바늘을 꽂았다. 그의 이마 가득히 땀이 방울처럼 송송 맺혔다. 링거액이 한 방울씩 떨어진다.

'심장은 뛰는구나!'

영희는 한숨을 쉬었다. 과장은 플래시로 경옥의 눈동자를 연방 비춰본다. 전혀 반응이 없던 동자가 조금 움직이는 것 같다. 착각 인지? 영희의 가슴이 반가워서 뛰었다.

"움직인 건가요?"

"네."

과장은 대답하나 이제 괜찮다고 시원한 말을 하지 않는다. 촛불 이 꺼지기 직전에 한번 반짝 빛나듯이 경옥의 증상이 갑자기 악화 되는 것은 아닌가 하고 영희의 가슴이 조인다.

"하느님……."

심부름 갔던 순복이 허덕거리며 병실에 들어왔다.

"전무님은 자리에 안 계시다 해서 오시는 대로 연락해달라고 했 어요."

영희의 뒤에서 그녀는 늦은 이유를 혼자서 계속했다. 공중전화 는 사람이 늘어서 있고, 간호사 카운터에 있는 것은 통화 중이고, 사무실에 있는 전화는 외인 사용 금지였다고 한다.

'그이는 좋겠어. 이렇게 가슴 아픈 것도 모르고…… 어느 다방 에 앉아 있는지. 어떤 여자며 남자 친구 들하고 즐겁게 웃고 있을 지도 몰라. 아니, 누군가하고 상담(商談)을 하고 있을까?'

영희는 운규가 병원에 전화 한 번 하지 않고, 회사에서 자리를 뜨는데도 연락처도 알려두지 않을 만큼 태평으로 있는 것이 한편

서운하나 한편 다행이라 여겨지기도 한다. 아이들이 자주 병원에
가니까 오늘도 다른 때와 같으려니 하고 그는 무심할 것이다. 그
렇게 생각은 하나 역시 서운한 기분은 얼른 가시지 않는다.

언젠가 아이들이 앓아서 밤을 거의 새다시피 하던 날, 곤히 자
고 난 남편에게 "당신은 참 좋겠어요. 아이가 아프니 아나, 아이를
낳으니 그 고통을 아나……" 하니까,

"당신이 없으면 내가 다 해."

하고 서슴지 않고 운규는 대답했다. 여자는 육아며 살림살이를 해
야 하고, 그러니까 남편은 밖의 일에 열중할 수 있기 마련이고 그
렇게 해서 한 가정이 이루어지는 것이리라.

과장이 플래시로 경옥의 눈을 비쳤다. 이번에는 확실히 검은 동
자가 두어 번 움직였다.

"경옥이, 내 예쁜 애기야!"

그녀는 눈시울이 뜨거워졌다. 동자가 움직이는 경옥이 고마웠
다. 고비는 넘긴 것 같았다.

"이제 괜찮을까요?"

"네, 고열이 나면 경끼(驚氣)하는 수가 있지요."

그의 음성에 자신이 있다. 간호사들이 나갔다. 과장이 경옥의
겨드랑이에서 체온계를 꺼내 들었다.

"39돕니다. 많이 내렸습니다."

"아까는 38.4도라고 했어요."

"간호사가 안심시키느라고 바른대로 말하지 않을 수도 있습니
다."

과장은 비로소 수건으로 이마 가득히 난 땀을 닦는다. 긴장해서 땀이 나는 것을 이제야 안 모양이다.

"38.5도가 될 때까지 알코올 목욕을 계속하십시오."

그는 말하며 경옥의 맥을 짚고 다시 가슴에 청진기를 대본다. 영희는 알코올과 물을 섞은 것에 거즈를 담갔다가 발가벗은 경옥의 몸을 고루 적셔주었다. 그 물이 증발하며 몸에서 열을 빼앗는 것이다.

'귀여운 이마, 귀여운 손, 귀여운 어깨…… 엄마가 이렇게 사랑하는데 왜 앓니? 앓지 마라. 내 아가…….'

과장은 다시 경옥의 눈등을 올리고 플래시로 동자를 비췄다. 동자가 움직이는 것이 회복되는 조짐인가 보다. 경옥의 눈언저리는 부신 듯이 수축하고 동자는 좌우로 움직였다.

"이제 됐네!"

운규의 말소리에 영희는 깜짝 놀라 뒤돌아보았다. 언제 왔는지 운규가 뒤에 서 있다. 얼굴이 벌건 것이 더운 탓도 있겠으나, 연락을 받고 긴장한 것 같다.

"경끼를 또 할지 모르니까 이상이 있으면 연락을 하십시오."

과장은 말하고 나간다. 6시다. 그의 퇴근 시간이다.

"감사합니다."

영희는 그의 등 뒤에서 말했다. 여태껏 '감사'라는 말은 수없이 해왔으나 지금처럼 진심으로 말해보기는 처음인 것 같다. 영희는 비로소 운규를 향해 앉았다. 운규를 붙들고 울고 싶었다. 그러나 다만,

"큰일 날 뻔했어요."

했다. 운규는 잠자코 경옥을 지켜보며,

"음."

한다. 한참 후에,

"경옥아."

하고 불렀다. 경옥의 손을 잡으며,

"아빠다."

한다. 멍하게 떴던 경옥의 눈은 도로 감긴다. 의식이 완전히 돌아
오지 않은 모양이다. 의자에 앉으며 운규는,

"왜 그렇게 되었지?"

한다.

"식중독이래요."

"무얼 먹었는데?"

"늘 먹는 것 먹었다는데…… 복숭아하고 수박을 먹은 것이 나빴
는지요."

영희는 어저께 낮에 문학 세미나에 참석했다가 동료들과 함께
식사를 한 것이 후회스럽기 한이 없다. 집에 와서 아이들 먹는 것
을 감독했다면 중독되지 않았을지도 모른다고 아까부터 거듭거
듭 가책을 느끼고 있었다. 식중독은 아무래도 음식에 불결한 것이
있기 때문이다. 육감이 가르쳤는지 식사하기 전에 집에 전화를 해
서 아이들 잘 노는지 묻고 음식 먹기 전에 손 깨끗이 씻기라고 몇
번이나 거듭 당부했었다. 세계적인 문학의 동향이라든가 국내 문
학의 그런 것들처럼 조금도 그녀의 창작에 영향을 주지 못하는 것

을 뻔히 알면서도 세미나 같은 일에 참석하는 것은 그녀에게는 외부 공기를 쏘여보려는 데 불과했다. 외부 공기…… 세미나 따위는 거절해야 했다. 기진해 있는 경옥의 조그만 얼굴을 보며 후회가 가슴을 에는 것을 영희는 잠자코 견뎠다.

"꼭 무엇을 먹어서가 아니라 재수 나쁘면 그럴 수도 있지."

운규는 영희의 마음을 모르고 하는 말이겠으나 그녀에게는 위안이 된다.

간호사가 와서 체온계를 재어보고,

"38.8도입니다."

한다. 몇 시간 만에 경옥의 얼굴에 붉은빛이 돈다.

"경옥아."

영희가 부르니까 경옥은 눈을 반짝 뜬다.

"엄마 알겠니?"

경옥이 고개를 끄덕였다.

"아빠 보이니?"

경옥은 고개를 끄덕이며 눈을 감는다.

"이제 됐어."

운규가 의자에서 일어나 경옥의 뺨을 어루만졌다.

"회사에 가보아야지."

그는 일단 회사에 들렀다가 퇴근해야 한다. 순복에게 링거를 잘 지켜보도록 이르고 영희는 운규를 2층까지 배웅했다.

"기준이하고 예지, 잘 보아주세요."

영희는 네 살과 두 살 된 아이들을 부탁했다.

간호사 카운터 앞을 지나다가 그녀는 집에 전화를 걸었다.

"아줌마요? 아이들 잘 놀아요? 자기 전에 미지근한 물로 씻기고 땀띠분 잘 발라주세요."

그녀는 모기약을 뿌리면 환풍을 충분히 하고 문을 닫도록 일렀다. 모기약이 독해서 아이들에게는 나쁘기 때문이다. 순복도 없는데 혼자서 밥하며 아이들 보느라고 얼마나 고될까.

"아줌마, 수고하세요. 고마워요."

영희가 병실에 오니까 저녁밥이 들어와 있다. 경옥은 배 위에 타월만 덮고 잠들어 있다. 이마를 만져보니 조금 뜨뜻하다. 그 정도의 열이면 38.5도가량 될 것 같다. 흙빛이었던 손끝이며 발끝도 살빛으로 되돌아왔다.

영희는 순복에게 밥 먹고 또 자도록 일렀다. 링거가 빨라져서 조절을 하니까 이제는 또 너무 느리다. 잠시도 링거에서 방심할 수 없다. 잠결에 팔을 잘못 움직이면 바늘이 부러질까 해서 경옥의 팔에 지목을 대고 붕대를 감은 것이 무겁고 아파 보여 애처롭다. 바늘이 꽂힌 언저리는 이미 푸르스름하게 부어 있다. 그러나 약 때문에 열도 내리고 차차 나아가는 것을 생각하니 의사며 약에 대한 고마움이 새삼스러워진다.

과장이 퇴근길에 들렀다.

"오늘 밤은 30분마다 검온하시고 38.5도가 넘으면 곧 당직 여의사한테 연락하십시오."

"선생님이 오실 수 없을까요?"

인턴 정도의 여의사는 믿을 수가 없었다. 그녀도 여자이면서 의

사만은 여자를 신뢰할 수 없는 것이 겸연쩍으나 생명에 관한 일이니 체면 따위 차릴 겨를은 없다. 과장은 입가에 웃음을 띠며,

"여선생님도 잘 보아줄 겁니다. 열이 오르지 않도록 주사를 놓도록 다 지시해두었습니다."

한다.

열이 오르지 않을 주사가 있다면 아까는 왜 놓아주지 않고 경끼까지 하게 했는지 모르겠다. 영희는 속으로 의심스럽고 화가 나나 잠자코 있었다. 누구보다도 신뢰받으나 실수하면 가차 없이 문책당하는 것이 의사이며, 그래서 그 직업이 얼마나 어려운 것인 줄 그녀는 평소 충분히 이해하고 동정하고 있었다.

화내는 것은 환자의 에고다. 그러나 믿음을 배반당한 본능적인 분노이기도 하다. 어쩌면 그것이 환자의 무의식중의 권리일지도 모른다.

과장이 나가고 나서 영희는 밥 대신 커피를 마셨다. 식욕도 없으나 커피를 마시면 잠이 잘 오지 않기 때문에 오늘 밤을 새워 경옥을 지킬까 해서다. 온종일 서 있어서 뚱뚱 부은 다리를 난방용 라디에이터에 올려놓고 안락의자에 등을 기댔다. 몸이 풀리는 것 같다. 서창으로 해가 기우는 것이 보인다.

'지겨운 날이었다. 그러나 감사합니다.'

그녀는 잠시 눈을 감았다. 눈동자가 아프다. 눈뿐이 아니라 전신이 쑤시듯 아프다. 눈을 감은 채 그녀는 속으로 또 말했다.

'내 온 정성을 다해 감사드립니다.'

감사의 대상이 신이었다가 또 의사가 되다가 다시 경옥이 되고

또한 약을 발명해준 이름 모를 학자로 변한다.

간호사가 와서 열을 잰다.

"38.7돕니다. 꽤 내렸어요. 아까는 놀라셨지요?"

그 말에 영희는 얼굴이 화끈해진다.

3층에서 1층까지 비탈진 복도를 뛰어갔을 때의 그 모습이 얼마나 광적이었나 비로소 생각이 미쳐서다. 전혀 기억이 없는 것을 보니 눈앞에 아무것도 보이지 않았을 것이고, 그래서 다른 환자며 보호자 들을 밀치며 달렸든가, 아니면 미친 듯이 달음질치는 서슬에 사람들이 놀라서 비켜섰을 것이다. 어른이 있는 그대로의 모습을 드러내면 추하다.

"아까 전화하실 때 닥터 김이 보시고 깜짝 놀랐대요. 선생님 작품을 많이 읽었는데 보통 사람 이상으로 평범하게 보여서 놀랐대요. 꼭 한번 얘기를 해보고 싶으시다던데……."

간호사는 얘기할 기회를 만들 수 없겠느냐는 얼굴이다.

"별다른 얘기를 할 줄 알아야지요."

"지금은 경황이 없으시겠지요. 다음에라도 기회가 있으시면……." 하고 나간다.

'평범하다구? 당연하지.'

그녀는 작가니까 다른 사람과 달라야 한다고 생각해본 적은 한 번도 없었다. 급한 원고를 쓰느라고 초조할 때 아이들이 와서 원고지에 낙서하고 어깨에 기어오르고 그녀의 곁에서 노래하고 뒹굴면 견디다 못해,

"엄마도 사람이야!"

하고 소리친다.

"엄마 글 쓰니까 나가 있어."

하면,

"글 써서 무엇 해?"

한다. 그 물음에 과연 왜 쓰는지 대답할 생각조차도 해본 적이 없는 영희다.

아이들이 무심코 하는 말이나 그것이 적잖이 시니컬하게 그녀의 가슴을 찌른다. 푸진 원고료 가지고 너희 무엇 사줄게 따위 사탕 발린 말도 아예 나오지 않으나 그래도 그녀는,

"너희 과자 사줄게."

할 수밖에 없다.

"과자 안 먹어."

한다.

"장난감 사줄게."

"아빠가 더 좋은 것 사줘."

하며

"그림책 읽어줘."

하고 떼를 쓴다.

아이들이 원하는 것은 영희가 작품을 쓰는 것이 아니다. 그들이 성장할 때까지 창작은 단념할까 생각하면 그녀의 가슴에서 무언가 강력히 부인하는 소리가 있다. 그렇다고 아이들의 건강관리며 정서교육 같은 것을 등한히 할 수는 없다.

사랑하는 사람을 사랑해주는 것보다 더 의의 있는 일을 그녀는

아직까지 발견 못 했기 때문이다. 그러나 쓰고 싶을 때 자질구레한 일상사 때문에 신경이 깎이면 그녀는 소리 내어 울고 싶을 때가 있다. 뭉크의 〈절규〉라는 그림에 어떤 사람이 혼자서 무엇인가를 절규하고 있다. 그녀는 소리를 지를 수 없으니까 속으로 더욱더 목메는 절규를 한다.

간호사가 와서 경옥의 열을 재었다. 38.9도다. 아까보다 올랐다. 영희는 부쩍 긴장한다. 다른 간호사가 열 내리는 주사를 놓고 갔다. 링거는 한 방울씩 느리게 떨어지고 있다. 다 맞으려면 아직도 두어 시간 더 있어야 하고 이것을 다 맞고 나면 잇따라 또 다른 링거를 계속 맞아야 한다. 영희는 붕대로 지목을 대어 묶인 경옥의 조그만 팔을 보니 새삼 가슴이 아프다. 그녀는,

"경옥아."

하고 나직이 불러보았다. 경옥은 대답은 못 하고 눈꺼풀만 잠시 움직일 뿐이다. 잠든 것이 아니라 기진해서 눈도 못 뜨고 대답도 못 하는가 보다. 어른은 아무리 앓더라도 아이들만은 앓지 않았으면 좋겠다.

"집에 가서 아이들이 먹는 것을 보아주었으면 이런 일이 없었을지도 모르는데……."

그녀는 어저께 외식한 것이 거듭 후회된다.

간호사가 지금 부터 밤새도록 30분마다 검온하도록 체온계를 두고 갔다. 그녀는 체온을 기록해두려고 종이에 그래프의 눈금을 그었다.

순복은 굵직한 다리를 의자에 올려놓고 잠이 한창 고부라졌다.

9시가 넘어서 운규가 왔다.

"열 내렸어?"

"네, 조금."

운규는 소리 나지 않도록 조심하며 의자에 앉는다.

"집에 갔다 오세요?"

영희가 물으니까 운규는,

"음."

하며 기준이 누나 보고 싶다고 소리를 치더라고 한다. 영희가 아이들 궁금해하는 것을 그는 알고 있다. 두 살 난 경진은 더워서 팬티와 가슴둘렁이만 입혔는데, 엄마 방에 가서 엄마 찾아오라고 떼를 쓰더니 혼자서 장롱 밑이며 경대 뒤까지 들여다보고 엄마가 없다는 것을 알았는지,

"엄마 없다, 엄마 없다."

하며 가슴둘렁이 위로 심장께를 손바닥으로 마구 문질렀다 한다. 운규가,

"가슴께가 안 좋았던 모양이지?"

했다. 그 말에 영희의 눈에 눈물이 핑그르르 돈다.

"또 우네, 저 봐 또 울어."

운규는 놀리듯이 웃는다. 눈물이 흔한 영희는 곧잘 운규에게 놀림을 당했다. 운규는 영희의 기분을 돌려주려고 마음 쓰는 것이다.

"울기는 언제 울어."

영희는 딴전을 치려고 하나 눈에서는 고였던 눈물이 흘러내리기 시작했다.

"저 봐, 저 봐, 어른이 울어."

"놀리니까 더 눈물이 나오지 뭐."

그녀는 눈물을 운규의 탓으로 하고 떼를 쓴다. 겨우 두 살인 경진의 조그만 심장이 벌써 그리움에 아픈 것을 생각하니 영희는 눈물이 한없이 흘러내려 흐느껴지려는 것을 입술을 깨물고 참았다. 사람이 미워서는 슬프지 않다. 가슴에 넘치는 사랑이 있으니까 슬픈 것이다. 마음껏 사랑해줄 수 없어서 슬픈 것이다. 사랑에는 한이 없는데 표현에는 한계가 있기 때문에 그것이 안타깝고 슬픈 것이다. 영희는 운규에게 눈물을 보이지 않으려고 그에게 등을 돌려 경옥의 이마며 팔이며 다리에 알코올 목욕을 시켰다. 경옥의 열은 떨어져서 38.5도가 계속된다.

11시가 넘어서 운규는 일어섰다. 순복이 잠들어 있어서 멀리 나갈 수 없어서 그녀는 병실문 밖에서 운규에게 하직 인사를 했다.

"안녕히 가세요."

멀어져가는 그의 뒷모습을 보며 오늘 밤 홀로 있을 그가 외롭게 여겨져 애틋한 정감이 솔솔 인다. 그러나 어쩌면 운규는 해방된 것 같아 후련하게 느낄지도 모른다고도 그녀는 생각했다. 그것은 그녀 스스로가 남편에게서 또 아이들에게서 도피하고 싶은 강렬한 충동을 느껴본 경험이 있기 때문일 것이다.

경옥은 자는지 기진했는지 눈을 감은 채 내처 꼼짝도 하지 않았다가 새벽 2시가 넘어서 몸을 옆으로 돌렸다. 영희는 깜짝 놀라며 벌떡 일어섰다. 주삿바늘도 링거의 고무관도 별 이상은 없다. 경옥은 몸을 옆으로 돌린 채 움직이지 않는다. 39도까지 열이 되올랐다가 3시부터는 차차로 내려서 37.8도에서 머물렀다.

고열이 갑자기 떨어지는 것은 좋지 않은 현상이라고 들어서, 열이 계단상(階段狀)으로 내리기 때문에 그녀는 마음이 놓였다.

단 1초도 잠자지 않은 밤이 새었다. 창밖 멀리 밤새도록 명멸하던 네온사인도 어느 사이엔가 없어지고, 남쪽 유리창이 잿빛으로 밝아왔다.

'아, 지겨운 날이 갔구나!'

그녀는 경옥이 회복한 것을 누구에게랄 것도 없이 또다시 속으로 고개 숙여 감사했다. 다시는 밖에 나가는 것이 아니라고 그녀는 마음먹었다. 그러나 집 안에서 아이들 돌보며 남편만을 바라보고 산다는 것은 마치 도를 닦느라고 깊은 산속의 나무 밑에 앉아서 움직이지 않는 도사를 연상시킨다. 도사는 앉아서 진리를 깨달을지 모르나 영희는 다만 질식할 것이다. 도대체 사랑을 위해서 인간은 어디까지 헌신해야 하는지. 그 한계가 어디까지일까. 나는 남편과 자식을 위해서 어디까지 시간을 뺏겨야 하나?

6시에 간호사가 들어와서 경옥에게 약을 주고 열을 재었다. 37.5도다.

간호사는 간밤의 열의 기록을 차트에 베껴 썼다.

"많이 나았어요. 경과가 좋습니다."

간호사의 말에

"고맙습니다. 덕분입니다."

하고 영희는 말했다.

경옥이 눈을 떴다. 눈을 뜨자마자,

"엄마, 밥 줘."

한다. 식욕이 나는 것은 병이 낫는 징조다.

"아이구, 이뻐라. 밥 먹구 싶니? 그래도 참자. 선생님이 먹어도 좋다고 하실 때까지 참자."

영희는 경옥을 왈칵 껴안고 싶은 것을 참으며 그녀의 뺨에 입맞춤을 했다. 링거를 맞고 있어서 흔들릴까 봐 껴안을 수도 없다.

과장이 회진 와서 물은 먹여도 좋고 밥도 끓여서 조금씩 주어도 좋다고 한다.

경옥의 경과는 계속 좋았다. 하룻밤 더 입원해 있고 싶었으나 기준과 아이들이 궁금해서 영희는 퇴원하기로 했다. 간호사 카운터에 가서 고마웠다고 인사를 하고 과장한테 가서 같은 인사를 했다.

그녀는 이틀분 지어주는 약을 들고 경옥과 순복과 함께 병원의 현관 앞에서 택시를 잡았다.

태양은 떨어져서 없으나 하늘은 아직도 밝고 차 안은 불 속처럼 뜨겁다.

그녀는 현관문을 뒤돌아보며 속으로 병원에 감사했다. 차에 오르려는데 무엇인가 잊은 것같이 마음이 석연치 않다. 그녀는 두루 살펴보았다. 수건이며 대야며 집에서 가져온 것은 다 가져 나오고 약도 핸드백에 들어 있다. 감사 인사도 빠짐없이 다 했다.

잊은 것은 아무것도 없었다. 그러나 역시 무언가 꺼림칙하다. 택시가 움직이기 시작해서 현관을 지나 병원의 캠퍼스를 돌아 정문을 나섰다. 그러자 그녀는 비로소 무엇을 잊었던가 생각이 났다. 신과의 약속이었다. 경옥을 살려주면 무조건 믿고 찬양하겠다던 그 약속이었다. 경옥이 경끼에서 회복하고부터는 한 번도 신을 찾지 않은 것이 생각났다. 차는 한길에 나서며 속력을 낸다.

"말하고 가. 어떻게 되었나!"

하는 그 무언가의 목소리가 영희의 등 뒤에서 들리는 것 같다.

신…… 감사한다. 그러나 나는 사람에게 더욱 감사하자. 아니, 신에게 더욱더 깊은 감사를 드려도 좋다. 신이 아니라도 좋다. 그녀는 무엇에게나 감사하고 싶다. 그러나 신을 믿는 것만은…… 기다려보자. 나는 아직도 인간에게 더 미련이 있나 보니까.

창밖에서 바람이 세게 불어와서 시원하다. 영희는 옆에 앉은 경옥을 무릎 위에 안고 빰에 살그머니 입을 맞추었다.

"고마워라. 이뻐라. 나아주었지!"

신호등 앞에서 멈췄다가 차는 다시 속력을 낸다. 상점가 양쪽에서 네온이 하나씩 반짝반짝 켜지기 시작했다. 그녀는 의학이 고맙고 사람이 고마웠다. 온 세상이 고맙고 정겨워서 눈시울이 뜨거워지는 것을 느꼈다.

1968년, 《월간중앙》

1970년대

여수(旅愁)

여수(旅愁)

"여행객이 많습니다. 등산 코스도 좋고, 스키장도 좋고, 바다도 좋고 해서 그런가 보지요? 스키 하러 오셨습니까?"

운전대에 앉은 청년이 앞을 본 채 말했다.

그의 밝은 감빛 윗도리가 회색 시트의 차 안을 밝게 해주고 있다.

"아니에요."

정희는 바다나 보려구요, 하려다가 그만두었다.

차 안에 난방이 되어 있어서 냉했던 뺨이 이내 풀린다. 그녀는 쿠션에 깊숙이 파묻혔다. 머플러에 뿌린 향수 냄새가 부드러워진 후각에 은은히 스며들었다. 그 향기가 가라앉아만 가는 기분을 달콤하게 감싼다. 그녀는 창밖으로 시선을 돌린 채 향수 냄새가 오관에 스며 퍼지는 아련한 쾌감에 잠시 젖어들었다. 이윽고 잊었던 것이 생각난 듯이 쿠션에서 허리를 일으키며,

"담배를 피워도 좋을까요?"

했다. 기분 탓인지 음성이 가라앉아 있다.

"좋지요."

청년은 군침이 도는 듯이 말하고 정희를 뒤돌아보았다. 검은 눈이 맑다. 서울 말씨에 학생 같은 인상인데 벌써 겨울방학이 되었던가? 스키객인지? 생각하며 정희는 담뱃갑에서 한 개비를 꺼내어 그에게 건넸다. 청년은 정희의 담배를 든 하얀 손을 잠시 보고 있다가,

"그걸 피우면 잠이 안 와서요."

하고 뒤통수를 긁는다.

'아 그래요' 하려다가 말끝을 맺지 않고 의자에 등을 기대며 그녀는 담뱃갑을 도로 핸드백에 넣었다.

갑자기 짜릿한 감각이 젖꼭지서 복부 쪽으로 내닫는다. 석진이 생각이 난 것이다.

오랫동안 잊고 있던 석진이 왜 생각났는지 의아하게 여기며 그녀는 담배를 피우면 잠이 안 온다는 말 때문일까?

석진도 그런 말을 했었다. 정희가 내준 담배를 거절하며,

"잠이 안 와서요……."

했었다. 그리고 왈칵 그녀의 손을 잡아당겨서 파티객들 사이를 누비며 한구석으로 끌고 갔었다.

"우리 같이 살 수 없을까요?"

그에게 뜨겁게 이끌리고 있는 정희의 속을 환히 알고 하는 말 같았다.

그들이 만나는 것은 공식 석상의 모임에서뿐이었다. 극히 형식

적인 "안녕하세요, 날씨가 계속 좋군요" "장마가 지루합니다" 정도
의 인사만 교환했었다.

그날도 누군가의 환영회였었다. 화단, 정계, 실업계의 명사들이
붐비고 있었다.

그의 말은 돌발적이었으나, 정희는 그를 만날 때마다 그의 전신
이 그녀에게 그렇게 묻고 있는 것처럼 느껴졌었던지 놀라지도 않
았고, 새삼 놀란 척할 만큼 그녀는 또한 젊지도 않았다. 그녀는 다만
빙그레 웃고 그 자리를 피했었다.

정희는 양편의 유리창을 조금씩 내렸다가 다시 올렸다. 차 안의
공기가 상큼하게 바뀌었다.

청년은 활기찬 음성으로,

"이런 길 운전하는 건 누워서 떡 먹기지요. 차도 새거라 할 만하
지요. 운전하실 줄 아세요?"

"아니요."

그는 무언가 말이 하고 싶은가 보았다. 차는 아스팔트가 파인
데를 부드럽게 돌며 비켜 갔다.

"저는 정말, '시트로엥'을 한번 갖고 싶어요. 디자인도 멋지던데
요. 거드름 떠는 캐딜락 같은 건 문제도 아니에요. 빨간빛이나 베
이지 빛이 제일 멋있던데요? 판매 선전 책에서 보았지요. 고속을
달릴 때에는 바퀴가 길에 납작 붙는대요. 그래서 아무리 스피드를
내도 전복은 절대 안 한다나요. 과대 선전일까요?"

그는 핸들 위에서 두 팔꿈치를 일직선으로 벌리고, 납작 엎드리
는 시늉을 했다가 어깨를 두어 번 으쓱거린다. 시트로엥을 가지고

싶어서 못 견디겠는지 체내에서 에너지가 그렇게 발산하는 것인
지 모르겠다. 차분한 정희의 기분에 그의 말소리는 기차 바퀴 소리
처럼 부산하게 차 안을 회전한다. 택시며 자가용이 서너 대 그들을
앞질러 갔다. 청년은 뒤질세라 액셀러레이터를 한껏 밟는다. 돌에
걸렸는지 차에 충격이 있었는데도 마구 달린다. 속력을 늦추라고
해도 그럴 것 같지 않아서 정희는 잠자코 창밖에 스쳐 가는 풍경만
보고 있었다. 앞 차들을 뒤로 물리치자 겨우 속력을 늦췄다. 그러자
뒤차들이 다시 앞으로 내닫는다.

"짜식들……."

청년은 휘파람을 획획 불었다. 그러나 이번에는 속력을 내지 않
았다. 추월한 차들이 멀어지고 나니까 길은 다시 한산해졌다.

창밖 오른편은 초겨울의 들이 펼쳐지고, 왼편에는 모래밭 너머
멀리 바다가 보였다. 낙엽 진 가로수가 흐린 하늘에 으스스 추운
듯이 섰다가 하나씩 스쳐 간다.

"아무튼 달린다는 건 재미있어요. 저는요, 멋으로가 아니라 게을
러서 장발이었거든요. 마침 중간시험 땐데 덜컥 걸렸잖아요. 다음
날도 시험이 있는데 될 말입니까? 그냥 뛰었지요. 죽기 아니면 살
기지요, 뭐. 우리나라는 별난 시대를 지내왔어요. 장발이라고 잡아
가니, 핫핫핫……."

청년은 즐거운 듯이 큰 소리로 웃으며 핸들을 조정했다.

"신나던데요. 그런 경험 있으세요?"

그녀는 잠자코 고개를 옆으로 저었다. 한참 달리다가 청년은 앞
을 본 채,

"그런데, 여쭈어보아도 좋을까요?"

하며 뒤통수를 긁다가,

"아주머니가 타시니까 차 안이 향기로워졌어요. 꼭 살결에서 스
며 나오는 것 같은데……."

하고 또 뒤통수에 손이 갔다.

"아니, 아니에요."

정희는 당황하며 쿠션에서 허리를 일으켰다.

"그러면 향수 냄새인가요? 무슨 향숩니까? 샤넬? 저는 샤넬이
라는 향수밖에 모릅니다. 그것도 맡아본 적은 없고 이름만 알 뿐
이지요. 텔레비에서 비누 선전할 때 그러지요. 오호, 샤넬, 샤아넬
의 그 향기……."

장발 단속에 걸려서 뺑소니친 일이 있다는 그는 광고에 나오는
여자의 목소리를 그럴듯하게 흉내 내었다. 정희도 입가에 웃음이
흘렀다.

"이것은 '샤넬'이 아니구 '죠이'예요."

"죠이라구요? 그런 것도 있구나! 그런데 그게 꼭 아주머니의 살
결에서 새어 나오는 것 같거든요? 무어라고 할까요? 그 냄새를 구
상화에 담는다면, 아마 아주머니처럼 생겼을 겁니다."

그는 말을 맺고 갑자기 뒤돌아보며,

"김정희 여사지요?"

한다. 아까부터 하고 싶은 것을 참다가 못 견뎌서 묻는 모양이었
다. 정희는 속으로 놀라며,

"아닌데요."

하고 시치미를 뗐다. 온갖 현실에서 멀어져보려고 훌쩍 나선 여행길인데 결코 누구라고 알려지는 것은 싫었다.

"첫인상이 그분 같았어요. 화가시지요?"

정희는 잠자코 고개를 저었다.

"작년이던가요? 여사의 개인전에 갔었지요. 반추상화였던 것 같은데, 그렇지요? 저야 그림은 봐도 몰라요. 별 취미가 없는데, 친구 녀석이 최고의 지성인은 예술을 이해해야 한다고 끌고 다녀서요. 공자는 음악을, 앙드레 말로는 미술을, 슈바이처가 오르간을 치면 하늘이 열린대나요? 처칠은 노벨문학상을 탔을 정도며, 또 그림도 잘 그렸답니다. 피아니스트인 파데레프스키는 폴란드의 대통령이었고, 장자크 루소도 200곡이나 작곡을 했대요. 아인슈타인이 바이올린을 잘 켰고 어쩌구 하면서 말이지요. 덕분에 음악회며 전람회는 부지런히 쫓아다녔지요. 저는 선생님 그림은 아래위 층 것을 5분 동안에 다 봐버렸지요. 이것 참 실렌데요. 그런데 그걸 그린 선생님은 한 10분쯤 바라보았지요. 그리고 저 사람 남편 참 행복한 녀석이구나 했지요. 나도 그런 녀석이 되려고 맹렬히 여성을 찾아봤지요. 몇 달 걸려서 겨우 찾아내었는데, 같은 학교에 다니는 여학생이에요. 등잔 밑이 어둡다고, 참, 공연히 여자대학 교문 앞에서 시간깨나 낭비했었지요."

그는 다시 속력을 낸다. 허비한 시간에 화가 났는지 그녀를 닮은 여성을 찾았다는 말을 대놓고 하고 보니 열없었는지 정희는 그의 기분을 돌려주려고,

"그러니까 미술 하는 학생?"

했다.

"아니에요. 김 여사가 화가라서 좋았던 건 아니니까요. 여자는 저렇게 생겼어야 된다고 생각했지요. 그녀는 화학이 전공이에요."

그는 어깨를 한 번 으쓱 올렸다.

"그녀가 온다고 해서 비행장에 갔더니 안 왔잖아요! 오히려 잘 됐어요. 오면 좌우간 신경을 써주어야 할 테니까. 방은 제 방에서 마주 보이는 데에 예약을 해놓았는데…… 참, 그 방을 양보해드릴 까요? 예약하셨던가요?"

"아니요."

"그 방에 드세요. 남쪽은 바다가 절벽 밑으로 보이고, 동쪽은 바다가 멀리 보이진 멋진 방이지요. 아침 해가 뜰 때면…… 참 이거…… 해 뜨는 건 못 봤지만……."

그는 뒤통수에 또 손이 간다. 괴로움을 모르는 사람은 해가 뜨고 지는 모습은 보아도 보이지 않는 것이니까……. 정희는 그의 깨끗한 뒷모습을 보며,

"고맙습니다. 그런데 그 걸프렌드가 오면 어떻게 하나요?"

"뭐, 제 방을 주지요."

"학생은 어떻게 하구?"

"직원용 방에서 자지요. 주방에서 자도 되고요. 안 자도 상관없어요, 뭐. 젊은 놈이 하룻밤쯤 안 잔다고 큰일 나겠습니까?"

학생의 대답은 거침없이 나온다. 정희는 잠자코 있을 수밖에 없었다. 전번에 왔을 때에는 산호 호텔은 방이 많이 비어 있어서 예약을 안 했는데 만실이라니.

"손님이 많아서요. 저희 일행은 넷인데, 오늘 밤은 한방을 써야 할 것 같아요. 그러고 보니 제가 마치 호텔 주인 같지요?"

핫핫 하고 그는 유쾌한 듯이 또 웃었다.

"그 호텔이 제 친구의 아버지 껍니다. 저는요, 1학기 말 고사를 잘 쳤거든요, 스트레이트 A예요. 약속대로 엄마가 휴가를 주신 거지요. 더구나 일주일이나 말이지요. 그런데 눈이 안 오니까, 스키도 못 타고 일기예보도 앞으로 며칠 내에 눈이 올 거라는 소리는 없어요. 지금 흐렸길래 내일은 눈이다! 했더니 밤부터는 싹 개어서 보름달을 볼 거랍니다. 네 녀석이 그냥 찌지요, 쪄요."

말은 찐다고 답답한 듯이 하나 핸들을 조종하는 그의 어깨는 즐거운 것 같다.

속력도 쾌적하다. 밝고 붙임성 있는 성격으로 보아 아마도 좋은 가정에서 따뜻하게 자란 것 같았다.

"친구의 아버지가 한 성질 있는 사람입니다. 업체가 몇 개 있는데 자수성가한 분이지요. 제 친구는 상과가 전공인데요, 지성은 예술을 이해해야 한다는 그 친구예요. 조금만 무엇을 생각하고 있으면 젊은 놈이 빈둥거린다고 아버지가 야단을 친대요. 짜식이 청소부 노릇도 하고, 프런트도 보고, 바쁘지요. 친구가 하니까 우리도 할 수밖에 없어요. 몇 호실 청소다 하면 네 녀석이 와 몰려가지요. 뭐, 전기 청소기로 양탄자 부분만 드르르하는 겁니다. 복도도 다 하지요. 그랬더니 원래 숙식 일체를 공짜로 초대를 받았는데요, 그 아버지가 신통하다고 서울 가는 비행기표도 사준대요. 기차 타고 갈 테니까 비행기표로 받지 말고 돈으로 받아두라고 세

녀석이 그 친구한테 단단히 일러놓았지요. 친구 녀석은 청소부는 약과라나요? 벽돌도 나르고 땅도 파고, 중노동을 시킬 때도 있대요. 아버지는 정신노동을 전혀 모르고 노동이라면 육체노동뿐인 줄 안다고 하며 불만이 많지요. 친구 녀석은 가출하고 싶어도 나가보아야 결국 일해야 먹고사니까 매한가지라, 부자간의 인연을 연결해둔답니다."

정희는 그가 그녀를 태워주게 된 경위를 이제야 환하게 알게 되었다. 그녀는 비행장에서 탄 택시가 5분도 못 가 고장이 나서 운전수가 차 밑으로 들어가서 수리하는 동안 길옆에 서 있었는데, 마침 자가용 하나가 급정거를 하더니 운전대에서 소리를 쳤었다.

"'산호' 호텔로 가신다면 모셔다드리지요?"

학생은 일주일 예정으로 서울에서 친구의 아버지가 경영하는 휴양지에 왔는데, 오늘 애인이 온다고 해서 비행장에 마중 나갔다가 오지 않아서 빈 차로 호텔로 되돌아가는 길이었다고 했다.

온다던 애인이 오지 않았는데도 기분 나빠하지도 않고, 혹시 사고가 아닌가 하고 걱정도 하지 않는다. 그의 말대로 신경을 써주어야 할 텐데 오지 않아 오히려 홀가분할 뿐인지, 애초에 오리라고 기대하지 않았었는지, 아니면 사랑하는 사람이 아닌지 구김 없이 솔직하기만 한 그에게 정희는 호감이 갔다.

산호 호텔로 가는 언덕 한 모퉁이가 멀리 보이기 시작했다. 절벽 밑으로 바로 바다가 보이는 방. 바람벽에 부딪치며 산산이 깨어져 나가는 파도의 환상이 왠지 스산하게 정희의 가슴을 흩트려놓는다.

"김 선생님은 통 말을 안 하십니다. 저만 떠드는데요."

"학생 얘기가 재미있어서……"

"선생님 부군은 무얼 하시는 분입니까?"

"……."

"애들은 몇이나 있으세요?"

"……."

학생은 뒤통수를 긁으며,

"실례일까요?"

한다.

"아니요. 애들은 없고, 남편은…… 말하고 싶지 않은데요. 그런데 저는 그 화가가 아닙니다."

"상관없어요. 아니면 또 어때요."

학생은 뒤돌아보며 웃었다.

"김 선생님! 담배를 피우셔도 되는데 안 피우시네요."

그는 정희가 선생임을 포기하지 않는다.

정희는,

"안 피워도 괜찮습니다."

라고 했다.

겨울 해라 5시인데도 벌써 어둡다. 멀리 수평선 가까이에 불빛 하나가 희미하게 명멸하고 있다. 고기잡이배인지. 어두움이 서서히 짙어가는 아스팔트 길에 헤드라이트를 켠 자동차들이 몇 대 오갔다. 도시와는 달리 여유 있고 다정한 풍경이다.

떠들고 싶을 만큼 떠들었는지 학생은 한동안 말없이 핸들을 조정하고 있다. 10여 분쯤 더 가면 호텔에 닿을 것이다. 웬일인지 석진과의 일이 정희의 기억 속에 선명하게 떠오른다. 어언 1년도 더 지나버린 데에 그녀는 새삼 세월의 빠름을 통감했다.

그때, 머리맡의 유리창을 소나기가 깨뜨릴 듯이 거세게 후려치며 흘러내리고 있었다. 그들은 여장을 풀 겨를도 없이 방에 들어서자 바로 샤워로 더위를 씻었다. 그리고…… 그의 농밀한 피부의 감각이 지금도 그녀의 감각에 감미롭게 저려온다. 그녀도 한껏 그를 사랑했었다. 살아서 사랑하는 사람을 사랑할 수 있다는 것에 그녀는 살아 있는 육체의 환희를 느꼈었다.

그리고 그녀는 담배에 불을 붙였었다. 새벽 태양이 어두운 방 안을 신비로운 보랏빛으로 물들이는 속을 푸른 담배 연기는 환상처럼 천천히 사라져갔다.

갑자기 고독감이 그녀의 전신에 춥도록 젖어드는 것을 어쩔 수 없었다.

"이 짧은 시간에 담배를 피워요?"
하며 석진은 그녀의 손가락에서 담배를 빼앗아 뭉개 껐다. 그러고 다시……

세월은 흘러갔다. 그때도 계획 없이 훌쩍 떠난 여행이었다. 비행장에 내리자 석진이 그녀의 어깨를 뒤에서 가볍게 쳤었다. 놀라며 그녀는,

"어디 가세요?"
했다. 그는 대답 없이 웃으며 그녀의 작은 가방을 뺏어 들고 성큼성큼 걸어서 택시를 잡고 그녀를 태웠다. 호텔에 도착하자,

"어디 가느냐고요? 여기에 왔지요"

하며 그는 서슴지 않고 방을 정했다. 석진에의 열정과 망각이, 반복했던 흘러간 긴 시간이 마치 종착역에 다다른 것 같았다. 정희도 애초에 그를 만나기 위해서 온 것처럼 그를 따랐었다.

석진은 건축 일로 남양 일대를 돌려고 떠나려는데 공항에서 인파 속의 그녀를 보고 무턱대고 미행했다면서, 다시 서울로 가서 국제선을 타야 한다고 하며 식탁 위에 비행기표며 여권을 내보였다.

"가지 말라면 안 가겠어요."

그는 아침 식사를 마치며 말했다. 가지 말라고 할 만큼 정희는 이미 젊지 않았다. 인생은 남녀 간의 정사만이 전부가 아니다. 그가 그녀 곁에 더 머물러서 또 무엇 할 것인가? 그녀는 말없이 커피를 마시고 창문을 열었었다. 염분 섞인 아침 공기가 콧속에서 폐로 그리고 전신의 세포에 삼빡삼빡 스며 퍼졌었다. 대기는 맛있을 만큼 상쾌했었다.

'신선한 공기처럼 좋은 것은 없어요' 하려다가 그녀는 잠자코 대기만 한껏 들이마셨었다.

그 후 서너 달 동안 그는 그림엽서를 보냈었다. 남양 지방의 열대 풍속이 천연색 사진에 가지가지로 찍혀 있었다. 매번 '안녕하십니까?'만이 그 편지 내용인 것이 인상적이었다. 정희의 남편을 의식해서 다른 사연을 피한 것이 아니라 언제나 앞뒤 없이 요점만 말하는 그의 성격 때문이라고 해석하고는 정희는 웃었다.

정희는 더러 여행도 하고 그림에 몰두도 하는 동안 그를 까맣게 잊고 있었던 것이다.

창밖은 완전히 어두워졌다. 몇 대의 차가 전속력을 내며 그들의 차를 앞질러 갔다. 왼편 길가에 가로등이 켜졌다. 호텔도 머지않았다.

정희는 담뱃갑을 만지작거렸다. 그러나 담배에 불을 붙이지는 않았다. 까맣게 잊고 있던 석진이 기억에 되살아난 것이 새삼 기이했다. 그러고 보니 금년 초여름에도 잠깐 만났던 일이 생각났다. M호텔에서 남편과 점심을 먹고 나오는 로비에서였다. 석진이 여러 사람들과 서서 얘기를 하고 있다가 그녀를 보자 달려와서 악수를 청했다.

"그림엽서 잘 받았어요."

하고 정희가 먼저 말했다. 석진은 현관 쪽을 걸어 나가는 그녀의 남편에게는 눈도 돌리지 않고,

"우리 서로 이혼하고 같이 삽시다. 역시 그것이 좋을 것 같아요. 2, 3일 내로 유럽에 가는데, 결말이 나는 대로 연락을 드릴게요."

하고 그녀의 손을 으스러지도록 잡았다가 놓았다. 그의 일행 중에 외국인도 몇몇 있는 것으로 보아 일이 더 바빠진 것 같기도 했다. 그러나 결말이 나는 대로 연락한다는 뜻을 그녀는 이해하지 못했다. 결말이란 이혼을 말하는 것인지 사업의 그것을 말하는 것인지, 말과 행동이 거의 동시에 일어나는 석진을 알고 있던 탓인지 정희는 순간 거센 바람이 몰려가는 것 같은 것을 느끼면서 그의 건장한 뒷모습만 보고 있었다. 남편은 그가 누군지 묻지도 않았다. 남 보기에 의심스러운 사이처럼 보이지도 않았겠으나, 그랬

더라도 물어보지 않았을 것이었다. 마치 정희가 남편의 정부에 대해 묻지 않는 것처럼.

언젠가,

"사랑하지도 않는 사람하고 왜 살아요?"

하며 젊은 여자가 당돌하게 전화를 걸어오기도 했으나 정희는 전화에 대꾸도 하지 않았고, 남편에게 전화가 왔었다는 말조차 하지 않았다. 철없을 때에는 연애에 열중하고 있으면 온 세계에서 사랑을 하는 것은 저희 둘뿐인 줄 알기 쉽다. 더구나 저희의 사랑만이 기막힌 사건이며, 가장 열렬하며 가장 순수하며 가장 진실된 걸로 착각한다. 타인은 연애할 자격도 미(美)도 매력도 없는 줄 알기가 일쑤다. 그러나 사람이 있는 곳이면 어디나 그 연애극이 있는 것을 어찌하랴. 사람에게뿐일까, 동물에게도 있는 데에야⋯⋯.

정희도 남편을 사랑해서 결혼했다. 그러나 그 사랑이 그렇게도 쉽게 변질되리라고는 상상조차 못 한 일이었다. 건반을 치면 소리가 나고 치지 않으면 나지 않는 것처럼 그녀의 사랑은 남편의 심리를 민감하게 반영했다. 그가 사랑했을 때 그녀도 사랑했고 그가 멀어졌을 때 그녀도 멀어졌다.

결혼 초기에는 네 평짜리 셋방에서 애써 그린 그림을 연탄 몇 장 값으로 바꾸기도 했다. 사느라고 무리해선지 한 번 유산하고는 그 후 한 번도 임신을 못 했다. 남편의 사업이 성공하고 그녀의 그림도 나날이 값이 올라서 생활이 윤택해지자, 평소 왕래도 없던 친척이라는 사람들이 끝없이 돈을 요구해왔고 더러는 그들의 여유 있는 생활을 적대시하면서 시가 친척들은 대화에 참여하지 않는 정희를 거만하다고 말썽도 부렸다. 그녀는 흥분해서 자신의 정당성을 주장도 하고 그들이 알아듣도록 변명도 했었다. 차차 그녀는 침묵하게 되었다. 역겹던 사람들에게서 초월해버렸는지 진실로 거만해졌는지 이제는 미운 사람조차 없다.

지금은 아름다운 저택에서 정원사와 요리사와 가정부를 두고 있는 그녀는 그림과 독서와 여행과 꽃의 향내를 즐기며 살고 있다. 꽃향기는 방의 문을 닫아두어야 비로소 가득 퍼지니까 번거로웠다. 그녀는 향로에 피우는 향이 손쉬워서 좋아했다. 침향(沈香), 사향(麝香), 정향(丁香), 인도나 중국 향 혹은 동유럽에서 난다는 잣나무 향 등 피워보아서 좋았던 것을 되풀이해 피웠다. 때로 커피를 끓여서 집 전체에 그 냄새를 가득 차게도 했다.

향수나, 피우는 향에는 상쾌한 냄새, 감미로우며 신선한 냄새, 칼칼한 것, 도색적인 것, 구수한 것 등 여러 가지다. 그녀는 기분에 따라 그때그때 다른 것을 썼다. 향수는 비싸지만 서너 방울을 머플러나 옷깃이나 귓밥에 뿌리면 하루는 지속한다. 좋아하는 향수를 물에 뿌려서 목욕을 하며, 온갖 신경의 혹은 근육의 피로를 푸는 것도 빼놓지 않는 일과가 되어 있다. 향수와 함께 살 수 있는 생활은 돈이 없이는 어려울 것이었다. 향수 없는 가난한 생활이 다시 온다면 향수 없이도 그녀는 역시 너끈히 살아갈 것이다. 이미 겪어본 부(富)도 가난도 그녀는 부럽지도 두렵지도 않기 때문이다.

그녀의 몸은 젊다고 등을 밀어줄 때마다 탄성을 내는 가정부가 며칠 전에 그녀의 머리에 흰 머리털이 하나 있다며, 지금 겨

우 하나냐며 자기는 반백에 얼굴에는 주름투성이라고 수선을
피웠었다.

"그게 그거요. 누가 좀 먼저 늙느냐는 것뿐이지. 조만간 다 같이
돼요."

동갑인 가정부에게 그녀는 그렇게 말했다.

젊음이며 사랑이 오고 가더라도, 돈이며 명성이 오고 또 가더라
도 그녀를 겉도는 그 허상들을 그녀는 다정하게 바라볼 수 있을 것
같았다. 어느 사이엔가 올 것은 오고 갈 것은 가라는 생각이 유수
(流水)처럼 가슴에 자리 잡기 시작한 것이다. 인생이라는 짐이 너
무 무거웠던 탓이었을까?

차가 경사진 밤길을 돌며 올라갔다. 오른쪽 절벽 밑으로 바다가
보인다. 이내 산호 호텔 현관 앞에 도착했다. 차 문을 열기도 전에
서너 명이 기다리고 있었는지 뛰어나왔다.

"왔어?"

학생의 친구 같은 티셔츠의 역시 학생 같은 청년이 물었다. 온
다던 그의 애인을 물어보는 것이다. 청년은 어깨를 으쓱하며 "아
니" 했다. 세 사람의 학생들이 흘깃흘깃 정희를 관찰했다. 정희
는 5000원을 꺼내서 학생의 손에 살며시 건넸다. 택시비라면
1500원 안팎이었을 것이다. 길에서 난처했던 것을 생각하니 그만
한 인사는 하고 싶었다.

"선생님두!"

학생은 펄쩍 뛰었다.

"그러면 저녁 식사 대접하겠어요."

"네, 감사합니다."

"7시 반에 메인 그릴이 어떨까요?"

"좋습니다."

정희는 방에 들어가자 남쪽 창가로 갔다.

학생이 설명한 대로 절벽 바로 밑에 바다가 있는 것이 아니라, 호텔의 건물이 높아서 호텔을 싸고도는 찻길이 조금만 보이기 때문에 바다가 바로 아래인 것처럼 보였다. 달빛을 받은 파도가 소리 없이 절벽에 부딪치고는 깨어지며 물러가곤 한다. 동쪽 창 멀리 보이는 바다에서는 고기잡이배인지 너덧 개의 불빛이 달빛 아래 가물가물한다. 한없이 고요하다.

저녁 약속 시간까지 한 시간 남아 있다. 정희는 욕조에 들어가서 천천히 피로를 씻을 마음의 여유가 나지 않는다. 그녀는 얼굴과 손만 씻고는 소파에 길게 앉았다. 조금 피로하다. 달콤하고 상쾌한 향수 냄새가 옷깃에서 은은히 전해온다. 동쪽 유리창에 보름달이 덩그렇게 떴다. 아무것도 생각하고 싶지 않은데, 그 작품은 팔지 말아야 했을 것을…… 하고 머릿속에 생각이 스며든다. 팔린 그림들이 어디에 어느 모양으로 걸려 있는지, 어느 더러운 창고 구석에 포장된 채 팽개쳐져 있는지, 배경 좋은 데에 걸어놓고 누군가 감상을 하고 있는지, 한번 팔리고 나면 잃어버린 것과 한가지다. 어느 작품이건 다 애착이 간다. 생각하면 아쉽다. 고가로 잘 팔리는 데에만 급급해서 제 육신을 잘라버리는 것 같은 고독을 미처 느끼지 못한 것이 스스로 부끄러워진다. 그러나…… 그녀는 담배에 불을 붙였다. 떠난 것은 떠난 것이다.

팔리지 않으면 생활이 안 되니까 팔려야만 되고, 팔고 나면 아쉬운 것이 화가의 운명이 아닌가. 다만 다른 화가보다 잘 팔리는 것을 한때라도 자랑으로 여겼던 그 어리석은 교만이 부끄럽다. 가슴이 아프도록 부끄럽다.

'사랑하지도 않으면서 왜 살아요. 사장님은 나를 사랑한단 말이에요' 하던 오만에 찬 당돌한 여자의 전화 소리가 문득 귀에 되살아난다. 저희의 연애가 무엇이 대단해서 남에게 알리고 싶은지. 그런 철부지 여자를 상대로 하는 남편이 불쾌해진다. 연애를 하려면 그런 여자는 피했어야 할 것이 아닌가. 정말 연애라면 자랑일 수 없다. 그것도 남편의 불행이라면 불행이다.

남편에게 정부가 없다 하더라도 그들은 이미 옛과 같은 애인 사이는 아니었다. 사랑하지는 않으나 미워하지도 않았다. 그들은 사이좋은 친구 같았다. 서로가 가끔 따로따로 집을 비웠다. 남편은 출장, 정희는 여행으로. 어느 쪽도 어디 가는가를 캐묻지 않았다. '조심하세요. 언제 오세요?' '조심해. 언제 오지?'가 작별 인사였다. 그들 사이에 불쾌한 언동은 한 번도 없었다. 정희는 그 상태로 좋다고 생각한다. 피차 가고 싶으면 가고, 오고 싶으면 올 뿐이다.

그녀는 소파에서 일어서서 흰 블라우스에 까만 슈트를 입었다. 너무 무거운 감이 들까 보아, 화려한 꽃무늬의 오렌지빛 머플러를 목에 둘렀다. 거기에 향수를 조금 뿌렸다. 그녀는 숨을 크게 쉬어 향내를 마셨다. 신선하고 세련된 냄새가 한없이 좋다.

메인 그릴에 들어가자 그녀는 주춤 섰다. 손님이 꽉 차 있어서다. 장내를 둘러보는데 창가에서 운전하던 학생이 일어서며 손을 흔들었다. 그들 일행 넷이 한 테이블에 앉아 있었다. 비워둔 자리에 앉으니까 둥그런 달이 정면으로 보인다. 손님들 중에는 등산복 차림이 많았다. 미스터 윤, 미스터 서, 미스터 박 하고 학생이 친구들을 소개했다. 그리고 저는 미스터 김입니다, 한다. 미스터 서가 그 중노동도 한다는 호텔 주인의 아들인 성싶었다. 웨이터들이 특히 정중히 대하며, 깨끗한 피부에 단정한 용모와는 달리 손등이 거칠어서다. 아니나 다를까 미스터 김이 미스터 서를 가리키면서,

"선생님, 이 사람이에요, 전람회며 음악회에 데리고 다니는……."

하고 웃는다. 미스터 박이

"성구는 막내라 아직도 애예요."

하며 미스터 김을 놀린다.

모두 내후년 봄이면 졸업이고, 졸업하면 입대한다느니, 대학원의 시험을 쳐놓고 입대할까 취직할까 유학 갈까 하며 즐겁게 얘기를 하는데 미스터 서만은 말없이 듣고만 있다. 그는 유달리 신중한 표정이다.

스물두 살 때…… 참 좋은 때다 하고 정희는 생각했다.

20여 년 전 그녀의 그 시절이 문득 생각났다. 미움도, 모욕도, 시기도, 배신도, 허세도, 불쾌도 몰랐던 그때의 청결한 감정이 차라리 눈부시다. 지금도 그녀의 감정은 청결하다. 그러나 침전물이 너무도 많다. 그 무거운 침전물들이 그녀의 인간을 다듬는지는 모르나.

식사가 끝나자 미스터 김이 나이트클럽에 가서 가볍게 한잔하자고 제의했다. 그녀를 위해서라고 하는데다가 식사대가 전혀 무

료라 하니 술값이라도 내볼까 하고 따라 올라갔다. 나이트클럽 역시 만원이었다. 창가 자리에 앉아야 바다도 달도 볼 수 있다며 미스터 김이 애를 썼으나 창가에는 빈자리가 없었다. 카운터에 겨우 의자 다섯을 만들어서 앉았다. 음악이 나오는데도 그들 일행은 아무도 춤을 추지 않았다. 가족 동반인 듯한 몇몇 일행이 고고를 추고 있다. 대개는 모두 담소하고 술만 마시고 있다.

음악이 바뀌는데 정희는 등 뒤에 사람의 기척을 느꼈다. 석진이었다. 뜻밖의 우연이나 그녀는 왠지 놀라지지 않았다.

블루스를 추면서 석진은,

"이런 우연이 있을 수 있어요? 정희!"

그의 힘센 포옹 속에서 그녀는 전라로 안긴 것 같다. 그동안 여러 가지 일이 많았는데, 2주일 내로 이혼 수속이 끝날 것이라 했다.

"이혼하고 당당히 만나려고 했지."

그의 전신에 반가움이 활짝 피었다가 이내 정욕이 감도는 것 같다. 그는 동료들과 함께 왔다면서 내일 새벽에 떠나야 한다고 한다. 일행 모두가 일본으로 떠나기 때문이라 했다.

"내 방은 229예요. 정희는? 혼자? 11시까지 와주어요. 229예요. 응, 응?"

정희는 학생들과 승강기에서 헤어졌다.

방에 들어서니까 전화가 울리고 있었다. 석진의 전화 같아서 그녀는 받지 않았다. 그녀는 방의 전등을 모두 껐다. 욕실의 전등도 껐다. 욕실 창으로 달빛이 조용히 흘러 들어왔다. 그녀는 욕조에 물을 받고 향수를 뿌렸다. 향내 섞인 수증기가 욕실에 서서히 퍼져갔다. 그녀는 욕조에 들어가서 비스듬히 누웠다. 따뜻한 물과 증기와 향기 속에 전신의 살이 향긋하게 녹는다. 달빛에 비친 수증기가 환상처럼 향기를 품은 채 뭉게뭉게 피어 퍼진다. 모세혈관 구석구석까지 신선한 향기가 감도는 것 같다. 잠시 그녀는 아무 생각도 없이 아련한 행복감에 빠졌다.

방문을 두드리는 소리가 났다. 그녀는 숨을 죽이며 물소리도 내지 않았다. 조금 후에 전화가 다시 울렸다…… 잠잠하다. 그리고 어디에서도 아무 소리도 없다.

이혼을 하고 당당히 그녀 앞에 나타나겠다는 석진이 한결 그립다. 그러나 그의 이혼은 싫다. 이혼은 복잡하다. 그녀는 고개를 저었다.

인생에 있어서 연애란 결코 비중이 큰 것이 못 된다.

정희는 욕실에서 나와서 방으로 갔다.

12시가 넘었다. 그녀는 소파에 앉아서 담배에 불을 붙였다. 석진에게 가지 않길 잘했다고 그녀는 생각한다.

거기에 무엇이 있을 것인가? 작년 여름의 그 작열하던 장면의 되풀이뿐이다. 애욕이라는 것, 그것도 순간뿐이다. 외롭기는 매한가지다.

남쪽 창에 달빛이 시리도록 밝다.

얼마를 잤는지 그녀는 술렁거리는 소리에 잠이 깨었다. 귀를 기울이니까 호텔의 현관 쪽에서 여러 사람의 목소리가 자동차 엔진 소리에 섞여 들려왔다. 4시 반. 정희가 창가에 가보니까 자가용 두

대에 남자들이 가득 분승하고 막 떠나려 하고 있었다. 현관 안팎에서 작별 인사 소리가 시끄럽다. 일찍 떠나야 한다던 석진의 일행인 것 같았다.

전화의 벨이 울렸다.

"선생님, 안녕히 주무셨습니까? 방에 불이 켜졌길래, 이제 일어나셨나 하고…… 저, 서기영입니다. 엊저녁 소개받은."

"네, 안녕히 주무셨어요?"

밤새며 프런트를 보고 있었는지?

"손님이 편지를 바로 전해달라고 하셨는데, 지금 드릴까요? 저희는 일찍 등산 가기 때문에."

"네, 그러세요. 감사합니다."

그녀는 전화를 끊고 잠옷 위에 가운을 단정하게 걸쳤다.

미스터 서가 카트에 커피를 가지고 왔다. 커피포트며 찻잔이 아름답다.

미스터 서는 잠을 못 잤는지 안색이 나쁘다.

"이런 서비스까지? 감사합니다."

미스터 서가 호주머니에서 흰 봉투를 꺼냈다. 봉투는 단단히 봉해져 있다.

"떠나시면서 급하다고 하셨습니다."

급할 게 무얼까 생각하며 정희는 바로 봉투를 뜯었다. 석진이 급히 적고 있었다. '무정한 사람아, 서울서 만나요.'

미스터 서가 카트를 방 안까지 밀고 들어왔다.

"커피 드시겠어요?"

하고 정희가 포트를 들었다.

"아니요."

미스터 서는 조용한 눈빛으로 그녀를 바라보았다. 잠시 멈칫거리다가,

"선생님은 참 멋있어요."

"고마워요."

하며 그녀는 방문을 살며시 닫았다.

그녀는 창가에 섰다. 바다의 표면이 달빛을 받아 금가루를 뿌린 것처럼 반짝이고 있다. 그 밑은 수심을 알 수 없는 검고 무서운 바다다. 파도가 소리 없이 절벽에 부딪치고는 물러가고, 또 부딪치고는 물러간다.

정희는 한참 동안 그 두렵고도 아름다운 파도에 넋을 잃었다. 그 속에 훌쩍 빠지고 싶은 충동이 파도처럼 그녀의 가슴을 휩쓸고는 가고, 휩쓸고는 또 물러간다. 이윽고 그녀는 생각난 듯이 석진의 편지를 조금씩 조금씩 찢었다.

1977년, 《문학사상》

1980년대

초콜릿 친구

말 없는 남자

초콜릿 친구

김찬(金粲)은 마른 편이고 1미터 80이 넘는 키였다. 그래서 영희의 방 밖에 서서 창턱에 두 팔꿈치를 올려놓고 편안한 자세로 곧잘 얘기를 하곤 했다.

영희의 방은 대문에서 2미터쯤 떨어진 데 있었고, 마당의 잔디에서 1미터 반 남짓의 높이는 붉은 벽돌 벽이고 그 위에 넓은 유리창이 있었다. 대문에서 가깝기 때문에 찬이 나지막하게,

"영희야."

하고 불러도 넉넉히 들렸다. 영희는,

"왔니?"

하고 현관을 나가서 대문을 열어주곤 했다.

1950년 3월 말께의 어느 날 저녁. 대문이 닫히자 찬은 곧바로 그녀의 방 밖에서 창턱에 두 팔을 올려놓고 서고, 영희는 현관문을 닫고 방으로 들어가서 창가의 책상 의자에 앉았다.

"자."

하며 찬이 네모진 예쁜 상자를 내놓았다. 열어보지 않아도 초콜릿임을 영희는 알고 있었다. 찬은 언제나 올 때마다 초콜릿을 조금씩 갖다주는데, 맛도 여러 가지고 모양새도 각양각색이었다.

영희가 화려한 상자의 뚜껑을 여니까 조그마한 술병 모양의 초콜릿 열두 개가 갖가지 색 포장으로 반짝이며 가지런히 들어 있다. 영희는,

"아이구, 이뻐. 이뻐서 못 먹겠네."

하고 소리쳤다. 찬의 유난히 큰 눈이 잔잔하게 웃고 있었다. 영희는 못 먹겠다고 말하면서도 이미 빨간 금박이 포장된 것을 하나 뜯고 있었다. 하나를 입에 몽땅 넣고 씹었다. 속에서 술이 나왔다.

"쓰다!"

그녀는 낯을 찡그렸다.

"쓸 거야. 술이니까. 그게 벨기에제래. 아주 고급 초콜릿이래."

"벨기에라구? 아니, 그런 것은 어디에서 사지? 난 전번의 독일제 그 두툼한 밀크 초콜릿이 더 좋더라."

하며 영희는 책상 서랍에서 하나를 꺼내 보였다.

"아직 남았어?"

하고 찬이 놀랐다.

"그건 다 먹었지. 이건 어머니가 사다 주신 거야."

"참, 나, 원. 고급이라 좋아할 줄 알았는데 술이 맛없어 그런가봐."

"그래, 술이 써."

하면서도 영희는 또 하나의 포장을 뜯어서 입에 넣으며,

"찬은 안 먹어?"

하고 비로소 물었다. 찬은 고개를 저었다.

"초콜릿이 싫니?"

찬은 고개를 끄덕였다. 영희는,

"네가 싫으니까 네 몫을 주는 거지?"

하며 까르르 웃었다.

해방 후 혼란기가 가시지 않은 그 무렵에 국산 초콜릿이라는 것은 없었다. 비스킷 정도도 먹을 만한 것은 거의 외제이던 때다. 국가 산업의 발전 같은 것은 들은 적도 없고 관심도 전혀 없던 영희는 학교와 집이라는 아늑한 울타리 속에서 나날이 늘 평온했었다.

찬은 창턱에 두 팔을 얹은 채 영희의 방을 두리번거렸다. 그러고,

"내 방보다 확실히 예쁜데."

하고 혼잣말처럼 했다.

"새삼스럽게 왜 그러니, 몇 번 와 봤으면서?"

"아니, 잘 보지 못 했어."

하고 찬은 낯을 조금 붉힌다. 그러고 보니, 찬을 사귀기 시작한 지 반년쯤밖에 되지 않았고, 찬이 영희의 집을 찾아온 것은 석 달 남짓 될까?

찬은 처음 왔을 때에는 초콜릿만 주고 달아나다시피 했다. 올 때마다 조금씩 머무는 시간이 길어졌는데, 길어졌다 해도 20분은 넘지 않았다.

찬은 축음기를 보며,

"누구 걸 좋아하지?"

한다.

"베토벤의 피아노 소나타 〈월광〉하구, 바이올린 콘체르토, 그리고 리스트의 〈광시곡 6번〉."

"리스트의 6번? 들은 적이 없어, 〈헝가리 광시곡 2번〉 외에는 말야."

"지금 들려줄까? 기찬데."

"아니, 다음에."

하고 찬은 사양했다.

"저 책들은 다 영희 거야?"

"응, 아버지가 사주셨다."

"인형은?"

"쟤는 내 친구야, 15년 됐어."

"친구 해도 되겠네. 저렇게 큰 프랑스 인형은 난 처음 봤어."

그리고 3년 후 찬은 그 인형을 부산 피난 중인 영희에게 갖다주려고, 환도 전 텅 빈 서울에 갔을 때 먼 길을 걸어서 영희의 집까지 갔었다. 영희의 집 대문은 활짝 열려 있었다. 언제나 가면 기대어 섰던 그 창턱 너머로 그녀의 방을 보니 축음기도 예쁘장스럽던 책장도 없고, 영희의 15년째 친구이던 인형도 없고, 인형이 들어 있던 큰 유리 상자만 방바닥에 쓰러져 있었다. 험한 약탈의 흔적에 찬은 가슴이 아파 한참 동안 눈을 감았었다.

그 얘기를 듣던 영희는 발을 동동 굴렀다.

"걔를 누가 훔쳐 갔을까, 누가!"

하며 소리를 쳤다. 영희의 눈에는 아픔이 스쳤다. 찬도 한마디 했다.

"글쎄, 도대체 그걸 누가 훔쳐 갔을까?"

그러나 그의 마음은 영희와는 너무나 거리가 멀었다. 사람이 죽느냐 사느냐 하는 처절한 그 판국에 인형 따위를 도대체 어느 정신 나간 사람이 훔쳐 가는가! 그때는 휴전 직전이라 일선에서는 전투가 한결 치열하던 때였다.

인형의 얘기를 마지막으로 그들은 30여 년을 만나지 못하고 말았다. 고의는 전혀 없었다. 전쟁 바람, 휴전 바람에 휘말렸고, 그들은 마침 제 인생을 스스로 만들어가야 하는 바쁜 나이였기 때문이라고나 할까.

다시 초콜릿 친구였을 때로 돌아간다.

찬은 그 인형에게서 눈을 돌려 영희의 책상 위의 시집을 보고 놀랐다.

"수학이 빵점이라면서, 지금 보들레르를 읽고 있어?"

"응. 수학은 포기했어. 문제 자체를 이해 못 하겠는걸. 우리말로 된 문제지만 말야. 그리고 문과 할 학생이 미분 적분은 해서 무엇하니? 글쎄! S대 입시 방법은 돌대가리들이 만든 거야, 순 돌."

찬은 한번 소리 내어 웃었다.

"수학이 재미있지 않아? 난 참 재미있어."

"수학이? 맙소사!"

"재미있건 없건. 수학이 빵점이면 S대에는 못 들어가."

"알고 있어. 그러니까 문과 계통 것으로 따야지."

232

"수학 한 문제는 10점도 되고 20점도 돼. 오로지 한 문제가 말이야. 그런데 문과 걸로 10점이나 20점을 딸래봐. 얼마나 여러 문제를 맞혀야 하나. 더 힘들 거야."

"그러니까, S대의 수재란 평범한 두뇌들이야. 무엇이든 미지근하게 잘하는 따위……. 한 가지에 뛰어난 천재라야지."

"천재 좋은 줄 누가 몰라. 흔하지 않으니까 문제지. S대의 방침이 그러니 어떻게 해. 어느 날 영희가 총장이 되어서 입학시험 방침을 바꾸어보든가."

영희는 소리를 꽥 질렀다.

"겨우 총장……?"

"미안."

하며 찬은 빙그레 웃었다.

"나는 훗날 기쁠 때나 슬플 때나 찾아오는 나무처럼 됐댔잖아. 내 죽은 후라도. 닥터 킴슈타인!"

찬이 아인슈타인의 숭배자라, 영희는 그를 놀릴 때에는 그의 성의 김을 더욱 서구적으로 발음해서 킴슈타인이라 불렀었다.

그 둘이 마주 서 있는 1평방미터도 안 되는 우주 속에서 그들은 킴슈타인이며 대학 총장이며 기쁠 때나 슬플 때나 찾아오는 나무 등 거침없이 큰 소리를 마구 쳤다.

찬이,

"그것, 뮐러의 보리수 같다."

하니까 영희는,

"내가 아무리 누구의 흉내를 내겠니?"

하며 눈을 흘겼다.

"하이틴 때에는 모방도 괜찮대."

"넌 하이틴 아닌 듯한 말투구나. 분명 내 동갑인데? 난 모방하는 것 싫어. 킴슈타인이나 흉내 내라구."

아인슈타인의 숭배자이던 찬은 바이올린의 활을 그을 줄 안다는 것으로나마 아인슈타인의 편린이라도 닮고 싶은 욕망의 충족을 느끼는 듯했다.

그의 방 벽에는 그다지 늙지 않은 두 눈이 표정 없이 크고 하관이 빠른 큼직한 아인슈타인의 사진이 걸려 있었다.

언젠가 그가 영희와 그의 친구 몇 명을 저녁 식사에 초대했을 때 영희는 처음으로 찬의 방에 가보았다. 그의 책장에 자연과학책이 많을 줄 알았는데, 아리스토텔레스며 헤겔이며 칸트 등의 철학 책과 『님의 침묵』을 비롯해서 동서양의 문학 서적이 많은 것이 뜻밖이었다. 영희에게는 이과 계통의 책이란 고등수학 한 권과 물리 한 권, 화학 한 권 해서 모두 세 권뿐인데, 그것도 교과서였다.

찬의 방은 그녀의 방보다 한결 작게 보였다. 책장이 꽉 들어차 있어 그렇게 보였는지 지금 그녀는 확실히 기억 못 하겠다.

아인슈타인의 사진 밑 책장 위 칸에 바이올린 케이스가 있었다. 초청된 친구들은 찬더러 바이올린을 한번 켜보라고 졸랐다. 찬은 소리를 들어줄 수 없을 거라며 막무가내였다. '하이페츠의 베토벤의 것을 들은 귀에다가는—영희가 갖고 있는 음반이 그것이었다—절대로 들려줄 수 없다'라고 했다.

그러나 친구들도 지지 않았다. 찬은 친구들의 성화에 하는 수 없이 바이올린을 들었다. 찬의 바이올린은 미국 민요 〈오! 수재나〉를 연주했는데, 박자며 음정은 틀림없었으나 소리가 하도 나빠서 "오, 수재나 울지 말아요" 하는 데 와서 모두들 웃음이 터지려는 것을 간신히 누르다가 1절이 끝나자 박수와 함께 폭소를 터뜨렸다. 그래도 앙코르는 연발했다.

의학도 지망생인 현태가,

"바이올린으로 그만큼 소리 내기도 어렵다."

하며 찬의 바이올린을 칭찬했다. 그는 베토벤의 〈황제〉도 칠 줄 아는 대단한 수준이기도 했다.

입학시험 날이 박두한 어느 날 저녁, 찬은 영희의 수학을 염려해서 기본 문제 다섯 개를 임의로 설정해 푸는 방법과 답을 써서 갖다주었다. 그는 언제나처럼 창턱에 두 팔을 얹고 서서,

"그것만 다 이해하면 문과 수학은 어렵지 않을 거야."

하며 꼭 이해하라고 걱정스럽게 말했다.

그해 S대학 입학시험은 4월에 있었다. 개나리가 한창이었다. 영희가 광화문에서 전차를 기다리는데 찬이 저만치서 길을 건너오는 것이 보였다. 그도 같은 대학에 입학시험을 치러 가는 것이다. 순간 영희는 강력한 경쟁자를 발견한 것 같아 얼른 시선을 돌리고, 마침 정차한 전차에 달려가서 혼자만 탔다.

그날의 시험 과목은 첫째 시간이 영어, 다음이 원수의 수학, 다음이 골 아픈 국어. 그 무렵은 국문법에 두 가지 학설이 있었고 용어 자체도 서로 달라 배우는 학생에게 혼돈과 짜증과 필요 없는 부담을 주었다. 게다가 근대 한국 시는 오로지 애국과 반일 저항

의 시로 해석하기 일변도여서, 영희는 그 일변도 해석의 오만, 협소, 옹졸에 질식할 것 같았고, 그래서 스스로 골 아픈 국어 시험이라고 했던 것이다.

수학 다섯 문제 중 두 문제는 뜻밖에 쉬웠다. 다른 세 문제는, 문제 자체가 국어인지 어느 딴 우주의 언어인지 이해할 수 없었다. '그래도' 하는 미련으로 문제를 읽고 또 읽었으나 한 자도 쓰지 못했고, 마지막 종이 울렸을 때에는 뒤통수만 들이쑤시고 아팠다.

그러나 담임 선생님이 입학시험에서 반만 맞으면 대성공에 속한다고 했던 말이 기억나서, 포기했던 수학을 두 문제나 푼 것이 스스로 대견해서 날아갈 것 같은 기분이었다.

영희가 상쾌한 기분으로 시험장을 나오는데 찬이 그녀에게 달려왔다.

"나왔지! 몽땅 그거야!"

하며 그는 기쁨에 상기되어 있었다. 그가 임의로 내준 문제를 말하는 모양이었다. 영희는,

"무엇이 말야? 난 전혀 몰랐어."

했다. 찬은,

"아이구, 저런. 똑같아, 숫자만 다르지!"

하며 발을 굴렸다. 영희는 문제가 같은 패턴이라는 것조차 알지 못했다.

"그래도 두 문제나 풀었다."

하며 그녀는 의기양양해서 푼 대로 종이에 적어 보였다. 찬은 비명을 질렀다.

"저런! 그건 곱하기를 해야 해. 보태기를 했으니!"

그래서 영희는 입학시험 수학과는 제로 점이었다.

신록이 싱그러운 6월에, 찬도 영희도 무난히 S대에 입학했다. 교사 신축 때문에 그해의 신입생 강의는 유난히 늦게 시작했다. 이공학과의 분교가 청량리에 있어서 찬은 아침 일찍 집을 나가야 했고, 저녁의 귀가도 늦게 되었다.

어느 밤늦은 시간에 영희를 찾아온 찬은 문턱에 팔꿈치를 올려 놓으며 초콜릿을 건네주었다. 영희가 씹을 맛이 나서 좋다던 두툼한 그 독일제 밀크 초콜릿이다.

영희는,

"난, 이제 이건 별로야."

했다. 찬은,

"며칠 전에는 고급보다 오히려 이게 좋댔잖아?"

했다.

"응, 그랬어. 그런데 대학생이 되니까 양보다 질 위주로 됐나 봐. 얇고 더 밀키한 것 있지? 아니면 아몬드 든 게 좋아, 난."

그러면서도 영희는 찬이 준 초콜릿을 이미 몇 입이나 맛있게 씹어 먹고 있었다.

"대학생 되고 며칠인데?"

"나흘 됐지."

"나흘 사이에 미각까지 변했어? 참, 빠르네!"

하며 소리 내어 웃었다. 그것이 찬이 그녀에게 초콜릿을 갖다주는 마지막 날이 될 줄이야······.

찬은 집이 멀어서 등하교하기가 힘드나 실험하는 것이 즐겁고 교양과목 들으러 문과대학까지 가는 것도 즐겁다고 했다. 철학 개론은 영희와 함께 듣게 되었으니까 먼저 가는 사람이 자리를 잡아 주기로 그들은 약속했다. 찬은 신입생은 엄두도 낼 수 없다는 4학년의 세미나 시간에도 들어갔었다고 하며 희망과 기쁨에 부풀어 있는 듯이 보였다.

반면 영희는 널리 알려진 저명한 교수들의 강의를 듣고 매우 실망하던 터였다.

"호랑이 얘기만 한 시간 20분을 계속하셔. L교수 말이야. 뺑덕어미가 떡판에 떡을 이고 산을 넘어가는데, 호랑이 한 마리가 숲속에서 '어흥!' 하며…… 맙소사."

그녀는 민담의 중요성을 전혀 인식 못 하고 있었다. 교양 영어도 고등과 때와 별다른 데가 없었다. 읽고 해석하기. 불어도 그랬다.

한 상급생은 1학년 때에는 교양을 위한 거라 다 그렇고 그런 거고, 학년이 높아지면 좀 들을 만한 소리가 교수의 입에서 나오기도 한다고 했다. 그러나 교수에게 너무 기대하지 않는 게 좋을 거라고 했다. 자신 있는 듯한 그 건방진 상급생의 말을 듣고 있으니까 어쩐지 교수보다 실력이 위인 듯한 착각조차 들 지경이었다.

어리둥절하고 실망 어린 대학 생활의 출발이었으나, 무엇인가를 잡기 위한 소리 없는 잠복기 같은 긴장감이 감도는 것 같았다. 그러나 입학식 후의 그 첫 주말에 발발한 6·25전쟁으로 모든 것은 그만 허물어져버렸다.

적치(赤治)는 서울 사람들의 목을 죄어갔다. 기아, 약탈, 감시, 중노동, 개인감정에 의한 인민재판, 즉결처분, 납치 등등 역사책에서 배운 인류사의 그 어느 공포정치에서도 상상조차 할 수 없는 극도의 살인 공포정치였다.

영희도 밤마다 한강에 모래를 파러 갔다. 한 푼의 임금은커녕 물 한 모금조차 주지 않는 잔인한 노동 착취였다. 오후 6시에 삽을 메고 시청 앞에서 출발해서 4킬로미터나 걸어서 한강으로 갔다. 아프다면 당장 죽으라고 하면서 총 끝을 가슴에 겨누기 때문에 코피를 쏟는 사람이며 복통으로 기절한 사람도 그 강제 노동 대열에서 이탈하지 못했다.

영희는 어느 아주머니 덕에 힘들게 일하지 않을 수 있었다. 그 아주머니는 영희가 손목을 삐어서 모래를 팔 수 없으니 나르기만 하게 해달라고 감독에게 사정을 했다. 그래서 영희는 가마니에 부어진 모래를 여럿이서 들고 천천히 걸으니까 한밤에 두어 번 100미터쯤의 거리를 왕복하는 정도로 그칠 수 있었다. 마치 전 서울 시민이 그 모래사장에서 일하지 않나 싶을 만큼 까맣게 사람으로 메운 백사장의 캄캄한 밤이니, 몇 사람의 인민군 감독으로는 영희들이 몇 번 날랐는지 감시하기란 불가능했을 것이다. 그 아주머니는 남의 집 대문을 두들겨서 마실 물을 얻어 먹이기도 했다. 영희 어머니는 연로해서 노동에 징발되지 않아 집에 남았는데, 아마도 그 아주머니가 전세에 너와 무슨 인연이 있었나 보다고 하며 감사를 넘어 종교적인 외구심조차도 품었었다.

그 무렵 유명한 학자들이며 문인들이 납치되어 갔고, 어느 사장이며 어떤 교육자는 탈출하려다가 사살당했다. 더구나 그것이 대낮 서울 어느 골목에서 일어났다는 소문이 소곤소곤 나돌았다. 당시 영희의 오빠의 식구는 영국에 있었고 아버지는 부산 지사에 일이 있어서 서울을 떠났는데 6월 24일 마지막 밤차였다. 인민군이 삼팔선을 넘어오기 불과 여섯 시간 전이다. 그래서 영희는 어머니와 오래 있었던 식모 아줌마와 셋이서 난리를 이겨내면 되는 비교적 홀가분한 처지였다. 그녀의 어머니는,

"아버지가 지사에 가시게 된 것은 하늘이 그렇게 마련해놓은 거다."

하며 굳게 믿고 있었다. 아들도 남편도 서울에 있었다면 다른 집과 똑같은 비극을 면치 못했을 것을 그녀는 알고 있었다.

적치 2주일 무렵부터는 젊은 남성들을 의용군으로 징발해 가는 '사람 사냥'이 시작되었다. 차차 그 대상의 연령을 확대해서, 15세부터 50세까지가 아니라 그런 나이로만 보이면 무조건 잡아갔다. 남성들은 굴뚝에 숨고, 지하실에 혹은 천장에 숨었다. 그러다 들키면 그 자리에서 사살되고 혹은 어디로 끌려가는지 없어졌다.

영희 어머니의 한 친구는 사위 대신 잡혀가는 만삭의 외동딸을 뒤따라가며 목메어 울다가 쉰 목이 그 후 10년 후에 죽을 때까지도 쉬어 있었다. 잡혀간 딸의 시체라도 찾았다면 임종 때 평소 맑던 그 목청으로 천당에 갔을 것이다. 잡혀간 남자들의 거처를 알리지 않기 때문에 생사조차도 알 수 없었다.

길 가는 남자들을 무턱대고 잡아서 삼엄한 경비 속에 가두어놓은, 학교 운동장마다 담 밖에서 혈육을 소리쳐 찾는 가족들이며

운동장에 갇혀서 '여보 나 여기 있어' '엄마 나 살려줘' 하고 울부
짖는 소년들…… 바로 아비규환의 지옥도였다. 잡혀간 그들은 다
어디로 갔을까. 지금까지도 돌아온 사람은 한 사람도 없다.

　다음에는 여성 동맹원을 징발하기 위한 '젊은 여성 사냥'이 시
작되었다. 영희를 잡으러 갈 거라는 이웃의 정보를 받고 영희는
사흘 동안 먼 친척 집에 피신했다. 정보대로 한밤중에 영희네 이
웃 몇 집에 총 끝에 칼을 꽂은 인민군이 습격했는데, 해당되는 젊
은 여성은 한 사람도 발견되지 않았다. 모두 정보를 주어 피신시
켰기 때문이다. 적치 석 달 동안만큼 이웃이 한마음으로 저항, 단
결한 때는 긴 인류사에서도 찾아보기 어려울 거라고 사람들은 말
한다. 남의 집 다락에서 사흘간 지내는 동안 영희의 전신에 좁쌀
만 한 발진이 생겨 가려워서 잠자기 어려웠다. 어머니는 피부병이
아니라 벼룩이 문 거라 하며 암모니아수로 닦아주면서 "고마운 벼
룩"이라고 했는데, 딸이 잡혀가지 않은 것을 벼룩의 덕으로 생각
하지는 않았겠으나, 잡혀가는 엄청난 화를 벼룩에게 물리는 것 정
도로 액땜했다고 생각하니 미물인 벼룩에게조차도 엎드려 절하
고 싶은 심정이었으리라. 지방에서는 적들이 한 우물 한 구덩이에
수백 명씩 양민을 생매장했다.

　밤마다 실탄 쏘는 소리가 탕탕하고 몇 차례씩 가슴을 찢었다.
그 소리가 점점 더 잦아갔다. 죄도 없이 재판도 없이 '빨갱이'들이
사람을 마구 죽이는 소리였다. 도대체 그들은 왜 그랬을까? 집단
광기였을까. 히틀러 일당처럼. 인간은 인간처럼 생겼어도 그 속은
악마일 수도 있고 천사일 수도 있는가 보았다.

영희의 집도 식량난의 불안이 닥쳐오고 있었다. 밀기울로 찐 개떡도 한 사람이 하나씩, 물 같은 멀건 죽으로 한 끼, 밥은 아예 생각할 수도 없었다. 영희의 어머니는 그마저도 입맛 없다고 안 먹고 영희와 식모에게 먹으라고 했다. 후에 알고 보니까 어머니는 배가 고팠어도 그 둘을 위해서 양보한 것이었다. 영희의 어머니는 빨갱이들이 빼앗아 가지만 않았다면 이웃과 나눠 먹어도 동지 때까지 먹고도 남을 쌀이었는데, 하고 분개했고, 식모 아줌마는 빼앗겼어도 지하실에 숨겨놓았던 것을 어머니가 피난민들한테 나눠주지만 않았던들 앞으로 석 달은 너끈히 먹고살 수 있었을 거라 했다. 그렇건 저렇건 어쩔 수 없는 일이었으니 지금 와서 분개하고 후회한들 무슨 소용이 있겠는가. 이런 대화를 영희 어머니와 아줌마는 수없이 되풀이했다. 그들은 긴 평생 동안 처음 당하는 상황에 어떻게 대처해나가야 할지 몰랐다. 빨갱이 세상도 아무렴 사람 사는 세상이고 더구나 동족 아닌가, 게다가 죄진 것도 없으니까…… 하는 생각이 근본적으로 틀린 것임을 그들은 차츰 깨닫지 않을 수 없었다. 사실 그것은 사람이 살 세상이 아니었다. 그런 나날 속에서 영희는 찬을 까마득히 잊고 있었다.

9·28 서울 수복 이틀 후에 부산에 가 있던 영희의 아버지가 상경했다. 그는 석 달 동안 처와 딸의 안부를 너무나 염려한 나머지 고혈압과 협심증에 걸려 있었다. 그는 낮은 낮대로 모녀의 불행한 장면이 상상되어 밥맛도 잃고 일도 손에 잡히지 않았고 밤은 밤대로 불면증과 악몽에 시달렸다.

영희는 아버지와 같이 서울을 두루 돌아보았다. 서울 중심가인

충무로며 종로는 치열했던 시가전과 후퇴하던 인민군의 방화로 폐허로 변해 있었다. 골목에는 아직도 시체가 쌓여 있었다.

10월 내내 학도호국단 중심으로 학생들의 복학 적격 심사가 있었다. 조금이라도 적에게 협력한 학생은 물론, 학교에 등교라도 했던 학생에게는 복학을 허용하지 않았다. 9·28 직후는 서울 시민의 적개심이 충천해 있어서 조그마한 허물도 용납하지 않았다. 휴전 후 세월이 지나고 나서는 법에 저촉되지 않는 학생은 폭넓게 재심사되고 구제되었으나.

11월에 들어가도 정규 강의는 없었다. 납북되어 간 교수가 많았고, 납북 혹은 의용군으로 강제 징발되어 생사를 모르는 학생들도 수두룩했다.

영희는 부모와 함께 부산 해운대의 초가 별장에서 전복이나 실컷 먹으며 겨울을 나고 신학기에 상경할 계획으로 서울을 떠났다. 가방에는 책 몇 권만 가볍게 넣었다. 한 달 후에 1·4후퇴가 있을 줄은 상상도 하지 못했었다.

영희 일가는 수복된 남한 곳곳을 차로 돌아보며 나흘 만에 해운대에 닿았다. 갈비 여섯 대를 앉은자리에서 단번에 먹고 전복 다섯 개를 또 구워 먹어도 배탈이 나지 않는 것이 영희는 신기했다. 석 달 동안 굶주린 젊은 세포가 끝없이 먹이를 요구하는지. 마침 가을이라 햅쌀밥이었다. 밥은 씹지 않아도 참기름처럼 자꾸만 목 너머로 미끄러져 내려가서, 식욕이 없고 병색이 짙은 아버지에게 영희는 부끄러움을 느낄 지경이었다. 아버지와 어머니는 "어린것이 얼마나 주렸으면……" 하며 눈물지었다.

1953년 휴전, 환도 때까지 영희 가족은 서울에 가지 않았다. 전쟁 중 그녀의 집은 서울의 다른 집과 마찬가지로 모든 것이 약탈당하고 있었다. 그릇도, 옷도, 장롱도, 책상도, 책도, 음반도, 축음기도, 그 프랑스 인형도.

1951년에는 부산에 종합대학이 열리고, 1952년에는 구덕산에 바라크와 텐트로 만들어진 S대의 임시 피난 가교사에서 강의가 본격적으로 시작되었다. 전쟁은 여전히 치열하던 중이었고, 피난 온 학생의 몰골은 거의가 비참했다. 어떤 학생은 P.O.W.(전쟁포로)라고 크게 써져 있는 점퍼를 그냥 입고 다녔다. 입을 것이 없어서였다. 거의가 먹을 것도 입을 것도 부족했고, 발 뻗고 잘 만한 잠자리 얻기도 극도로 어려웠다. 밤을 새고 부두 노동을 하고 낮에는 강의를 들으러 와서, 어쩔 수 없이 꾸벅꾸벅 조는 학생들도 허다했다. 그래도 죽은 친구, 생사조차 알 수 없는 학우들을 생각하면 살아 있는 것이 미안했고, 고마웠다. 가뜩이나 적은 수의 여학생은 몇 손가락 꼽을 정도밖에 보이지 않았다.

그러던 어느 날 텐트 교실 앞에서 영희는 찬을 우연히 만났다. 영희는 반가워서 소리쳤으나 찬은 그렇지 않았다. 그의 큰 키는 힘없이 조금 굽어 있었고 안색은 누렇고 환자 같았다. 말소리에도 힘이 없었다. 눈의 표정도 멍하니 딴 곳을 보는 듯했다.

"웬일이야, 왜 이렇게 되었지? 어디 아프니?"

연거푸 퍼붓는 영희의 질문에 찬은,

"전쟁터에서 싸웠지. 의용군으로 붙들려 가서 죽을 뻔했고, 탈출해서 원수 갚는다고 국군에 들어갔더니 군수품 빼돌리는 윗놈 몇 명 때문에 굶어 죽고 얼어 죽을 뻔했지."

하고는 소리 없이 쓰게 웃었다.

"아니, 그럴 수가! 우리 국군인데!"

"의대 들어갔던 현태 있지? 피아노도 치던. 그 애는 죽었다. 얼어 죽었어. 영하 10돈데도 외투도 없는 거야. 방위군 사건도 몰라?"

영희는 현태가 죽었다고 하니까 실감이 났다.

"방위군 사건이 뭐니?"

"신문도 안 보고, 라디오도 안 들어?"

"보지만 난 못 봤어."

"못 봐서 다행이다. 알아서 무엇 하겠어. 미국의 원조물이 막대했는데 윗놈 몇 명이 빼돌려서 막상 장병들한테는 한 푼도 안 온 거야. 장병들은 먹을 것도 입을 것도 마실 물도 없어. 그러면서 도 낙동강 전선을 지키느라고 적과 싸웠지. 나는 흙 섞인 물을 마셔서 위를 아주 버렸어. 내 발, 발은 동상에 걸려서 하마터면 잘라낼 뻔했지."

하며 찬은 고개를 숙이고 발끝을 땅 위에서 이리저리 움직였다. 낡은 구두를 신은 발은 무거워 보였다.

"아니, 이럴 수가, 킴슈타인을!"

영희는 눈을 부릅뜨며 분노에 떨었다.

"그놈들을 그냥 둬?"

찬은,

"바로 탄로 나서 체포됐다니까 군법대로 됐겠지."

"화낼 일이 한두 가지가 아니지. 그러지 않았으면 내 발이 왜 잘릴 뻔했겠어. 왜 돌 섞인 물을 먹어야 했겠어."

찬은 분노를 삭이려는지 잠깐 말을 끊었다가,

"참, 서울에 한번 갈 텐데, 무엇 부탁할 것 있으면 해봐."

했다. 정식 환도는 안 되었으나 더러 사람들이 서울을 드나든다는 말을 영희는 듣고 있었다. 그녀는,

"내 인형 있잖아? 있으면 꼭 갖다줘, 응?"

했다. 찬은,

"인형? 대학생이 지금 인형을 찾아? 더구나 이 판국에?"

하며 어이없는 듯이 영희를 바라보았다.

"미안해, 그런데 걔는 내 친구야, 15년 친했던……."

찬은,

"모르겠어, 가져오게 될지. 서울은 모든 것이 약탈되었다고 들었어."

하며 돌아서서 갔다.

찬은 서울에서 빈손으로 돌아왔다. 그 후 영희는 찬과 만나지 못하고 말았다. 만나지도 못했으나 생각도 나지 않았다. 전쟁, 휴전, 환도, 4·19, 5·16, 5·18 등등 우리나라는 격동의 세월을 보냈고, 영희는 결혼하고 아이 낳고 기르고…… 긴 세월은 생각을 할 겨를도 없이 훌쩍 흘러가버렸다.

영희는 며칠 전 신문에서 김찬의 사진을 보고 깜짝 놀랐다. 신문은 국제 과학자 회의에 참석하기 위해 일시 귀국한 김찬을 자세히 소개하고 있었다. 그의 직책으로 보아 그 나라에서도 상당히

인정받는 원자물리학자인 성싶었다.

영희는 신문사에 그의 숙소를 알아보았다.

호텔 방으로 전화 신호가 가는 동안 찬을 무어라고 불러야 할지, 찬이니? 그래야 할지, 50세가 넘은 사람한테, 그리고 그만한 지위가 있는 사람을 옛날처럼 불러도 될까, 그보다도 찬이 그녀를 알지 못한다고 하면 무어라고 할까, 하고 영희의 머릿속은 복잡했다.

이윽고, 찬의 음성이 나왔다.

"여보세요."

영희는,

"여보세요, 저, 저⋯⋯."

찬이니? 할까, 김 박사라 할까 망설이는데 저쪽에서,

"영희⋯⋯ 씨지요?"

한다. 얼떨결에 영희도,

"네, 김 박사. 정말 오랜만이에요."

하고 존대어가 나왔다.

실로 만 31년 몇 개월 만의 만남이다.

전쟁에 찌들고 병들어 있던 찬, 얼마나 변했을까 싶으며 영희는 다음날 약속 장소인 호텔 로비에 가서 서 있었다.

찬의 큰 키가 엘리베이터에서 나왔다. 찬은 너무도 늙어 있었다. 이마에 깊은 주름이 두 줄, 눈귀에도 주름이 있었다. 앞머리도 조금 벗어져 있었다.

찬은 두 팔을 벌리며 다가오더니 영희의 두 손을 꽉 잡았다. 영

희는,

"어머, 왜 이렇게 늙었지?"

했다. 찬을 보니까 옛날 기분이 되어 말투도 어느 결에 도로 옛날처럼 되어버렸다.

"영희는 옛날 그냥 그대로야! 고맙네, 정말. 이렇게 고마울 수가!"

찬의 얼굴에는 주름이 있었으나 몸 전체에는 피난 학교 시절 때와는 달리 활기가 차 있었다. 그들은 라운지에서 마주 보고 앉았다. 영희는,

"찬도 눈만은 그대로네."

하고 말했다.

"아니야, 달라. 내 눈 한 겹 뒤에 있는 필름에는 별의별 현장이 다 담겨져 있지. 살육, 고통, 분노, 절망, 굶주림 등등의 현장이 눈이 아프도록 적나라하게 말야. 눈을 감으면 선명하게 한 장면 한 장면이 떠오르지. 눈을 뜨고 있어도 갑자기 현실처럼 떠오르지."

영희는 무어라고 말을 해야 할지 몰랐다. 그와 같은 고통을 겪지 않은 영희에게는 그의 말 한 마디 한 마디가 가슴을 찔렀다.

"미안해, 정말. 난, 찬이 그렇게 고생한 줄 몰랐어."

영희는 겨우 말했다. 찬은,

"미안하기는? 나 같은 경우가 현실이라면 영희 같은 경우도 현실이지. 영희는 지금도 행복하지? 말하지 않아도 보면 알아. 난 정말 기분이 좋아. 영희까지 불행하다면 우울했을 텐데 말이야."

영희는,

"찬이 그렇게 말을 잘하는 줄 몰랐어. 그때는 말이 없고……."

하며 영희는 옛날의 그의 모습을 기억 속에서 더듬었다. 찬은,

"그때는 여학생 앞에만 가면, 공연히 부끄러워서 말이야."

했다. 영희는 비로소 까르르하고 소리 내어 웃었다.

"웃음소리도 그대로네."

하고 찬이 말했다.

그토록 긴 세월 동안 만나지도 못하고 생각조차 나지 않았던 찬이나, 지금 만나서 얘기를 나누고 보니까 마치 늘 만나던 사람 같기만 하다. 영희는 그런 느낌이 신기했다. 찬도 그렇다고 했다. 영희는,

"차근차근 얘기 좀 해봐. 피난 학교 때 만나고, 그 이후의 얘기 말야."

했다.

"난 그때 위궤양이 심한데다가 아르바이트를 해야 학교도 다니고 밥도 겨우 먹는 형편이었어. 그러니까 영희를 만나볼 시간도 없었지. 졸업하고는 바로 미국으로 가서 고학하고, 영국, 인도, 일본, 프랑스 등등 다니며 연구했지. 정말 전쟁만 나지 않았으면 내 연구가 훨씬 더 나았을 텐데……."

"전쟁의 상처가 너무 깊어. 난 이산가족 찾는 걸 텔레비전에서 보니까 마냥 빚지고 살아온 것 같아"

"영희는 참 운 좋은 친구지. 그러나 세상에는 아예 전쟁을 겪지 않는 사람도 있어. 현태는 죽기도 했지만. 나도 빚진 기분이 문득문득 들지."

찬은 말을 뚝 끊었다. 영희도 마음이 어두워졌다. 잠시 침묵이 흘렀다. 찬은,

"빚진 것 같은 기분이란 말 참 좋네. 그 마음에 영원한 행복을!"

하며 찻잔을 들어 올렸다. 영희도 잔을 들어 찬의 잔과 부딪치며 건배했다.

"자, 우리 기분 전환 좀 합시다."

"그래, 딴 얘기하자. 찬은 애기가 몇이지?"

"난 아이가 없어. 전쟁을 겪으면서 결심했지. 절대로 나는 인간을 만들지 않겠다구. 그랬더니 제풀에 아이를 못 낳게 되더군."

영희는 찬의 말을 얼른 이해하지 못했다.

"부인도 생각이 같았어? 부인은 지금 어디 있지? 같이 오지 않았어? 한국 사람? 아니면 외국 사람?"

찬은 영희를 빤히 바라보았다. 그러고는,

"난 결혼 안 했어."

했다.

영희는 당황하며 얼른 다음 말이 나오지 않았다. 그러나 찬의 말을 가볍게 흘리고 싶었다.

"독신주의? 좋─치!"

"아니, 뭐, 그렇게 거창한 게 아니구……."

하고 찬은 말했다.

영희는 피난 학교 시절 찬을 만났을 때 발에 동상이 걸려서 하마터면 다리를 자를 뻔했지 하며 낡은 구두로 땅 위를 이리저리 긋고 있었던 때의 모습이 기억났다. 영희는 가슴이 꽉 메었으나,

"독신주의 멋있더라. 난 혼자 사는 사람이 부러울 때가 너무 많아."

하며 밝게 웃어넘겼다. 찬에게 아픈 얘기를 시키고 싶지 않았다.

찬은 열흘쯤 학회에 참석하는데 시간이 꽉 차 있어서 다음 주 월요일 저녁에나 한 번 더 만날 수 있겠다고 했다. 그들은 다시 만나기를 약속하고 일어섰다.

"옛 친구가 이렇게 좋은 줄 정말 몰랐어. 긴 세월도 잊게 해주니 말야."

하는 찬의 말에 영희는,

"찬은 문학을 많이 읽더니 표현도 잘해. 요즘도 시 많이 읽니?"

했다. 찬은,

"많이는 못 읽지."

한다. 그들은 로비까지 나왔다.

"바이올린은 얼마나 했니?"

그러자 두 사람은 웃음을 터뜨렸다. 옛날 생각이 나서다.

"응, 그때보다는 괜찮아."

"언젠가 들어보았으면 좋겠네."

"다음에 또 올 때에는 그런 시간을 만들어놓을게."

"언제 또 오니?"

"내년 봄쯤 될 것 같아. 개나리가 한창이겠어."

영희는 대학 입학시험 무렵이 생각났다. S대의 담장에는 개나리가 한창이었다.

호텔의 현관 밖은 벌써 어둠이 깃들고 있었다. 차가 연신 와서

서고는 손님이 내리고 또 타고 있다. 모두들 바쁜 듯이 보였다.

찬이,

"참, 잠깐! 초콜릿 사줄게."

하며 다시 현관 안으로 들어가려고 했다. 호텔의 과자점으로 갈 생각인 것 같았다. 영희는 고개를 조용히 저었다.

"아니, 난 이제 초콜릿 잘 안 먹어."

"웬일이지?"

하며 찬의 커다란 눈이 대학 신입생 때처럼 맑게 빛났다. 그 눈귀에 주름이 두 줄 깊이 파였다. 영희는,

"나도 늙었잖아!"

하며 손을 내밀었다.

"안 늙었어!"

하며 찬은 잔잔하게 미소 지었다. 그들은 굳게 악수했다.

"잘 가!"

"잘 쉬어!"

영희는 차에 오르자 왠지 깊은 한숨이 나왔다. 불행을 겪은 찬 때문만은 아닌 것 같았다.

1983년, 《문학사상》

말 없는 남자

"닥터 알렉산다."

하고 정희는 몇 계단 밑에서 올라오고 있는 알렉산다 박사를 불렀다. 어저께 내린 비로 계곡을 타고 흐르는 맑은 물소리에 그녀의 높고 맑은 음성이 한결 투명하다. 가을 하늘은 구름 한 점 없이 파랗다. 말끔히 씻겨 내린 나뭇잎 냄새가 피부에 향기롭게 스며든다. 그녀는 크게 심호흡을 했다. 폐 구석구석에서 손끝 발끝까지 온몸이 깨끗해지는 것 같다. 공기가 사뭇 맛있다. 그녀는 연거푸 몇 번이나 심호흡을 했다. 전신이 날듯이 상쾌했다.

알렉산다는 건너편 산에 가득 물든 단풍을 카메라에 담고 나서, 정희에게 고개를 끄덕이며 파란 눈에 미소를 지었다. 정희는 그가 올라올 때까지 걸음을 멈추었다. 나란히 걷게 되자,

"닥터 알렉산다, 당신의 성이 너무 길어서 부르기가 힘들어요."

하고 말했다.

"그러면 알렉스라고 하세요."

하며 알렉산다는 따뜻한 눈길로 정희를 보았다. 정희는 입속에서 두어 번,

"닥터 알렉스, 닥터 알렉스."

하고 불러보고는,

"역시 거북해요."

하며 소리 내어 웃었다.

"닥터를 붙이지 마세요."

"우리나라에서는 성만 부르면 실례예요. 존칭을 붙여야 해요."

"닥터 대신 '상'이라 하면 평범하고 좋겠어요."

"알렉스 상? 그건 일본 말이잖아요?"

하고는 정희는 목을 움츠러뜨리며 소리 내어 자그맣게 웃었다. 새삼스럽게 '상'이 일본 말이라는 말은 지금의 정희로서는 말이 되지 않는 얘기다. 그녀와 알렉산다는 여태껏 일어와 영어를 섞어서 서로 의사를 전달하고 있으니까. 그들은 영어도 일어도 능통하지 못하기 때문에 영어로 못 알아들으면 일어로, 일어로 못 알아들으면 영어로 보충 설명을 하고 있었다.

이름이 프레드릭이니까 존칭도 없이 이름만 부르면 부르기에 거북할 것은 없겠으나, 겨우 어저께 낮에 우연히 만나서 알게 된 처지에 친숙하게 이름만 부르는 것은 실례일 것 같았다.

일본에 왔으니 일본 음식을 먹어보아야지 하며 어저께 점심 때 호텔의 일식 식당에 가서 우연히 한 테이블에 앉게 되어 인사를 한 것이 알렉산다를 알게 된 계기였다. 그의 일행은 회의에 단체로 참가한 사람들인지, 더러 명찰을 가슴에 단 채 붐비는 식당

에서 자리를 잡느라고 서성거리는 사람도 있었다. 알렉산다는 암학회에 참석한 의학박사라고 자기소개를 했다. 그들은 저녁 식사 때에도 거기서 만났다. 정희가 한국에서 왔다고 하니까 알렉산다는 무척 놀라는 낯이었다. 정희는 식당에서 들려주는 '고토' 음악을 들으며 가야금에 대해 얘기를 했고, 가야금 얘기를 하다 보니 황진이 생각이 나서 16세기 때의 시인 황진이의 "청산리 벽계수야……"를 겨우겨우 영어로 번역을 해서 알려주었다. 그녀의 시조를 정희는 푸시킨, 보들레르, 발레리, 테니슨, 릴케의 시만치나 좋아한다고 말했다. 윤동주의 시 "잎새에 이는 바람에도……"를 번역하고, 시인은 일본 경찰에 체포되어 옥사당한 얘기를 했다.

"그래서 나는 그 시대의 일본을 철저히 증오합니다."

라고 했다. 알렉산다는,

"저도 이해합니다. 저도 그런 일본은 증오합니다."

하고 조용히 말했다.

저녁 식사를 끝내고서 두 사람은 아침 식사 때에는 양식당에서 만나기로 시간 약속을 했다.

점심도 약속해서 함께 먹고, 알렉산다는 모처럼의 자유 시간을 정희와 함께 관광을 하기로 한 것이다. 내일 오전 11시에 호텔을 출발, 나리타에서 고국으로 떠나는 스케줄이라고 했다. 그러나 그는 고국이 어디라고 아직 밝히지 않고 있었다.

그들은 다시 계단을 오르기 시작했다.

그들은 동서양인이 섞인 관광객 일행 속에 끼어서 교토의 청수사(清水寺) 경내를 돌아보는 중이었다.

알렉산다도 프레드릭이라고 이름만 부르라는 말을 하지 않는 것은, 그 역시 그것이 정희에게 실례이려니 하고 생각하는 것이리라.

알렉산다는 '상'은 일본 말이라고 한 정희의 앞뒤가 맞지 않는 말에 대해서 아무 말 없이 그녀를 가만히 보고만 있었다. 그 눈이 파란 호수같이 고요하다. 그러나 입가에 미소를 띠고 있는 것이 아무래도 속에 할 말이 있는 성싶었다. 정희는,

"닥터 알렉스, 이렇게 부르니까 이상하지 않아요? 이를테면 나를 미세스 김이라고 부르는 대신 미세스 기라고 반만 발음하는 것과 같으니까요. 실지로 '기'라는 성이 따로 있어요. 그러니까 반만 부르는 것은 잘못된 거예요. 힘들어도 역시 닥터 알렉산다라고 불러야지요?"

알렉산다는 여전 미소만 지을 뿐이다.

"닥터 알렉산다, 당신은 나를 웃고 있지요?"

"왜요?"

"앞뒤 맞지 않는 말을 했으니까."

"아니요, 그럴 리가 있겠어요. 미세스 김."

"그래요? 그렇다면 고마워요. 저도 그건 이제 그만 생각하기로 하지요."

하고 말하며 정희는 그가 친숙한 친구 같은 느낌이 들어 손이라도 잡고 싶은 충동이 이는 것에 스스로 놀랐다. 알렉산다는 예의 바른 학생처럼 단정한 몸가짐으로 정희의 옆에서 걷고 있었다. 그의 나이는 30대 중반쯤, 정희의 연령과 비슷한 듯했다.

긴 돌다리 앞에 이르자 안내양이 영어로 한차례 설명했다.

"이 다리는 150년의 역사를 간직하고 있습니다. 10미터 밑에 계곡이 흐르고 있습니다. 다리 위에서 잠깐 멈추어서 보시면 병풍처럼 둘러쳐진 산의 아름다움을 한눈에 보실 수 있습니다."

관광객 일행은 그녀의 뒤를 따라 돌다리를 걸어갔다.

국제 암 학회 세미나에 참석한 세계 각국의 의학자 20여 명도 알렉산다와 함께 호텔에서 알선해준 이 관광단에 끼어 있었다. 학회가 끝나서 모처럼 자유 시간을 가진 의학자들은 각 방면으로 코스를 선택해서 관광에 나선 것이다.

정희는 그녀의 개인전을 열어주는 임순(林淳)이 북해도 지방에 가서 사흘 후에 오기로 되어 있어 그동안에 관광이나 해두려는 생각이었던 터에 벗이 생겨서 한결 즐거웠다.

교토에는 2년 전에 와서 일주일쯤 머문 적이 있으나, 교토에 사는 이모가 교통사고로 입원하는 통에 간호하느라 구경은커녕 평소 해보지도 않은 고생만 한 셈이었다. 구경이래야 겨우 틈내서, 금각사(金閣寺) 하나 서둘러 보았을 뿐이다. 임순이 애쓴 덕택으로 개인전이 성공적이었던 것이 그나마 다행이었다 할까.

돌다리 위에는 관광객들이 수없이 오가고, 불공드리러 온 듯한 일본인 남녀노소도 보이고, 화려한 기모노의 긴 소맷자락을 흔들흔들 늘어뜨린 젊은 일본 여인들도 보였다.

가을 산의 일본의 단풍은 한 폭의 일본화 그대로다.

정희는 알렉산다에게,

"아름답지요?"

라고 말했다.

"네, 정말!"

"우리나라의 단풍은 더욱 장관이에요. 설악산 가보셨어요?"

"아니요. 한국에는 아직 한 번도. 하지만 말은 많이 듣고 있어요."

"한번 오세요. 우리나라는 일본에서 두 시간도 안 걸리는 거리예요. 참!"

하며 정희는 핸드백에서 명함을 꺼내어서 그에게 주었다.

"서울에 오시면 전화를 주세요. 여기, 여기가 집 전화예요. 제가 안내해드릴게요. 한국의 산은 신비롭고, 우람하고, 기이하고, 아름답기 이루 말할 수 없어요. 제가 시인이었다면 그걸 적절히 표현할 수 있을 텐데……."

하고 정희는 한숨을 내쉬었다. 알렉산다는 조용히 미소하며,

"가볼 수 있으면 좋겠어요."

하고 말했다.

"왜 그렇게 비관적인 음성이세요? 비관주의자세요?"

그는 조용히 고개를 저었다.

"그렇다면 오세요. 꼭 오세요."

"네, 그러지요. 그렇지만 갈 수 있을는지 모르겠어요."

"왜요? 의사라 바쁘셔서?"

알렉산다가 무어라고 대답을 하려고 하는데 서양인 신사 한 사람이 그들 곁으로 오더니,

"알렉산다 박사, 이번에 발표하신 논문 흥미 있게 들었습니다."

한다.

"감사합니다."

"내년 학회에도 오시겠습니까?"

"글쎄요. 지금으로서는 확실치 않습니다."

"다시 만나게 되었으면 합니다."

"감사합니다. 저도 그렇게 되도록 바랍니다."

그 신사는 정희에게 목례를 하고 함께 사진을 찍자고 알렉산다에게 청했다. 그들의 일행이 하나둘 모여서 각각 포즈를 취했다. 중국인 같은 사람도 있고 아프리카인, 동남아인 같은 사람도 있다. 인종은 다르나 모두 높은 교양이 갖추어져 있음이 엿보였다. 나이 들어 보이는 서양인 여성도 한 명 있다. 정희는 얼른 그들에게서 떨어져 멀리 비켜섰다.

한 장이 찍히자 몇몇 사람이 서로 자기의 카메라에 일행을 담으려고 앞에 나가서 셔터를 눌렀다.

찍힌 사람들이 찍는 사람이 되고, 찍은 쪽이 찍히는 쪽이 되며, 국적이 다르고 인종이 다른 사람들끼리 화기애애하다. 여성 의학자가 마지막으로 앞으로 나가서 그녀의 카메라의 셔터를 눌렀다.

알렉산다가 정희에게로 오자 즉석카메라를 든 직업 사진사가 정희와 알렉산다에게 한 장 찍으라고 권했다. 둘은 나란히 난간에 섰다. 정희는 난간에 기대어서 한 팔을 돌난간에 길게 얹었다. 알렉산다는 고지식하게 두 팔을 내린 채 정희의 옷자락에 몸이 닿지 않도록 조심스럽게 거리를 두고 섰다. 사진이 찍히자 그는,

"잠깐 그대로 계세요."

하며 그의 카메라로 정희를 찍었다.

사진사가 찍은 즉석 사진은 두 사람을 클로즈업한 것이었다. 활짝 웃고 있는 정희의 사진을 한참 동안 보고 있던 알렉산다는,

"정말 아름다운 분이시군요."

하며 혼잣말처럼 했다. 정희는,

"닥터 알렉산다, 당신 사진은 실물의 분위기가 잘 안 나타났어요."

했다. 알렉산다는,

"어떻게?"

하며 미소 지었다.

"당신은 햄릿 같은 인상이랄까? 음악으로 치면 쇼팽의 음악 같다 할까요?"

"쇼팽?!"

하면서 박사는 깜짝 놀라며, 크게 뜬 파란 눈을 깜빡이지도 않고 정희를 바라보았다.

"네, 그래요. 그런데 왜 그렇게 놀라세요? 저에게는 예사로운 일이에요. 아까 성당에서 오랫동안 기도하고 계셨지요? 제가 방해해서 일어서셨지요? 참, 제가 그러지 않았으면 박사님은 혼자서 성당에 남고 우리는 떠났을 거예요. 미아가 되셨겠지요, 호홋. 제가 불러서 비로소 정신이 난 듯 조용히 일어서셨지요. 그 순간 박사님 몸 전체에서 쇼팽의 음악이 갑자기 들려오던데요?"

"쇼팽의 음악이 들린다니! 쇼팽의 어느 곡이었을까요?"

하며 알렉산다는 놀랍고 못 믿겠다는 듯이 고개를 저었다.

"피아노 소나타 2번, 1악장부터, 그리고, 이별의 노래, 빗방울들이, 아니 판타지도, 아니 쇼팽의 모든 음악이 한꺼번에 교향악처럼……."

정희는 그렇게 솔직하게 말하는 것이 즐거웠고, 놀랍고 난처한 것 같은 표정으로 정희를 바라보고만 있는 알렉산다를 보는 것이 또한 즐거웠다. 만난 지 겨우 하루밖에 되지 않은 초면의 외국인에게 어째서 그토록 친숙감을 느끼게 되는지 스스로도 이상했다. 그가 지닌 분위기가 그녀를 사로잡는지, 아니면 여행이라는 것이 주는 개방감 때문인지. 어쩌면 상쾌한 산 공기며 아름다운 경치 때문에 마냥 기분이 좋아선지.

그들은 다시 일행을 따라서 걸었다. 알렉산다는,

"제 평생 사람에게서 음악이 들린다는 말을 하는 분은 처음 보았습니다."

라고 말했다. 정희는 놀리듯이 웃으며,

"얼마나 긴 인생이셨어요?"

했다.

"참, 그렇군요……."

하며 박사도 웃었다. 정희는,

"사람에게서뿐 아니라, 일본의 경치를 보면 고도 소리가 들리고, 우리나라의 풍경을 보면 거문고 소리가 들려오지요. 우리나라의 동해 바다에 서면 새벽이건 밤이건 문라이트 소나타가 천지를 흔들듯이 들려올 때도 있어요."

"그렇습니다. 자연을 볼 때에는 저도 그런 것을 경험합니다. 그러나 사람에게서, 더구나 쇼팽이라니…….”

그들은 청수사 본당으로 가는 계단을 오르고 있었다. 정희는 숨
이 가빠서 두어 계단 오르고는 쉬고, 한 계단 오르고는 쉬었다. 알
렉산다도 그녀와 보조를 맞추었다.

“닥터 알렉산다, 쇼팽 싫으세요? 저는 쇼팽을 좋아해요. 감미롭
고, 황폐하고, 고독하고, 깊고, 슬프고, 따뜻하고…… 아름다움의
극치지요.”

박사는,

“당신 나라에서 쇼팽을 많이 들으세요?”

하고 물었다.

“그럼요. 쇼팽은 전 인류의 쇼팽이 아녜요? 박사님은 우리나라
에 대해서 정말 캄캄이시군요. 어느 나라 분이시죠? 도대체, 네?
왜 국적을 안 알려주세요? 네?”

알렉산다는 망설이다가 결심한 듯,

“저는 동구권에서 온 사람이에요.”

라고 단숨에 말했다.

“동구권?”

정희는 뜻밖이었다. 그리고 이내 그곳이 동서가 자유롭게 올 수
있는 일본 땅임을 깨달았다.

“동구권이라면 제가 놀랄 줄 아셨던가요? 동구권의 어디?”

“한번 맞혀보세요.”

“폴란드? 저는 폴란드에 대해서 좀 알고 있는 게 있거든요? 첫
째로 쇼팽의 조국이고, 퀴리 부인의 조국이고, 시엔키에비치, 코

페르니쿠스의 조국이고……. 폴란드인 아니세요? 아니세요? 그렇다고 해주시지, 좀. 제가 지식이 없어서 쏘련 외의 다른 동구권에 대해서는 전혀 맹문이거든요? 그러니까, 박사님이 폴란드인이면 좋겠어요. 그래도 노오예요? 네?"

박사는 파란 눈에 따뜻한 미소를 띠며 정희를 바라보기만 했다.

"그렇다면 할 수 없군요. 다음은 체코, 체코라면 프라하에 봄은 오는가? 나쁜 나쁜 망할 놈의 침략자 쏘련! 체코라면 크리스털이 유명하고, 프란츠 카프카를 제가 좋아하지요. 박사님은 「성」을 읽으셨어요?(그는 고개를 끄덕였다.) 「심판」은?(그는 더욱 크게 고개를 끄덕였다.) 아이구 멋있어. 의사가 그런 문학을 읽으셔요? 체코인이세요? 네? 네? 그렇지요? 그것도 아니라면, 아이구 어떡허나, 다음은 유고슬라비아. 유고슬라비아라면 티토 대통령밖에 모르니, 어떡헐까요? 다음에 다시 만나면 제가 유식해져 있겠어요. 백과사전 들춰 본 단편적 지식 몇 가지 갖고 유식한 척할게요. 그러니까 꼭 다시 만나세요. 약속하시겠어요?"

하며 정희는 알렉산다의 걸음을 막아섰다. 알렉산다는 미소 지은 채 고개를 끄덕였다. 정희는 다시 걸으며,

"박사님, 거짓말 마세요. 당신은 약속할 자신이 없으신 거예요. 그렇지요?"

라고 했다. 알렉산다는 대답 없이 침울한 채 걷고만 있었다. 한참 만에 정희는,

"사실은 저도 자신이 없어요. 언제 어디서 만나게 될지, 영원히 못 만나고 말지. 어머, 이런 말 하고 보니까 슬퍼져요. 박사님은?"

"저도 그렇습니다. 다시 만날 수 있도록 신에게 기도하겠습니다."

"저도 그러겠어요. 저는 크리스천은 아니에요. 불교 신자도 아니에요. 그렇지만 신이 있다고 믿어요. 모든 종교를 다 포용하는 그런 신 말이지요. 저도 기도하겠어요."

하며 정희는 알렉산다를 새삼스럽게 바라보았다. 하필 왜 동구권의 사람인가! 하고 정희는 생각하지 않을 수 없었다. 바다를 건너야 만날 수 있는 것이 외국인인데, 하물며 국교도 없는 동구권의 사람이니……!

"공산주의 나라에 박사님 같은 독실한 가톨릭 신자가 있는 것은 뜻밖이에요."

"저뿐 아니라 신자가 많습니다. 저는 언제나 마리아 앞에 무릎 꿇고 있으면 마음에 평화를 찾을 수 있습니다."

"스트레스 해소도 되겠어요."

"그렇지요. 그뿐이겠습니까? 재작년 바티칸에 갈 기회가 있었어요. 무릎을 꿇고 기도를 드렸을 때 정말 행복감을 느꼈습니다. 그 순간을 잊을 수 없습니다."

"그토록 믿으세요? 저는 종교를 인간이 발명한 것 중의 최고의 발명이라고 생각하지요. 종교까지도 생각해내는 것을 보면 확실히 인간은 만물의 영장인 것 같아요. 안 보이는 것까지 보려고 하고, 또한 보고 믿는 그 힘, 인간이 아니고서야 어떻게 그럴 수 있겠어요. 어떤 동물도 몇천 년 전과 똑같은 생활을 하고 있어요. 인간만이 발달에 발달을 거듭해왔어요. 인간 예찬을 하다 보니 신을 인정하게 됐다 할까요? 아이구, 참 서투른 이론이지요? 다음에 만나면 여기에 대해서도 연구해서 유식하게 되어 있겠어요. 이것은 백과사전 들추는 인스턴트 지식만으로는 안 되겠지요? 호호."

알렉산다는 새삼스럽게 정희를 보았다.

"미세스 김, 당신은 정말 한국인이세요?"

"그럼요, 한국인이에요. 왜 못 믿으시지요? 사우스 코리안."

"저는 지금 머릿속이 혼돈되어 있어요. 우리나라에 북한 대사관이 있어요. 그리고, 북한 사람도 있어요. 제가 몇 번 만나서 잘 알고 있는 사람도 있어요. 그러나 당신이 그들과 같은 피의 민족이라는 것을 도저히 믿을 수도 없고, 상상조차 할 수 없어요, 정말."
하며 그는 몇 번이나 고개를 저었다.

"왜 그럴까요?"

"그들은 당신과 너무 달라요. 표정부터가 전혀 이민족 같아요. 당신을 보니까, 남한의 문화며 사회상을 짐작할 수 있습니다. 그리고 얼마나 자유로운 나라인가를 짐작할 수 있을 것 같습니다."

"그러세요? 감사합니다. 그러나 우리나라도 내가 만족할 만한 자유가 보장되어 있다고는 할 수 없어요. 더구나 북한이 저 모양이니까 원하는 것만치의 자유를 가질 수 없거든요? 우리는 휴전 중이거든요. 속상해, 아이구, 속상해!"

"참, 그렇지요. 하지만 그런 상황에서도 당신 같은 사람이 있다면 자유라고 할 수 있지 않을까요?"

"그렇게 생각하세요? 그렇다면 박사님께 찬성하는 걸로 해두겠어요."

"생큐."

두 사람은 마주 보며 티 없이 웃었다. 정희는 걸음을 멈추고 심호흡을 했다.

"저는 자유도 자꾸만 개발되고, 그 권리도 자꾸만 상승해야 한다고 생각해요. 아, 공기가 맛있어요. 너무 너무 기분이 좋아요."

알렉산다는 정희처럼 기분이 좋다는 말은 하지 않았다. 조용히 가라앉은 표정에 눈길만은 맑고 온화했다.

"닥터 알렉산다, 기분이 좋지 않으세요? 이 좋은 공기에?"

알렉산다는,

"미세스 김이 좋으시다면 저도 그런 걸로 해두지요."

라고 했다.

"이 좋은 대기 속에서 기분이 좋지 않으시단 말예요? 그건 동구권의 특색이에요? 박사님만의 특색? 아무튼 제 의견을 따라주신다니 감사합니다."

하고 정희는 말했다. 그녀의 거침없는 음성이 대기 속에 맑게 퍼졌다.

그들의 뒤에서 일행인 듯한 감색 윗도리의 신사 한 사람이 알렉산다 곁으로 오더니 "잠깐" 하며 말을 걸었다. 알렉산다는 잠시 걸음을 멈추고 그와 나직하게 얘기를 했다. 그들의 대화는 독일어도, 불어도, 스페인어도, 이태리어도 아니고 물론 영어도 아니었다. 두 사람은 정희에 관한 얘기를 하는 것 같은데 둘이 다 의식해서 정희에게 시선을 돌리지 않으려고 하는 것이 분명했다.

다시 걷기 시작한 알렉산다는,

"실례했습니다."

라고 한마디 하고는 침울한 낯이 된다. 정희는,

"누구세요?"

하고 물었다.

"동향인이에요."

"야단맞으셨어요?"

"……왜 그런 말을 하시지요?"

"낯빛이 그래요. 스승이세요? 형님이세요?"

알렉산다는 비로소 조용히 미소 지었다.

"미세스 김, 당신은 행복한 분이시죠. 괴로움이라든가 슬픔 같은 것, 부자유 같은 것 전혀 겪어본 일이 없으시죠."

"천만에, 천만에!"

정희는 고개를 세게 가로저었다.

"박사님은 비겁해. 제가 묻는 말에 대답은 하지 않으면서!"

알렉산다는,

"미안합니다. 참 그렇군요. 저 사람은 동향인인데 의학박사고, 저와 함께 학회에 참석했지요. 우리 나라에서 셋이 왔는데, 또 한 사람은 다른 관광 코스를 택하고……."

하며 더듬더듬 일본어로 나직이 말했다. 동향인이 혹시 영어를 알아들을까 그러는 것 같았다.

"역시 제 물음에 대답하지 않으시는군요."

하며 정희는 정색을 하고 박사를 바라보았다. 묵묵히 무엇인가 골똘히 생각하며 단정하게 걷고 있는 알렉산다는 한결 학자다운 기품이 있었다.

"괜찮아요. 말하지 않으셔도. 제가 멋대로 짐작하지요, 뭐. 어차피 알아도 소용없는 일 아니에요?"

하며 정희는 신경질적으로 말했다. 한참 만에 알렉산다는 혼잣말처럼,

"미안합니다. 말씀드리지요. 당신과 너무 길게 얘기하지 말라는 경고였습니다."

라고 했다.

"맙시사! 공산주의식! 너무 질색이에요. 전 6·25 때 공산주의라는 게 무엇인지 당해보아서 너무도 잘 알아요. 공산주의뿐 아니라 그런 유의 모든 독재 정권이란 것을 나는 저주해요. 저주해요 저주해요!"

정희는 언성이 높아지려 할 때 입을 다물었다. 화를 내며 걸으니까 걸음이 절로 빨라져서 알렉산다보다 몇 걸음 앞으로 내딛고 있었다.

그녀는 약수터 앞에서 멎어서서 알렉산다를 기다렸다.

"그래서 무어라고 하셨어요?"

하고 정희가 물었다.

"알고 있다고 했지요."

"왜 상관 말라고 안 하셨지요?"

"……."

"공산주의 사회는 그런 거지요? 쏘련 편드는 사회치고 다 그렇지요, 뭐! 하지만 참 이상해요. 동구권에서 온 사람하고, 우리 민족

의 감정이 얽힌 일본 땅에서 우연히 만나서 쏘련 욕을 하면서, 그러면서도……."

그녀는 갑자기 입을 다물었다.

알렉산다 박사, 그러면서도 당신은 좋으니 정말 모를 일이에요. 하고 그녀는 속으로 말했다. 알렉산다는,

"우리 국민의 88.9퍼센트가 쏘련을 증오합니다."

하며 정색을 했다.

"당신도?"

그는 모처럼 밝게 웃으며 힘주어 고개를 끄덕였다.

"그런데 왜 당신네 나라는 동구권에 서 있지요?"

"반항하면 더 처참한 침공을 당하니까."

"알아요. 쏘련 탱크가 프라하를 어떻게 했는가를. 박사님은 체코인이세요?"

"아니에요."

정희는 그가 어느 나라 사람인가 굳이 묻지 않았다. 그를 위해서였다. 그의 나라를 밝히면 그에게 어떤 위협이 행여 일어날세라 염려되어서다. 이런 정이 국가 간에도 싹튼다면 짧은 인생, 작은 지구가 훨씬 환희로운 것이 될 수도 있으련만 하고 정희는 잠시 생각에 잠겼다.

약수터에서 정희는 바가지에 물을 퍼서 알렉산다에게 손을 씻도록 권했다.

"여기서 손을 씻고, 약수를 마시고 마음을 깨끗이 하고 부처님께 절하라는 거예요."

"참, 안내양이 아까 그렇게 설명했지요."

알렉산다는 정희가 부어주는 물에 다른 사람처럼 두 손을 비비며 가볍게 씻었다. 그리고 바가지에 물을 퍼서 정희의 손에 부어주었다. 두 사람은 따로따로 손수건을 꺼내어서 손을 닦았다.

"바위틈에서 바로 떨어지는 물이니까 마셔도 되겠지요?"

하고 알렉산다가 물었다.

"네, 약수라고 해서 건강에도 좋다고 해요. 다들 마십니다. 마셔서 마음도 깨끗이 씻고 참배하라는 겁니다. 최소한 공해는 없겠지요. 아무튼 태곳적부터 깊은 산속에서 흐르는 물이니까 신비롭게는 느껴져요. 오랜 역사를 지닌 산속의 물길을 따라 흐르며, 그러나 언제나 새로운 물, 나는 그것에 신성(神性)을 느껴요."

알렉산다는 놀라는 듯이 그녀를 보았다.

"저는 미처 그렇게는 생각 못했습니다. 아니, 정말……! 안 마시세요?"

하며 그가 물었다. 정희는,

"그릇 때문에."

하며 조그맣게 말했다.

"그릇?"

"여러 사람."

하며 그녀는 손가락으로 입술을 가리켰다.

"그러면 나도……."

하며 알렉산다는 바가지를 물통에 다시 띄웠다. 정희는 즐거워져서 웃으며 그에게 고개를 끄덕였다. 그 조그만 바가지는 마구 흘러 내리는 물로 씻으면서 마시는데, 정희는 결벽증이 있어서 피했다. 그때 감색 윗도리의 그 신사의 시선과 마주쳤다. 정희는 그에게도 웃는 낯으로 아는 체를 했다. 그리고 그가 그들을 감시하고 있는 것을 알았다. 공산주의 나라에서는 세 사람 중에 반드시 한 사람은 감시자며, 상부에 그 내용을 보고하는 것을 한국전 때 정희는 이미 듣고 알고 있었다. 대개는 감시자가 누군지 비밀로 한다는데, 이 사람은 노골적이라 좋은 사람 같았다. 정수(淨水) 통 건너편에서 그도 마지못해 웃는 낯을 했다.

정희와 알렉산다는 잠자코 약수터를 떴다. 두 사람은 동산의 오솔길을 따라 올라갔다. 앞서간 사람들이 더러 길옆의 의자에 앉아서 쉬고 있었다. 정희도 긴 의자에 앉았다. 알렉산다는 그녀의 옆에 앉지 않고 몇 걸음 더 가서 높은 소나무에 기대어 섰다.

정희는 건너편의 먼 산의 불타듯 붉은 단풍을 보았다. 눈부시게 아름다웠다. 그녀는 티만큼의 미련도 없을 만큼 10여 년을 사랑해온 남편을 생각하고 또 두 아이들을 생각했다. 서울은 여기보다 기온이 낮은데 감기나 안 걸렸는지……. 그리고 그녀는 저만큼 멀리 서 있는 알렉산다를 생각했다. 짧은 시간 동안이었으나 그에게 끌리는 정이 조용히 깊어감을 그녀는 지금 느끼지 않을 수 없었다. 동시에 푸르게 가라앉는 사랑의 정에 왠지 쓸쓸한 정이 검정 파도처럼 조금씩 조금씩 스며들고 있었다.

"시간이 되었어요."

하고 알렉산다가 정희에게 알려주었다. 집합 시간이 가까워지고 있었다. 흩어져 있던 그들의 일행들도 모두 버스가 있는 청수사

경내 밖을 향해서 걸어갔다.

호텔로 돌아온 정희와 알렉산다는 저녁 식사도 약속을 해서 함께 먹었다. 알렉산다는 일행이 내일 오전 11시에 떠나기 때문에 짐을 대충 챙겨놓고 10시 반쯤 스카이라운지에서 정희와 다시 만나기로 했다.

"마지막 데이트가 되겠어요."

하며 정희는 되도록 밝은 표정을 지었다. 알렉산다는,

"10년 후라도, 20년 후라도 살아 있으면 어디선가 만나게 될 겁니다. 다시 만날 수 있도록 기도하겠습니다."

라고 했다.

"10년 후, 20년 후에……?"

정희는 나는 할머니가 되어 있을 거예요, 하려다가 얼른 입을 다물었다. 그리고 그런 생각을 갖는 하의식에 어떤 정감이 담겨져 있음을 깨닫고 그녀는 스스로 놀랐다. 사랑이 충만한 젊은 육체의 찬란함을 그녀는 순간 뼈저리게 느꼈다. 그런 젊음을 다만 지나가도록 방관할 수밖에 없는 것도 현실이었다. 그래서 인생은 사람으로 하여금 때로 생각하게 하는 것인가.

방으로 돌아와서 정희는 샤워를 했다. 그녀는 거울 앞에 세워둔 남편의 사진에 입맞춤을 했다.

'사랑해요.'

하고 늘 그랬듯이 그녀는 속으로 말했다. 아이들의 사진에도 입맞춤을 했다.

'예쁜 녀석들!'

그녀의 입가에 웃음이 저절로 흘러나왔다.

정희가 막 스카이러운지로 가려는데 전화가 왔다. 알렉산다의 급한 말소리가 들렸다.

"미세스 김, 안녕히 계세요. 갑자기 스케줄이 바뀌었답니다. 우리 나라의 일행이 모두 지금 떠나는 중입니다. 언젠가 또 만납시다. 배달될지 안 될지 모르겠으나 편지 보내겠습니다. 안녕, 안녕!"

"안녕!"

하고 정희는 얼떨떨한 채 말했다. 전화를 끊자, 그녀는 바로 방 밖으로 나가서 승강기를 탔다.

지금 떠나는 중이라니, 방에서 떠나는 중인지 호텔을 떠나는 중인지 알아보려야 그의 방 번호를 모르니 어쩔 수도 없었다. 그녀는 호텔의 현관 쪽으로 달려갔다. 방에서 나오는 중이라면 현관에서 그를 만날 수도 있을 것 같았다.

그러나 알렉산다와 감색 윗도리의 그 신사와 또 한 남자의 일행 셋은 이미 현관을 나가서 차를 기다리는 중이었다. 현관 안쪽으로 몸을 돌리고 있던 알렉산다는 재빨리 정희를 보고 두어 발자국 뛰어오다가 멈칫 섰다. 일행이 그를 부른 것이다. 승용차가 왔다. 정희는 그에게로 달려갔다.

"안녕!"

"안녕!"

하고 그들은 악수를 했다. 그러고 보니 처음으로 잡아보는 손이었다. 알렉산다의 손도 정희의 손도 차가웠다. 가을의 한밤중의 기온은 차가웠다.

알렉산다의 아름다운 푸른 눈에 눈물이 고였다. 그는 그것을 감추려는 듯이 얼른 돌아서서 일행이 기다리는 승용차에 올랐다. 그리고 그는 다시는 정희를 돌아보려고 하지 않았다. 차창을 통해 희미하게 보이는 그의 옆얼굴은 침울했고, 어깨가 떨고 있는 것이 울고 있는 것 같았다.

정희는 선 채 꼼짝도 하지 않고 차가 멀리 시가의 불빛 속으로 사라질 때까지 서 있었다.

왜 갑자기 그들은 떠났는지? 정희와 얘기도 못 하도록 주의를 주는 형편이니 갑자기 스케줄을 바꾸는 것쯤 그들에게는 아무것도 아닌 일일 것이다. 어쩌면 알렉산다와 내가 만나는 것을 막기 위해 한시바삐 떠났는지도 모른다.

돌아서서 호텔로 다시 들어갈 때 정희의 두 눈에 고였던 눈물이 뺨에 흘러내렸다. 흐르는 눈물을 정희는 닦으려고 하지도 않았다. 그와의 이별은 생각했던 것보다 훨씬 더한 아픔이었던가 보았다.

그녀는 커피숍으로 가서 천천히 커피를 한 모금 마셨다. 태산 같은 것이 그녀의 눈앞을 가로막고 선 것 같은 것을 그녀는 느꼈다. 깊은 한숨이 가슴속에서부터 흘러나왔다.

1982년, 《한국문학》

2000년대

덜레스 공항을 떠나며

덜레스 공항을 떠나며

정숙 일행이 덜레스 공항에 도착하니까 11시 15분이었다. 9월 11일 뉴욕의 세계무역센터 등에 동시다발 테러 공격이 있은 뒤로 검사가 강화되어서 체크인하는 데만도 세 시간은 걸린다 해서 2시 출발의 대한항공기를 타기 위해 일찌감치 나온 것이다.

차에서 내리자,

"이제 우리끼리 갈 수 있으니 어서 가, 어서."

하고 정숙은 손까지 흔들었다. 딸 내외는 막무가내로,

"아니에요, 괜찮아요."

하며 가방을 끌며 앞장섰다.

"얘야, 퇴근 시간에 출근하게 될라, 됐어 됐어, 그만 가라니까."

"염려 마세요, 체크인하시는 것만이라도 보고 가겠어요."

이런 말이 몇 번 오가는 사이 그들 일행은 공항 청사에 들어가서 KAL 카운터까지 가게 되었다. 이코노미 클래스 카운터에는 승객들이 200여 미터는 되게 줄 서 있었다. 모두 지친 낮이었다. 그

들 앞에도 꽤나 많은 승객들이 수속을 마친 듯했다. 정숙은,

"저 사람들을 봐. 어서 가게. 우리가 체크인하는 것 보려면 자네
는 퇴근 시간도 지나버리겠네."

하고 말했다.

범우는 얼른 가부를 말 못 하고, 줄지어 선 사람들만 휘둥그레
진 눈으로 한 사람씩 보고 서 있다. 영희가,

"이렇게 승객이 많으니 기내에서 힘드시겠어요. 공연히 이코
노미로 바꾸셨어요. 비즈니스 카운터에는 승객이 거의 안 보이는
데."

하며 걱정스러운 얼굴을 한다. 기준이,

"비즈니스로 간다고 더 빨리 가니? 이코노미나 똑같은 속도로
가는 건데, 돈을 두 배나 들여서 그걸 왜 타니?"

했다. 정숙은,

"올 때에는 이코노미가 140석이나 비어서 왔는데, 이게 웬일이
냐? 이코노미로 바꾸느라고 공연히 범우만 애쓰게 했나 보다."

했다. 범우가,

"아닙니다. 마침 예약을 취소하는 사람이 있어서 표를 구할 수
는 있었습니다마는 정말 괜찮으실까요?"

"괜찮구말구. 엄마는 50킬로밖에 안 되니까 문제없어. 저런 사
람도 타는데……"

하는 기준의 말에 저만치 앞쪽에 100킬로그램은 넘을 것 같은 갈
색 머리의 키 큰 백인에게 모두 시선이 갔다. 정숙은,

"걱정들 말아라, 나는 비행기가 뜨자마자 잠드는 사람이니까 퍼

스트건 비즈니스건 이코노미건 아무 상관 없다. 그리고 표 바꾸고 남은 돈으로 또 오지."

했다.

"그럼요, 또 오세요. 저희가 여기 있는 동안 자주 오세요."

하고 범우가 말했다.

또 온다는 말에는 테러 같은 일을 다시 당하지 않는다는 의미도 내포되어 있으니까, 말이 씨 된다고 정숙은 생각 없이 나온 말이 스스로 반가웠다. 생각 없이 나오는 말은 사람이 하는 말이 아닌 다른 무엇이 시키는 예언 같은 것이라는 관념이 있어서, 우리나라 옛 어른들은 "말이 씨 된다"라고 부정적이거나 박절한 말을 하는 것을 경계했지 않았던가.

이코노미건 비즈니스건, 누워서 가건 쪼그리고 앉아서 가건 올 때처럼 무사히 도착만 해라, 하고 정숙은 혼자서 속으로 말했다. 그들이 미국에 머물던 열흘 동안에도 출처를 알 수 없는 탄저균 가루 때문에 어수선했고, 아프가니스탄에서는 미 공군기가 연일 폭탄을 퍼붓고 있었다.

"올 때도 무사히 왔으니 갈 때도 무사히 가겠지?"

"그럼요. 엄마, 무사히 가시고 말구요."

영희는 확신하는 듯 밝은 낯으로 진지하게 말했다.

범우가 어떤 수단을 썼는지는 모르나 정숙의 원대로 이코노미 표를 구해 와서 귀국 때에는 값싼 표에다가 두 다리 뻗고 자면서 가게 된다는 달콤한 만족감에 젖어 있었는데, 200미터는 될 만큼 늘어선 이코노미 클래스의 승객들을 보자 그녀는 혼자서 잘못 짚

었구나 싶어 아연해하고 있었다. 영희가 범우에게,

"당신만 가요, 나는 떠나시는 것 보고 택시로 갈게."

했다. 그 말이 끝나기도 전에 기준이,

"말도 안 돼!"

하고 소리쳤다.

"그럼, 둘이서 같이 가야지. 앞으로 두 시간만 있으면 비행기는 뜬다. 너희가 워싱턴까지 갈려면 한 시간은 걸릴 텐데, 자, 이제 가거라. 그동안 수고 많이 했다. 덕분에 편히 있다 가네, 고맙네."

하며 사위의 손을 잡았다.

"좀 더 계시다 가시지……."

하며 영희의 눈가가 뻘게졌다.

"내년 봄에 또 올게, 너희가 여기 있는 동안 두어 번 더 올 생각이다."

하며 정숙은 딸의 뺨에 키스하고 꼭 껴안았다.

"잘 있거라. 수고 많이 했다. 아이들에게도 할머니 할아버지가 사랑한다고, 뽀뽀한다고 전해다우."

정숙은 사위의 손을 두 손으로 쓰다듬고 또 그의 등을 두들겼다. 영희 내외는 몇 번이나 뒤돌아보며 서로 손을 잡은 채 청사 밖으로 나란히 사라졌다.

기준이 1년 전부터 참석하기로 한 국제 심포지엄을 한 달 앞두고 그 테러가 일어났었다. 10월 20일에 심포지엄이 있으니까 나흘 전쯤에 영희 집에 가 있다가 그것이 끝난 후에 또 며칠 더 있으면 합쳐서 열흘을 영희 식구와 지낼 수 있는 것이다. 정숙은 남편의 일에는 애초부터 관심이 없었고, 오로지 작년 여름처럼 딸과 사위와 어린 손자들과 맛있는 것 먹고 다니고, 손자들에게 책 사주고 장난감 사주고, 손자들 좋아하라고 일요일이면 교회에 가서 교인도 아니면서 함께 찬송가도 목청껏 큰 소리로 부르고 드라이브하며 돌아다닐 생각에 비행기를 예약한 후 두어 달 동안 기분이 들떠 있었다. 더구나 외국 상사에 스카우트되어서 수입이 넉넉해진 사위가 정숙의 생일 선물로 비즈니스 표를 보내온 것이 그녀를 더욱 들뜨게 했었다. 주최 측에서는 기준에게만 비행기표를 보냈었다.

9월 11일 텔레비전 뉴스를 함께 보고 있던 정숙 내외는 서로 바라보며 동시에,

"못 가는 거지?"

했었다.

고대하던 워싱턴행이 한순간에 허물어지니까 정숙은 맥이 확 풀려버렸었다.

"아이구 맙소사. 하필이면 요 때냐!"

하며 휴—하고 한숨을 내뿜었었다.

테러 직후 미국의 국제전화 선이 모두 통화 중이어서 이틀 만에 겨우 영희와 통화를 할 수 있었다. 영희의 집은 펜타곤에서 멀리 있어서 아무 피해도 없다고 했다.

일주일이 지나자 주최 측에서 기준에게 예정대로 심포지엄을 할 것이니 꼭 참석하기 바란다는 이메일이 왔다. 워싱턴은 전과

달라진 것이 없고 평화로우니 아무 염려 말라는 말도 덧붙어 있었다.

"심포지엄을 한다구? 엄청난 추가 테러가 바로 있을 것이라고 알카에다가 으르렁대고 있는데? 부시 대통령의 응징하겠다는 얼굴은 또 어떡허구? 별 정신 나간 소리 다 듣겠네! 심포지엄이 대관절 무엇이라고 이런 판국에……."

정숙은 절대로 가면 안 된다고 했으나 기준은 "좀 더 정세를 두고 보아야겠어"라고만 했다.

"두고 볼 것도 없어요. 사태는 점점 더 나빠져요. 이슬람교도들이 데모하는 걸 보아요. 무시무시하잖아요. 3차 대전이 날지도 몰라요."

정숙은 혼자서 워싱턴행을 완전히 포기하고 있었다. 그러나 며칠이 지나고 나니까, 그렇다면 지구상의 전 인류가 몇 사람의 테러리스트 때문에 꼼짝도 못 하고 마냥 주저앉아만 있으란 말인가? 그리고 언제까지? 하고 생각하게 되었다. 다시 며칠이 지나니까, 설마 비행기마다 다 그렇게 되려고? 하는 생각이 슬그머니 들었다.

정숙은 10월로 접어들자,

"거기는 아무렇지도 않다고 영희도 말하니까, 우리 가기로 할까요? 인명은 재천이라는데……."

하고 기준에게 말하기도 했다.

"생각 그만하고 잠이나 자."

기준은 내내 확실한 말을 하지 않았었다.

정숙은 어느 날은 잠이 깨자 기준에게,

"심포지엄이 밥 먹여주나요? 비행기 예약은 취소하고, 주최 측에는 비행깃값 돌려주고 가지 않기로 정합시다. 매일 이럴까 저럴까 헷갈리니 어질어질해요."

했다. 기준은,

"응, 응."

하고 고개는 끄덕였으나 정숙처럼 똑 부러지게 결정한 것 같지 않아서,

"더 생각할 것도 없어요. 전쟁터에 뛰어드는 격이 아니라, 바로 뛰어드는 거라니까요. 나는 영희들도 이리 오라고 말하고 싶어요. 거기 직장 그만둔다고 아무리 밥걱정할까. 전쟁터에 있는 것보다는 여기가 낫지……. 허, 참, 세상이 바뀌어도 한 바퀴나 바뀌었네. 더 유나이티드 스테이츠 오브 아메리카가 전쟁터가 되다니…… 한 달 전만 해도 미국은 전쟁터와는 동떨어진 세계 유일한 나라였는데, 1차 세계대전 때는 물론이고, 2차 세계대전 때에는 전쟁 당사자였는데도 그 땅에는 총알 반쪽도 안 떨어졌었잖아요."

정숙은 혼자서 떠들다가,

"참, 진주만 공격은 당했었지……."

했다. 기준은,

"유식하네. 강사 하다가 그만두었으니까 다행이지, 교수까지 했다면 대단했겠어."

"저이 봐, 나를 비꼴 여유가 있어요? 갈까 말까 하고 머리가 터

질 지경인데."

"혼자서 야단났네."

"어머, 자기는 가고 싶은가 봐. 한 시간 논문 발표하기 위해서
목숨을 걸어요? 논문은 가 있으니까 딴 사람이 읽으면 되잖아요?
논문인데 꼭 본인이어야 할 이유가 없잖아요? 연주나 무용이나
뭐 마라톤 같은 거라면 몰라도."

하며 기준의 결심을 독촉했다.

기준은 며칠 더 생각하다가 결국 가지 않기로 결정하고 주최 측
에 이메일을 보냈다. 그쪽에서 바로 회답이 왔다. 전과 똑같은 내
용이었다. 거기는 변한 것이 없고, 윤 교수가 빠지면 그 심포지엄
은 완전한 실패작이 될 터이니 매우 난처하다는 것이었다. 이 말
에 다시 생각하기 시작하는 기준을 보고 정숙은,

"그 사람들 참 염치도 없네. 전과 다름없다니 말이나 되냐구. 테
레비에 맨날 나오는 부시의 얼굴도 못 보나? 당장 전쟁이 터지게
생겼던데."

하며 흔들리려는 기준을 다그쳤다.

그러나 영희와 몇 번 전화를 하고 난 뒤로 정숙 자신이 흔들리
기 시작했다. 영희의 말도 주최 측과 한가지였다.

"엄마, 그래도 마음이 내키지 않으시면 오지 마세요."

"내키고 안 내키는 문제가 아니고, 이를테면 육감의 문제가 아
니고, 멀쩡한 정신으로 판단해보려니까 결정하기가 어렵구나. 나
도 가고는 싶단다, 가고 싶어!"

정숙은 소리를 지르고 있었다.

네 살이 된 지호가 전화를 바꾸더니 응석 섞인 말투로,

"할머니, 보고 싶어요. 그리스 식당에서 그 생선 찜 먹어요."

했다. 작년 여름에 갔을 때 그 요리가 맛있어서, 어떻게 만드는가 영희에게 알아두라고까지 했었다.

"그래, 할머니하고 그 집에 또 가자."

"버거킹도요."

한다.

"그럼, 그 버거킹에 가서 먹자. 그리고 건너편 책 가게 가서 책도 사자."

이렇게 말을 해놓고 보니 정숙은 부쩍 가고 싶어 조바심이 났다.

그 후에도 영희와 몇 번 통화했으나 그때마다 달라진 것은 없다 하고, 그러나 마음 내키지 않으면 오지 말라는 말을 덧붙였다. 영희도 육감이라는 것을 무시하지는 않는 것 같았다. 어릴 때부터 '육감'이라는 말을 어미에게서 들어온 탓이리라.

주최 측에서는 더 간절한 이메일이 왔다. 참석하고 싶은 사람들이 대기자 명단에 80명이나 올라 있으니 기준이 가지 않으면 난처하다는 얘기였다. 5000여 명이 한꺼번에 죽고 펜타곤이 공격을 당했는데도 일반 시민 생활에 변화가 없다니 미국은 과연 크기는 큰 나라구나 하고 정숙은 생각하지 않을 수 없었다.

영희의 말도 주최 측의 말도 매번 똑같고, 곧바로 있을 듯하던 추가 테러도 없었다. 없으니까 안심이 되기도 하나, 없기 때문에 앞으로 언제 있을지 더 불안하다면 불안했다. 하기는 테러가 아니

더라도 비행기 사고는 언제나 있을 수 있는 일이고, 사고의 빈도로 따진다면 국내에서의 자동차 사고가 더 많다. 그렇다고 해서 자동차를 탈까 말까, 차 사고가 두려워 집 밖에 나갈까 말까 하는 사람이 있다는 말은 들은 적이 없었다.

시간이 갈수록 정숙의 마음이 가는 방향으로 기울어지고 있었는데, 10월 8일 새벽 1시에 미국의 B2 스텔라 폭격기가 카불에 공습을 시작했다. 드디어 전쟁이 일어난 것이다.

그날은 기준도 가지 않기로 결정했다. 그는 주최 측에 이메일을 보냈다. 정숙은 전쟁이 확실하게 났으니까 미국은 전쟁하는 나라고, 전쟁 중인 나라에서 무슨 뜬딴지같이 국제 심포지엄을 하겠느냐고 했다.

그러나 그쪽에서 이메일이 또 왔다. 심포지엄은 전쟁과는 아무 상관이 없으니 참석해달라는 내용이었다. 기준은 답장을 보내지 않았다. 2, 3일 지나서 다시 같은 내용의 이메일이 왔다. 기준은 이번에도 답장을 하지 않았다. 그는 뉴스에만 귀를 기울이고 있었다. 아프가니스탄에서는 미국 폭격기의 일방적 공격 같았다. 정숙은 전쟁이 빨리 끝나기를 간절히 바랐다.

시간은 흘러서 비행기표를 취소할 수 있는 마지막 날이 하루하루 다가오고 있었다. 주최 측에서 이메일이 또 왔다.

"갈 거예요?"

하고 정숙이 물으니까 기준은,

"글쎄."

했다.

"그러면 안 갈 거예요?"

해도,

"글쎄."

라고만 했다.

비행기표를 취소할 수 있는 마지막 날이 하루 앞으로 다가왔다. 기준은 저녁 모임이 있어서 나가면서,

"가부간 오늘 중으로 결정을 해서 내일은 KAL에 알려주어야 하고, 그쪽에도 알려주어야 대비를 할 텐데, 자기도 생각 좀 해두어."

했다.

평소에는 정숙이 무엇인가 결정을 못 하면 기준이 결정해주어서 편했는데, 이제는 그녀에게 맡기는 것 같으니까 갑자기 그녀는 조바심이 났다.

그녀는 혼자서 곰곰이 아무리 생각해보아도 결정을 할 수가 없었다. 그녀는 답답해서 이럴 때 동전이라도 한번 던져볼까 하는 생각이 들었다.

그녀는 안방 바닥에 방석을 깔고 마치 거기에 귀신이건 신이건 어떻든 초인간적인 그 무엇이 있는 것처럼 긴장하며 자세를 고쳐 앉았다. 세 번 연이어 앞면이 나오면 가기로 하고 100원짜리 동전 한 개를 위로 던졌다. 그러나 열 번을 시도해보아도 연이어 세 번 앞면은 나오지 않았다. 마지막으로 단 한 번으로 정하자 하고 한껏 높이 던지니까 뚝 떨어지며 앞면이 나왔다.

"어머, 가라고 나왔네. 가야지, 가는 거야! 이제 그만 생각하기다. 생각을 그토록 했어도 아무 소득도 없었잖아? 가는 거다 가는

거야!"

그녀는 혼자서 소리 내어 말했다.

기준이 귀가하자 그녀는,

"우리 가기로 합시다."

했다.

"왜?"

"동전점 쳐보니까 가라고 나왔거든."

"동전점 때문에 간다구?"

"그러면 무엇으로 정해요? 생각을 아무리 해봐도 결정할 수가 없으니?"

기준은 한참 생각하고 나서,

"자기가 가고 싶으면 갑시다. 자기 말대로 인명은 재천이라니까."

한다.

"비행기 한번 타는데 이 야단을 하며 가다니, 참! 생각하니 우스워 죽겠네."

"자기는 요즈음 생각할 꺼리가 생겨서 신난 것같이 보이던데?"

"그건 또 무슨 말이지? 내가 생각할 꺼리가 없었다는 말 같은데?"

"생각해보면 알 게 아니야? 40년을 함께 살아왔지만 요즈음처럼 골똘히 생각하고 초조해하는 모습은 처음 보았으니까."

"당연하지 않아요? 생사가 달린 문제인데, 그 문제의 직접 원인은 가도 그만 안 가도 그만인 논문 발표인데다가, 또 다른 이유도 손자들 보고 싶어서 가는 것이니, 말하자면 그것도 가도 그만 안 가도 그만인 일이잖아요? 갈 기회는 얼마든지 있는데, 그런 일에 하필 지금 이 시기에 목숨을 거는 도박을 하는 꼴이니까 생각이 이리저리 헛갈리는 거지. 요컨대 가고 싶어 죽겠는데 그놈의 비행기 테러 때문에 생각을 하게 되는 거지. 아이구, 어지러워, 이러다가 혈압 올라갈 것 같아요."

"혈압 걱정하면서까지 갈 건 뭐요? 그만둡시다, 그만둬. 자기 혈압이라면 난 질색이니까."

기준이 단호하게 말하니까 정숙은 당황했다.

"정말 그만둘 테요? 혈압이 올라도 약 먹고 있으니까 괜찮을 거고, 이제는 약이 내 증세에 맞으니까 계속 괜찮거든? 동전점은 가라고 나왔고, 내 육감도 괜찮은데?"

"그러면 혈압 얘기는 다시는 하지 말라구!"

"안 한다니까!"

"그렇다면 가기로 하지. 우왕좌왕 그만하고. 더 생각할 시간도 없어. 이제 이것으로 끝. 갈 준비나 해요."

하고 기준은 서재로 가버렸다.

정숙은 가방을 가지러 가려다가 퍼뜩 대학 동창인 순애가 생각났다. 얼마 전부터 신들려서 그것을 뿌리치느라고 가톨릭 영세를 받았는데, 여전히 사람의 속이 훤히 들여다보이고 그녀가 예언한 것이 맞아서, 친구들이 사업이 막히면 찾아가고 어디가 아프면 죽을병인가를 물어보러 간다는 소문이 돌고 있었다.

정숙은 순애에게 전화를 걸었다. 순애가 대뜸 전화에 나왔다.

"잘 있었니? 나, 정숙이야."

하니까 순애는,

"네가 전화할 줄 알았어."

했다. 신들리면 성대도 변하는지 조금 거칠거칠 쉿소리가 섞인 음성으로 순애는,

"너 뭐 물어보고 싶은 것 있지?"

했다.

얘가 정말 신이 들렸나 하고 생각하며,

"넘겨짚지 말어. 친구한테 전화도 못 하니? 잘 있겠지만 궁금해서 전화 한번 해본 거다. 미국에서 저 난리가 났으니 공연히 뒤숭숭하잖니?"

순애는 껄껄 웃으며,

"정숙아, 그렇게 빙빙 돌리지 말어, 너 미국 갈까 말까 하는 거지? 미국 가고 싶으면 가거라. 지구 끝까지든 하늘 끝까지든 걱정할 것 없다."

한다. 정숙은 속이 서늘해지지 않을 수 없었다. 신들린다는 게 이런 거로구나……!

"네가 어떻게 그걸 아니? 정말 신기하다. 사실은 워싱턴에 가야 하는데 하필 이 난리니……. 또 테러가 있을 거라 하지 않니?"

"테러 아니라 테러 할애비도 어림없지."

"정말? 그런데 내 남편도 가야 하거든?"

"그 양반도 아무 걱정 없다. 잘 다녀오너라. 두말 말고"

"얘야, 넌 마치 써놓은 글 읽듯이 하는구나. 그 사람 목소리도

안 들어보고 그러니?"

"네 목소리에 과부 될 낌새가 없으니 걱정 마. 테러 속에 허니문을 떠난다…… 그 참 멋지다."

"농담 말어, 얘, 우리는 심각하단다. 네 결정에 따를 테니까 정색하고 말해봐."

"걱정 말라구, 아무 걱정 말구 잘 다녀와, 올 때 비행기 안에서 파는 볼펜이나 사다 줘."

"물론이지. 한 세트 사다 줄게."

"그래, 고맙다. 점심은 내가 살게."

"볼펜 열 개 때문에 점심을 사니? 점심은 내가 사겠다. 네 덕에 가서 손자들 보게 되니까 당연히 내가 산다."

"그렇게 해라. 네 밥은 아무리 비싼 것이라도 먹을 때에는 속 편하니까. 한 번 아니라 열 번이라도 먹어줄게. 잘 다녀와, 자, 전화 끊자, 딴 전화가 또 오니까."

"알았어, 미안, 미안, 안녕."

전화를 끊으니까 정숙은 머릿속 한구석에 자리 잡고 있던 거미줄 같은 것이 단번에 날아가버린 것 같았다.

"이렇게 간단한 것을 한 달씩이나 안고 끓였어!"

순애가 저토록 자신 있어 하고, 그녀 자신도 육감이 나쁘지 않았고, 동전 점도 그렇고…… 그렇게 생각하니까 한편 피식 웃음이 나왔다. 가고 싶으니까 어떻게든 그쪽에다 유리한 생각을 주워 모으고 있었기 때문이다.

"여보, 갑시다."

하고 그녀는 인터폰에 대고 소리쳤다.

그녀는 안방 문을 열고 나가서 서재 문을 노크하고, 열고, 들어가서 얘기하고, 다시 나와서 안방으로 가는 절차가 귀찮아서 핸즈프리 인터폰을 설치해두었다.

기준이 서재 문을 열고 나오며,

"가기로 했었잖아?"

하고 놀란 얼굴을 했다.

"응, 더 확실히 해두는 거라고."

그녀는 순애와 통화한 것은 말하지 않았다. 이제 미신까지 믿는다고 비웃을까 해서다.

"깜짝이야! 또 무슨 별난 일이나 난 줄 알았지. 난 간다고 이메일을 이미 보냈어."

하며 기준은 서재로 들어가버렸다.

한 달 가까이 우왕좌왕하던 워싱턴행이 단번에 확고히 가기로 결정이 난 것이다. 신들린 순애가 마지막 결정을 속 시원히 내려준 셈이었다. 정숙은 영희에게 국제전화를 걸었다.

"얘야, 우리 가기로 했다."

영희는 잘했다고 하며 기쁨을 감추지 못했다.

"덜레스 공항, 오전 11시 30분 도착이다."

"네, 마중 나가겠어요. 범우하고 같이 가겠어요."

영희는 좋아서 어쩔 줄 모르는 것 같았다. 이번에는 내키지 않으면 오지 말라는 말을 하지 않았다.

전화를 끊자 정숙은 붙박이장에서 여행용 큰 가방과 기내용 작

은 가방을 꺼냈다. 그리고 준비해둔 해외여행 때 보는 메모 용지
를 옷장 서랍에서 꺼냈다.

정숙 내외는 해외여행을 하면 그때마다 한두 가지 잊어버리
는 것이 있어서 여행지에서 난처한 적이 여러 번 있었기 때문에,
메모를 해두고 여행할 때마다 변호사가 육법전서를 참조하듯이
그것을 보며 짐을 쌌다. 메모해둔 것에는 크게 A, B, C, D, E 항이
있고, 각 항마다 다시 소항목이 있다. A (1) 여권 (2) 비행기표 (3) 혈
압약 (4) 신용카드와 약간의 현지 잔돈. A에 속하는 물품 중 한 가
지라도 없으면 여행은 불가능하기 때문에 A항이 첫 번째에 쓰여
있다.

B항은 목욕실용 가벼운 슬리퍼다. 일본을 제외하고는 서구의
어느 호텔에도 슬리퍼는 없다. 목욕한 맨발에 신고 다니던 구두를
신을 수 없고, 구두 신고 다니던 양탄자를 맨발로 밟을 수는 없다.
정숙은 실내용 슬리퍼를 두지 않는 서양 사람들의 위생 관념을 이
해할 수 없었다.

E항은 (1) 세면도구와 화장품 (2) 돋보기안경과 선글라스 (3) 챙
달린 모자 (4) 빨랫비누(반드시 작은 고체 비누. 가루비누는 마약 가루로
오해될 우려가 있으므로)와 고무장갑(호텔에서 간단한 세탁을 할 때 필요
하다. 고무장갑 속에 낄 면장갑) (5) 우산(둘이 함께 가더라도 가벼운 것으
로 하나만) (6) 운동화(정숙 것에 한한다. 산책 등 오래 걷게 되는 것에 대
비). E항의 것은 잊어버려도 시간을 다툴 만치 급한 물품이 아니며
현지에서 조달하기도 쉽기 때문에 가장 나중에 챙긴다.

정숙은 여행용 큰 가방의 뚜껑을 열고 메모한 것을 보며 한 가

지씩 넣었다. 의약품 중 집에 없는 것은 체크해두었다가 나중에 사다 넣는다. 가을이라 바바리코트를 넣었다. 워싱턴과 서울은 위도가 비슷하니까 기온도 비슷했다. B항에서 E항까지 두 사람 것을 정숙 혼자서 준비하는 데 한 시간은 넉넉히 걸렸다. 떠나기 전날까지 옷은 몇 번 바꾸기도 한다. 되도록 간편하게 준비하나 혹시 필요할까 해서 넣었다가 "아이구, 짐만 될라" 해서 뺐다가, 그래도 또 어찌 알랴 싶어 도로 넣었다가 한다. 기준의 세면도구며 논문은 기준이 챙긴다. A항도 기준의 것은 기준이 챙긴다. 그는 혈압은 정상이나 잠을 잘 못 자기 때문에 수면제를 챙긴다. 기내에서 기준은 잠을 자지 못하기 때문에 읽을 책을 가지고 가나, 정숙은 시력도 좋지 않고 기내에서는 거의 잠을 자기 때문에 읽을 책을 따로 준비하지 않는다.

큰 가방의 뚜껑을 닫고 나서 정숙은 서재의 인터폰에 대고 소리쳤다.

"여권 준비됐어요?"

"소리 좀 그만 질러. 다 준비됐어."

"여권과 비자 기한도 확인해요."

"했어."

"비행기표는?"

"걱정 말어."

"한 번 더 보고, 손가방에 미리 넣어두어요. 윗도리 포켓에 넣지 말구. 다니다가 잃어버리면 안 되지. 아이들이 열어볼 것도 확인해요."

아이들이 열어볼 것이라는 것은 일종의 유언장이다. 그것은 기준의 컴퓨터에 들어 있었다.

"사업가라면 몰라도 교수한테 무슨 변동 사항이 있겠어? 우리가 뭐 주식 투자를 했나, 뭐 로또를 샀나. 별걱정을 다 하네!"

"내일모레면 간다 말이에요. 하루밖에 안 남았으니까 그러는 거지."

"잔소리 그만해, 바빠, 난."

하고 기준도 소리를 질렀다. 정숙도,

"나도 바빠요!"

하고 소리치며 침대에 드러누웠다. 짐 싸느라고 힘이 들었는지 허리가 아팠다.

그들이 떠나기 전날, 하필이면 미국 상원 원내총무 톰 대슬 의원에게 배달된 편지에 탄저균 가루가 들어 있었다는 보도가 있었다. 전 미국이 세균전이 시작되었나 긴장했고, 9·11 테러에 이어 21세기에 있을 전쟁은 또 하나의 종류를 예고하는 것 같다고 언론에서 떠들었다. 정숙은 언제 눈앞에서 폭탄 테러가 일어날지, 언제 탄저균 가루가 콧속에 날아 들어갈지도 모르는 흉흉한 미합중국을 향해 비행기를 타고 가게 된 것이다.

언제나 만원이었던 KAL의 비즈니스 클래스에 몇 자리가 비어 있어서 이코노미는 어떤가 하고 정숙은 스튜어디스한테 물어보니까 자그마치 140석이나 비어서 간다고 했다. 추가 테러가 있을 거라는 말이 분분하던 때라 비행기 탑승객이 그만치 준 것이다. 이대로 간다면 KAL도 미국 항공사처럼 몇 달 버티기 어렵지 않을까 싶어 걱정스럽기도 했으나, 정숙은 '이럴 줄 알았으면 이코노미 타고 누워서 갈걸' 하는 아쉬움을 떨쳐버릴 수가 없었다.

"여행사에 자리가 어떻게 되나 좀 알아보지, 이코노미가 텅 비어 가는데……."

정숙이 기준에게 한마디 했다.

기준은 들은 체도 하지 않고 책만 보고 있었다. 정숙은 기내식을 한 번 먹고는 바로 잠이 들어버렸다.

정숙 내외는 순애의 예언대로 무사히 덜레스 공항에 내렸다. 공항에서 차에 오르면서부터 그녀는 귀국 표는 이코노미로 바꾸어 보라고 사위에게 졸랐었다.

"140석이나 비어서 왔어. 팔걸이만 젖히면 두 다리 뻗고 누워서 갈 수 있으니 얼마나 좋아. 퍼스트의 의자보다 낫다구."

정숙은 영희 집에서 묵은 지 사흘째 되던 날 기준에게 더 있다 가자고 졸랐다. 여기에 오느라고 한 달 동안 얼마나 법석을 했던가? 가랴 마랴 하고 몇 번이나 번복하고 신들린 순애의 예언까지 얻어내며 왔는데, 딱 열흘 만에 가고, 그것도 오던 날과 가는 날을 빼면 여드레밖에 안 된다. 정숙은 아무래도 미련을 버릴 수가 없었다. 비행깃값 아까워서라도 며칠만 더 있다가 가자고 그녀는 졸랐으나 기준은 단호하게 고개를 저었다.

"아무리 부모라도 열흘 이상 있으면 힘들고 귀찮아지는 거야. 무엇 하러 자식들을 귀찮게 하려고 그러지? 아쉬워할 때 떠나야지."

"효도할 기회도 주어야 해요. 나는 효도 못 한 것이 가끔 후회되거든. 아주 심하게 말이에요."

"후회하느니 효도하지."

"나는 할 기회가 없었거든. 언니들이 다 해버려서 내 차례까지 오지 않았어."

그랬다 해도 차 한 잔이라도 제 손으로 끓여서 쟁반에 받쳐 들고 영희처럼 "이것은 장미꽃 차예요. 향도 좋고 빛깔도 아름답고 카페인이 없어서 엄마가 드셔도 좋을 거예요. 드시고 좋으시면 몇 박스 사드릴게요" 하고 따뜻한 말을 왜 한 번도 안 했을까. 아버지 어머니를 존경하면서도 몸을 움직여서 무엇을 해드려본 적이 없었던 것이 웬일인지 예순다섯 생일이 지나고 나서부터 그녀는 문득문득 죄송스럽게 느껴졌었다. '철나자 무덤'이라고 하는데 내가 죽으려고 이러나? 하는 생각도 들었다. 그래서 영희가 힘들더라도 효도하는 기회를 갖게 하는 것도 괜찮다고 생각하는 것이다. 내가 살면 몇 년을 더 살랴……!

"효도를 못 했으면 자식들한테라도 잘해주어보라구! 저승에 가서 후회하지 말구."

하고 기준이 말했다.

"어머, 저이 봐, 내가 여기까지 와서 설거지 거드는 것 못 봤어요?"

"보기는 보았지. 기계로 돌리는 것 말이지?"

"자기는 그것도 안 했어."

"내일은 내가 할 테니까 염려 말어."

하며 컴퓨터로 돌아앉았다.

"약속했어!"

정숙은 침실에 들어가며 소리쳤다.

"그래, 했어. 옆방의 애들이 잠도 못 자겠네, 목청 좀 줄이라고."

정숙도 영희의 일과가 빠듯한 것을 알기 때문에 더 있다 가자고 계속 우기지는 못했다.

영희의 집에서 가장 일찍 나가는 식구는 아홉 살 된 주애였다. 초등학교 3학년인 주애가 등교하고 나면 영희는 범우와 네 살 된 지호의 아침 먹는 것을 돌보아주었다. 범우가 출근하고 나면 다음에는 지호의 유치원 스쿨버스 타는 것을 보고 온다. 영희는 오전 내내 쉴 시간은 없는 것 같았다. 정숙 내외가 거기에 포크, 나이프, 접시, 컵 둘씩을 더 보태었고 많으나 적으나 세탁감도 보태었을 것이니, 아무리 기계로 한다 해도 영희의 일이 늘어났음에는 틀림없었을 것이다.

영희는 부모에게 점심 저녁은 거의 매일 외식으로 다른 요리를 대접했다. 희랍 요리, 이태리 요리, 인도, 태국, 월남, 프랑스, 일본, 중국요리, 멕시코 요리 등. 같은 나라의 음식점이 몇 군데 있으나, 영희는 부모를 위해서 어느 집 요리가 맛있는지 그들이 오기 전에 미리 가서 먹어보고 안내를 했기 때문에 정숙은 먹을 때마다 만족했고, 더구나 그 값싼 것에 더 만족했다.

정숙은

"서울에서 이 식구가 이렇게 먹으면 얼마겠어? 여기서는 얼마냐? 아이구 맙소사, 반의반 값도 안 되네!"

딸의 식구들은 어린 지호까지 빙글빙글 웃고만 있었다. 정숙은,

"질은 좋고 값은 싸니 참 좋은 나라다."

하고 감탄하듯이 되풀이하지 않을 수 없었다. 기준이,

"이제 그쯤 해두어, 손자들 앞에서 나라 얘기를 저렇게 하니……."

했다.

"그래요, 알았어요, 그만할게."

말은 했으나 정숙은 서울의 음식값 비싼 거며, 값에 비해 질이 나쁜 것에는 불만을 참을 수 없었다.

영희는 20분쯤 운전해서 워싱턴 중심지까지 가서, 정숙 내외가 가보지 못했던 사설 미술관을 구경시켰다. 미술관은 초만원이었다. 파울 클레며 세잔의 그림 중에는 생소한 것이 많았다. 어느 미술책에서조차 보지 못했던 것이었다. 어린이며 어른 들이 허가된 전시실에서 의자에 한가히 앉아 스케치북에 모사도 하고 있었다.

미술관을 나와서 테러당한 펜타곤에 가보실 거냐고 영희가 물었으나 정숙은 텔레비전 화면에서 보았다며 고개를 저었다. 건물에 깔려 숨진 장병들을 상상만 해도 그녀는 숨이 차고 어지러웠다. 영희가 정숙의 안색을 살피며 얼른 핸들을 돌렸다.

정숙은,

"인명은 재천이라더니, 전쟁터에서도 죽지 않았던 장병들이 펜타곤 안에서 죽다니! 유가족들은 얼마나 애통하겠니. 무역센터도 그렇고, 납치된 비행기 속에서 희생된 사람들도 그렇고……."

했다.

정숙은 주애와 지호에게 다음 일요일에 헌금할 때 내도록 돈을 주어야겠다고 생각했다. 얼마를 줄까? 범우가 준 비행깃값의 10분의 1을 줄까? 십일조인가 무언가 그것대로? 그건 너무 많고…… 부자 나라 미국에서 그럴 필요는 없지. 우리나라에도 필요한 데가 한두 군데가 아닌데…… 아니, 무사히 비행기 타고 왔으니 그 감사의 표시로 그래도 괜찮지 않을까? 비행기가 납치되어서 죽었다고 생각해보라구. 돈이 무슨 소용이 있겠어, 하고 생각하고 있는데 영희가,

"아프가니스탄의 모습 텔레비전에서 보셨지요?"

하며 한숨을 쉬었다.

"그렇지, 참, 그쪽의 여성들과 아이들은…… 맙소사, 하느님!"

정숙은 말하며 기부금은 그쪽에도 보내야 하지 않을까 하고 생각했다. 정숙은 영희에게,

"영국의 여기자가 지난 3월에 찍은 아프가니스탄의 다큐멘터리 보았니?"

하고 물었다.

"네, 보았어요."

"우리는 하루에 열두 번도 하느님께 감사하다고 고개를 숙여야 할 것 같지?"

"그럼요."

하고 영희가 대답했다.

버지니아주에는 어디에 가도 지하 주차장이라는 것이 없다. 어디에 가도 널찍널찍한 지상 주차장은 보기만 해도 속이 시원했다.

마냥 넓은 땅에 단풍이 들기 시작한 나무와 숲이 우거져 있었다. 넓은 것은 좋으나 달걀 한 줄을 사려 해도 자동차로 이삼십 분은 달려야 하는 것은 문제였다. 휘발유가 없다면 여기 사람들은 어떻게 살까 싶다.

정숙은 사지 않더라도 보기라도 하자고 생각하며 이번에도 쇼핑몰에 갔다. 세계 각국에서 온 그릇이며 전기스탠드며 의복, 핸드백, 구두, 장난감, 실내 장식품, 가구 등을 파는 수많은 가게들이 있다. 가게마다 다 들여다보려면 며칠이 걸려도 불가능할 것이다. 기준은 쇼핑은 질색이니까 책방에 내려주고 모녀만 갔다.

영희는 정숙이 다리 아파할까 봐 휠체어를 빌려와 태워서 밀고 다니기도 했다. 정숙은 그 어떤 상품보다도 주방 기구며 그릇을 보고 다녔다. 그릇 가게는 작년에 왔을 때 감탄하며 보고 또 보던 접시며 찻잔도 있으나, 그보다 더 멋진 디자인의 것이 새로 나와 있었다. 그녀는 그 찻잔으로 차 한잔을 마시면 기분이 새로워질 것 같았다. 그러나 속에서 '참아라, 참아, 지금 있는 것도 정리하고 있으면서 무엇을 또 보태려구 그래?' 하는 소리가 들렸다. 사실 그녀는 몇 달 전부터 신변의 잡동사니들을 하나둘씩 버리며 정리하고 있었다. 평생 찍어둔 사진도 거의 다 없앴다. 그녀에게는 추억이 될 귀중한 사진이나, 자식들에게는 아무런 감정이 일어날 수 없는 사진들이다.

이 거대한 쇼핑 몰에도 값싼 상품은 얼마든지 있다. 정숙은 사지 않아도 상급품을 보는 것을 즐겼다. 영희는,

"엄마는 요리하는 취미는 없으신데, 그릇에 취미가 많으신 것이 이상해요."

했다. 정숙은,

"벽에 걸어둔 그림을 한 달에 몇 번이나 쳐다보니? 그릇은 먹을 때마다 보지 않니? 무엇을 먹을 때에는 기분이 좋아야 소화도 잘 되는 거다. 엄마는 그래서 그릇에 취미가 많단다. 그릇은 생활미술품이다. 너는 내가 사지도 않을 걸 보느라고 왜 시간만 보내나 하겠지만, 화랑에 가서 그림 보는데 꼭 사기 위해서 보니? 옛말에 좋은 것을 보면 눈이 살찐다고 했어."

그리고 "여자가 아무것도 보고 싶지도, 갖고 싶지도 않다, 모두 다 귀찮다는 지경에 이르면 그때는 마지막이다"라고 하시던 그녀의 할머니의 말씀을 들려주었다. 정숙의 할머니는 영희의 외증조 모가 된다. "사람에게 그만한 욕망도 없을 때에는 죽은 것과 같은 것이야."

의식주에 비교적 사치스러웠던 할머니의 지론이었다. 할머니 말씀이 옳은 것 같았다. 비록 내일 죽더라도 살아 있는 동안은 그 만한 욕망은 가져야 하지 않을까? 정숙은 쇼핑몰을 나오며,

"영희야, 한 번 더 보고 역시 좋으면 그 찻잔 두 개를 사야겠다. 아빠 것하고 내 것하고."

하고 말했다.

영희가 사는 동네며 워싱턴 D.C.의 거리는 9·11의 그 테러를 당하고 또 추가 테러 위협이 있는 고장 같지 않게 유유자적하고 평화로운 것이 정숙에게는 신기했다. 미술관이나 식당이나 쇼핑

몰이나, 책방이건 슈퍼마켓이건 어디에 가나 사람들은 밝은 낮으로 먹고 일하고 웃고 있었다. 스치며 시선이 마주치면 남녀 할 것 없이 "하이!" 하고 반갑게 인사를 했다. 검은 피부건 흰 피부건 노란 피부건, 심지어 차도르를 입은 사람들도 그랬다. 차도르를 입었어도 얼굴은 내놓고 있는 것은 아프가니스탄의 여인들 풍습과는 다른 성싶었다. 외교관의 가족들인지 아랍계 미국인들인지는 모르겠으나, 이슬람교도에 대한 감정이 좋을 리가 없는 그 나라에서 그 참사가 있은 지 채 두 달도 안 된 시점에 차도르를 입고 나올 수 있다는 것은 미국인들이 이미 이성을 되찾은 것이 아닌가 싶기도 하고, 어쩌면 그녀들이 미국인을 믿고 안심하고 있는지도 모르겠다고 정숙은 혼자서 생각해보았다.

"서울에서 생각하던 것과는 너무나 다르다. 작년 여름이나 지금이나 아무것도 달라진 게 없지 않니? 성조기 단 것 말고는."

정숙이 이상하다고 딸에게 말하니까 영희는,

"당할 때 당하더라도 살아 있는 동안은 평화롭게 살아야지요."

했다. 영희뿐 아니라 이웃들도 다 그렇게 살고 있다고 했다.

"참 좋은 생각이다. 불확실한 앞날을 걱정만 하고 있다고 얻는 것이 무엇이 있겠니? 살아 있는 동안은 열심히 살아야지."

하고 정숙은 말했다.

테러가 있었음을 상기하게 하는 것은 집집마다 걸린 성조기였다. 타운 하우스건 싱글 하우스건 아파트건 공공건물이건 집집마다 하나씩은 다 걸고 있고, 두 개를 내건 집도 많았다. 어떤 집은 2층 유리창을 성조기로 모조리 도배를 하고 있었다. 인도와 맞닿은 정원 끝에도 집집마다 야트막하게 성조기가 꽂혀 있었다. 그러나 영희의 집 현관에는 이웃집들처럼 성조기가 걸려 있지 않았다. 정원 끝에 꽂혀 있는 작은 것은 어느 날 아침에 나가 보니 누군가 집집마다 그렇게 꽂아놓았더라고 했다.

"너의 집에만 성조기가 없고나."

하고 정숙이 말하니까 영희는,

"성조기는 도저히 못 달겠던데요. 그렇지만 희생당한 사람들을 위한 모금 운동에는 참여했어요."

했다.

"흠흠, 그렇구나…… 조국이라는 것이……."

정숙은 영희가 한국인이라 성조기만은 내걸 수 없었을 것이다 하고 고개가 절로 끄덕여졌다. 슈퍼나 쇼핑몰에는 성조기 배지를 옷깃에 단 사람도 많이 보였다. 쇼핑몰에 전에는 보지 못했던 성조기와 성조기 배지를 파는 판매대도 있었다. 거리에는 수많은 자동차들이 성조기를 달고 달리고 있었다. 정숙이,

"성조기를 언제까지 저렇게 내걸고 있을까?"

하고 물으니 영희는

"테러에 죽은 원혼들이 모두 안심하고 저승으로 갈 때까지가 아닐까요?"

했다.

"그 원혼들이 좀체 그렇게 될 것 같지 않다. 우리나라 LG의 지점장도 당하지 않았니? 보스턴대학의 우리 여교수 한 가족도 희생됐다. 아침에 성실하게 출근하는 보통 사람들을 그렇게 하다

니."

그 테러 직후에 누가 시킨 것도 아닌데 사람들이 하나둘씩 성조기를 들고 나와서 집 앞에 내걸었다고 했다.

정숙은 집집마다 걸려 있는 크고 작은 성조기며, 성조기를 달고 달리는 수많은 차들을 보며 미국인들의 테러에 대한 분노가 성조기 속에서 하나로 뭉치고 있는 열기를 느꼈다. 그녀는 겉으로는 아무것도 변한 게 없는 듯 보이나 평온한 일상생활 속에 감추어진 미국 국민의 무서운 저력을 느끼지 않을 수 없었다. 그러나 얼마 후에 들리는 말에는 전쟁을 반대하는 사람들 중에 성조기를 달지 않은 사람도 있다고 했다.

멕시코 요리점에서 우연히 만난 한 교포 부인은 20년 전에 미국에 이민 왔다고 했다. 이민 초기에는 생활이 궁핍했으나, 재향군인회에서 모금 운동을 한다 하기에 6·25 때 미군 트럭에 태워져 온 가족이 죽음을 면한 것을 생각하고 당시의 그녀에게는 거금인 50달러를 보냈더니, 그쪽에서 정중한 감사장과 함께 수놓은 대형의 성조기를 보내왔다. 그녀는 그것을 농 서랍에 넣어둔 채 한 번도 내보지 않았는데, 세계무역센터가 무너지고 펜타곤이 허물어지는 텔레비전 화면을 보자 그 성조기를 20년 만에 처음으로 꺼내서 현관 앞에 내걸었다 한다.

"그리고 희생자들이 남긴 마지막 말을 들을 때마다 눈물이 어찌나 쏟아지는지……."

그녀는 눈물을 참느라고 한참 동안 말을 맺지 못했다. 그녀는 다정다감한 사람 같았다. 한국 사람이 미국에 이민 가서 사는 동안 저도 모르는 사이에 그 땅에 정이 들어 애국심이 우러나게 되었는지? 그 애국심에 희생자에 대한 애통함이 겹쳐져서 한 달이 지난 지금까지도 저토록 뜨거운 눈물이 그녀의 목을 메우고 있는지? 그녀의 눈물을 보며 정숙은 당황하면서 '정들면 고향'이라는 말의 실체를 눈앞에 보고 있는 것 같았다. 그녀는 미국에 살고 있는 영희와는 다른 또 하나의 한국인이었다.

공항 청사의 운송 직원인 성싶은 유니폼을 입은 흑인 둘과 백인 둘이 한 조가 되어 카트에 짐을 싣고 지나가며 늘어선 줄을 보고,

"당신들도 KAL?"

하며 놀랍다는 표정을 짓는다.

"그래요, KAL이에요."

누군가 유창한 영어로 대답했다. 그 말 속에 자랑스러운 투가 있는 것은 정숙의 기분 탓일까. 앞뒤에서 간간이 들리는 말은 외국 항공보다는 한국 것이 안전하다 해서 외국인들도 이 비행기를 타기 때문에 승객이 많다는 것이었다.

"그게 아니고 동남아로 가는 직항 선은 없고, 서울 직항 선은 KAL밖에 없는데다가 짐 검사를 꼼꼼하게 하니까 시간이 걸려서 승객이 많은 것처럼 보일 뿐이야."

이렇게 우리말로 내뱉듯이 말하는 사람은 무슨 심사가 꼬인 사람 같다. 이유가 무엇이건 승객이 많은 것은 확실한데 거기에 왜 토를 달까?

"테러 덕이나 본 것처럼 생각하지 말라구!"

그는 또 화난 사람처럼 내뱉었다. 동료처럼 보이는 청년하고 앞

뒤로 서서 말을 주고받는데, 그러니까 이토록 많은 승객이 있는 한국의 항공사가 자랑스럽다는 것인지, 고작 남의 불운 덕이나 보는 시시한 일이다라는 것인지? 아니면 정숙처럼 팔걸이 젖히고 싼값으로 누워서 가려던 꿈이 깨어져설까? 언제 차례가 될지 마냥 서서 기다리니까 답답한데 그런 말이라도 들으니 자극이 되어 나쁠 것은 없다고 정숙은 생각했다.

줄이 조금 움직였다. 이미 한 시간이 지났는데도 겨우 20미터밖에 안 줄어들었다구? 그녀의 뒤에는 사리를 입은 인도의 노부부도 보이고, 저만치 앞의 태국인 가족은 서울에서 갈아탈 거라는 얘기를 이미 정숙에게 말해서 알고 있었다. 늘어선 줄에는 백인도 많이 있었다. 문자 그대로 국제선이었다.

"어휴! 다리 아파 죽겠네. 언제 우리 차례가 되지?"

정숙은 앉을 만한 데가 없을까 하고 두리번거리나 몇 안 되는 의자는 물론이고 나지막한 냉난방 시설 위까지도 앉을 만한 공간은 이미 꽉 차 있었다.

기준이 카운터까지 갔다 오더니,

"네 개 카운터에서 일을 보는데도 이래. 테이프 안은 넉 줄이야."

했다. 그는 또,

"비즈니스 클래스는 한 사람도 기다리지 않아, 승객이 적은가봐."

정숙은 그 말에 조금 미안한 생각이 들었다. 기준은 정숙 때문에 주최 측에서 준 비즈니스 표를 물리고 이코노미로 바꾸었다.

내가 누워서 갈려는 얌체 짓 하려다가…… 잘못 짚었어. 정숙이 이런 생각을 하는데 앞에 서 있던 기준이 금세 또 어디로 갔는지 보이지 않았다. 기준은 한 군데에 계속 서 있는 것이 갑갑한 모양이었다.

'그새 또 어디로 갔지? 나도 갑갑한데 혼자만 돌아다니네. 가방이고 뭐고 다 내버려두고……. 나도 자리를 뜨면 가방은 어찌 되라구?'

정숙은 속으로 투덜거리며 목운동을 하고 허리를 앞으로 구부렸다 뒤로 젖혔다 좌우로 꼬았다 하며 허리 운동을 했다. 두 시간 가까이 거의 한곳에 서 있으려니 다리며 허리가 아파서 힘들었다. 다른 사람들도 더러 맨손체조도 하고 제자리뛰기도 하고 있었다. 그녀 뒤에도 어느 사이엔가 100여 미터쯤 되는 줄이 공항 청사의 벽을 따라 디귿 자로 서 있다. 정숙은 점점 화가 치밀어 올라서 '나도 가방 버려두고 돌아다닐까, 그만!' 하고 속으로 중얼거리고 있는데 기준이 〈USA TODAY〉 한 장을 사들고 왔다.

"탄저균 가루가 또 우송되었대. 스산하군. 앉아서 차 마시는 데라도 있나 하고 돌아보았는데 거기도 만원이야. 교대로 가서 차 마시면 다리도 덜 아프고 좋겠는데. 이런 때에는 혼자 여행하는 사람은 힘들겠어. 꼼짝 못 하고 짐을 지키고 있어야 할 테니까. 이제 내가 지킬 테니까, 자기도 한 바퀴 돌고 카페테리어에도 가봐. 앉을 자리가 났을지도 모르니까."

정숙은 그의 말을 듣자 조금 헤쩍했으나,

"어디로 갈려면 간다고 말을 하고 가요. 사람 답답하게 하지 말구."

하고 투덜거렸다.

비행기 출발 20분 전에야 정숙은 가방을 체크인하고 기준과 달리다시피 탑승구로 갔다. 비행기는 예정대로 정각 오후 2시에 출발했다. 이코노미 클래스는 빈자리가 하나도 없이 꽉 차 있었고, 정숙의 좌석은 왼편으로 나가려고 해도 "실례합니다", 오른편으로 나가려 해도 그 소리를 해야 하는 한가운데였다. 그녀 옆의 사십 대 가량의 백인 여성은 그녀의 두 배는 됨 직한 육체의 소유자였다. 그녀의 다리와 앞 의자 등받이 사이를 빠져나갈 수 있으리라는 것은 상상할 수도 없었다. 그녀는 캐나다인인데 직장이 싱가포르에 있어서 휴가를 마치고 돌아가는 길이라 했다. 음성도 상냥하고 표정도 상냥했다. 그녀는,

"나는 대한항공과 아시아나를 자주 이용합니다."

라고 말했다. 정숙은 고맙다고 했다. 오른쪽의 기준은 이미 앞 의자 등 뒤에 설치된 식탁을 내려 책을 펼쳐놓고 있었다. 그의 앞을 지나가려면 절차가 복잡할 것 같았다. 그의 옆 좌석에는 유달리 키가 큰 서양인 남성이 긴 다리가 앞 의자에 닿는지 복도 쪽으로 뻗고 비스듬히 앉아 있었다.

'자리를 뜨려면 힘들게 되었어, 좌석치고는 최하네!'

팔걸이 젖히고 다리 뻗고 누워서 가리라던 그녀의 기대는 너무도 철저히 깨어져버렸다. 올 때의 140석의 빈자리가 원망스러웠다.

기내식의 비빔밥은 입속에서 모래알처럼 왜글거렸다. 잠 잘 드

는 정숙도 잠들지 못했다. 좌석이건 음식이건 사실 큰 문제는 아니다. 안전하게 서울에만 데려다주면 된다고 그녀는 생각했다. 뉴욕 세계무역센터에 유나이티드 에어라인이 붉은 불을 뿜으며 들이꽂히는 광경이 눈앞에 겹치고 또 겹쳐졌다. 그 때문에 정숙의 요구 사항이 이렇게 쪼그라든 것이다. 할머니가 살아 계셨다면 무어라고 하셨을까?

'망할 놈의 테러 같으니라구, 우리 손녀를 저렇게 쪼그라뜨리다니! 내가 그냥 둘성싶어?'
라고 하셨을까? 할머니는 무조건 팔이 안으로만 굽는 사람이었다.

'할머니, 죄송합니다. 저는 요즈음 점점 욕심이 쪼그라들고 있어요. 제가 살고 있는 지구상에는 아무 죄 없는 사람들이 헐벗고, 얼어 죽고, 굶어 죽고, 테러에 죽고, 전쟁에 죽고 있어요. 편히 먹고 편히 잘 수 있는 것만도 조상의 은덕이라고 생각하고 있습니다.'

'안 된다, 안 돼! 내 손녀가 쪼그라들다니! 내가 그놈들을 가만히 두나 봐라!'
대청 끝에 서서 댓돌 아래 마당에 눈을 내리깔며 쩌렁쩌렁 소리치시는 할머니의 모습이 보는 듯 눈에 선하다.

기내 텔레비전은 비행기의 고도며 외부 온도며 목적지까지의 남은 거리 등을 우리말과 영어와 아랍어로 수시로 보여주고, 태평양을 가운데 둔 세계지도 위에 정숙이 탄 KAL이 어디쯤 와 있는

가 명료하게 보여주었다. 우리나라의 비행기가 3개 국어로 안내
판을 쓸 만큼 큰 것에 정숙은 뿌듯해지며 '우리도 많이 컸어' 하고
속으로 말했다.

정숙은 70년대 초, 독일 항공 루프트한자를 타고 유럽에 처음으
로 가던 때가 생각났다. 부부가 함께 출국할 수 없다며 여권을 내
주지 않아서 기준이 떠나고 일주일 뒤에 정숙이 떠났다. 부부가
외국에서 함께 북한으로 도주할 우려 때문이라 했다. 어차피 만나
서 함께 다닐 텐데, 일주일 차로 떠난다고 무엇이 달라지는지 이
해할 수 없다고 그녀는 항의했으나, 규칙에 명시되어 있어서 어쩔
수 없다는 여권과의 말이었다. 남북의 대립이 극심한 때였다. 한
번 출국하려면 신원진술서를 자필로 써야 했는데, 흘려 쓴 글자
하나 없이 또박또박 여섯 장을 쓰고 나면 팔목이 아팠다. 안보 교
육도 받아야 했다. 주로 북한에 납치되는 일이 없도록 여러 가지
사례를 들었다. 그것은 큰 종이도 필요 없고 A4 용지 한두 장에 인
쇄해서 제각기 읽도록 하면 되는 것을, 등받이도 없는 일자 모양
의 딱딱한 의자에 여럿이 끼어 앉아서 그 강의를 온종일 들어야만
했다. 여권도 단수 여권이라 다시 나갈 때에는 똑같은 짓을 그대
로 반복해야 했다. 그 시절은 외국에 한번 나가려면 학질 뗀다고
했을 지경이었다. 그 후 30여 년…… 대한민국 국제항공기의 기내
식을 못 먹겠다고 불평하게끔 된 것이다.

출국용 그 학질을 떼고 암스테르담에서 만난 기준과 정숙은 점
심을 먹은 뒤 거리 구경에 나섰었다. 온통 유리여서 속이 훤히 보

이는 멋진 카페에 아름다운 젊은 남녀가 어깨를 서로 껴안고 차를 마시고 있었다. 하도 정겨워 보여서 우리도 저렇게 못 할 것도 없지, 하며 둘이서 안으로 들어갔다. 커피 두 잔을 주문하고 팔을 돌려 서로 어깨를 껴안은 데까지는 좋았으나, 커피를 한 모금 마시자마자 둘은 동시에 눈앞이 핑 돌고 숨이 차서 정숙은 기준의 어깨에 머리를 대고, 기준은 정숙의 머리에 이마를 대고 있었다. 둘은 한참을 그렇게 하고 있었다. 그들이 마신 것은 서울에서 마시던 싱거운 아메리칸 커피가 아니었기 때문이었다.

정숙은,

"우리 처음 유럽 학회에 갔을 때 암스테르담에서 커피 마시던 것 생각나?"

하고 옆 좌석에서 책을 읽고 있는 기준에게 물었다. 기준은,

"생각나구말구."

하며 빙그레 웃었다. 웃는 눈가에 주름이 깊게 잡혔다. 그 터질 듯이 팽팽하고 뽀얗던 얼굴에 어느새 검버섯이 생기고 머리칼은 반백이 되어버렸다. 우리도 늙었구나 하고 정숙은 생각했다. 남은 시간의 내리막길을 기준도 그녀 자신도 어쩔 수 없이 달리며 내려가고 있음을 그녀는 느꼈다. 정숙은 검버섯이 생긴 기준의 뺨에 길게 키스했다.

정숙은 신들린 순애에게 줄 볼펜 한 세트를 기내 쇼핑에서 샀다. 비행기는 무사히 인천공항에 도착했다.

"갔다 오길 잘했지?"

"그럼요!"

그들은 떠나기 전 거의 한 달을 가나 마나 하고 속을 태운 것은 까맣게 잊어버리며 공항을 나왔다.

2002년,《문학사상》

2010년대

친구의 목걸이

친구의 목걸이

김지애는 전화벨 소리에 잠이 깨었다. '6시. 너무 이른데?'

수화기를 들자마자 박영숙 과장의 투명한 목소리가 쨍하고 터졌다.

"사장님! 그림이 몽땅 팔렸어요. 몽땅! 2000만 엔*에!"

귀가 얼얼할 만치 큰 소리를 지애가 대꾸 할 틈도 없이 쏟아냈다. 지애는,

"2000만 엔?"

하고 벌떡 일어나며 소리쳤다.

"정말?"

"네, 2000만 엔! 계약금 100만 엔 챙겨두었지요. 좀 더 부를 걸 그랬어요. 에이 참! 엊저녁 11시까지 전화드렸었는데…… 음성 메시지 남겨놓았는데 안 열어보셨지요? 도대체 어딜 가셨길래.

---

* 당시 환율로 약 2억 8000만 원.

재미 좋으셨어요?"

박 과장은 의기양양한 목소리다. 사장의 사생활까지 간섭하려나? 조금 불쾌감이 일었으나 지애는,

"어떻게 그렇게 다 팔렸지? 일주일 가야 두 사람밖에 보러 들어오는 사람조차 없었잖아? 계약금까지 냈으니까 틀림없겠지? 누구지? 어느 나라 사람? 꽤나 부잔가 보지?"

"일본 사람이에요. 남잔데 홀딱 넘어갈 만치 미남이에요. 오늘 11시에 호텔 커피숍에서 사장님을 만나서 잔액을 일시불로 지불하겠대요. 운수 대통이에요! 첫 번째 해외 판맨데, 완샷이에요."

흥분해서 박 과장의 목소리는 한 옥타브는 올라간 것 같다.

"틀림없겠지?"

"중년 신산데, 믿을 만한 사람 같던데요. 아니면 계약금 100만 엔은 확보했으니까 비용은 빠진 셈이에요. 밑져야 본전이지요."

장사 수완은 지애보다 박 과장이 한 수 위인 줄 알고 있었다.

"어떻든 수고했어요. 정말 고맙네. 일주일 만에, 아이고…… 금요일에는 짐 싸려고 했었잖아! 작가들 좋아하겠어. 고마워라, 사람 살려주네. 믿기 어렵지만, 어떻든 계약금이라도 있는 게 어디야. 수고했어요."

"사장님, 귀국 날까지 저도 그 호텔에 머물게 해주세요. 아침이라도 실컷 먹게."

"그래, 그러지, 오늘 당장 옮겨도 좋아. 어차피 모레는 떠나니까 이틀 비용쯤이야 어떻겠어. 기분 낼 때도 있어야지."

지애는 별 다섯 개 호텔 구관의 2만 5000엔짜리 싱글에 머물렀다. 신관은 좀 더 비싸다. 박 과장은 별도 없는 1박에 만 엔짜리 숙소에 머물렀다. 만 엔짜리지만 깨끗하고 제반 시설도 완벽하게 갖춘 곳이라 불편할 것은 없었다. 더구나 지하철이 걸어서 3분 거리에 있기 때문에 전시장이 있는 호텔까지 매일 출근하기에는 편리한 장점도 있었는데, 일본은 음식값이 비싸니까 박 과장은 백화점 식당가에서 싸구려 김밥에 우동, 덮밥 정도로 끼니를 때우고, 그러지 않으면 빵이나 오차즈케 정도를 먹으니까 몸집 크고 고기 좋아하는 박 과장에게는 힘든 일이었다.

박 과장의 지갑은 늘 빠듯했으나 도쿄 구경을 공짜로 하는 것만으로도 좋다며 흥분했었으니까 별 불만은 없는 셈이었는데, 그림이 다 팔리니까 욕심이 생긴 것이다. 그녀는 일당 1만 5000엔*을 받기로 하고 지애를 따라왔다. 숙박비 만 엔을 내고 나면 5000엔으로 하루를 버텨야 했다. 지하철값도 만만치 않았다. 열흘이면 체류비는 약 200만 원이 든다. 모자라는 것은 제 돈을 쓴다는 조건이었다. 비행깃값은 물론 둘 다 이코노미로 화랑에서 냈다.

지애는 좀 이르지만 잠이 달아나서, 샤워를 하고 2000만 엔에 그림을 몽땅 사준 고마운 고객을 맞으려면 평소처럼 진 바지에 흰색 터틀넥 셔츠보다는 옷단장을 좀 해야 할 것 같아서 옷장을 열고 정장 두 벌을 하나씩 얼굴에 대어 거울에 비춰 보다가 자줏빛

* 당시 환율로 약 20만 원.

실크 원피스를 입기로 했다. 베이지 슈트도 좋으나 자줏빛이 더 어울렸다. 옷이란 그날의 기분에 따라서 어울리는 것이 따로 있는 것 같다. 기분이 좋으니까 붉은 계통이 썩 어울린다. 머리는 미장원에서 할까 하다가 너무 쪽 빼는 것도 속 보일까 싶어서 파마가 잘된 머리를 드라이어로 조금 손을 대니까 자연스러워서 오히려 보기에 좋았다.

약속이 11시니까 아침을 먹고 조금 눌러앉아 있으면 될 것 같았다. 아침을 먹는 커피숍 겸 레스토랑은 언제나 만원이기 때문에 자리를 한번 뜨면 다시 자리 잡기가 어려우니까 눌러앉는 것이 좋다. 식사는 브런치로 할 겸 9시 40분쯤부터 먹기 시작하면 한 시간 잡고, 10시 50분쯤 커피를 마시며 고객을 기다리면 될 것 같다. 고객 쪽에서 김지애 사장을 찾을 것이라 했으니까 웨이터가 딸랑이를 흔들며 손님 사이로 이름이 적힌 조그만 판을 들고 다닐 때 그것만 주의 깊게 보고 있으면 된다.

그녀는 거울 앞에 다시 서보았다. 정말 2000만 엔으로 다 살까? 하는 의구심이 생기는 것을 어쩔 수가 없었다. 그림은 소품까지 모두 열다섯 점인데 국내에서는 이름 없는 신인들 거라 전혀 판매가 안 되었다. 그런 것을 몽땅 다 사는 사람…… 혹시 안목이 있는 게 아닐까? 어쩌면 싸게 사둔 것이 몇 배 몇십 배로 뛰기도 할 텐데. 좀 더 부를 걸 그랬나? 아니 그만두어. 그 정도라도 작가들은 고마워할 거야. 팔려고 내놓은 이상은 팔리는 것이 목적이니까 후에 몇십 배가 뛰어도 하는 수 없지. 화가의 운명이지. 그렇게 생각하니까 후 하고 한숨이 나왔다.

지애가 샤넬 향수를 소매에 살짝 뿌리려고 하는데 핸드폰의 벨이 울렸다.

"네?"

"나야, 윤희."

"너 어디 있니?"

"보스턴."

"또 진태수 얘기니?"

"그래, 꼭 찾아보아줘. 긴자를 돌아다녀봐. 우연히 만날 수도 있지 않어?"

"도대체 만나서 무얼 하려고 그래?"

"만나서 같이 죽어도 좋을 정도야. 그리워, 그리워 못 살겠어, 이 냉정한 김지애야! 너는 나를 이해 못 해."

"로밍 중이야. 전화세 나간다, 빨리 끊어. 알았으니까. 긴자고 아사쿠사고 막 휘젓고 돌아다녀볼게."

"내 젊음의 초상이야. 요즈음 갑자기 청춘으로 돌아가고 싶어. 정말이야. 진정이야. 네가 일본에 간다고 들었을 때부터 갑자기 더 그래. 일본 하면 그 사람 생각이 난다. 언제나 그랬지만. 타국에서 잘 살고 있는지……."

"너는 진태수가 그립니 아니면 젊은 날이 그립니? 오래전에 사람도 시간도 다 가버렸는데, 그것을 어떻게 도로 잡겠다는 거야? 정신 좀 차려라, 얘, 나잇값도 못 하니? 너 지금 56세다."

윤희는 전화 저편에서 훌쩍훌쩍 울더니 엉엉 소리 내어 울어버렸다. 맙소사. 냉랭한 귀부인처럼 생긴 윤희가…… 어울리지도 않게…… 흐트러진 말 한마디 할 것 같지 않은 용모의 윤희를 지애는 이해하기 힘들었다. 이런 식의 전화는 한두 번이 아니기 때문에 지애는 놀라지는 않았다. 또냐 싶어 짜증이 났다. 사실 윤희의 말을 듣고 있으면 옛 애인이 그리운지 점점 멀리 가는 젊은 날이 그리운지 아니면 늙어가는 육체에 대한 공포심이 생기는지 분간하기가 어려웠다. 육체가 더 늙기 전에 한 번 더 젊어지고, 그때처럼 열렬히 연심을 불태워보고 싶은 거겠지. 그래서 조바심이 나는지도 모른다. 윤희가 자살 소동을 냈을 때 친구들은 하도 어이가 없어서 '너의 그 사랑이라는 것은 골동품 사랑이라는 거다. 요새 세상에 싫다고 가는 사람을 못 잊어하는 여자가 어디 있니. 넌 정말 골동품이야. 꿈 깨, 너 싫다고 도망간 인간이라구. 정신 차려. 너 정말 대학 나온 지성이니? 모교 이름이 아깝다'라는 둥 윤희도 딱하지만 그냥 꺼져버린 진태수에게도 분노심이 일고 있었다.

"알았어, 나 비즈니스 하러 나가는 중이야. 그러니까 그만해."

"미안하다. 하지만 내 마음이 오죽하면 이러겠니. 정말 미칠 것 같어. 나 그이에게 미련 있어."

"그만치 열렬했으면 됐지 미련은 무슨 미련. 듣기 싫다, 얘."

"나 그이한테 주지 못했어. 아쉬워."

윤희는 또 훌쩍거렸다.

"잘했다. 하마터면 너 고생 더 할 뻔했다."

"사생아 낳아도 좋았을걸."

"너 정말 미쳤구나. 늬가 대학 나온 지성이냐? 진태수는 애초에 널 버리고 갈 사람이었어. 꿈 깨!"

지애는 빽 하고 소리를 질렀다.

"밥은 아니?"

"알아. 밥도 날 이해하고 있어. 자기도 청춘으로 돌아가고 싶대. 없어진 시간은 어쩔 수 없지만, 옛 애인은 만나보고 싶대. 어떻게 변했는지. 뚱뚱해졌는지, 늙었는지, 어떻게 사는지."

별난 부부도 다 있구나 싶어서 지애는,

"둘이서 경쟁해봐라. 누가 먼저 골인하나 보자."

라고 했다.

윤희는 조금 가라앉은 목소리로,

"너는 농담할 여유가 있어 좋겠다. 너는 사람이 아니고 목석이다. 지애야, 네가 그 사람 있는 나라에 있으니까 더 조바심이 쳐져. 그리고 요 며칠 연달아 그 사람 꿈 꾸었어. 30년 만이야. 이상하지 않니? 그동안 그렇게 꿈에서라도 보고 싶었는데. 그래서 왠지 이번에 네가 그 사람을 찾아낼 것 같아서 그런다. 암만해도 그 꿈이 참 이상하다. 난 꿈이 묘하게 맞거든?"

윤희는 가끔 꿈 얘기를 그렇게 했었다. 꿈에 시내 한가운데서 버스가 불타는 것을 보았는데 다음날 텔레비전에서 진짜 버스가 불타는 뉴스가 나왔다는 둥, 아버지와 어머니가 싸우는 꿈을 꾸었더니 다음날 진짜로 부모가 소리 내어 대판 싸우더라느니. 개꿈만 꾸는 지애는,

"태수가 절교장 보냈을 때에는 어떤 꿈을 꾸었지?"

하고 그녀의 아픈 데를 찌르기도 했다. 윤희는,

"너 꼭 그래야만 속 풀리겠니? 그래 그때는 아무 꿈도 못 꾸었

다. 이제 속 시원하지?"

했었다.

"알았어, 알았어. 나, 나가야 할 시간이 됐거든?"

윤희는 비즈니스 하러 나가는데 우는 소리 내어서 미안하다고
하며,

"내가 울었다고 기분 상하지 말어. 힘내. 잘 있어. 부탁한다."

하고 전화를 끊었다.

계약금까지 받아두었다고 하니까 틀림없겠으나 윤희의 우는
소리가 귓전에 맴돌아서 지애는 기분이 착잡해졌다. 머릿속이 윙
윙거렸다. 잔금 받는 데 지장이나 없었으면 하는 생각도 든다. 윤
희도 참! 하필 이럴 때에 아침부터 울어 펴대! 그러지 않아도 잔금
을 진짜 받을 수 있으려나 하고 불안한데. 자그마치 3억 원에 가까
운 돈 아닌가. 재수 없게시리!

윤희는 진태수를 사랑하는지 아니면 오십이 넘으니까 젊은 날
의 추억이 또 소나기 쏟아지듯 갑자기 그리워지는지 알 수가 없
다. 사랑이고 추억이고 그것이 밥 먹여주나? 배고프지 않으니까
다 허튼소리지.

지애는 첫 번째 결혼은 이혼으로 끝나고, 두 번째 남편은 사별
하고, 그가 남긴 5층 건물에 화랑을 내서 살고 있었다. 대학원 다
니는 아들이 하나, 대학 졸업반인 아들이 하나. 경기가 나쁘니까
화랑은 3년 전부터 잘 돌아가지 못했다. 게다가 그림만 가져가고
잔금을 주지 않는 사람도 있었다. 그럴 때에는 지애가 작가에게
그림값을 주어야했다. 생돈이 없어지는 것이다.

그녀 역시 학창 시절이 생각날 때도 있었으나, 아이들 학비며 화랑 일로 머리가 파묻혀서 생각이 났어도 아마도 1분을 계속하지 못했을 것이다.

지애는 기분이 나지 않아서 입고 있던 자줏빛 화려한 실크 원피스를 침대에 벗어던지고, 평소처럼 진 바지에 하얀 터틀넥을 입었다. 혹시 추울까 봐 올리브빛의 울 머플러를 목에 감고, 검은 큰 숄더백을 어깨에 훌렁 걸치고 객실을 나섰다. 장사꾼이 장사꾼답게 입는 것이 어울려. 그녀는 잔금에 대한 불안감에다가 울며 잡고 늘어지는 윤희 때문에 신경질이 나 있었다. 9시 50분이다. 커피숍까지 10분은 걸린다. '윤희 덕에 20분이나 차질이 생겼어!'

엘리베이터에서 내리자 전시실에 잠시 들르고 싶었으나, 호텔의 신관에 있는 전시실까지 가려면 왕복 20분은 더 걸릴 테니까 전시실은 박 과장한테 맡기기로 하고 그녀는 똑바로 커피숍으로 갔다.

커피숍은 벌써 만원이다. 각국에서 온 손님들이 식사를 하느라고 분주하다. 거의가 다 뷔페를 먹는지 접시를 들고 음식이 있는 테이블에 길게 줄을 서고 있다. 지애도 뷔페를 택했다. 혼자 식사를 하는데 윤희 생각이 자꾸만 났다.

윤희는 대학 4학년 때부터 진태수와 사랑에 빠졌었다. 대개 그 무렵은 연애하는 것을 숨기려 했었는데, 그 두 사람은 교내에서도 손을 잡고 다니며 둘 사이를 숨기려 하지 않았다.

윤희의 집은 예부터 내려오는 양반이라던가. 양반 중에서도 부자 양반이라 해방 후 토지개혁이 있어서 농토는 거의 없어졌으나, 세준 고급 가옥이 다섯 채가 있어서 아버지는 그 셋돈으로 흥청망청 쓰기만 하는 건달이었다. 가옥 중 셋은 외국 공관이 쓰고 있으니까 매달 엄청 큰돈이 꼬박꼬박 통장에 날아들어 온다고 했었다.

진태수는 대학에 입학하자마자 아버지의 사업이 망해서 갑자기 저소득층으로 굴러떨어진 케이스였다. 그러고 몇 달 가지 않아 아버지는 급성간염으로 세상을 떠서, 태수가 어머니와 남동생 하나, 여동생 하나를 돌보아주어야 되는 가장이 되었다. 아르바이트를 뛰면서 대학은 졸업했다. 바로 입대했는데, 입대하는 날도 새벽 2시까지 입시생 지도를 했다.

진태수는 그토록 환경이 나빴는데도 언제나 꿋꿋하고 당당했다. 검은 동자가 또렷한 맑은 눈은 힘차게 반짝이고 있었다. 어딘지 카리스마가 있고 기품이 있어서 윤희뿐 아니라 혼자서 속 태우는 여학생도 더러 있었는데, 둘이서 워낙 드러내놓는 연인 사이니까 아무도 감히 그를 생각조차 하지 못했었다. 사실 그들은 외모부터가 흠잡을 데 없는 한 쌍이었다.

태수는 제대하자마자 외국 상사에 수석으로 뽑혀 입사했다. 첫 월급을 타서 윤희에게 한 돈짜리 금목걸이를 선사했다. 그러느라고 그는 회사가 끝나면 곧바로 수험 준비하는 학생 몇 명을 가르치는 아르바이트를 했었다. 그때까지도 그의 집은 지하방에 세 들어 사는 신세를 면하지 못했었다.

윤희에게 금목걸이를 걸어주며 '다음에는 다이아가 박히고 금도 많이 들어간 것을 사줄게, 사랑해 영원히'라고 말했다 한다. 지애며 친구들은 마치 자기네들이 당한 일인 것처럼 황홀하기도 하고 샘도 났었다. 우리는 왜 저런 애인 하나 못 잡지? 하며. 지애, 윤희, 성숙, 나래 등 네 사람은 고등과 때부터 대학까지 함께 간 친구들이어서 서로 속내를 감추는 일은 없었다. 선보고 오면 보았다고 하고, 친구들과 함께 만나게 해서 신랑감 감정도 의뢰했었다. 진태수와 열애 중인 윤희가 부럽다고 대놓고 말하기도 했었다. 성숙은 "나한테 양보해줄 수 없니?" 하며 진담 반 농담 반 섞인 말도 노골적으로 했었다. 진태수는 어렵게 일해서 번 돈으로 윤희의 친구 세 사람에게 때로 커피도 사주고 호떡도 사주어서 그들은 마치 한 가족같이 느끼고 있었다.

그런데 그 금목걸이에 사연이 생겼다.

지애 어머니의 친구가 환갑이 지나고 남편도 죽고 슬하에 자녀도 없으니까 입산을 결심하고 암자로 들어갔는데, 그 절이 너무 낡아서 본당과 공양간의 불사를 하니 도와달라 해서, 그 시절로는 큰돈이었던 100만 원을 지애더러 전하라고 해 어머니의 심부름 가는 길에 지애는 윤희를 데리고 갔었다.

버스에서 내려서 험한 산길을 30분이나 올라갔더니 낡은 일주문이 있고 본당도 너무나 헐어 있었다. 어머니의 친구인 현산 스님이 있다는 암자를 찾아가니까, 삼십대 초반쯤 되어 보이는 시자(侍者) 스님이 나와서 현산 스님은 참선 중이라 하며 본당에 지애들을 데리고 갔다. 그러더니 부처님 앞에 놓인 나무 통 속에 지애가 가지고 간 돈봉투를 넣게 하고는 두 손 모아 엎드려 절을 하라고 해서, 시자 스님이 하는 대로 따라서 지애와 윤희는 불교 신자도 아닌데 세 번 엎드려 절을 하고는 서둘러 본당을 나섰다. 일주문을 나가려는데 스님이 급히 뒤쫓아 왔다. 스님은 금강역사의 조각처럼 눈을 부릅뜨며 갑자기 윤희의 목을 향해서 갈고리같이 손가락으로 윤희의 금목걸이를 잡아당기려 했다. 윤희는 금목걸이를 움켜쥔 채 쏜살같이 산길을 달려 내려가는데, 스님도 못지않은 기세로 윤희의 뒤를 따라 내려갔다. 지애도 숨이 차서 헐떡거리며 따라서 달렸다. 그러나 윤희의 모습은 어디에도 보이지 않았다. 진태수가 사랑의 표시로 준 목걸이를 스님이 뺏으려 하니 될 말이 아니다. 윤희를 놓친 스님은 두 손으로 승복 자락을 털며 지애에게,

"학생, 친구 학생의 목걸이는 금목걸이가 아니라 뱀이요. 어떻게 해서든지 그 목걸이를 내버리라고 해요."

라고 했다.

"그걸 가지고 있는 한 불행할 거요."

하며 다져 말했다. 지애는,

"뱀이라고요? 애인이 고생고생하며 벌어서 해준 사랑의 징표예요."

"어떻든 내 눈에는 뱀이니까. 나무아미타불."

하고 스님은 다시 온화한 낯으로 변하며 합장을 하고 도로 산길을 올라갔다.

"거짓말! 돈이 아쉬우니까 엉뚱한 소리 하네!"

지애는 스님의 속이 보이는 것 같아서 불쾌해 견딜 수가 없었

다. '스님이라면서 얼굴은 관세음보살같이 미소 지으며 속은 딴거야, 완전히!'

"뱀이라고? 거짓말!"

금목걸이를 받은 후 두 달이 지나서 윤희는 태수한테서 편지 한 장을 받았다. '나를 잊어줘. 나는 영원히 너를 사랑한다.' 친구들이 번갈아가며 몇 번을 읽어보아도 이해하기 힘든 내용이었다. 사랑한다면서 잊어달라니. 그게 무슨 소리지? 윤희가 그를 얼마나 사랑하는지 알면서. 그러나 요컨대 그것은 절교장이었다.

도대체 어떻게 된 일인가? 친구들도 머리를 맞대어 생각했다. 불과 두 달 전에 목걸이를 사주며 사랑을 맹세한 사람이……. 당황한 윤희의 친구들은 함께 태평로에 있는 태수의 회사를 찾아갔다. 사무실은 잠겨 있었다. 빌딩의 수위에게 물어보니까 그 회사는 미국 회사의 지사였는데 일본으로 사무실을 옮겨 갔다고 들었다고 했다. 벌벌 떠는 윤희의 어깨를 껴안고 지애들은 진태수의 가족이 사는 지하방을 찾아갔다. 거기도 텅 비어 있었다. 집주인 말에 다들 일본으로 이사 간다고 하던데. "뭐 아주 잘되어서 간다고 하던데요" 하면서 사색이 된 윤희를 흘깃흘깃 바라보고 있었다. 그때 지애는 윤희의 목에 걸려 있는 금목걸이를 보며 그 스님의 말이 맞는가? 하는 생각도 잠시 들었다. 사람 중에는 초능력적인 두뇌를 가진 사람이 있다는 말도 종종 들어왔으니까. 태수의 절교장은 정말 날벼락이었다.

진태수는 윤희에게서 또 지애들한테서 갑자기 연기처럼 사라져버린 존재가 되었다. 지애들한테도 타격이 컸으니까 윤희에게는 말할 것도 없었다.

애타게 만남을 원하는 윤희뿐 아니라 지애도 사실 진태수를 만나보고 싶었다. 일본에 오니까 가능성이 더 가까이에 있는 것같이 느껴졌다. 윤희의 전화를 받고 나서인지 진태수의 이미지가 더욱 뚜렷해졌다. 어떻게 변했을까? 성공했을까? 아니면 생활에 허덕이고 있을까? 결혼은 했겠지. 아이들은 몇이나 있을까, 행복할까?

지애가 식사를 마치고 커피를 시키려는데 핸드폰이 울렸다. 박과장이다.

"왜 그래?"

"만났어요?"

"11시 약속이라며. 아직 15분 남았어."

"혹시나 하고요."

"전시장이나 잘 지켜요. 아침은 잘 먹었어요?"

"아니요. 집에서 토스트만 먹었어요."

"요구르트나 주스도 마시지."

"잔금 받을 때까지 아껴야죠. 불고기며 곰탕 실컷 먹어보았으면 좋겠어요. 잔금 못 받으면 맨손 쥐고 도로 서울 가는 거예요. 그뿐인가요? 그림도 도로 싸서 부쳐야지요. 아이고…… 잔금 받으면 꼭 한턱하시는 거지요?"

"물론이지. 그런데 우리 김칫국 먼저 마시는 건 삼가야 할 것 같아."

"맞아요. 전 아침에 일어나서 기도했어요, 잔금 꼭 받게 해달라고. 입학시험 발표 기다리는 심정이에요."

"너무 그러지 말아요. 안 되면 그만이지. 첫술에 배 불릴 생각
하지 맙시다."

"사장님도 저 같은 심정 같은데요?"

지애는 대답 대신 웃었다.

커피를 한 모금 마시고 고개를 든 지애는 앗 하고 놀라서 하마
터면 커피를 엎지를 뻔했다. 그녀 앞에 진태수가 우뚝 서 있었기
때문이다.

"아니, 김지애 씨! 명함을 전시실에서 받았을 때 왜 생각이 안
났을까요?"

그도 놀라고 있었다.

"네? 야마구치 회장이 태수 씨였어요?"

지애는 장소도 잊고 큰 소리를 내버렸다.

"그래요. 나예요."

태수는 악수를 청했다. 지애도 손을 내밀었다. 그를 알고부터
30여 년. 처음 잡아보는 손이었다. 어쩌면 그렇게 늘 만나는 사람
처럼 자연스러운 악수일까 하고 그녀 스스로 놀랐다. 오랜 세월
만나지 않았어도 그들은 그렇게 친숙한 사이였던 증거가 아닌가.
진태수는 갈색 계통의 계절에 맞게 얇은 홈스펀 재킷에 짙은 갈색
터틀넥 셔츠를 입고 있었다. 그의 살결에 너무도 어울리는 재킷이
었다. 학생 때와 별로 달라진 데도 없었다. 다만 몸집이 조금 늘고
부티도 나서, 부드러우면서도 매력적이었다. 한마디로 멋진 중년
신사였다. 윤희 같으면 덥석 껴안았을지도 모른다. 반가움에 껴안

고 울었을지도 모른다.

"반가워요. 얼마 만이에요? 잘 지내셨어요? 전혀 안 변하셨어요. 세월을 읽지 못하겠어요."

"지애 씨도 그대로네요. 한눈에 알아보았지요. 윤희는 잘 있습니까?"

"잘 있지요. 하지만 어쩌면 그렇게 꺼져버리셨어요? 이해하기 힘들어요, 지금도."

"어깨가 너무 무거웠어요. 윤희를 행복하게 해줄 자신이 없었어요. 마침 일본으로 사무실이 옮겨 가는 바람에 헤어지기를 결심했지요. 잘한 것 같아요. 일본에 와서도 3, 4년간 무진 고생했으니까요. 미국인 회사가 부도를 내었거든요. 곱게 자란 윤희가 그것을 견딜 수 있었을까요? 고생하시는 어머니와 고학하는 동생도 둘이 있었어요. 연애와 결혼은 다르지요. 윤희가 견디다 못해서 달아났을지도 모르지요. 그러면 비극이지요. 서로 원망했을 겁니다. 그래서 저는 지금도 그렇게 한 것을 후회하지 않아요. 저도 무척 괴로웠지요. 윤희와 헤어진다니 말이나 됩니까?"

"지금은 일이 잘되시는 것 같은데?"

"야마구치 건설의 회장의 양자가 되고부터 인생이 바뀌었지요."

"그러면 일본 사람?"

"아니, 교포예요. 한국인이에요."

"자제분은 몇이나 있으세요?"

"남매뿐이에요."

"이상적이시네요."

지애는 부인과는 잘 지내느냐고 묻고 싶은데 참았다.

"참 이상해요. 이렇게 만나는 것. 윤희가 요즈음 몇 번 꿈에서 태수 씨를 보았다며 만날 것 같다고 그랬거든요. 오늘 아침에 전화가 왔었어요."

"꿈에서요?"

"네, 그 애 꿈은 좀 그런 데가 있어요."

"우연의 일치겠지요. 저는 윤희 꿈을 꾸어도 그런 일은 안 일어났는데요."

태수는 조금 미소 지었다.

"그림을 다 사주셔서 고맙습니다. 그런데 열다섯 점이나 다 뭘하시려구 사셨나요? 걸작도 아닌데."

"한국인 거고 신인들 거라 해서 젊은 사람들일 테니까 옛날 생각이 나서⋯⋯."

"고맙습니다. 한 점도 안 팔려서 속 탔는데. 우리 화랑의 첫 번째 해외 나들이거든요?"

"잔금은 어음으로 드릴까요? 송금을 할까요?"

"송금해주세요."

지애는 계좌번호를 써주었다. 혹시 송금 안 할지도 모르는데 어음으로 할까 하다가 송금 안 해도 그만이다 싶었다. 그를 만난 것만도 만족스러웠다.

"윤희가 몹시 보고 싶어 해요. 전화할 때마다 태수 씨 찾아달라고 해요."

하며 지애는 소리 내어 웃었다. 태수는,

"나도 보고 싶어요. 만나고 싶어요. 어떻게 지내고 있어요?"

"미국인 사업가하고 보스턴 근교에서 잘 살고 있어요."

"아, 나도 보스턴에는 몇 번 갔었는데. 만날 뻔했겠어요. 알았으면 어떻게든 찾아보았을 텐데……!"

하며 태수는 주먹을 불끈 쥐며 아쉬워했다.

윤희는 태수가 사라지고 나서 1년은 외국계 은행에 잘 다니는 듯했었다. 그러던 어느 날 갑자기 자살 소동을 일으켰다. 병원 병상에서 위세척을 하고 깨어나서 축 늘어진 팔이 약간 떨리고 있었다. 기력이 없으니까 몸에 경련이 일어나는 모양이었다. 눈에서는 하염없이 눈물이 쏟아져 내리고 있었다. 한결 홀쭉해진 가느다란 목에 그 금목걸이는 걸려 있었다.

윤희 어머니의 황급한 전화를 받고 달려간 지애는 "정신 차렷!" 하고 대뜸 소리쳤다. 윤희는,

"미련이 있어서 그래. 내가 잘못했어. 한없이 미련이 남아 있어. 그렇게 사랑하면서도……."

윤희에게서 미련이라는 말을 두 번 들은 셈인데 지애는 그 당시에는 그 미련이 무엇인지 짐작을 못 했었다. 오늘 전화를 받았을 때에는 짐작이 갔었다. 나이 탓이리라.

"잊어버려. 널 버린 사람이야. 넌 자존심도 없니? 이제 잊어버리지? 약속하지?"

나래도 성숙이도 병상에 있는 윤희의 손을 잡고 흔들며 같은 말을 했었다. '늬 사랑은 골동품이다. 요새 세상에 달아난 인간을 못 잊어 하는 사람이 어딨어? 넌 대학 나온 지성인이니? 모교 이름이

아깝다. 정신 차려!'

그 후 윤희는 은행도 그만두고 떠돌이처럼 해외를 다니며 관광 회사에서 가이드를 하고 있었다. 혹시 태수를 만날 수 있을까 하는 기대가 있었는지도 모른다. 그러던 중에 어디서 흘렸는지 그 목걸이를 잃어버렸다. 지애에게 그 말을 하며 그녀는 소리 없이 눈물을 흘렸다. 손수건으로 눈물을 닦고 나서,

"이제 아무것도 남은 게 없다. 오로지 안개 같은 추억뿐이다."

윤희는 올 때보다도 더 허탈해 보였다. 세월이 흘러서 진태수에 대한 집착도 엷어지는가 싶어서 지애는 세월이 약이구나 하고 다행으로 생각했었다.

윤희는 관광 가이드로 이태리 여행 중 로버트를 만나서 결혼하고 지금은 서로가 친구처럼 아끼며 평화롭게 살고 있었다. 목걸이를 잃어버린 후로 윤희의 삶은 비교적 순탄했었다.

지애는 윤희의 그런 사연을 태수에게 말하지 않았다.

"만나게 해주세요. 저는 윤희를 잊어본 적이 없어요. 일본에 온지 20년쯤 지나서 여유가 생기니까 한국 가서 윤희를 찾아볼 생각도 했었는데, 유부녀가 되어 있을 그 사람을 만나면 서로가 상처만 입을 것 같아서 한국에는 한 번도 가지 않았지요."

"그런데 왜 지금은 만나려고 하세요?"

"지금은 만나도 괜찮을 것 같아요. 젊었을 때 만났으면 함께 죽었을지도 모르지요. 지금은 더 늙기 전에 만나보고 싶어요."

그는 간절했다. 둘이서 만나서 어떤 일이 전개될지 지애는 짐작이 가기도 하고 안 가기도 했다. 태수는,

"전화번호 아시면 주세요. 전화해서 내가 보스턴으로 가든가 윤희가 이리로 오든가…… 약속대로 다이아 박힌 목걸이를 선사하겠어요."

했다. 그 말이 미처 끝나기도 전에,

"안 돼요, 그건!"

하며 지애는 저도 모르게 벌떡 일어서며 소리쳤다.

"왜요? 저, 넉넉합니다. 양부보다 제가 회사에 보탠 것이 더 큽니다."

태수가 서 있는 지애를 놀라며 쳐다보았다. 다이아가 박힌 금 목걸이는 너무 값나가는 것 아니냐는 뜻으로 그는 받아들인 것 같다.

지애는 갑자기 옛날의 그 스님이 생각나서 그 얘기를 할까 하다가, 에라, 모르겠다, 이제 그들 사이에 어떤 일이 일어나도 잘 헤쳐나갈 나이 아닌가 하고 생각했다. 스님이 뱀으로 본 그 목걸이도 이제는 시효도 지났겠지.

"아니, 아무것도 아닙니다. 뭐 좀 생각나는 것이 있어서요. 미안, 미안."

하며 그녀는 의자에 다시 앉아서 메모지에 태수의 전화번호와 주소를 적고, 태수에게 윤희의 전화번호를 적어주었다.

'아이고! 될 대로 돼라! 밀어닥치는 강물을 막을 힘도 나한테는 없고, 그럴 이유도 없네.'

지애는 속으로 내던지듯이 말했다.

그녀는 그들이 한없이 부럽고 그리고 왠지 조금 쓸쓸했다. 그녀

는 남은 커피를 천천히 마저 마셨다. 태수가,

"저녁 초대해도 되겠지요?"

했다.

"물론이지요! 고맙습니다."

둘은 방긋 웃으며 일어섰다.

2012년,《문학사상》

2020년대

과일 가게 할머니 사장
잘 가요!

과일 가게 할머니 사장

"과일 가게 할머니는 이제 장사 안 하실 건가 봐요. 셔터가 내려져 있네요."

현지가 말하니까 미장원 원장은,

"계단에 엎드려 있는 것을 동네 사람들이 발견해서 119 불러서 병원으로 갔다는데, 그 후로는 통 보이지 않아요. 돌아가셨는지 요양 병원에라도 가셨는지……. 가게 문 닫고 집으로 가시다가 그렇게 되셨나 봐요. 구십이 다 됐고 귀도 잘 안 들리시는가 본데. 언젠가는 가게에서 엎어져 있는 것을 역시 동네 사람들이 병원 응급실에 모시고 갔었는데, 그때까지도 의식이 없는 것 같더라고 하더래요."

"큰일 날 뻔했네요."

"이번에는 가게 닫고 밤에 집으로 가다가 그렇게 되셨나 봐요. 잘 걷지도 못하면서 돈에만 너무 집착하는 것 같아요. 오랫동안 장사해서 논도 꽤 있으실 텐네요. 혼자 몸인데 돈 더 벌이서 무얼 하시려고 그러는지."

하고 원장은 입을 다물었다.

소문에는 그 할머니는 이름도 성도 알려지지 않았고, 어디서 왔는지, 가족이 있는지 없는지조차 아무도 몰랐고, 물어보아도 대답을 안 한다고 했다. 그래도 한길 건너편에 있는 미장원 원장과는 가장 가까운 사이였다고 하는데, 동네 어느 집에서 과일 배달을 주문하려면 미장원에 전화했고, 원장이 길 건너에 있는 할머니께 소리쳐서 알려주기 때문이라고 했다. 70세 무렵부터는 배달은 안 했다고. 아무리 건강해도 나이가 나이라 큰 대야에 주문받은 과일을 담아서 머리에 이고 갈 수는 없었을 것이다.

미장원 원장은 소리쳐 주문 심부름을 안 해도 되어서, 일 한 가지는 없어져서 살겠다고 말한 적이 있었다.

현지의 집은 조용한 주택가에 있었는데 동쪽으로 약 300미터쯤 가면 갑자기 상가가 나왔다. 크지 않은 가게들이 좁은 2차선 길을 가운데에 두고 마주 보고 있는데, 그 흔한 커피숍도 맥줏집도 음식점조차 없었다. 상가가 끊어진 데에 자동차 수리집이 있고, 한참 더 가면 초·중·고등학교가 있고 교회가 있었다. 차 왕래도 빈번하지 않았다. 현지는 자라는 아이들에게는 아주 좋은 동네라고 생각하고 있었다.

현지는 손수 운전해서 10여 분 걸리는 백화점 지하 슈퍼에 가서 과일이며 찬거리를 샀기 때문에, 그럴 때마다 그 과일 가게 앞을 지났을 텐데도 그쪽으로 눈이 가지 않았고, 미장원도 간판은 시야에 들어왔으나 무심했다. 헤어컷 할 때에도 시내 중심가에 있는 이름난 데에 갔었다. 그 미장원이 있는 줄 안 것은 현지의 살림을 도와주는 아줌마 덕이었다.

아줌마는 경기도 여주가 고향이고 고등학교까지 나온 사람이었다. 아줌마는 도우미라기보다 현지네의 한 가족 같았다. 현지 남편이 미국 지사에 3년간 근무하게 되었을 때에도 가족은 아무도 없는 집을 아줌마에게 맡겼었다. 현지보다 네 살 위인데 현지에게는 인생살이를 폭넓게 알려주는 선배 같았다.

어느 날 헤어컷을 하고 와서, 운전하고 먼 데까지 갈 것 없이 그 미장원에 가보라고 알려주었다. 원장이 미용 대학교를 졸업했다는데 기술도 좋고 값도 8000원밖에 안하더라고 해서 현지도 가기 시작했는데 거의 20년 단골이 되어버렸다. 헤어컷을 길어야 10분이면 끝냈고, 시내 중심가의 미장원보다 더 마음에 들게 했다. 아홉 평 남짓한 넓이의 그 미장원은 언제나 청결하고 냉난방도 쾌적했다. 게다가 값도 싸니까 팁을 주어도 유명한 곳보다 5분의 1도 안 되는 값에다가, 집에서 현지 걸음으로 약 10분 거리니까 더 말할 것 없이 안성맞춤인 미장원이었다.

원장도 그녀가 오랜 단골이어선지 시댁이며 친정 올케 얘기도 자주 했는데, 모두가 선량하고 건실한 사람인 걸 알 수 있었다. 어느 날은 올케가 박사 학위논문의 심사를 통과해야 하는 날이라 너무 긴장돼서 손이 뻣뻣해져서 일도 잘 안 된다고 했다. 그 말 역시 선량한 인품인 증거구나 싶었다. 시누이 올케 사이는 시모와 며느리 사이보다 더 안 좋다는 통념이 있으니까.

여름이면 수박, 참외 주문 전화가 계속 오는 것을 일일이 건너

338

편 할머니 가게에다 대고 소리쳐 알리는 것만 보아도 보통 정도의 선량한 사람이 아니라는 것을 현지는 짐작하고 있었다. 그런 사정을 모르는 청년이 머리를 노랗게 염색하는 중인데, 원장이 문을 열고 나가서 가게 할머니께 주문을 알리니까,

"에이, 나 바쁘다고요! 면접 시간에 늦는다고요. 뭐 하는 거야, 도대체……."

하며 버럭 소리치며 화내는 것도 보았다.

현지가 처음으로 그 길가에 과일 가게가 있는 것을 알게 된 것은 막내아들 때문이었다. 막내가 초등학교 5학년 때의 어느 여름날이었다.

"다녀왔습니다" 하고 여느 때처럼 현관에 들어서면서 큰 소리로 귀가를 알렸다. 현지가 "어서 오너라" 하며 서재에서 내다보며 대꾸하는데, 막내가 가방을 현관 마루에 내려놓더니 손도 씻지 않고 부엌으로 달려가고 있었다. 현지는 놀라서 "왜 그러니?" 하고 소리치며 막내 뒤를 쫓아갔다. 막내는 손에 랩으로 삼각형으로 싼 수박 한 쪽을 들고 식탁에 갔다가 부뚜막으로 갔다가 하며 당황하고 있었다.

"아니, 그게 어디서 났어?"

현지의 음성이 컸던지 뒷마당을 쓸고 있던 아줌마가 놀란 얼굴로 부엌으로 왔다. 막내가 말했다.

"그 할머니 있잖아요."

"어느 할머니?"

"그 과일 파는 할머니."

"과일 파는 할머니가 어디 있는데?"

"저기 바로 저기, 학교에서 오는 길에……."

"네가 샀단 말이냐?"

현지는 눈을 똑바로 뜨며 화내는 목소리로 말했다.

"아…… 아…… 니요."

"아니면 네 손에 든 지저분한 그 수박은 뭐지?"

아줌마가 얼른 쟁반에 그 수박을 얹어놓으며 말했다.

"사모님, 제가 말씀드릴게요. 막내 애기, 어서 손이나 씻어요. 더운 것 같으니까 아예 샤워하든가."

막내는 살았다는 듯이 "네" 하고는 제 방으로 달려갔다. 아줌마가 "걱정하실 것 없어요" 하며 차근차근 현지에게 말해주었다.

"우리 집에서 걸어서 7, 8분쯤 가면 상가가 나와요. 부동산 가게도 있고 세탁소도 있고 미장원도 있고. 미장원과 비스듬히 건너편에 서너 평쯤 되는 작은 가게랄까 노점이랄까 그런 데서 과일 파는 할머니가 있어요. 그 할머니가 막내에게 준 것 같아요. 언젠가도 바나나 하나를 들고 와서 울상을 했어요. 할머니가 하굣길에 그 앞을 지나는 막내에게 주니까 할 수 없이 받아가지고 와서 제게 준 거지요."

"그러면 왜 나한테 말 안 했어요?"

"한 번만 더 그러면 알려드리려 했어요. 그 앞을 지나면 '학생, 학생' 하고 부르면서 가게 밖까지 나와서 사과고 바나나를 억지로 손에 쥐여준대요. 할 수 없이 그 가게 가까이 오면 일부러 한길을 건너서 인테리어 가게 뒷골목을 돌아서 집으로 온다 했는데, 오늘

은 더웠는지 깜빡했는지 그 앞을 지나오게 된 모양이에요. 야단치
지 마세요."

"내가 언제 야단쳤지?"

"아이구, 사모님 결벽증 누가 모르나요. 쩨끔만 뭐 그래도 질색
하시잖아요."

"그런데 저 수박 어떡하지?"

"제가 먹을게요."

"배탈 나면 어떡하려고. 냉장고에 있던 것도 아니구. 어떤 칼로
어떤 도마에 놓고 어떤 손으로 잘랐는지 어떻게 알아요?"

"그렇긴 하지만 랩으로 쌌고 보기에 싱싱하잖아요. 지저분한 가
게도 아니에요. 더러우면 요즈음 세상에 누가 가나요? 그리고 멀
쩡한 먹을 것을 버릴 수도 없잖아요."

아줌마는 수박을 쳐다보며 말했다.

"저런 것도 돈 없어서 못 사 먹는 사람도 수두룩하다구요. 랩 벗
겨서 냉장고에 넣어두었다가 나중에 제가 먹을게요. 다들 그런 것
사 먹는다구요. 누가 공짜로 저런 수박 반쪽이라도 주는 줄 아세
요?"

현지는 눈 딱 감고 버리라고 하려다가 그냥 서재로 들어가버
렸다.

예전에 수박을 잘 익은 것처럼 보이게 하느라고 빨간 물감을 주
사해서 팔아서 식중독이 유행했는데, 죽은 사람도 있다는 기사를
본 어머니가 아무 데서나 먹을 것을 사 먹지 못하도록 골수에 박
히도록 경고했었다.

현지는 아무래도 찜찜했다.

막내는 제 방으로 가고 아줌마는 부엌에서 수박 처리를 하고 있는 모양인데, 그녀는 속에서 왜 사지도 않는 것을 억지로 펴 안기지? 왜 남에게 강요하지? 점점 속이 부글부글 끓는 것을 어찌할 줄 몰라서 막내와 아줌마를 거실로 불러냈다. 그러고는 멀뚱멀뚱 서 있는 막내에게 말했다.

"너 왜 엄마한테는 말 안 하고 아줌마한테는 말했지?"

막내는 한참 동안 무언가 기억해내려고 하다가,

"아, 그 바나나 말예요?"

했다.

"그래. 왜 엄마를 속였지?"

"엄마를 속였다구요? 말도 안 돼요. 엄마는 집에 안 계셨고, 아줌마만 계셨어요. 엄마가 아줌마를 장충동 고모처럼 생각하라 하셨잖아요."

현지는 참, 그랬지 생각하고 말문이 막혀버렸다.

"알았다, 아는 할머니가 준 거고 네가 먹지 않아서 다행이다. 어린애가 길 가던 모르는 사람이 주는 사탕을 먹고 즉사한 사건도 있었단다. 한참 옛날 일이지만. 함부로 남이 주는 것, 먹는 것 아닌 줄 알지?"

"그럼요. 걱정하지 마세요."

"앞으로는 엄마한테도 말해야 한다. 알았지? 그리고 절대로 그 할머니가 주는 것은 안 받는 거다. 아예 그 가게 앞을 지나지 않는 거다."

"네."

막내는 큰 소리로 대답하고 거실 밖으로 나가버렸다. 아줌마가,

"공연히 그 할머닌지 아줌마인지 때문에…… 친절 과잉도 문제예요. 막내 애기가 순진하고 귀엽게 생겼잖아요. 그 할머니는 자식도 손주도 아무도 없으니까…… 정붙일 데가 없으니까…… 아마도 이민 가버리고 연락을 끊어버린 아들이 손주를 낳았으면 저나이쯤 되었겠지 싶어서 막내가 더 귀엽게 보였는지도 몰라요. 아이고, 얼마나 외로웠으면……. 정말 불쌍하네요."

하고 쯧쯧 하며 한숨을 내쉬었다.

과일 가게 할머니는 뼈대가 굵고 튼튼하고 머리숱도 검어서 할머니라기보다는 아줌마라고 해야 할 것 같은데, 얼굴에 주름이 많아서 할머니라고 부른다고 했다. 아줌마가,

"제가 가서 할머니한테 앞으로는 애들에게 먹을 것 주지 마시라 할게요."

마치 자기가 책임이 있는 듯한 말투였다.

"아니, 막내가 피해 다니면 되겠어. 그 할머니 무안해하면 어쩌려고. 우리 그만 잊어버립시다. 막내에게 귀갓길에는 뒷골목으로 돌아서 오도록 단단히 일러둡시다."

수박 건은 그렇게 일단락을 지었다.

그 할머니는 정확하게 오후 2시면 가게 문을 연다 했다. 새벽 일찍 일어나서 도매상에 가서 물건 사다 놓고, 집안 청소며 아침 식후 처리, 빨래 등 하고 점심 먹고는 장사를 한다고 했다 한다.

1년 내내 일요일이건 명절날이건 한 번도 가게를 닫아본 적이

없다고 했다. 아줌마 말에는 그 가게는 누가 주인인지 모를 만큼 늘 동네 주부 몇 명이 같이 과일도 팔고, 물론 돈은 할머니 바지 속주머니로 들어가지만, 이웃들이 부탁하는 배추며 무, 대파 등 야채도 다듬어주고, 마늘 껍질도 벗겨주고, 가게 안팎도 쓸어주고, 할머니가 배달 나가면 할머니 대신 주인처럼 팔아준다고. 언제부턴지 간단한 야채 몇 종류도 파는데, 아마도 거기에 모인 아줌마들이 심심풀이로 이웃들이 부탁하는 야채 손질하다가 그렇게 된 것 같다고 했다. 거의 반나절을 거기에 있던 아낙네들은 저녁 식사 준비할 무렵이 되면 팔다 남은 시금치나 무 몇 개, 과일 몇 개를 선물로 받아서 집으로 갔다가 저녁 식사 후에 다시 와서 할머니와 한두 시간쯤 같이 있는 사람도 있는데, 대개는 모두 자기 집에 가버리고 할머니 혼자서 밤늦도록 가게에 있다고 했다.

현지는 밤에도 그 앞을 가끔 차로 지났으나 맨알 전구가 하나 켜져 있는 것만 보았고 다른 것은 보지 못했다.

그 가게는 동네 아낙네들이 서로 말벗도 되어주고 할머니를 도와주면서 장사하는 재미도 있었던 것 같았다. 남편이며 자식들에 대한 불만이나 울분이며 살아가는 데 짜증 나는 일들을 서로 토해내며 스트레스도 풀며.

현지는 아줌마가 마늘 한 접을 까달라고 부탁하면서 함께 까며 듣고 본 얘기를 해주어 그 가게 분위기를 짐작할 수 있었다.

그 할머니에 대해서 좀 더 자세하게 알게 된 것은 역시 막내 때문이었다.

막내가 중1 때였던 것 같다. 이느 날 거가하면서 숨이 차서 어쩔 줄 몰라 하면서도 엄마를 연신 불러댔었다.

현지가 놀라서 물었다.

"왜 그래, 왜. 어디 아프니?"

하며 낯빛도 벌겋고 숨이 헐떡거리는 아이를 소파에 앉혀서 진정시켰다. 막내는,

"아픈 것 아녜요. 걱정하지 마세요."

하며 현지가 주는 미지근한 물을 천천히 마셨다.

"이제 괜찮니?"

"네."

하며 막내는

"엄마, 그 과일 가게 할머니 있잖아요, 앞니가 네 개가 다 부러져 나갔어요. 피가 철철 흘렀다고요."

하며 눈이 휘둥그레지며 손가락 네 개를 들어 올리고 계속 흔들었다.

"저런! 왜 그랬을까, 할머니가 넘어지셨나? 병원에 갔니?"

"네, 어떤 남자분이 업고 뛰어갔어요. 그 남자분의 옷 위로 피가 막 흘렀어요."

"저런……!"

"엄마, 제가요, 학교에서 오는데 사람들이 남녀 할 것 없이 저놈 잡아라, 하고 아우성치며 뛰는데, 달아나는 사람이 어찌나 빨리 뛰는지 아무도 못 쫓아가는 거예요. 달아나는 남자는 뒤를 흘깃흘깃 돌아보면서도 쏜살같이 뛰는 거예요. 그래서……"

"그래서……?"

"제가 우산을 척 내밀었어요."

"뭐?"

현지는 소리치며 벌떡 일어섰다.

"그래서……?"

막내는 에라 모르겠다 싶었는지 계속해서 말을 이었다.

"그 자식이 내 우산에 걸려서…… 고꾸라지면서 넘어졌어요. 다시 일어나서 뛰려 하는데 잡으러 오던 아저씨들이 그 남자를 양쪽에서 꽉 붙잡았어요. 사람들이 우우 몰려와서 그 남자를 에워싸면서 경찰서로 간다고 했어요. 다들 저놈 죽여라, 죽여라 하며 소리쳤어요."

막내는 단숨에 얘기를 다 했다. 그러고는 크게 한숨을 내쉬었다. 꽤 놀랐던 모양이었다.

"그러니까 네가 내민 우산 때문에 그 남자가 잡혔단 말이니?"

"네, 그럴 거예요."

"그럴 거라니? 정확하게 말해봐."

"그랬을 거예요. 저도 뭐가 뭔지 잘 모르겠어요. 순간적으로 그렇게 되어서요."

"알았다. 그래, 우산은 어디에 있니?"

"그 남자가 제 우산에 발이 걸리면서 우산이 제 손에서 딱 떨어졌는데, 부러진 것 같은데요. 그걸 들고 어떤 아줌마가 그 남자의 다리를 때리는 것 같았어요."

현지는 후 하고 한숨이 나왔다. 완전히 한 편의 활극이었다.

"네가 다치지 않아서 천만다행이다."

그녀는 무어라고 말해야 할지 몰랐다. 나쁜 사람을 잡는 데 일조를 한 셈이니까 결과적으로 잘하기는 잘한 일인데……

"그 사람이 너 때문에 넘어졌으니까 화가 나서 너를 주먹으로 쳤으면 어떡할 뻔했지? 할머니처럼 이가 다 부러질 수도 있었어."

막내는 속으로 그렇구나 싶었는지 고개를 갸우뚱거리며 계속 커다란 눈만 껌뻑거렸다.

"이제 알겠니? 그런 싸움판에 다시는 끼어들지 마라, 네가 다칠 수도 있다. 어른들에게 맡겨두고 빨리 집으로 오는 거다. 알았지?"

막내는 "네" 하고는 뒤통수를 긁으며 제 방으로 갔다.

한참 후에 아줌마가 들어와서 그 일을 소상하게 알려주었다.

"그 과일 가게 할머니의 앞니 아래위 네 개가 부러지면서 다 빠져나갔어요. 저도 몇 사람하고 응급실에 같이 갔다 왔어요. 말씀도 안 드리고 가서 죄송해요. 너무 급해서…… 입술도 터지고 피가 어찌나 나는지. 죽지 않아 다행이에요."

할머니는 치과에서 응급조치를 하고 가게에 돌아왔다. 도와준 사람들이 고마웠는지 가게에 다시 와서는 폭행한 남자의 정체를 밝히면서 자신의 얘기도 조금 비쳤다 한다.

할머니는 천안 근처의 농촌에서 제법 부잣집 외동딸로 자랐는데, 당시 그 동네에서 유일하게 일본에 유학했던 남자하고 결혼했다 한다. 남자는 바람둥이고, 걸핏하면 할머니를 때리고, 돈이 떨어지면 처가 땅까지 멋대로 팔아먹고. 도저히 못 살겠어서 어린 아들 하나를 둘러업고 한밤중에 무작정 서울에 왔다고 했다. 안 해본 일 없이 반평생을 고생하다가…… 지금의 그 자리를 잡고 잘 살아왔는데, 남편이 할머니를 어떻게 찾아냈는지 돈 내라고 그렇게 때린 것이라고 했다.

"아니, 무슨 염치로 돈 달래요?"

"그러게 말이에요. 동네 사람들이 그놈을 실컷 두들겨 패서 경찰에 인계했대요. 그놈 다시는 그 동네에 얼씬도 못 할 거예요. 그 할머니가 자기 얘기를 전혀 말하지 않았던 이유를 알 것 같아요. 혹시나 소문 듣고 그놈이 찾아올까 해서가 아닐까 해요."

그 사건이 있던 후로 현지는 백화점 슈퍼에 가서 찬거리를 사고 과일도 샀으나, 사과하고 배는 사지 않고 할머니 가게 앞에서 차를 잠깐 세우고 과일을 샀다.

현지는 그 가게 할머니를 처음으로 가까이서 보았는데, 눈빛이 맑고 온화해서 첫눈에 호감을 갖게 되었다. 할머니는 언제나 새 박스 속에서 과일을 꺼내 주었다. 아줌마 말대로 전혀 불결한 가게가 아니었다. 다른 가게처럼 유리로 된 멋스러운 출입문은 없고, 시멘트 바닥 위에 두 개를 포개서 쌓은 박스가 진열대 역할을 하고 있었다. 과일 종류는 몇 가지가 안 되었다. 머스크멜론 같은 외래종은 없었다. 할머니는 현지가 산 과일을 꽃무늬가 있는 깨끗한 새 봉투에 넣어서 차 뒷문을 열고 실어주고는 허리를 깊게 굽히며 안녕히 가시라고 인사를 했다. 현지도 운전대를 잡은 채 역시 고개를 깊이 숙이며 정중히 인사를 했다. 그렇게 몇 번 만나게 되니까 현지는 은근히 할머니가 좋아졌다.

어느 날 백화점 슈퍼의 배가 하도 싱싱하고 맛있어 보여서 네 개들이 한 팩을 샀다. 카트에 다른 것과 같이 넣고 계산을 하려다가 아차 생각이 나서 배만 취소하고 할머니 가게에서 샀는데, 백화점보다 더 비싸게 불렀다. 하는 수 없이 샀으나 배반당한 것 같아 기분은 좋지 않았다.

저녁을 먹으면서 남편에게 그 얘기를 했다.

"백화점은 가게 터 값이 한 평에 1억이나 하고, 물론 물건도 좋고 다양하고, 판매대도 늘 깨끗하게 정리하느라고 수고가 있을 거고, 판매원 월급도 주어야 할 테니까 조금 비싸겠지만, 할머니 가게는 그냥 반 노천인데 백화점보다는 싸야지요."

사실 그 가게의 과일 박스는 가게 앞 보도의 반 폭쯤을 차지하고 있었다. 보행하는 사람들은 불편했을 텐데 그 누구도 불평하거나 시정하도록 관계 기관에 요청하지도 않은 모양이었다.

"할머니 도와주고 싶어서 사는 건데…… 백화점은 필요한 것 사서 배달시키면 무료로 배달해주는데도 일부러 거기서 사는데…… 생각 좀 해봐야겠어요."

현지는 볼멘소리를 했다. 남편은 웃으면서,

"싸건 비싸건 그야 사장 맘대로지."

하며 짤막하게 현지의 불만을 해소시켰다. 현지는,

"맞아요. 그야 사장 맘대로지."

하며 한바탕 웃음을 터뜨렸다.

그 후로 현지 집에서는 그 할머니를 '과일 가게 할머니'가 아니고 '과일 가게 할머니 사장'으로 불렀다.

세월은 빨리 흘러갔고, 막내 덕에 알게 된 할머니 사장의 얼굴의 주름은 좀 더 깊어졌으나 여전히 그 가게에서 과일을 팔았고,

동네 아낙네들도 그 가게에서 여전했고, 초등학교 5학년 때 할머니 사장이 손에 억지로 쥐여주는 수박 한 쪽을 들고 엄마한테 야단맞을까 해서 집에 와 어쩔 줄을 모르며 쩔쩔매던 막내는 의대를 졸업하고 인턴이 되었다.

할머니 사장은 그 아들 하나를 잘 키웠는데 대학 나와서 은행원이 되고 초등학교 교사하고 결혼했다고 미장원 원장에게 약간 자랑스럽게 말했다 한다. 그러나 며느리가 가난한 시어머니 싫다고 해서 아들 내외는 결혼한 후 호주로 이민 가버리고, 지금까지 30년이 넘도록 어떤 소식도 할머니에게 알리지 않았고, 소문에는 할머니도 아들 소식을 알려 하지도 않는 것 같다고 아줌마가 안타까워했다.

"그 할머니 팔자 한번 지긋지긋하게 태어났네요. 팔자가 좋아야 효자 자식도 둔대요. 망할 놈의 자식! 어미가 저를 어떻게 길렀는지 다 알 텐데, 마누라한테 미쳐서 그 엄마를 버려요? 아들은 결혼시켜놓으면 내 자식이 아니라고들 하데요. 하기야 딸도 별수 없어요. 제 식구가 더 가깝고, 제 식구 챙기기도 버거울 테니까요. 자식 바라고 살 세상은 아닌가 봐요. 요새는 자식들이 이혼한다는 소리만 안 해도 다행이라고 한대요."

하며 한숨을 내쉬었다.

"하기야 그나 나나……."

또 팔자 타령하는구나 싶어서 현지는 정색을 하며 말했다.

"아줌마가 어때서?"

"그야 죽으면 치워줄 딸은 있지만요. 제가 일할 수 없을 만큼 늙

으면 들어가서 다리 뻗고 누울 집 하나는 해놓았지만요. 사위가
요즈음 일이 잘 안 된다고 하는데, 저는 눈 딱 감고 있어요."

아줌마의 낯빛이 며칠 사이 어두웠는데 사위 일 때문인지 싶어
서 현지도 걱정이 되었다.

"후우우…… 살게 하다가 결국은 그 누구든 죽게 할 텐데, 왜 태
어나게 했는지 모르겠네요. 태어나게 한 하늘이 야속해요. 왜 태
어나게 했는지는 모르지만, 살며 보니까 돈은 있어야 되겠더라구
요. 돈이 있으면 목에 힘도 붙고, 세상도 훤하게 보이고, 자신감도
생기고, 누가 뭐라 하건 상관없고, 일단은 자유가 있으니까. 돈은
다른 게 아니라 자유 그 자체더라구요. 가고 싶은 데 가고, 먹고 싶
은 것 먹고, 갖고 싶은 것 사고, 주고 싶을 때 주고, 아프면 병원 가
고…… 돈, 참 좋지요. 그 할머니 사장도 일찍 그걸 깨달은 것 같아
요. 그 고생 하며 기른 자식한테도 버림받는 신세까지 되었으니,
그래서 기절해가면서도 장사를 하는 거겠지요. 돈이 할머니의 목
숨줄일 거예요. 돈 있을 때에는 세상에 무서운 것이 없더라고요.
저는 공연히 옷 장사 해서 왕창 망했었지만요. 돈 좀 생기니까 가
게를 몇 개 더 늘린 게 망하는 시작이었던 거지요. 돈 더 벌려고
배짱부린 것 자체가 제 팔자였지요. 마음이 팔자를 바꾼다더니,
제가 딱 그거였어요. 노숙자 되는 것도 별거 아니더라구요. 잘 곳
이 없어서 찜질방에서 자보기도 했어요. 지하철역 화장실에서도
자봤어요. 팔자는 어쩔 수 없다는 걸 절실히 깨달았지요. 고교 동
창이 권해서 입주 도우미 한 30년 하니까 돈이 모아지데요.

사모님, 저…… 별의별 구경 다 했어요. 부잣집 몇 군데 갔었는

데요, 부자는 다 행복한 줄 알았었거든요. 그런데 아니더라고요. 처음 간 집은 빌딩이 몇 채나 있다는데도 자식 때문에 맨날 전쟁 터더라구요. 애들은 초등학교 남매뿐인데, 애들 가정교사로 영어 수학 국어 세 사람을 기사가 모셔 오는데, 애들이 공부를 안 하니까 그냥 앉아 있다가 가더라구요. 저녁에는 또 학원에 보내요. 매일 시험을 보는데 성적이 하도 나쁘니까, 공부 못한다고 엄마가 반 죽일 듯이 때리고 질질 끌고 집 밖으로 내쫓고, 울고불고 난리였지요.

애들은 입에 붙은 게 '지겨뿌린다 지겨뿌린다'예요. 누구를 죽이겠다는 건지. 엄마라는 사람은 아침 식사 전에도 골프 치러 나가서 저녁 식사도 밖에서 하는 날이 많고, 뭐 전신 마사지라는 것을 한다는데, 그래선지 피부는 반들반들하더라고요. 집에 책이라는 것은 애들 방에 있는 교과서하고 문제 풀기 참고서 뭐 그런 것뿐이고, 엄마는 책은커녕 신문 한번 들춰 보는 것 본 적 없거든요. 그러면서 애들 공부 못한다고 그 난리를 치니까…… 그러니 그 애들이 어떻게 될지 참! 애들도 숨 돌리고 뛰며 놀 때도 있어야지.

또 어떤 집은 불량배 아들 때문에 맨날 사장 내외가 경찰에 불려 가고. 어떤 집은 마누라가 직장 간 사이 유부녀하고 바람피우다가 들켜서 이혼당해서, 살고 있는 고급 빌라에서 알몸으로 내쫓기고, 자식들도 다 엄마 편이고. 돈도 몇십억 빼앗기는 사장도 있었고요. 돈 많다고 행복한 건 절대 아니더라고요. 나는 월급 아무리 많이 주어도 그런 집에서 1년도 있지 못하고 나왔어요. 맨날 고성이 오가고, 자식 때리고 나면 애 어른 할 것 없이 울어 퍼대고.

정신 사나워서 못 있겠더라구요. 돈 많아도 아무 소용 없더라구요."

"에이, 돈 있으면 다 된다고 금방 말하고선, 아줌마도 참……!"

"흐흐, 참 그렇게 되어버렸네요. 사모님, 그 사람들한테 그나마 돈이 없었으면 어떻게 되었겠어요. 하기야 그 돈이 언제까지 있을지 모르지만요. 돈이 있으니까 그 난리 속에서도 버틸 수 있는 거예요. 과일 가게 할머니 사장이 그런 것을 뼈저리게 아니까 저렇게 기를 쓰고 돈을 벌려고 하는 거라구요. 하늘이 무너져도 돈만 있으면 일단 살아갈 수는 있는 거니까요."

"말도 안 되는 소리. 돈 모아서 쓰지도 못하고 기절해서 하마터면 죽을 뻔했잖아요. 할머니 사장도 이제 좀 쉬셔야 할 거예요. 동네 사람들 없었으면 기절해서 엎어졌을 때, 그때 그냥 돌아갔을 것 아네요. 돈 쌓아놓고 죽는 거, 그게 뭐예요. 그 이웃 사람들 참 고맙네요. 그렇게 좋은 이웃이 있다는 말 들어본 적 없네요."

"누가 알겠어요? 할머니가 장사도 안 하고 돈도 없고 동네 사람들한테 폐만 끼치고 다녔으면 그랬을까요? 천만에요!"

아줌마는 자리에서 일어서며 말했다.

"아이구, 쓸데없는 소리 하다가 시간만 보냈네요. 오늘 저녁은 무얼 할까요. 가짜 신선로하고 고기 산적 할까요? 참, 회장님은 출장 가셨지요. 회장님은 산적보다는 스테이크를 더 좋아하시지요."

"나도 산적은 싫은데, 가짜 신선로만 하지."

"네, 의사 선생님은 오늘도 먹고 온다고 했지요?"

아줌마는 인턴으로 있는 막내를 어떻든 의사 선생님이라고 우졌다.

"막내가 지금 가장 바쁜 때예요. 우리 둘이서 맛있게 먹읍시다."

"내일 간식거리는 매작과로 할까요? 밤초로 할까요?"

"글쎄……."

"재미로 매작 댓 개만 만들게요. 의사 선생님은 치즈 케이크를 좋아하지 매작 같은 것은 전혀 안 먹더라구요. 요즈음 젊은이들은 옛날 것은 입에 안 맞는가 봐요. 저도 젊은이는 아닌데 케이크가 더 좋거든요."

매작과며 밤초며 정과 같은 것은 옛날 임금의 간식거리였는데, 시대가 바뀌면서 대중화된 지도 오래되고, 또다시 시대가 바뀌면서 찾는 사람이 드물어졌다. 시대에 따라 사람들의 입맛도 바뀌나 보았다.

아줌마는 신선로에 넣을 은행이 냉동고에 있을 텐데 하며 부엌으로 갔다.

현지는 아줌마가 또 마음이 편치 않은가 보다고 생각했다. 심란하면 아줌마는 손이 많이 가는 정통 음식을 만들었다. 가짜 신선로는 정통 신선로에 숯을 넣고 끓이는 재래식 신선로 요리가 아니고, 압력 냄비에 재료도 옛날처럼 골고루 넣지 않았다. 현지가 안 먹는 석이버섯이며 편엽은 뺐다. 모양만 정통에 가깝게 배색을 예쁘게 꾸미고, 인덕션에 올려서 끓이는 것이다. 그래서 현지네에서는 가짜 신선로라고 했다.

아줌마는 요리에 열중하는 동안은 머릿속의 것을 잠시나마 잊게 되어선지 손 가는 정통 요리를 즐겨 만들었다.

아줌마의 시어머니는 걸핏하면 이 손으로 임금님 수라상 차렸다고 으르렁대는 시할머니가 호되게 시집살이시키며 궁중 음식하는 법을 가르쳤는데, 시할머니 앞에서는 허리를 펴면 안 된다고 했다 한다.

"시할머니가 중전 마마도 아닌데, 그 앞에서는 허리를 펴면 안 된다고 했다 하니까 웃기지 않아요? 세월을 착각하고 계셨던 거지요. 딱한 분이에요."

하며 아줌마는 어이없는 듯이 웃었다. 시어머니가 당한 그대로 아줌마에게도 시집살이시키며 가르치려 했으나, 아줌마 대가 되니까 옛날 같은 식재를 구하기도 힘들어졌고 시댁에 돈도 떨어져서 그런 고급 음식을 만들어 먹을 형편이 안 되었다.

그 지겹던 시어머니 덕인지 아줌마는 잔손 가고 시간 걸리는 정통 요리 몇 가지는 잘했고, 서양 요리 몇 가지도 오븐에서 잘 만들었다. 요리 하기를 좋아했고 또 요리에 특별한 재능이 있었다. 현지는 그런 아줌마가 늙어가는 것이 안타까웠다.

아줌마는 팔자는 나쁘건 좋건 하늘이 정해서 내보낸 것이니까, 팔자대로 살다가 가는 것이라고 확신하고 있는 것 같았다. 마음을 바꾸면 나쁜 팔자도 좋아질 수 있는데, 마음을 바꿀 수 있는 그 자체도 팔자에 있는 거라 했다.

"교인들은 하나님 뜻이라고 하던데, 그게 다 팔자라구요. 고상하게 말하면 운명이지요. 저는 남의 꼴, 제 꼴, 하도 별의별 꼴 다 보아와서 그렇게 생각하게 되어버렸어요. 떵떵거리며 살던 사람이 쫄딱 망하고, 쌀알 한 톨도 구경도 못 하던 사람이 엄청난 부자

되는 것도 보았어요. 우리나라 재벌 1세들이 어떻게 그렇게 되었는지 다 알고 있지 않아요?"

아줌마는 어쩔 수 없는 운명론자 같았다. 현지도 늙어가는 탓인지 인생이란 그런 것인지도 모르겠다는 생각이 들 때도 있었다.

과일 가게 할머니가 병원 응급실로 간 후로는 보이지 않는다는 미장원 원장의 말을 들은 지 일주일쯤 지난 후였다. 동창 모임이 밤늦게 끝나고 귀갓길에 현지는 그 가게 앞에서 차를 잠깐 세웠다. 그 가게에는 회색의 찌그러진 헌 셔터는 없어지고, 하얀 바탕에 위쪽에 1센티쯤 되는 넓이의 빨간 줄과 파란 줄이 옆으로 예쁘게 한 3센티 간격을 두고 길게 그어져 있는 산뜻한 새 셔터가 내려져 있었다. 소문대로 다른 사람이 새 가게를 여나 보았다.

현지는 속으로 '과일 가게 할머니 사장, 안녕히 가세요!' 하며 차를 다시 몰았다. 거의 20년 동안이나 만나선지 정도 들었었다. 언젠가 오래전, 정붙일 데가 없어서 지나가는 막내에게 바나나며 수박을 쥐여주는 거라던 아줌마의 말이 귓가에 맴돌았다. 정, 정이 무얼까? 그 할머니 사장이 그토록 주고 싶어 하던, 아니 붙이고 싶어 하던 정……. 그 이웃들의 정도 소용이 없었을까? 할머니 사장의 외로움이 현지의 가슴에 시리게 와닿았다. 현지는 슬펐다.

2023년,《PEN문학》

잘 가요!

주택가의 골목은 가로등이 있어도 어두웠다. 8시가 넘었는데 남편은 오지 않았다. 8시쯤 갈 거라고 했기 때문에 그녀는 실내복에 코트를 걸치고 정원용 슬리퍼를 신고 대문 밖에서 남편을 기다리고 있었다. 남편이 골목 모퉁이에 보이면 대문 안쪽에 숨어 있다가 깜짝 놀라게 해주려고 뛰어나가 서 왈칵 그를 끌어안을 작정이었다. 대문은 활짝 열어놓았다. 8시 15분이 지났는데도 남편은 보이지 않았다. 검은 승용차가 헤드라이트도 켜지 않은 채 소리 없이 지나갔을 뿐 어른이건 아이건 사람이라는 건 한 사람도 보이지 않았다. 워낙에 조용한 주택가였다.

남편은 택시로 올 때에도 골목 모퉁이부터는 걸어왔었다. 80미터쯤 되는 거리였다. 오늘은 차는 두고 전철로 초등학교 동창회에 갔다. 걸어야 건강하고 장수한다고 누구이 설득당하고 나서는 결국 짧은 거리라도 걷기로 한 지 1년쯤 되었을까.

이윽고 남편이 골목 끝에 나타났다. 곤색 바바리코트에 회색 체

크무늬 캡을 쓰고. 그의 몸 향기가 밤공기를 타고 그녀에게 전해
오는 것 같다. 남편이 점점 가까이 왔다. 그녀는 대문 기둥 뒤에 얼
른 숨었다. 10여 미터는 떨어져 있는 것 같았는데 그가 갑자기 나
타났다.

"어서 와!"

"응."

그들은 포옹했다. 그녀가 그의 손을 잡고 마당으로 들어가려 하
니까,

"아니, 우리 산보해."

하며 남편은 그녀의 손을 강력하게 잡아당겼다.

"이 밤에?"

"응."

"신발 바꿔 신고……." 그녀는 현관에 가서 운동화로 바꿔 신었
다. 대문을 닫고 남편과 같이 걷기 시작했다. 그들은 손을 잡고 가
끔 산보하던 산속의 산보길로 들어섰다.

산보길에는 아마도 10미터 간격으로 가로등이 켜 있었다. 구청
에서 산을 한 바퀴 돌도록 산중턱에 콘크리트로 공들여 만든 산보
길이다. 폭은 10미터쯤 될까. 조경사들이 나무 전지를 하느라고
큰 트럭에 올라서 전지를 할 때에도 길 폭이 넉넉해서 산보객들에
게는 지장이 없었다. 남편이 빠른 걸음으로 이 길 끝까지 갔다가
다시 돌아오면 대개 한 시간이 걸렸고, 그녀는 20분쯤 걸으면 숨
이 차서 바로 집으로 왔었다. 날씨가 춥지도 덥지도 않고, 비도 눈
도 오지 않고 바람도 세지 않은 날이면 오전 중에 그녀는 혼자서

도 산보를 했다. 한 달에 두어 번쯤 갔을까. 산의 나무들은 계절이 바뀔 때마다 달랐다. 꽃이 피고 지고, 단풍 들고, 겨울이 오기도 전에 잎사귀는 마른 채 땅에 떨어져 쌓였었다. 그렇게 계절이 한 순서를 마치면 1년이 지나갔다.

남편은 운동하는 것을 좋아하지 않았다. 걷는 것이 대단한 운동도 아닐 테지만 걷기조차도 좋아하지 않았다. "책 한 줄이라도 더 읽는 것이 훨씬 좋아!" 하며 다방면의 독서를 즐겼었다. 그의 전공과는 다른 문학 수학 물리 천문학, 중국 고전 등을 탐독했다. 대학 입학시험이 끝나면 그의 모교와 타 대학 문제집을 사와서 풀어보고 "내가 다니던 학교 것은 푸는데 다른 대학 것은 안 돼, 이상하지?" 하며 고개를 갸우뚱했었다. "그걸 무엇 하러 풀어보지?" 하면 "나를 테스트해보고 싶거든" 하고 대답했었다. 요즈음처럼 수능시험은 없고 대학별로 입학시험이 있었던 때다. 성경을 읽어보니까 해외 학자들이 각각 다르게 해석하고 있다며, 대여섯 권의 영문 성경을 사와서 밑줄을 쳐가며 비교하고 있었다. 물론 그는 교인은 아니었다. 『금강경』도 사서 사전을 찾아가며 읽고 있었다. 어쩌면 죽기 전에 어떤 종교 하나쯤 가지려 했는지 모른다.

내외는 손을 잡고 한참을 걸었다. 가을의 늦은 밤이어선지 산보객은 보이지 않았다. 남편은 평소처럼 말이 없었다.

"어머, 자기 손이 왜 이렇게 차지?" 그녀는 놀라며 남편의 손을 그녀의 코트 호주머니 속으로 끌어 넣었다.

"옛날 생각이 나네." 그가 말했다.

"옛날 언제?"

"우리가 연애 시작 했을 때."

그녀는 소리 내어 웃었다. 60여 년 전이다. 6·25전쟁이 휴전되고 몇 년이 지났는데도 명동에는 인민군이 퇴각하며 불 지르고 간 타다 남은 집들이 여기저기에 있었다. 그런 속에서도 사랑은 싹텄었다.

"명동의 국숫집에서 맛있는 국물에 만 국수를 한 그릇씩 먹고, 그 옆 다방에서 차 한 잔씩을 마시고는 을지로 6가까지 걸어갔었지? 그러고는 을지로 입구까지 되돌아와서 다시 6가까지 갔다가……."

"밤 10시가 넘도록 반복해서 걸었지. 그때는 자기 손을 잡고 싶어도 잡지 못했어, 부끄러워서."

"나도 손을 잡고 싶은데 잡지 못해서 어깨와 팔이 아프도록 굳어 있었어."

"우리는 한마디도 하지 않고 걸었어. 가슴속에서 온갖 말이 쏟아지는데도."

"나도 그랬어. 난 자기가 너무 좋아. 사랑하고 있어. 알고 있지? 그런 말이 입술까지 나왔지만 말을 못 했어."

"나도."

바람도 없는데 낙엽 한 잎이 공중에서 흔들리며 머리와 어깨에 내렸다가 땅으로 떨어지곤 한다.

"어머, 낙엽이 떨어지네. 아직 가을 초입인데……."

"가을은 빨리 가던데. 빨리 겨울이 되고 싶은가 봐."

그들은 고개를 들어서 높은 나뭇가지들을 보았다.

단풍이 든 마른 잎들이 가지에 달려 있었다.

"저것들도 곧 떨어질 테지." 남편이 말했다.

"물론이지! 곧 낙엽이 쌓이겠어."

"수북이 쌓이겠어."

"겨울이 또 오겠어."

"세월 참 빠르지."

"으응, 참 빨라."

"한번 웃고 싶네. 웃고 싶어졌어."

평소에 남편은 웃더라도 빙그레 웃을 뿐인데, 그것도 아주 드문 일이었다. 그녀는 의아해하면서,

"그래 웃어봐."

했다. 남편은 소리 내어 하하하 하고 한껏 시원하게 웃었다. 그 웃음소리가 온 산들이 흔들리듯이 윤창(輪唱)처럼 되어 길게 이어가며 메아리를 쳤다. 산들은 많이 떨어져 있을 텐데 밤이어선지 인왕산, 북악산, 삼각산 들이 첩첩이 가까이에 겹쳐 있었다. 메아리 소리가 어찌나 크고 멀리까지 갔다가 되돌아오는지 그녀는 오싹 무서웠다.

"그 정도의 소리도 밤의 산에서는 이렇게 크게 메아리를 치나봐. 좀 무서워."

남편은 그녀의 어깨를 껴안았다.

"어머, 자기 그림자가 왜 저렇게 길지? 그리고 유난히 까매. 내 그림자는 보통 길인데."

가로등이 뒤에 있어서 길 위의 그림자가 앞으로 가 있었다. 남

편의 검은 그림자는 7미터쯤 되는 것 같았다.

"그림자란 그런 거야. 자기 그림자도 그렇게 해볼까?"

"해봐."

그러자 그녀의 그림자도 남편 것과 같아졌다.

"그 참 이상하네. 밤에는 그런가……."

그녀는 점점 얼음장처럼 차지는 남편의 손을 호주머니 속에서 만져주며 말없이 걸었다.

"우리 같이 죽으면 어때?" 불쑥 남편이 말했다.

"말도 안 돼! 효자 자식들에게 불명예 안겨주려고? 우리 자식들 같은 효자가 어디 있어. 어릴 때부터 우리에게 걱정시켜본 적이 한 번도 없어. 중·고등 대학 입시 때에도 전혀. 미국 가서 박사 될 때까지도 땡전 한 푼 안 가져갔어. 전 세계에 그런 효자는 없을 거야. 아파트를 샀다고 해서 깜짝 놀랐지. 애들은 다 자수성가한 거야. 그런데 나더러 같이 죽자고? 남들은 얼마나 부모에게 잘못했으면 부모가 동반 자살했을까 할 것 아니야. 애들 속은 또 어떻겠어. 왜 자식들 생각은 안 하지? 자기는 에고이스트야! 전에도 그런 말 했었잖아. 자식 생각은 전혀 안 해."

"애들은 다 잘 있으니까. 난 자기 걱정만 하면 돼."

"듣기 싫다구!"

그녀는 화를 내며 몸을 획 돌려서 오던 길로 돌아섰다. 그가 그녀를 꽉 잡았다. 어찌나 세게 잡는지 팔의 살은 물론이고 뼈까지도 아팠다.

"웬 힘이 이렇게 세지? 뼈 부러지겠어."

"왜 그래. 나는 자기 생각해서 그러는 거야. 내가 만일 먼저 죽으면 자기는 어떻게 살며, 자기가 먼저 죽으면 나는 어떻게 살 건가 걱정해왔거든."

"쓸데없는 소리 하네. 자식들이 지금처럼 휴일마다 우리가 좋아하는 식당에 외식 모시고 가고 드라이브도 시켜줄 건데. 우리 건강도 아직 괜찮고…… 우리가 쓸 돈도 있잖아."

"건강은 장담 못 하겠더라구. 동창회 갔더니 벌써 반 이상이 죽었어. 멀쩡하던 녀석이 뇌진탕으로 며칠 전에 갔어. 치매에 걸린 녀석도 몇 명 있더라구. 지난번 모임 때에는 아무렇지도 않았는데……."

"내 동창도 그래요. 모여봐야 서너 명이야. 죽지 않아도 무릎 관절이 나빠서 걷지 못해서, 또 나들이 하는 것이 싫어서…… 카톡이나 하재."

"우리도 언제 어떻게 될지 몰라. 찬란한 저녁노을을 보며 아, 아름답다 하고 생각하는 순간, 불덩이 같은 태양이 갑자기 산 너머로 뚝 떨어지더라구. 아주 금방. 우리도 그렇게 될 걸 암시하는 거야."

"자기 서재 베란다에서 보는 거지?"

"응."

"매일 저녁때면 서쪽 하늘을 보더라구. 이젠 그만 봐. 사실은 그렇게 죽으면 좋은 거야. 오랫동안 앓다가 죽으면 어떡해. 10년씩, 그 이상 앓다 죽는 사람도 있어. 우리는 '사전 연명의료의향서'에 등록해두어서 괜찮은데, 애들이 애비 에미 더 살리려고 할까 걱정이야. 내일이라도 다 불러서 단단히 일러두어야 하겠어. 산소마스크, 링거, 고무파이프 목에 넣어서 연명하면 무엇 해. 젊은이라면 몰라도. 우리 같은 노인에게는 연명 치료 절대 안 돼! 절대 반대 야."

남편은 아무 대꾸도 하지 않다가,

"저녁노을은 날마다 달라. 천태만상이야. 해가 산 너머로 갑자기 뚝 떨어지는 건 언제나 똑같지만. 내가 화가라면 저녁노을만 그려도 수백 장은 그렸겠어. 너무 아름다워."

그녀는 발등에 떨어진 낙엽을 털며 말없이 걸었다.

"낙엽이 또 떨어지네."

그녀는 남편의 어깨에 앉았다가 땅으로 떨어지는 낙엽을 보며 말했다.

"어머, 어느새 수북이 쌓였네."

"우리 그 위에 누워볼까? 요처럼 푹신하겠어."

"아니, 그냥 걸어요. 누가 보면 어떡해?"

남편은 그녀를 끌어안고 쌓인 낙엽 위에 누웠다.

"내가 자기의 요가 되었네. 푹신하지?"

"아니, 자기는 어디 있어? 낙엽뿐인데. 날 놀리는 거야? 난 지금 장난치기 싫어. 집으로 갈 테야."

"내가 낙엽이야. 낙엽이라고 생각하면 낙엽이라구."

"몰라 난, 그런 것 몰라, 몰라, 몰라. 모른다구우우!"

그녀는 한껏 소리쳤다. 온 산이 흔들리며, 몰라…… 몰라…… 몰라……아 하고 먼 산 몇 개에 부딪치며 크고 길게 메아리쳐 돌아왔다.

그들은 어느 사이엔가 계곡을 건너는 돌다리까지 와 있었다. 평소에 그녀는 여기까지 걸어와서는 발길을 돌렸었다.

"이제 집에 가. 그만하면 밤중 산보로는 많이 걸었어. 아무리 밤이지만 아무도 없잖아. 다른 동네에서까지도 이 길을 산보하느라고 와서 늘 붐볐었는데."

남편은 엉뚱한 소리를 던졌다.

"참, 자기 그 영국인하고 무슨 일 있었지?"

"무슨 일이라니?"

"연애 같은 것……."

"아, 그 영국 교수? 연애할 뻔했는데, 둘이 다 시시해져서 웃으며 헤어졌지. 젊은 시절이 아니니까, 둘이 다 한 발짝씩 물러선 거야. 결말은 뻔하니까. 그가 말했어. '오늘 밤 당신 방의 문을 노크 안 하겠어요.' 나도 웃으며 대답했어. '나두요!' 우리 두 사람은 너무나 상쾌하게 웃었어. 그 사람 참 좋더라구. 연애 상대보다도 더 좋은 남자 친구. 그의 지성과 인품에는 반하겠더라구. 세미나 5일 동안 의지하고 좋았어. 그게 다야. 산뜻하지?"

"……."

"그러고 보니까 자기는 수십 번도 더 해외 학회에 갔으니까……?"

남편은 손을 내저었다.

"나는 솔직한데 자기는 엉큼해."

"뭐라구?"

"자기 살짝살짝 바람났었지 않아? 내가 모른 척해줬지. 자기는 보고 있으니까 나한테 신경 많이 쓰고 있더라구. 그러지 않아도 되는 건데, 딱하더라구."

남편은 갑자기 크게 소리쳤다.

"난 아니야! 절대 아니라구."

"괜찮다는데 왜 그래?"

"그러면 난 죽을 테야."

"공갈치지 말어. 그런다구 내가 씩싹 빌 것 같어?"

그는,

"두고 봐."

하고 소리를 지르더니 계곡 아래로 내려가기 시작했다.

비가 잦은 여름에는 산 높은 데서 빗물이 흘러내려서 계곡 바닥의 크고 작은 바위를 넘실거리며 급하게 아래쪽 계곡으로 흘러갔었는데 지금은 비 온 흔적도 없었다. 메마른 바위를 골라서 밟으며 남편은 급경사진 계곡을 내려가기 시작했다.

"괜찮아. 괜찮다니까! 내가 사랑하고 있는데 무엇이 문제냐구우."

"아니야, 나는 결백해."

"그래, 결백해. 내가 농담해본 거야. 올라와! 안 올라오면 나는 여기서 굴러떨어져서 죽을 테야!"

그녀의 말이 윤창처럼 되어 또 메아리치며 돌아왔다. 죽을 테야 아아…….

산이 돌아가는 길 쪽에서 검은 보자기를 머리부터 뒤집어쓴 남녀 한 무리가 그녀에게 갑자기 다가왔다.

"당신을 우리가 93년에 분명 죽였고 그 후도 몇 번을 죽였는데 어떻게 살아났지?"

여자의 목소리였다.

"나를 왜?"

"미우니까."

"난 미운 짓 한 적 없어. 당신들은 누구요?"

"좌우간에 밉다구." 남자가 말했다.

"분명히 40년 전부터 죽였었는데도 펄펄 살아 있으니까. 더 얄밉다구."

"사방에서 막아섰는데도 더 밖으로 빠져나가더라구. 무슨 빽이 있는 거지?"

"빽? 대봐, 빽이 누군지 대보라구!"

빽이 없으니까 그녀는 배짱이 생겼다. 그녀는 크게 껄껄 웃기까지 했다.

"빽? 빽이란 것은 없다. 내 빽은 하늘일 거다. 어쩔래?"

"이번에는 진짜 죽인다."

"용용, 난 안 죽어!"

그들은 그녀를 당장 죽일 듯이 우르르 몰려왔다.

"사람 살려!" 하고 그녀는 소리쳤다. 온몸이 덜덜 떨렸다.

남편이 계곡 아래쪽에서 날아오듯이 그녀 곁으로 왔다. 남편은
"왜 그래. 내가 있는데 무엇이 무서워."

하며 그녀를 가슴에 품어 안았다. 남편은, 계속 떨고 있는 그녀를 진정시키려고 뺨도 비비고 입맞춤도 해주었다. 하지만 그의 뺨이

며 입술이 너무나 차가웠다. 왜 그럴까, 그녀는 속으로 생각하며,

"저기, 어떤 남녀 한 무리가 나를 죽이겠대. 어서 집으로 갑시다."

"남녀 한 무리? 아무것도 없는데?"

그녀가 두리번거리며 살펴보니까 그런 사람들은 없었다. 산속에 큰 나무들만 묵묵히 서 있을 뿐이었다.

"어둠 속에 혼자 있으니까 착각했나 봐. 어서 집으로 가요."

"계곡 아래쪽에 내가 어릴 적에 살던 집이 있어. 아버지도 어머니도 보였어."

조금 진정된 그녀는,

"뭐라구? 돌아가신 지 몇십 년이 되었는데? 잘못 본 거 아니야?"

그녀는 다시 무서워졌다.

남편은 핫핫핫 하고 소리 내어 웃었다. 그 웃음소리가 이번에는 우는 소리처럼 되어 겹쳐진 산들에 부딪치며 길게 메아리쳐 돌아왔다.

"기억에 있는 건 모든 게 다 현재로 재생하나 봐. 과거가 현재면 미래도 현잰가? 하기는 오늘은 어저께의 미래라니까 말이 되네."

"자기는 늘 'I think so I am'이야. 생각 그만해. 'I am'이 먼저라구. 이제 정말 집으로 갑시다."

"가기는 가야 할 텐데 자기하고 이렇게 단둘이서만 있고 싶어."

"집에 가도 우리 둘뿐이잖아."

"그래도 나는 여기서 둘만 있고 싶어. 자기가 먼저 죽으면 나는 끈 떨어진 풍선처럼 공중에서 바람에 날려 다니다가 어딘가에 부딪쳐서 펑 하고 공기가 빠지면서 끝날 것 같아. 무섭고 슬프네."

그녀는 한숨을 길게 내쉬었다.

"죽는 얘기 하지 말아요. 너무 많이 들었잖아. 그냥 즐겁게 살다가 갈 때 되면 오케이! 하고 웃으며 가볍게 가는 거야. 죽음, 별게 아니잖아. 누구나 죽어. 흔해빠진 거잖아. 우리는 정말 하늘의 덕분으로 편안하게 살아왔어. 자기나 나나 사람이 미련해서 부러운 건 하나도 없었잖아. 욕심도 없어서 별 풍파도 없었어. 평범하고 행복한 일생이었다구. 아쉽다면 힘든 사람들 좀 더 많이 도와주지 못한 거야. 그래, 참, 전쟁 때 고생은 좀 했지."

"좀 정도가 아니지. 난 중학 2학년이었는데, 키가 커서 나가면 15세 이상인 줄 알고 의용군으로 잡아갈까 봐, 그 더운 여름 석 달을 천장 위에 숨어서 살았어. 발각될까 봐 대문 소리만 나도 심장이 콩알이 되었다구."

"그런 건 아무것도 아니야. 별일 없이 살아났잖아."

"죄 없는 시골 사람들을 남녀노소 할 것 없이 우물 속에 내던져서 죽였대. 아줌마의 조카가 말해주어서 알았어. 그 당시의 농촌 사람들은 얼마나 힘들게 살았는데. 무슨 죄를 지었다고……. 왜 그렇게 잔인했을까."

한참 후에 그녀가 말했다.

"전쟁 때 일 그만 생각합시다. 너무 끔찍해. 나도 죽을 고비 두어 번 있었어. 그때마다 누군가가 도와주더라구. 전쟁 일으켜서

사람 죽이고 싶어 하는 악귀들 마음 착하게 돌리도록 늘 기도하는
데…… 많은 사람들이 죽음의 공포에 떨고, 가족 납치되고 또 전
사하고. 살았어도 상이군인이 된 사람도 얼마나 많아. 납치되어
간 그 많은 사람들은 어떻게 되었을까. 우리는 늘 하늘에 감사해
야 해. 게다가 우리 만났잖아! 사랑하고 자식도 낳고."

갑자기 남편이 그녀를 끌어안고 뺨을 비볐다.

"내 걱정은 말어. 자기가 먼저 죽어도 나는 늘 자기하고 살고 있
을 거야. 자기가 날 데리러 오면 자기 손 잡고 안심하고 같이 갈
거야. 그러니까 죽는 게 무섭지도 슬프지도 않다구. 아프지만 않
았으면 좋겠어. 통증은 절대 싫어. 참, 다음 세상에서 나를 만나기
싫으면 만나지 말어. 더 좋은 사람 있으면 사랑하고 살아요. 나도
그럴 테니까."

"다음 세상이 있을 것 같지 않어. 없을 거야."

"없어도 그만이고 있어도 그만이야. 사람이 뭘 어떻게 할 거야.
있다고 생각하는 사람은 그렇게 믿으면 되고, 없다고 생각하는 사
람은 그렇게 믿으면 되고. 하지만 나는 전세와 후세가 있는 것 같
어. 우리가 만난 것 자체가 이상하지 않어? 학교도 다르고 같은 동
네서 산 것도 아니고……. 어째서 만나게 되었을까. 전세의 어떤
인연 때문이 아닌가 해. 살며 보니까 우연이란 건 없더라구. 그렇
건 저렇건 살아 있는 현재를 잘 살면 돼. 자, 이제 집에 갑시다."

"다음 세상……?"

남편은 입속에서 우물거리며 흐흐하고 조금 웃는 것 같았다.

"집에 가자구!"

그녀는 남편의 팔을 세게 끌었다. 남편은 웬일인지 종잇장처럼 가벼웠다.

대문을 열고 들어가려니까 남편은,

"나는 가봐야겠어. 잘 있어!" 하며 무언가를 그녀의 손에 쥐여주고는 홀쩍 없어졌다.

"어디 가는 거야? 어디 있어? 이건 뭐야?"

그녀는 목이 터져라 소리쳤다. 그리고 그녀는 두 손을 펴 보았다. 따뜻한 재였다.

2024년 《월간문학》

1956   단편소설「별빛 속의 계절」을《현대문학》12월 호에 김동리
        의 추천으로 발표

1957   4월 단편소설「신화의 단애」가 동지(同誌) 6월 호에 추천 완
        료되어 문단 데뷔. 단편소설「어떤 죽음」(《현대문학》),「거문
        고」(《소설계》)

1958   단편소설「노파와 고양이」(《현대문학》),「낙루부근(落淚附
        近)」(《사상계》),「귀뚜라미 우는 무렵」(《소설계》),「낙조전(落照
        前)」(《현대문학》)

1959   단편소설「방관자」(《현대문학》),「Q호텔」(《현대문학》),「사시
        도(斜視圖)」(《현대문학》),「맞선 보는 날」(《소설계》),「장마」(《사
        상계》).「장마」(김동성 역, 영어 제목 'Flood')가 1964년 뉴욕 밴
        텀북스(Bantam Books)가 펴낸 세계 단편소설 선집『The
        Language of Love』에 수록됨

1960-1961 장편소설『하얀 도정』을《현대문학》에 연재

1960   첫 번째 단편집『신화의 단애』(사상계) 간행

1961   단편소설「순자(順子)네」(《현대문학》),「세탁소와 여주인」(《주
        부생활》)

1962   단편소설「광대 김 선생」(『신작 15인선』, 육민사),「결혼전야」
        (《여상》)

1963	단편소설 「행복」(《현대문학》), 「출발의 주변」(《한양》), 「흔적」(《세대》). 「흔적」으로 1964년 제9회 현대문학 신인문학상 수상
1964	중편소설 「상처」(《현대문학》), 단편소설 「이 하늘 밑」(《사상계》). 「이 하늘 밑」이 1965년 일본《東和新聞》에 일본어 역 연재. 두 번째 단편집 『이 하늘 밑』(휘문출판사), 장편소설 『하얀 도정』(휘문출판사) 간행
1965	단편소설 「피선자(被選者)」(《현대문학》), 「우울한 청춘」(《신동아》), 「한 잔의 커피」(《현대문학》)
1966	단편소설 「초설(初雪)」(《문학》)
1967	단편소설 「아기 오던 날」(《현대문학》)
1968	단편소설 「신과의 약속」(《월간중앙》). 동 작품으로 제1회 한국일보문학상 수상. 세 번째 단편집 『신과의 약속』(휘문출판사) 간행
1970	단편소설 「사랑에 지친 때」(《월간중앙》)
1972	단편소설 「다정의 시말(始末)」(《월간중앙》)
1974	단편소설 「잃어버린 머플러」(《문학사상》)
1977	단편소설 「무너지는 성벽」(《문학사상》), 「여수(旅愁)」(《문학사상》). 「여수」가 극영화화 및 TV영화화. 네 번째 단편집 『잃어버린 머플러』(서음출판사) 간행
1978	단편소설 「선의 향방」(《한국문학》), 「수상식 후」(《여성중앙》). 다섯 번째 단편집 『여수』(태창문화사) 간행
1980-1981	장편소설 『아름다운 영가(靈歌)』를 《한국문학》에 연재
1980	단편소설 「안개」(《문학사상》)

1981	장편소설 『아름다운 영가』(《한국문학》) 간행. 동 작품이 영어, 독일어, 프랑스어, 스웨덴어 등 9개 국어로 현지 번역 출간됨. 단편소설 「세계의 사람」(《한국문학》)
1982	단편소설 「어느 소설가의 이야기」(《문학사상》), 「말 없는 남자」(《한국문학》), 「아들의 졸업식」(《한국문학》)
1983	단편소설 「초콜릿 친구」(《문학사상》)
1985	단편소설 「수술대 앞에서」(《문학사상》)
1986	단편소설 「스포츠 관전기」(《문학사상》). 장편소설 『모색시대』를 《소설문학》에 연재. 장편소설 『모색시대』(인문당) 간행
1987	장편소설 『아름다운 영가』(인문당) 중판 간행
1988	수필집 『삶의 진실을 찾아서』(샘터사) 간행
1990	단편소설 선집 『상처』(고려원) 간행
1993	장편소설 『아름다운 영가』(인문당) 중판 간행
1994	『아름다운 영가』(삶과 꿈) 증보판 간행
1999	한말숙 선집 『행복』(풀빛)을 500부 한정 간행
2000	장편소설 『아름다운 영가』의 증보판 『아름다운 영혼의 노래』(솔과 학) 간행
2002	단편소설 「덜레스 공항을 떠나며」(《문학사상》). 공동 수필집 『세월의 향기』(솔과학) 간행
2005	단편소설 「이준 씨의 경우」(《현대문학》)
2008	단편집 『덜레스 공항을 떠나며』(창비), 수필집 『사랑할 때와 헤어질 때』(솔과학) 간행. 수필 「세계명작에서 신천지를 보다」(《21세기문학》), 「가상 유언장 소동」(솔과학), 「따뜻했던

50년대 문단」(솔과학)

2010   수필「젊은이여, 답답할 때는 하늘을 보라」(《아산의 향기》)

2010   수필「예감」(《예술원 회보》)

2011   수필「야채 아저씨」(《예술원 회보》),「혜경궁 홍씨 역을 맡아 보고」(국립국악원)

2012   수필「페인트칠 노인의 유작」(《예술원 회보》),「사자(死者)의 편지」(《21세기문학》),「박완서와 나의 60년의 우정」(《문학사상》), 단편소설「친구의 목걸이」(《문학사상》)

2013   수필「잊을 수 없는 최 일병(崔一兵)」(《예술원 회보》)

2014   수필「참, 좋겠네」(《문학사상》)

2015   수필「그리운 천경자 선생님」(《문학사상》)

2016   단편집『별빛 속의 계절』(솔과학)

2017   수필「년월일 적어두기」(《한국소설》)

2018   수필「북한의 잣」(《한국소설》)

2020   수필「공수래공수거」(《PEN문학》)

2021   수필「기억의 심연」(《동상》)

2022   수필「2022년의 추석의 달」(《예술원 회보》),「새와 개와 사람과」(《예술원 회보》)

2023   수필「이어령 선생 1주기」(추모 문집), 단편소설「과일 가게 할머니 사장」(《PEN문학》)

2024   수필「물 한 모금」(《예술원 회보》), 단편소설「잘 가요!」(《월간문학》).

2025   수필「별이 쏟아지는 침실과 알프스 산속 기차의 침실」(《예술원 회보》)

번역서

1979   브라질 극작가 길레르미 피게이레두(Guilherme Figueiredo)
의 희곡『여우와 포도』(《현대문학》). 동 작품이 같은 해 극단
'산울림' 공연

1997   일본 작가 세리자와 고지로(芹沢光治良)의 단편소설「낙엽의
소리」(《PEN문학》)

2005   세리자와 고지로 대하소설『인간의 운명』제1권『아버지와
아들』(솔과학)

2006   세리자와 고지로 대하소설『인간의 운명』제2권『우정』(솔
과학)

한말숙 작품 해외 번역출판 연보

1964   단편소설「장마」(김동성 역, 영어 제목 'Flood')가 뉴욕 밴텀북스
(Bantam Books)가 펴낸 세계 단편소설 선집『The Language
of Love』에 수록됨

1965   단편소설「광대 김 선생」[리처드 러트(Richard Rutt) 신부
역]이《Korea Journal》에 게재

1965   단편소설「행복」을 백낙청 영역. 동 작품을 1968년 미국
시애틀의 문화 라디오방송 〈KRAB〉에서 로렌조 마일럼
(Lorenzo Milam)이 낭독

1983	장편소설 『아름다운 영가』가 영역, 'Hymn of the Spirit'라는 제목으로 한국문학진흥재단에서 간행
1993	『아름다운 영가』가 폴란드어 역, 'Na Krawędzi'라는 제목으로 폴란드 토룬의 COMER 출판사에서 간행
1995	『아름다운 영가』가 프랑스어 역, 'Le chant mélodieux des âmes'라는 제목으로 프랑스 파리의 L'HARMATTAN 출판사에서 출간. 유네스코 대표 문학 선집에 수록
1996	『아름다운 영가』가 중국어 역, '美的灵歌'라는 제목으로 중국 베이징의 社會科學文獻出版社에서 간행
1996	폴란드어 역 한말숙 작품 선집 (1) 『KOMUNGO(거문고)』가 폴란드 바르샤바의 DIALOG 출판사에서 간행
1997	『아름다운 영가』가 체코어 역, 'Písně z druhého břehu'라는 제목으로 체코 프라하의 DAR IBN RUSHD 출판사에서 간행
1997	폴란드어 역 한말숙 작품 선집 (2) 『Filiźanka Kawy(한 잔의 커피)』가 폴란드 바르샤바의 DIALOG 출판사에서 간행
1997	프랑스어 역 한말숙 중·단편 선집 『La Plaie(상처)』가 프랑스 파리의 Maisonneuve & Larose 출판사에서 간행
2001	『아름다운 영가』가 이탈리아어 역, 'Cantico di frontiera'라는 제목으로 이탈리아 밀라노의 O barra O 출판사에서 간행
2004	『아름다운 영가』가 일본어 역, '麗しき靈の詩'라는 제목으로 일본 도쿄의 文車書院 출판사에서 간행
2005	『아름다운 영가』가 독일어 역, 'Über Alle Mauern'이라는

제목으로 독일 Sankt Ottilien의 EOS 출판사에서 간행

2009　단편소설 「초콜릿 친구」가 일본어 역, 일본《ESPOIR》지에
　　　게재

2011　『아름다운 영가』가 스웨덴어 역, 'Bortom gränserna'라는
　　　제목으로 스웨덴 TRANAN 출판사에서 간행

2013　단편소설 「친구의 목걸이」가 중국 해외 문학지에 번역 게재

기타 단편소설이 영어, 독일어, 프랑스어, 중국어, 일본어, 스웨덴어, 포
르투갈어, 폴란드어, 체코어 등으로 다수 번역

문학 활동

1968　8월 미국 시애틀의 문화 라디오방송 〈KRAB〉에서 단편소설
　　　「행복」(백낙청 영역)을 작가이자 운동가 로렌조 마일럼이 낭독

1993　5월 폴란드 바르샤바에서 열린 제38차 세계도서전시회에
　　　초청, 장편소설『아름다운 영가』를 명배우 베아타 티슈키에
　　　비치(Beata Tyszkiewicz)가 독자들 앞에서 낭독. TV, 라디오
　　　출연. 사인회. 그 나라 문인들과 간담회

1995　11, 12월 프랑스 문학 포럼 참가

1997　7월 14일부터 3주간 폴란드 제1방송에서 월-금 오후 8시
　　　45분에서 9시까지 중·단편 선집에서 뽑은 작품들을 명배
　　　우 조피아 리쇼브나(Zofia Rysiówna)가 낭독

1999	폴란드 바르샤바에서 열린 제66차 국제 PEN 대회에 한국 대표로 참석
2004	11월 17일 독일 베를린 한국문화 홍보원에서 『아름다운 영가』의 한국어 및 독일어 낭독회 개최
2005	5월 17일 캘리포니아 대학교 버클리 캠퍼스(UC Berkeley)에서 『아름다운 영가』 세미나 개최. 국내 문학 강연회, 1957년부터 30여 회

한말숙 韓末淑   1931년 서울 출생. 1955년 서울대 문리과대학 언어학과를 졸업하고 1957년 단편 「신화의 단애」로 『현대문학』에 추천 완료되어 문단에 등단했다. 제9회 현대문학 신인상, 제1회 한국일보문학상과 1999년 보관문화훈장을 받았다. 소설집으로 『신화의 단애』 『이 하늘 밑』 『신과의 약속』 『잃어버린 머플러』 『여수』 『딜레스 공항을 떠나며』 등이 있으며, 장편소설 『하얀 도정』 『아름다운 영가』 『모색시대』 등을 펴냈다. 1960년대부터 해외에 작품이 소개되기 시작해 단편 「장마」(김동성 옮김)가 미국 밴텀북스 간행 『세계단편 명작선』에 수록되었고 「행복」(백낙청 옮김)도 영역되었다. 프랑스어 단편선집 『상처』 폴란드어 단편선집 『거문고』 『한 잔의 커피』가 출간되었으며, 『아름다운 영가』 프랑스어 판은 UNESCO 대표선집에 수록되었다. 수필집에 『사랑할 때와 헤어질 때』, 『삶의 진실을 찾아서』 등이 있다. 장편 『아름다운 영가』는 1983년부터 영어, 스웨덴어 등 9개 국어로 번역되었다. 현재 대한민국예술원 회원이다.

한말숙 문학선집 ❶ 단편선집
신화의 단애

1판 1쇄 발행 2025년 6월 2일

지은이 · 한말숙
펴낸이 · 주연선

(주)은행나무
04035 서울특별시 마포구 양화로11길 54
전화 · 02)3143-0651~3 ㅣ 팩스 · 02)3143-0654
신고번호 · 제 1997 — 000168호(1997. 12. 12)
www.ehbook.co.kr
ehbook@ehbook.co.kr

ISBN 979-11-6737-566-7 04810
        979-11-6737-565-0 04810 (세트)